左玮乐 著

鼠狗之辈

江苏凤凰文艺出版社
JIANGSU PHOENIX LITERATURE AND
ART PUBLISHING

图书在版编目（CIP）数据

鼠狗之辈 / 庄玮乐著 . —— 南京 : 江苏凤凰文艺出版社 , 2024.5（2024.5 重印）
ISBN 978-7-5594-8226-6

Ⅰ . ①鼠… Ⅱ . ①庄… Ⅲ . ①长篇小说 – 中国 – 当代
Ⅳ . ① I247.5

中国国家版本馆 CIP 数据核字 (2024) 第 008107 号

鼠狗之辈

庄玮乐　著

责任编辑	丁小卉
特约编辑	顾珍奇　李文结
封面设计	陈艳丽　陈绮清
责任印制	杨　丹

出版发行　江苏凤凰文艺出版社

南京市中央路 165 号，邮编：210009

网　　址	http://www.jswenyi.com
印　　刷	三河市龙大印装有限公司
开　　本	880 毫米 ×1230 毫米 1/32
印　　张	14
字　　数	290 千字
版　　次	2024 年 5 月第 1 版
印　　次	2024 年 5 月第 2 次印刷
标准书号	ISBN 978-7-5594-8226-6
定　　价	49.90 元

江苏凤凰文艺版图书凡印刷、装订错误，可向出版社调换，联系电话：010-87681002。

楔子

"维多利亚湾"的"湾"灭了灯。作为弗元市唯一标榜五星的酒店，从打地基开始，它的表现都称不上半个"好"字。早年市里捕风却无影，施工队信誓旦旦，说一铲子下去，带上来的是两具皑皑白骨。

唐子超也是许久之前在论坛里看到了置顶的新帖，才有所记忆。评论挡不住黏合往上的砖墙，"维多利亚湾"酒店还是在工期拖延了一年以后拔地而起。他再次输入关键词时，帖子连同评论悄无所终。

大脑每天濒临超载的信息容量为 34G，那条帖子刚好卡在了他大脑里 33.9G 的地方，因此记忆显得格外清晰。他毫不意外"维多利亚湾"连门头的 LED 灯都忘了修，如同刚从豪华大床房退出去的服务生，上衣袖管长了一寸，领口第一颗扣子也没系上，鞋头还沾着泥迹。

这家五星级酒店，是从头坏到了脚。

他突然有些怀念在芝加哥出差的日子，除了与合作方见过数次以外，其余的人一概不识，街上的语言文字也变得陌生，即使暂时犯错也无人在意。虽然今天才是回国的第二天，但跨入海关之时，他早已开始用常年累积的标准审视着周围的一切，从上至下，严丝合缝。

服务生关上门的瞬间，他解开脖颈处的领带，摔在茶几上，抬起腿狠狠踹了一脚沙发。这是造了什么孽？明明飞机已然落地，他的人生怎么还会有如此荒谬的一天！

他在传送带旁等行李的时候，收到了大舅母的来电。通常这种电话他是不接的。大舅母在裴家仅有的作用，是倚仗着她丈夫担任电厂小组长的角色，对着一众亲戚小辈作威作福。谁家有什么油水，发生了什么糗事，她绝对是第一个知道的，再不然也一定会事后损上几嘴。

自打唐子超考上了全国第一的政法大学，大舅母的眼睛红得能出汁，隔三岔五发短信问唐子超到底用了哪些学习秘诀，盼望着他能传授表妹一二。唐子超被扰得不胜其烦，曾经一度把大舅母的电话拉黑，但在母亲的劝说下，又只得拉了回来。"家和万事兴"真是一句无力反驳的托词，亲戚之间再多嫌隙，也能被这五个字一一压下。

大舅母的未接来电在手机屏幕上闪烁着红光，紧接着母亲的电话就打了进来。唐子超立马接起，听得出母亲语气有些尴尬，估摸着大舅母就站在边上。

"子超，下飞机了对吗？一切顺利吗？"母亲脱口而出的关心，让唐子超紧绷的神经稍稍舒缓。还没等他回答，大舅母就把电话给抢了过去。

"子超，我是大舅母啊！可想死你了！美国那边啥样啊，赶紧和舅母说说！"

唐子超看着行李箱从传送带尽头挪到了他的跟前，脸色僵硬地回复道："我正在取行李，如果没事就先挂了。"

"欸，欸，这孩子怎么长大了就不念着亲人呢？我们多久才说一次话啊。"

电话回到了母亲手里，唐子超按下不耐烦的心思，简单总结了出差情况，说准备转乘国内航班，明天先回省城的律所总部汇报，再请假回趟家。

"子超，你先别回家了。"母亲的话让唐子超一顿。

"发生什么事了？"唐子超站停脚步，取完行李的乘客纷纷从他身边快步离去。

母亲在电话里支支吾吾地说了前因后果，大舅母的声音不时穿插进来。唐子超全程只问了一句："一定要我去吗？"

"你姥爷下楼时摔着了腿，现在我和你大舅母在医院轮流照顾着。你爸和你大舅都忙，再有两个月该过年了，单位的项目都在收尾，肯定抽不出时间。你既然要回省城，不妨绕个路去老家，把你三舅的遗物先取回来。"

唐子超喉头发紧，握着电话久久说不出话，但最后还是应了一声"好"。

坐在国航贵宾休息室里，唐子超第一次连女服务员递过来的大红袍都感觉塞牙。参加三舅的葬礼还是一年前的事，那个消失了十四年的男人，再一次出现时竟然已经化成了一捧灰，装在表层都是裂纹的破陶罐里，真是可笑至极。

葬礼除了唐家和裴家的直系亲属外，没有多余的人愿意到场。殡仪馆的主持像复读机般宣布着下葬事宜。听母亲说，大舅原本连墓碑都不想为三舅置办，还是在母亲的劝说下，才不情不愿地出了另一半钱，买了块最便宜的墓，说意思一下得了。

姥姥三年前因为尿毒症去世，死前还心心念念她无人问津的小儿子，甚至意识混乱地拉着母亲的手嘱咐了数次，说别忘了接三舅放学回家。

在唐子超的印象中，三舅连高中都没读完，学校的老师们都怕他，就这种人还需要接，也是个笑话。葬礼不到一小时就结束了，骨灰盒下葬时，天空滚起了闷雷，黑压压的一片，就是不见雨滴落下来。他听老家的风水先生说，入土时雷声大却不见雨，乃凶兆也，是天公在为逝者击鼓鸣不平。唐子超觉得这种说法也就是吓唬孩子，像三舅那样的人，不去害人就不错了，死了才是给全村积德。

葬礼结束当天，唐子超和一家人吃了顿晚饭，第二天一早便开车回了省城。

饭桌上母亲不住地往他碗里夹菜，盐焗鸡、红烧牛腩、狮子头，他看着那些油光发亮的玩意儿，腻得慌。姥爷在饭桌上也不说话，大舅许是受不了那窒息的气氛，借着下属打来的一通电话，直接离席。唐子超看见母亲的眼皮子耷拉了下去，他硬逼着自己张开嘴，吃了几口说："妈，鸡焗得好吃。"母亲这才笑了。

三舅是全家人心上的一根刺，拔了，鲜血直流；不拔，卡着十四年，一碰就难受。

葬礼的事如同没发生过，无人再提。这一年里，唐子超在德天律所的地位直线上升，创始人甚至有让他成为新任合伙人的意向，给到他手上的都是跨境房产并购的案子，客户也越来越大，他自然也就无暇去想那些消失在土里的人和事。要不是母亲和大舅母的电话，他还真不知道，三舅过去那些年，原来一直躲在老家弗元市，甚至还留下了遗物。

其实律所并没有要求他出差回来后立马返回总部报到。毕竟美国路途遥远，从芝加哥直飞回国都要十三小时，以他的职位级别，休息个三天也不是大事。但下飞机时他接到消息，有个大客户对他在芝加哥谈成的跨境房产项目十分感兴趣，想尽快约着见上一面，所以他才决定连夜转乘。

不料母亲却说，三舅的房东只给了两天时间处理遗物。大舅母在一旁怨道："要不干脆算了，那个人能留下两双鞋就不错了，况且他的东西谁还敢用。"母亲还是一再坚持，说怎么也得去看看，以防万一呢。

唐子超从省城的机场出来后，连行李都没来得及放，硬着头皮买了仅剩的大巴票，直奔弗元。不知道是不是时差的缘故，他上了大巴后眼睛再没睁开过，睡得跟死了一样。车上的人鱼龙混杂，但他实在太困，连旁座的样貌都没看清。等他反应过来时，兜里的钱包已经被扒了。

唐子超拖着二十八寸的行李箱，站在弗元的长途巴士站一脸绝望。幸好手机还在身上，不得已之下，唐子超只得打给了还在加班的助手李海鸣，让他帮着订了个酒店，打算先安顿下来。没承想李海鸣只看星级，没看评价，毅然选了"维多利亚湾"，还发了短信得意扬扬地问："老板，房间可以吗？我挑的酒店够舒服吧？"

唐子超原本打算先在酒店大床补个觉，第二天再去取遗物。谁知脑袋碰到枕头，人反而不困了。该死的时差逼着他又从床上坐了起来，在房间里来回踱步。他思忖之下，干脆一不做二不休，当即查了地图，摸到三舅生前的住处，想着赶紧把遗物取了，还能坐上明早的车，尽快离开这个倒霉地方。

弗元的夜和他记忆中的并无不同，充斥着世俗里廉价的喧闹。他十一岁时，跟着大人去了平山市，一个比弗元多一百来万人、相距二百公里的二线城市。听说是父亲工作调动的缘故，他和母亲才搬了过去。

过了七八年，父亲认识的人多了，托关系将下岗的大舅安排进了平山市的电厂工作，于是大舅母和表妹，带着姥姥和姥爷也跟了过来。搬家的时候，姥姥还闹过一阵，说弗元是她住了一辈子的地方，打死也不愿意离开。最后还是姥爷硬了脾气，说平山市的医疗条件更好，要理解子女的孝心，姥姥这才松了口。

唐子超对弗元的记忆只有人生最开始的十一年，说不上怀念。他一向只专注学习，同学之间甚少往来，小学认识的人估计早把他给忘了，家里的祖屋也早卖了。对他来说，弗元是一座没有核的城。

唐子超循着地址，在老城区的巷子里找到了三舅那个破败不堪的出租屋。房东骂骂咧咧地从楼上下来，说要不是看在三舅提前缴了一年房租的面子上，他早就把里面的垃圾给扔了。他还上下打量着唐子超，问他是三舅的什么人。

"以前同事。"唐子超如此回答。

房东满眼不可置信地说："那人还有同事？这么年轻？你可别唬我。"房东的声音又细又尖，人贼眉鼠眼的，左脸颊上挂着一道歪扭的疤。

"谁都有过曾经。"唐子超不自觉地补充了一句。

房东恍然般地点点头，钥匙插进生锈的门锁里，来回转动数次，门终于开了。

如唐子超预想的一样，三舅的出租屋里，除了一张积灰的床、一个只挂了破衬衫的衣柜和两双旧得看不出花纹的布鞋外，目光所及之处，别无他物。唐子超捂着鼻子走了进去，脚边窜出数只蟑螂，逃命似的往墙根四散。

"这地方一个月多少钱？"唐子超问。

"不贵，三百。"房东又笑了，三角脸皱在一起，像只干瘪的老猴。

"你刚才说，他缴了一年的房租？"

"是啊，本来年底到期。但这人好久没回来了，我听说不是死了嘛。""老猴"咧着嘴角，露出一口烂牙。

"也就是说，他还预付了六百租金。如果现在退房，你应该还他这个钱吧？"唐子超看着"老猴"的脸一点一点塌了下去。

"你这个年轻人怎么说话！我帮他留着这房子就不错了，

死人住过的地方，还不知道能不能再租出去！我亏大了！""老猴"急得跳脚。

"这样，我不要六百，你给我退一个月，三百就行。他是预付给你的钱，即使人不在了，按理来说，这房子也应该等到租期满了，你再租给别人。你着急叫我来，不就是为了确定他不会再回来，让我收拾掉他的垃圾，好再次转租吗？既然这样，我让你退一个月租金，并且保证他不会回来，不过分吧？"唐子超说话不带喘气，面色如常。

从酒店打车过来的时候，他兜里仅剩的一点现金也用完了，看来回程的大巴票也只能让李海鸣买了。不过他转念一想，晚上还得吃饭，身上却分文不剩，这样也不是办法。正好这房东没心没肺地一通说，被他逮了个着，三百别说是晚饭钱，就连回程的票也能抵了。

"你不用这样看着我。我不仅仅是他的同事，还是他的律师。或者我可以把警察叫来，顺便再调查一下他的死因？"唐子超提高了音量，神情冷漠。

"老猴"呸了一口痰，爆出一连串听不清字符的脏话，愤懑地从兜里摸出三张一百元丢在地上，还让唐子超赶紧收拾，带着屋子里的破烂滚得越快越好。

唐子超僵直着脊背，把钱捡进口袋里，自觉过去三十年的人生都没这么狼狈过。再次回到"维多利亚湾"，他将三舅的遗物往前台一放，服务生赶紧走了过来，跟着将箱子搬进了客房。唐子超坐在沙发上吞云吐雾的时候，想起了在芝加哥的最后一晚，汽车旅馆的电视机里那位金发碧眼的妞，不由得解开衣襟，目光在两腿之间游离涣散。

他的脚挪了挪位置，鞋头碰上了茶几边的纸箱，眼底略微一怔。那是他从三舅出租屋里唯一带出来的玩意儿，数了数，大约是三十盘磁带。

磁带被放在床底，唐子超把箱子拉出来时，还费了一番力气。他的兴趣爱好不多，却偏偏对收集旧磁带情有独钟。他把行李箱放倒在地上，从里面找出那台无论到哪儿都带着的卡式录音机，将箱子里标记为"01"的磁带放了进去。

唐子超听到了杂音，那是一种久违又令人恋恋不忘的味道。他喜欢这种能和过去联结的小东西，听多了还容易上瘾。他将双手抱在脑后，期待着下一秒录音机里会播放出不知道是哪位的动人歌声。

但唐子超的期待落空了。他从沙发上跳了起来，眼神恐惧地盯着茶几上不断转动的卷带轮，里面的声音，似曾相识，他当然知道是谁正在说话叹气。

"喂，喂，有人在听吗？我是裴常笑。一个举世无双的人间败类，无可救药的社会渣滓。这里是我的认罪自白，希望你能认真听下去。

"我杀了人，杀了很多人。"

磁带 01

躲了多少年我已经记不清了，总之现在死到临头，也无须再有所隐瞒。事情的发生通常始于偶然，我时常问自己，如果像大哥那样读到专科，又或是像二姐那样听从阿爸的安排，找个普通人结婚生子，是不是至少活得不会如同蟑螂一般。

这些年来，我辗转在弗元的腌臢角落，如今就算站在昔日老友面前，他也定是认不出来的。毕竟谁会想到一个衣衫褴褛又形如枯槁之人是曾经的裴常笑？

1998 年冬天，我放了一把火。新闻里说从别墅抬出去二十三个人，我知道警方算少了，应该是二十六具尸体，但这也怨不得警方，毕竟那三人离起火点最近，伴随着爆炸巨响，估计连一根手指也难寻。若是问我是否后悔作出这样丧尽天良的举动，我只会笑上一笑。

对于一个杀人犯来说，生与死的边界早已模糊不清。杀人犯如同行走在人间的鬼，投胎转世都是奢望，难道还会在乎这种自我怜悯的后悔情绪？

1997 年 7 月，大不列颠政府终于放手香港，紫荆花红旗的喜悦飘洒全国，与此同时，我为了躲债，坐着摇晃的大巴，从省城回到老家。因为实在受不了阿爸不堪入耳的训斥，我托发小杨利好找了份看管仓库的工作，从家里搬了出来。

这份工一个月四百元，包住不包吃。仓库在弗元的郊区，由一个姓朱的香港老板早年开发建成，听说这只是他在内地众多产业中投资最小的一处，所以也不甚上心。上一任管理员在这个岗位做到了棺材封盖，死的时候七十八岁，抽烟无节制到把肺都熏黑了，也没钱续命，最后还是朱老板念在他为自己工作多年的分儿上，出了下葬的钱，草草了事。

我看管仓库的时间里，只和朱老板打过两通电话，一次面试，一次离职，连他的人脸都没见到过。唯有的印象是那人的普通话有些差，得把话筒贴紧耳朵，才能勉强听清楚他发声的音节。

仓库是连排的泥砖房，朱红色外墙，最高不过四层。彼时周围的土地尚未开发，杂草连着荒废许久的田地，门前是泥泞的土路。要不是朱老板开的价格便宜，怕是根本没人会想到租用那个地方。仓库被隔成五十个小间，我住在上一任管理员的房间里，一楼进门右转的第一间，十平方的面积，一张单人床、一张书桌、一扇小窗，比青少年治疗中心的配置好不到哪儿去。

杨利好要我懂得知足，毕竟一个连高中都没毕业的人，又欠着债，身边的风言风语又多得很，要不是朱老板大发慈悲，我连这个工作也未必找得到。他说的确实是实话，如果不是走投无路，我也不愿意回到弗元这个地方。

最开始的一个月我日夜难眠，除了邻村的老黄狗外，连个能说话的活物都没有。秋风摇着蒿草的脑袋，我在日复一日的虫鸣中也渐渐习惯了起来，觉得就这么孤独死去，不再打扰裴家的人，或许也算一件幸事。

仓库的客人们一年也未必出现一次。零到十号库房是朱老板口中的贵宾仓储室，我曾经在百无聊赖中逐间开门看过，印象最深的是五号房，放着数十口蒙尘的棺木。我纵使从小胆大，但夜半三更看到成排的棺木躺在眼前，也不免心底发怵。自此以后，我变得不再好奇，剩下的四十个房间也不再探究，继续过着死水般的日子。

直到戴大军的出现，石子终于落入了水面，往外扩起涟漪。

秋日黄昏的夕阳下，戴大军敲响了我的房门。为了不让我在那鸟不拉屎的地方过早死去，偶尔前来探望的杨利好给我弄了台老式收音机。每天下午六点，三号频道的"甜心电台"成了我为数不多的消遣。听到敲门声时，我还以为由于本人过于沉迷女主播的嗓音，出现了幻听，一度不愿意从床上爬起来。但戴大军坚持不懈地敲着门，仿佛要把那薄薄的木板撞破，我这才跳了起来，确定门外是真的有人来找。

"你好，请问你系（是）这里的管理员吗？"面前的男人鬓角斑白，双颊泛着高粱红，普通话里夹杂着闽南海话的口音。

我点点头，不明所以地打量着他，问道："你是来取货的吗？哪个库房？"

男人慌忙摆手，带着些许不好意思，说道："打扰靓仔了，我是来找人的。"

那时我虽容貌尚好，但也绝对担不起"靓仔"二字。男人的双手紧张地抓着一个布包，手上布满老茧，神情古怪地往我房间里看。我走出门去，将房门关上，板着脸问道："这里是朱老板的仓库，除了你眼前的靓仔，没别人，你是不是找错地方了？"

"啊，是吗？"男人的眼神暗淡下去，用手比画着说，"靓仔，你有没有见过一个女孩？大概一米六，长头发，经常扎个马尾辫，脖子上戴着个木质的佛。"

三句话说得磕磕巴巴，我也不耐烦了起来，说道："没见过，这种地方怎么可能有女人，阿伯，你肯定是搞错了。"转身便想走回房里。

男人急急地叫住我，说道："靓仔，你看一看。我女儿长这样。"说罢，他将一张黑白照片伸至我跟前。照片上的一家四口坐在祠堂里，前排女人的手上抱着个娃娃，左边坐着眼前这个男人，后面站着一个扎着细长马尾辫、看起来只有十五六岁的姑娘。

我低头仔细看了一眼，说："不认识。"

男人一副快哭出来的表情，哽咽道："真的不认识吗？这系（是）我女儿，叫戴晓冰。她的朋友告诉我，她来这里了。"

我摆了摆手，打发道："说了不认识就是不认识，这地方你也看到了，除了我没别人。"

男人把照片放回兜里，道了一声谢。在我转身之时，他又往我手里塞了一张纸条，说他叫戴大军，这是他的联系方式，如果见到他女儿，请告诉他女儿，他住在这个招待所，他会在那里等到女儿出现为止。我心不在焉地点了头，目送着男人在红日的余晖下，一瘸一拐地消失在小路尽头。日光把男人的背影拉得老长，比路边歪斜的蒿草更让人感到孤独。

那天夜里，我躺在硬板床上辗转反侧。"甜心电台"女主播的话一句也没听进去。黑白照片里的脸反反复复出现眼前。那个少女是戴晓冰没错，只是她的父亲怎么会找到这里？

我与戴晓冰见面不超过五次，往深里说也就是看货和取货的关系。第一次见到戴晓冰是在1998年元旦前后，大冬天的早上，那个纤细的姑娘搓着通红的双手站在我面前，说她是二十八号库房的客人派过来拿货的。

我用余光瞟着她消瘦的下巴，看她利落地清点完箱子，再一箱箱地搬到了面包车上，不禁脱口问道："姑娘，你多大了？"

戴晓冰抹着额头上的汗珠，笑着对我说："靓仔，我成年了，十八岁了。你呢？"那音调和她父亲如出一辙。

许是太久没见着生人，我的脸跟着烫了起来，说："你别喊我靓仔，我都三十多岁了。"

戴晓冰脸颊上露出酒窝，边搬箱子边道："三十岁怎么了？你长得小，看起来和我差不多。"她的脚步有些不稳，我把她手上最笨重的箱子给接了过去，放到车上。她又咯咯地笑了起来，夸我人好，说她刚入职现在的公司，得好好表现，回头有时间再聊。发车的时候，她问了我名字，说自己姓戴名晓冰，还说今天谢谢我。

荒郊的仓库、冷冽的冬日和突然出现的少女，我以为那只是一个不值得回忆的片段。没承想半个月后，戴晓冰再次出现了，还是她一个人和那辆灰色面包车。

她的脸上化了淡妆，似乎眉毛也不再杂乱无章，立领的衬衣也是崭新的。她从车上下来，热情地和我打着招呼："靓仔，我们又见面了。"

"你们老板怎么总让个姑娘来干体力活？"再次见面竟然有种久违的亲切感，我开口问道。

戴晓冰嘿嘿地笑了起来，牙齿如同一颗颗贝壳，又白又齐。她说他们是服装公司，员工大部分都是女人。她是干农活出身的，力气大，多干点也不打紧。还说现在虽然是业务淡季，但老板急着出压箱的存货，不想拖欠员工工资，所以让她往仓库多跑几次。

"裴靓仔，这段时间我会经常麻烦你，不好意思了。"戴晓冰半开玩笑说着。我挠了挠头说，没事，反正这里也没什么人来。戴晓冰的眼角微微上翘，说了回见。

现在想来，戴晓冰与她父母长得并不相像，如果再打扮得洋气一些，和城里长大的姑娘相差无几。人的缘分也是奇怪，距离和她最后一次见面虽然过了些许时日，我却时常想起她来。戴大军拿出照片时，我一眼就认了出来，照片上的脸更加稚气，但那个笑容与我冬日里见到的一模一样。

戴大军离开的晚上，我睁着眼撑过零点。寂静的房门外面只听得见虫鸣。我拿起桌上的钥匙，打开了二十八号库房的门。至今为止，我问过自己无数次，到底为什么会对戴大军的来访如此在意。

许久之后，我得出了一个荒诞无比的缘由。

大概是戴晓冰的眉眼和1980年死去的那个女人有三分相

像，那个弗元市众所周知、被我杀害的女人。

足迹 01

暂停键往上跳了一格，唐子超的手指还在空中战栗。磁带里那腔低沉的烟嗓是裴三舅的没错，那个留在土里的男人，于 2012 年 9 月 26 日，在唐子超耳边一字一句陈述着他的杀人自白。

唐子超抽出了一根新烟，却对不上蓝色的焰心。他将烟摔在了地上，一拳打进软绵绵的沙发里，齿缝间连着骂了不知多少句"该死"。

裴常笑是他从来不会主动提及的名字，因为只要提了，原本笑容满面的姥爷，一定会瞬间垮下脸来，走进里屋去。他第一次看见母亲哭泣，也是因为三舅，似乎只要和三舅扯上关系，家里总没好事。

他曾听见母亲和三舅通电话，但直到小学二年级，三舅才真正出现在他的面前。那个男人手里提着个沉重的蛇皮袋，在大年三十的晚上敲响了姥爷家的门，说他回来了。

儿时的唐子超对裴常笑很是好奇。在大舅母嘴里，三舅是裴家老鼠屎一样的存在，年纪轻轻没个正形，高中没读完就算了，听说还是被点名开除才离的校。而大舅从小就是少先队员，还考上了中专，同一个娘胎生的儿子，差别不是一般大。

姥爷家土地公的牌位旁，常年放着两张相片，一张是大舅和母亲的合影，另一张是某年春节的全家福，唐子超和表妹也在里面。只不过从很久以前开始，他总在想，左边的照片是不是缺了一角，为什么三舅的脸没在上面？

裴常笑站在唐子超跟前时，他才发现那个男人这么高。三舅穿着牛仔外套，格子毛衣塞进长裤里，看着有点像唱《一场游戏一场梦》的王杰。虽然大舅还要比三舅高出半个脑袋，但三舅的肩膀阔，把唐子超抱起来的时候，像一堵墙，环在身上，耳鬓散发着古龙水的味道。

三舅的出现让姥爷和大舅很不开心。姥爷拿着水烟走进阳台，一筒接着一筒抽了起来。大舅母把表妹抱在怀里，按下了她向三舅打招呼的手。三舅也不恼，搔着头，从裤兜掏出两个红包，一个塞进表妹手里，一个递给唐子超，说这是给小辈的心意。大舅母赶紧打开数了数，脸上终是有了笑容，让表妹谢过三舅，把红包放进了自己的上衣口袋里。

大年三十的饭桌最是丰盛，随着电视机里春晚的节奏，一家人的脸色也稍有缓和。唐子超一边吃着碗里的红烧鲫鱼，一边瞄着三舅的侧脸。他发现裴常笑与母亲、大舅生得一点也不像，也就是前额往上翘起的刘海和姥姥头顶的小卷有些许神似。

三舅问母亲，怎么不见子超他爸。母亲说："你姐夫被厂里派去日本出差了。昨天东京下暴雪，飞机延误了一天，估计明天才能回来。"

唐子超的父亲唐步威是炼油厂的骨干。弗元这座城有一半的人都靠着这家国企工作。姥爷是在单位食堂给父亲盛饭时，盯上了这么号人物。后经人打听，发现父亲不仅是大学毕业生，更是厂里领导班子的重点培养对象。唯一不足的是，其双亲早逝，没留下什么遗产，孤苦伶仃。在姥爷的安排下，父亲和母亲在炼油厂的食堂见了面，再经厂里老人一劝，顺理成章地看对了眼，来年就在弗元领了证。

在唐子超童年的记忆里，除了姥爷，他与其他成年男性都不太亲近。他也不喜欢姥爷，尤其是母亲一忙，把他放在姥爷家过夜的时候。姥爷从前是炊事兵，对随军打仗的日子恋恋不忘，说一腔爱国情怀无处施展，总爱逼着裴家小辈叠"豆腐块"，唐子超也不例外。他有时候还习惯性地让唐子超拿着《毛主席语录》读上一读，美其名曰温故而知新。

父亲的专业技能好，又听话，很快得到厂里的提拔，随之而来的是没日没夜的加班和饭局，也无暇顾及唐子超，连他升学了几次都不知道。不过这也怨不得父亲，因为他是这个小家的主要经济来源，唐子超心里也能明白。

但三舅不同。自他回到姥爷家的那天起，唐子超似乎看见了另外一个世界，一个弗元以外的世界。

听母亲说，三舅从高中退学后，和姥爷吵了一架，去了省城，一去就是七年。这七年里，没人知道他是怎么过的，只知道他还活着。他时不时会给姥姥和母亲来通电话，报个平安。其间多次，母亲都劝他回家，但三舅拒绝了。他说他在赚大钱，等赚着了，回家给每人买房子，这样姥爷也就可以安心退休了。

年夜饭过后，三舅对唐子超招了招手，打开了那个半个人高的蛇皮袋子，变戏法似的从里面拿出了一件又一件礼物。他给姥爷准备的是一件顶好的皮夹克，据说是羔羊皮的，但大舅母言之凿凿地说那是假的。母亲和大舅母一人一条花底连衣裙，母亲直夸三舅的眼光比父亲好。他给姥姥准备的是一个颈部按摩仪，不过没过多久就被表妹玩坏了。

还有给大舅的三盘磁带，他说他记得大舅喜欢听 Beyond 的歌。三舅在省城时去了乐队的签售会，磁带上还有黄家驹的签名。分礼物的最后，唐子超把脑袋探进了被掏空的蛇皮袋里，三舅大笑起来，从上衣口袋掏出了一个卡式录音机，说："这才是给我外甥的礼物。"

大舅母问三舅是不是发财了，这么多年没回家，终于想起家人了？三舅不好意思地说："在工厂混迹了两年，遇到了个做五金生意的老板，现在帮他跑粤东地区的分销线路，最近扩张得不错，年底发了些奖金。"

唐子超看见姥爷的眼角翘了起来，喜悦都跑到了眉梢上，但大舅的脸却皱得厉害。

过年期间，三舅一直住在姥爷家。唐子超总缠着三舅给他讲省城的事。三舅也不厌烦，抱着他坐在腿上，和他比画着省城的豪车楼宇，唐子超的眼睛睁得贼大，问三舅下次有没有机会带他去省城看看。三舅摸着他的脑袋，爽快地答应下来。

新春佳节最是热闹，大街上不时听见孩童们拿着火红的爆竹串大笑大闹。但奇怪的是，唐子超发现三舅不爱出门，甚至白日里一次都没从姥爷家出去过。唐子超拉着三舅的手，说想去街上买棉花糖，三舅露出了为难的神色，最后还是母亲拉着表妹和他一起去的。

唐子超不明白。他啃着棉花糖，坐在大院门口的台阶上，看着对面的人放炮仗。他很想叫三舅下来一起玩，但身后走过来的是同一个大院的杨燕燕，她的二叔杨利好听说是三舅发小。

杨燕燕趾高气扬地举着红包，穿着一条崭新的红色棉袄裙，昂头站在唐子超跟前。唐子超最看不得她那股劲儿，因为这总让他想起大舅母。杨燕燕往他身边一坐，不客气地问道："我妈说你三舅回来了。"

"嗯。"唐子超没精打采地应和着。

杨燕燕摘了一点棉花糖，放进嘴里。唐子超气得站了起来，说："谁准许你吃我的糖了？"

"小气！"杨燕燕吐了吐舌头，说道，"我还没嫌弃你和杀人犯住一家呢，你还嫌弃我？"

唐子超脑袋一蒙，天旋地转着，指着杨燕燕结巴道："你……你说什么！"

"你三舅啊！他可是杀人犯，整个大院都知道。唐子超，你不会现在才知道吧。"杨燕燕舔了舔手指头，眼睛弯了起来。

唐子超把棉花糖摔在地上，一把推开杨燕燕，朝家的方向跑去。女孩的哭声从身后传来，他也顾不得更多，他迫切地需要见到三舅，他要知道杨燕燕说的都是谎话。

三舅突然被姥爷带出门祭祖了，没有在家。唐子超从没听说姥爷有在正月里祭祖的习惯，他急得在屋子里打转。母亲见了，问他到底怎么了。他支支吾吾不知道该说不该说。

"妈，杨燕燕说，三舅是杀人犯。"

母亲瞬间凝固的神情，让唐子超的心坠入湖底。他看见母亲慌张地想解释着什么，但他一个字也听不进去。眼泪扑簌地从脸颊流了下来，唐子超甚至不想去擦。昨天还在和他讲故事的三舅，怎么可能会是弗元的杀人犯呢？

门铃响了，杨燕燕的妈带着女儿找上门来，进门就说唐子超打了她的孩子。杨燕燕哭得很凶，棉袄裙的前襟都湿了，她捂着左脸说，唐子超打了她一巴掌，只是因为她说裴三舅是杀人犯。

"我女儿说错了吗？裴常笑是杀人犯的事，这地方的每一个人都知道！你们瞒着子超，有意义吗？"杨燕燕的妈是出了名的大嗓门，上下层的邻居打开了门窗，探出了头。

唐子超不停地求着母亲，说自己没打人，只是轻轻地推了杨燕燕一把。母亲低着头，和杨家不断道歉，让唐子超也马上赔礼道歉。唐子超觉得委屈，哭出声来，直到姥爷和三舅站在了门口，杨燕燕的妈才把音量降了下来。

"妈，杀人犯，我怕。"杨燕燕躲在她妈身后，指着三舅说道。

泪水模糊了唐子超的眼睛，他看不见三舅的表情，也不敢去看，只觉得心里像裂开一般难受。

他终于知道三舅为什么不肯和他出门，为什么那张照片里没有三舅的影子了。杨燕燕的妈走过三舅身边时说："你们裴家，就不应该生出一个你这样的人渣！回来干什么？给你的家人丢脸吗？"

直到很多年以后，唐子超才知道杨燕燕嘴里的事实。1980 年 10 月 23 日，裴常笑上高二的秋天，杀了一个叫白舒梅的女人，那年的三舅只有十七岁。

磁带 02

二十八号库房位于二楼西北角，阳光擦边而过之地，只要靠近就能捕捉到不太明显的霉味。我鲜少在夜半时分踏上二楼，一来朱老板的客人只在白日里取货；二来那一扇扇紧闭的库门前面，只有楼梯口处挂着一只白炽灯泡，越往里走越黑，像治疗中心那条深不见底的长廊，让我不由得想起十七岁的秋天。

打开库房的门，听见房梁上的老鼠"吱"地叫了一声，怕是扰了它们的清梦。我拿手电筒往里照着，房内摞着数十个戴晓冰还没来得及搬走的纸箱，有的边角都被老鼠啃烂了。我翻开面前一个已经开封的箱子，伸手拉出一件货物放在鼻翼下方闻了闻，是劣质尼龙的味道。

顺着手电筒的光，我在箱子里翻找起来，指尖的触感虽薄却粗糙，原来戴晓冰口中的服装公司销售的是性感情趣内衣。我将货物放了回去，手电筒的光束在箱子上来回晃着，看见每个箱子侧面印着一行小字"曼罗莎服饰有限公司 - 兴海路 299 号"。

回到弗元以前，我在杨利好跟前立过誓，绝对不管他人闲事，余生就在这荒郊野岭之地坐吃等死。杨利好见我满脸诚恳，一改往日浪荡之气，才愿意托人帮我找的这份工作。

当然这也怨不得他，毕竟过去三十年，只要提到"裴常笑"这个名字，弗元人民恨不得将我挫骨扬灰，也只有杨利好还念着往日情分，和我暗地里有所联系。

重新关上二十八号库房的门，我躺在硬板床上，看着漆黑的天花板直至天亮。朦胧光线下若隐若现的蕾丝文胸花边，敲开了蒙尘的窗。

白舒梅，一个我越是想忘就越是忘不掉的名字。她在时间的长河里，交叉着双腿，在粉红色的灯光下对着我笑，连坐姿都不曾更换过。逮捕我的刑警曾问，是否还记得和白舒梅的第一次见面。我当时就撒了谎。因为不想让他们知道，我早就盯上她了。

随着高考制度恢复，进入中学就读的人急剧增多。我也同样被阿爸逼着，跟随大哥、二姐的脚步，进入第三中学就读。阿爸早年随过军，认识人，上头认为阿爸能认清时势，是个人才，安排他进炼油厂担任食堂总厨，家里餐桌上的酒肉也跟着多了起来。

大哥以阿爸为榜样，两人长得也如出一辙，厚唇，国字脸，大哥从一道杠升至三道杠，亲戚们对他也是多有夸赞。二姐也不错，长得像阿妈，斯斯文文，瓜子脸，尖下巴，算是方圆半里小有名气的美人，成年后登门说媒的人也是不少。

我就不同了，从小不好好吃饭，儿时瘦得像半截黄麻秆，用阿爸的话来说，就是屁股上长了针眼，站没站姿，坐没坐相。进入三中后，逃课打架的次数更是不计其数，学校领导说裴家三姐弟就数裴常笑是老鼠屎。被骂得多了，我也就当他们无聊放个屁，仍旧带着杨利好在街头巷尾乱窜。

彼时的街霸王大概指的就是我和杨利好这种人。相比之下，三中门前小卖部和文具店的小老板们与我俩最是相熟，我有事没事就帮他们推荐些新入的零嘴给班上的人，再收个佣金做零花钱，那是常有的事。小老板们乐意看见我们在店铺门口叽叽喳喳，显得热闹，学生顾客自然也会被吸引过来，互惠互利。

1980 年的三中还没装风扇，一到三十五摄氏度的大夏天，教室里能热死个人。我和杨利好喜欢躲进一个叫"星星文具店"的铺子里乘凉，男老板姓黄，装了两台落地扇，是三中门前一条街上最有钱的主。

那天杨利好大概是中暑了，没来学校。我闲来无事，逃了最后一节自习，阖着眼在"星星文具店"里帮黄老板看铺子，一小时三毛钱。五点刚过，门帘上的风铃一响，白舒梅就这样走了进来。

我睁开眼皮，看见米色的置物架后面，站着个扎高马尾的姑娘。

她背对着我，看不清脸，指尖游走在作文书和原木色的笔记本之间。我的目光顺着架子间的镂空望过去，正好瞧见她白色连衣裙背后的小半截拉链。她颈部的皮肤很白，斜阳从门缝里照射进来，打在了后颈的小绒毛上，看起来很软。她转过身，从置物架后面走了出来，拿着一本笔记本问多少钱。

　　许是我还在愣神，她缓步走到前台，笑着叫我小兄弟。我不由得老脸一红，从台子后面站了起来，只是速度太快，打翻了面前的杯子，水洒到了裆部，真是分外尴尬，远看像尿了一片。

　　白舒梅笑得更欢了。她抽出手包里的纸，递给我，开玩笑说她只是想问问价格，不用紧张。我感到耳朵根部烫了起来，嗫嚅说道："那个，五元。"

　　"五元?!"白舒梅一声惊呼，似乎不敢相信。

　　我脑袋晕乎乎地说："不对不对，那本是五毛钱。"我还把弄脏了的纸给她递了回去，但立马又把手缩了回来，咽了咽口水，说："不好意思，我只是个看店的，老板出去进货了。这本，架子上有标价，应该是五毛。"

　　白舒梅莞尔道："没关系，五毛我还是给得起的。"说罢，她从包里拿出一个绣着梅花瓣的钱包，抽了一张两元放在桌上。我打开钱箱，这才想起黄老板走的时候，把里面的存钱一并带走了，只得不好意思道："今天店里没法找零，要不然这本送你吧。"

　　"老板不会怪你吗?"白舒梅又笑了起来，我这才看清她的脸。那真是白瓷一样的肌肤，感觉二姐即使把整罐雪花膏糊在脸上，也倒腾不出那样纯的肤色。白舒梅的右唇下方有一颗小痣，衬着樱桃小嘴，分外饱满。

　　我摆了摆手，忙说："没关系，如果实在介意，明天过来再给也行，先赊着。"

　　白舒梅顿了顿，道了一声谢，说她阿弟今天生日，无论如何都想给他寄个礼物。还说明天会拿零钱再来。我看着她跨出门去，突突狂跳的心脏过了许久才安静下来，看来这看店的工作，明天还得继续了。

之所以对那天的印象如此清晰，是因为往后五日，我天天蹲守在"星星文具店"，把那天的画面回忆了千百次。黄老板夸我是个能干活的料，小小年纪就知道看店赚钱，长大定是个日进百金的人才。他这话倒是说对了一半，只是当时的我无心听他那些叨叨，反倒心里一直后悔，为什么那天没问女人的名字。五毛也不是大钱，想来那人怕是把这事给忘了，看穿了门帘也不见她再次出现。

就在我心灰意冷之时，第六日傍晚，她终于来了，还是那身白色连衣裙，只不过这次把头发都散了下来，下巴显得更加娇小。

白舒梅把钱放在了桌上，和黄老板解释了情况，还说："小兄弟，没想到又见着你了。"我结巴地答应着，后脑勺嗡嗡作响。白舒梅看起来有些疲倦，说这几日感冒了，账拖了些时间，真是抱歉。黄老板说没关系，反正都是老熟人了，有需要再过来看看。白舒梅嫣然一笑，对着不知道是我还是黄老板说了声回见。

"怎么样？好看吧？"黄老板油腻的声音响起，点上了一筒水烟。

我忘了自己当时的回答，好看是肯定的，只是没料到黄老板认识她。

"她叫白舒梅，外地来的，住在后巷。你要是闷了，可以去找她玩玩。"

十七岁的我还不知道"玩玩"是什么意思，只知道心底有个地方破了土，出了芽。三中的后巷神秘又多情。家长们对那处嗤之以鼻，勒令自家孩子不准靠近。学生们则称那处为不可知地，因为那里幽深且狭长，容易引起罪恶的窥探欲。我与杨利好每每早退之时，喜欢从围墙翻出，绕道后巷入口，躲避值班教师的追击。

但由于被阿爸阿妈洗脑，也从未深入一探究竟。白舒梅出现的那天过后，我开始瞒着杨利好走入后巷。那里的店铺白日里大门紧闭，我一家一家地走过去，往窗子里想窥视里面的情形，却看不出个所以然。黄老板说白舒梅在后巷倒数第二家店工作，我去了两次，没见着人，倒是有些上了年纪的女人，站在巷尾不停地朝我招手。

现在想来，如果不是因为那个大雨滂沱的夜晚，我不敢回家，又无处可去，本是不会再次走入后巷的。

我在雨中走得极慢，眼里的泪止不住地落下来，比天上掉的雨还要急。我想起了阿爸的巴掌，想起校长室里众人的眼神，想起了三中布满青苔的围墙，再次走到了白舒梅的铺子门前。

"哟，来了个小赤佬。"我听见有个女人这么说着。

白舒梅似乎认出了我。她从沙发上站起来，拿了条毛巾披在我身上，问小兄弟，你怎么被打了？柔软的手抚上了我肿胀的左脸，很软也很暖，像我第一次见到她时感觉的那样。周围的人都在笑，空气里弥漫着甜腻的香水味，我抬起发红的眼睛，对着她说，你真好看。周围的笑声更大了，白舒梅的脸红了起来，把我拉进了屋子里。

那天晚上究竟怎么过的，我全无记忆。但可以肯定的是，除了皂角的碱味和感冒冲剂的甜味以外，余温中都是白舒梅床单的香气。清晨的光洒了进来，我看见她安静地睡在身边，洁白的脖颈纤细得仿佛一捏就断。

我知道心里的芽正在不受控制地快速生根。她睁开眼睛，抚上我的额头，说终于不烧了。我这才发现，被子里的两具身体毫无避讳地缠绕在了一起。我慌了神，拉起白舒梅的手说："我一定会负责到底。"白舒梅一怔，随即笑出声来，说："小兄弟，是我占了你的便宜才对，你着什么急？"

缠纤的回忆被急促的敲门声打断，我忍着席卷而来的睡意，恼怒地打开木板门，说他妈的，是谁这么早来取货？也不早点通知一声！

"靓仔，不好意思打扰到你了，我真的没有办法了！"戴大军穿着昨天那一身蓝色布衣站在门前，哭肿了眼。

我揉了揉眉心，极其不耐烦地怒道："怎么又是你？"

戴大军抬起那双粗糙通红的手，擦了擦眼底，说："靓仔，他们告诉我，晓冰失踪前最后出现的地方就是你这里。你行行好，帮帮我吧，带我去周边看看，成不？"

足迹02

弗元的天醒了。

唐子超仰头吞下一颗头痛片，时差的折磨还在继续，但磁带里裴三舅的声音与之相比，才是更扰人的事实。他拨通了李海鸣的手机，对方接了起来，似乎带着不小的起床气。

"醒了吗？帮我把现在的酒店续两天，再去我家把剩下的银行卡寄过来。"

李海鸣打着哈欠，在电话那头问道："老板，您这是在老家不打算回来了？明天早上的预约已经确定了，就是那个急着想购买芝加哥房产的刘总，您不记得了？"

"改时间吧，和他说我长途出差回来，落地后吃坏了东西，上吐下泻，需要休息两天。等好了马上前去拜访。"

李海鸣顿时睡意全无。要知道唐子超可是从没放过客户的鸽子。听说从业以来，无论多难伺候的客户，唐子超总能展现出超乎寻常的耐心，哪怕是那种滴水不漏的家伙，他也能想办法在一来一回的话语里抓出对方把柄，再轻描淡写地点出来，让人不得不与他签约。

也是基于这个原因，唐子超三十岁出头的年纪便能得到所里重用，甚至有成为新任合伙人的趋势。这次的刘总，听说是个在南方二三线城市拥有上百家连锁KTV的地头蛇，现金怕是堆成了山，唐子超竟然会改预约时间，看来老家那边肯定有事。

"明白了。我会另外准备两千现金，连同银行卡以最快的速度寄往酒店。老板，您还有别的需要吗？"李海鸣试探性地问了一句。

唐子超沉吟片刻，说道："你今天去省城刑警队找张嘉良队长，叫他想办法查一个受害者叫白舒梅的旧案，出事地点是弗元市，时间在1980年10月23日前后。你告诉他，该是他还债的时候了，这个忙不帮也得帮。"

挂下电话，唐子超将地上的磁带数了数，一共三十二盘。

杨燕燕的母亲来姥爷家闹过以后，三舅第二天就走了。门开的时候，唐子超正躲在房间里，听见姥爷又在阳台吧嗒着水烟，一声接着一声叹气。姥姥对着三舅说了些嘱咐的话，母亲朝房间喊了唐子超的名字，说三舅要走了，你怎么也不来送送。

唐子超窝在被子里不愿意动，他又想起了杨燕燕说三舅是杀人犯的话，鼻头发酸，再次把脸埋进了被子里。

黄香还在冒着烟，照片上依旧没有三舅的影子。唐子超明明记得三舅发礼物的那天，和全家人一起照了相，但直到姥爷去世，那张照片他也没看见过。

他发誓再也不和杨燕燕说话，但杨燕燕总带着几个跟屁虫，远远地对着唐子超叫道："你的杀人犯三舅呢？"唐子超实在受不住了，心口像堵了砖，他抄起地上的石头朝杨燕燕一伙人砸去，杨燕燕边逃边喊："杀人犯的外甥要人命啦！救救我们啊！"母亲从楼道里跑了出来，把唐子超抓回家去，说你是不是被三舅带坏了，是嫌装家还被骂得不够？

唐子超觉得委屈。他抹着眼泪问母亲，为什么大家都说三舅是杀人犯？他到底杀了谁？

母亲的脸色变得极其难看，说道："小孩子家家，别管那么多。你三舅一天牢饭也没吃，那些杀人犯的话都是胡诌。"

但无论裴家人如何否认，也关不上杨燕燕母亲那张喋喋不休的嘴。毫无边际的话越传越广，唐子超发现大院里走过他身边的孩童，有意无意地用眼角瞟着他，窃窃私语。他还听见大院门口的保安大爷说："裴常笑那个渣滓，竟然从牢里出来了，那种人就应该关到收尸，最好永世不得超生。"

唐子超在墙角默默听着，他第一次那么希望没有活在这座城，第一次那么希望三舅就这样消失在他的世界里，永远也不要回来。

白舒梅这个名字出现在他的记忆中是两年以后的事。他的父亲唐步威作为厂里少有的大学毕业生，借着改革开放的春风和炼油厂积极扩张的态势，扶摇直上，成为技术部二把手的有力候选人。彼时正值厂里内斗得厉害，两帮领导班子纷纷铆足力气，想方设法将自己的人推上去。

董事会对唐步威的能力和业绩十分满意，认为他背景单纯，处理矛盾时也能站在更加客观中立的角度，进而更适合带领职工稳步发展。在董事会即将下达决定之时，有人在大会上指出唐步威是弗元杀人犯裴常笑的姐夫，与会者一片哗然，原本支持唐步威的领导们也面面相觑，董事会不得不在聘用文件中将父亲的名字划除。

"因为你弟是杀人犯，我的前途都毁了！"唐步威在家里不断咒骂，饭桌上的碗摔了一地。

母亲趴在地上，将碎瓷片一点点捡了起来，不小心划破了手，血顺着指尖流了下来。

"原本以为你会做饭，够贤惠，这段婚姻还不会太糟糕。结婚以前要是知道你弟是杀人犯，我是绝对不可能和你结婚的！真是倒了八辈子霉，太晦气了！"唐步威喋喋不休地骂着。

母亲站直了身子，手指上的血还在滴，白瓷砖开出了一连串艳红的小花。唐子超听见母亲说："我弟不是杀人犯，他无罪。"

"还狡辩！你们一家都在为那个人渣开脱！那个叫白舒梅的窑姐，被他扔在河滩上，这些你和你爸从来没和我提过！你们是不是觉得我爹妈死了，无依无靠，想着就算隐瞒事实也没有关系！"唐步威的声音越来越高，直到母亲看见角落里的唐子超，尖叫着跑了过去，争吵才停了下来。

唐子超那时恨极了裴三舅。都是因为那个男人，家里才这般乌烟瘴气。

他用钢笔戳着纸面，重复刻着"裴常笑"三个大字。他听说这个名字是三舅哭来的，姥爷为表赫赫红心，给大舅起名裴建国，母亲起名裴红旗，轮到三舅了，原本思量着叫"裴八路"也是不错，但襁褓里的三舅不依不饶，愣是哭了三天三夜，姥爷无奈之下，最终妥协，才呼出"常笑"二字，三舅终是喜笑颜开。

那人真是从出生开始就在惹事，现在死了也还是无法消停。

厂里的人知道父亲大势已去，原本打个午饭都会上前巴结几句的家伙们纷纷无影无踪。父亲回家的次数变得多了起来，但也只是坐在客厅的沙发上叹气。母亲也变得更加小心翼翼，能不说话就不说话，家里的气氛比太平间好不到哪儿去。

也只有唐子超把接近满分的考试卷拿出来时，父亲的脸上才会重新出现笑容。

这种情况延续到了来年，炼油厂在平山市的分部有技术岗负责人的位置空了出来，曾经提拔过父亲的老领导再次给了父亲机会，父亲也没和任何人商量，二话不说就答应了。母亲知道要搬迁了，抱着唐子超哭了很久，说即使三舅回来了，他们姐弟也怕是很难再见上一面。

李海鸣发来了快递单号，短信上说包裹明天就能寄到。唐子超对这个助手很是满意。虽然李海鸣刚大学毕业不久，但做起事情比同龄人靠谱得多。只是张嘉良队长的脾气不小，估计李海鸣今天有苦头吃了。

唐子超这样想着，发现的士司机正在后视镜里斜着眼睛瞟他，他才发现目的地到了，只是这地方和他想象中的不太一样。

"这里是弗元图书馆？"唐子超问。

"系呀，这是新建地呀，你外地来的吧？这个图书馆好大哩！"司机是本地人，普通话"的""地"不分。

唐子超没有下车，把车窗摇下来，看了看说："怎么还在施工？"

"建了好多年啦！施工才有钱赚嘛，小伙子你这就不懂啦！"

司机嘿嘿地笑了起来，"你不系说要来图书馆，我才带你来这儿的呀。"

"还有个旧的图书馆吧，在老城区的那个。我们去那里吧。"这司机故意绕了路，唐子超看见计价器的数字往上欢快地跳跃着。

"哎呀，你早点说嘛，都不是一个方向的啦。"司机揶揄道，一路疾驰而去。

这座城本没有错，是组成它的人错了。唐子超竟然忘了这些人的做事方式。儿时母亲抱着他坐在的士上，眼睛会一动不动地盯着计价器，提心吊胆地在唐子超耳边嘱咐道，这些人喜欢跳表，有些甚至会绕路，爱坑自己人，千万得注意了。隔了这么些年，他现在才记起来。

车行了十来分钟后停下。唐子超丢下二十五元，用力甩手关上了车门，站在小得只能供一个人进出的入口前方。搬去平山市以前，这处旧图书馆他最是常来，没想到如今那朱红色的门框早已斑驳有如泪痕，门牌也变得模糊不清。

"你好，我想查一下 1980 年 10 月到 12 月的本地报纸。"唐子超站在前台，彬彬有礼。

图书管理员阿伯戴着老花镜，头也不抬地问道："有会员证吗？"

"没有，一次性会员证多少钱？"

图书管理员抬起头，仔细打量起唐子超，说："现在会来这里的年轻人不多啊。全年的证五十元，一次性的三十元。你还是办全年的吧，划算。"

"不用了，给我一次性的。"

图书管理员撇了撇嘴，将三十元接了过来，说："看不出你这小伙子还挺节俭，钱都花在买衣服上了吧，穿得倒是人模人样。"

"麻烦你帮我把我要的报纸拿一下。"唐子超皱着眉，语气不悦。

"第一排书架右转，走到底。过去十年的报纸都在架子上。你看完了按照年份放回原来位置，别弄乱了，收拾起来麻烦死了。"图书管理员喋喋不休地说着，唐子超快步离开前台。

白舒梅的案件年代久远，网络上的信息少之又少，但他知道市级图书馆有存放往年报纸刊物的习惯，想着来这里碰碰运气。架子上的纸张大都已经发黄，当年的事情闹得很大，弗元最有影响力的报刊定然不会放过对该案的追踪。

果然三十分钟后，白舒梅的名字映入眼帘。1980 年 10 月 25 日，《都市晚报》头版头条上刊登着"小西江河滩惊现白姓女尸，疑犯锁定未成年人"。

报道里记载着白舒梅的尸体于 23 日清晨时分，被沿江晨练的人发现后报案。尸体上身赤裸，颈部有致命勒痕。据目击者称，有一裴姓男子曾多次骚扰死者，甚至因为死者发生过斗殴事件。警方称此案疑为情杀，具体案件细节还有待进一步侦破。

紧接着，三天后的晚报继续祭出案件后续，记者措辞夸张地陈述道，死者无固定职业，人际交往复杂，在本市无亲人好友，且为独居。据可靠消息透露，裴姓嫌疑人拒绝承认对死者痛下杀手，但在证据面前，也无法否认其与死者有不正当男女关系的事实。

唐子超在图书馆里坐了一个下午，直到日落西山，李海鸣的电话才打了进来。他憋着音量，在电话那头重复着张嘉良队长咄咄逼人的话语，说再也不要见到那孙子了，那人大概是吃炮仗长大的。

"白舒梅的案件资料拿到了吗？"唐子超对李海鸣的反应并不意外，张嘉良是出了名的火气大，哪怕唐子超对他有恩，他也说不出半句好话。

"张队长让您明天去弗元刑警队找一个叫宋继伟的家伙。他说已经打过招呼了，还让我转达给您，这种事情违反纪律，要搞事的话，可别把他拖下水。"

"除此之外，还有吗？"唐子超问。

李海鸣在电话那头沉吟了半晌，唐子超又问了一遍，他才接着往下说。

"我提到白舒梅这个名字的时候，张队长的神情有些古怪，好像立马就想起来这个人。还问我为什么对她的案子感兴趣。我说是您让我问的，之后他说了句很奇怪的话。"

"什么话？"

"他说，那个姓裴的都死了，还能扯事，真是没完没了啊。"

磁带 03

我捧着碗豆花，蹲在弗元南区派出所门口。

几口下肚，塑料碗见了底，我掏出两毛，让推车的大婶再盛一碗。大婶说着海话，意思是小伙子看起来瘦，倒还挺能吃。她以鲜贝壳作勺，扎入洁白的豆花，再浇上糖浆递了过来。

戴大军早上在我的房间一通哭，絮絮叨叨地说戴晓冰失踪两周了，还说通常晓冰不过三天就会往家里打电话，每个月底他都能收到她寄回去的生活费，但这个月不知怎么的就没消息了。戴大军思来想去，觉得女儿可能出事了，把农活先放在一边，连夜搭了七小时绿皮火车过来。

他前脚刚下车，就被街上的人忽悠去了招待所，说那家宾馆便宜又干净。等到了交钱的时候，发现自己身上的钱只够住三天，今天早上他只得收拾行李，提早退房，寻思着再找个便宜的住处落脚，直到女儿出现为止。

戴大军在我面前哭成了泪人，说这座城他第一次来，也没一个认识的人。他顺着戴晓冰以往信件中的地址，找到了女儿所在的出租屋。屋里住了四五个和戴晓冰一般大的姑娘，说是同屋，其中一个还是戴晓冰同事。他就是从同事的嘴里听说，戴晓冰失踪前最后去的地方是朱老板的仓库，才会和我碰见。

寻思着戴大军这样哭下去也不是办法，我让他先把行李放下，踩着老摩托，把人带到了派出所。只是这进了派出所二十来分钟，也不见他出来，我吞下最后一口豆花，往里探了探头，看见他踌躇着站在前台，涨红了脸。

"怎么了，我不是叫你报案吗？"我走到戴大军身边。

戴大军不敢看我，低着头说："这姑娘不让我报案。"

"这位先生，你可不能这样说话。不是我不让你报案，是你的资料不齐全，报不了案。"一位五官端正、面目清秀的女警严厉地陈述道。

"他女儿已经失踪两周了。你们需要什么资料？"我问道。

"我们有明文规定，如果失踪者超过二十四小时，这位先生可以持他的身份证件和与失踪者的关系证明到我们派出所报案。但他无法证明他与失踪者的关系，我们自然不能建档。"女警一字一句地回答道。

"戴晓冰的出生证或是健康证一类的你有吗？就是你俩的名字都在上面的文件。"我问道。

戴大军摇了摇脑袋，着急得连话都说不利索了，委屈道："晓冰就是我女儿呀，还要什么证明，我看着她从她阿妈肚子里出来的呀。她现在失踪了，你们警察帮帮忙呀。"

女警无奈道："先生，这是规定，你回家把证件找一下再过来，后面还排着队呢。"

戴大军的嘴巴撇了下去，怕是又要哭了。我赶紧将人拉到一旁说："你真的什么证件都没有？如果不行，要不叫家人把证件寄过来，过两天我们再来。"

戴大军说："证件都在孩子她妈那儿收着，没带出来，我有一张照片，你说行不行？"

"现在不是我说行不行的问题，是警方他们有规定。"

戴大军急了，说他老婆不识字，小女儿也才四岁，干不了事。如果要拿证件，只能他回村里一趟。但他不想等，要不然再进去和女警说说。我看他轴得不行，想把一整天都耗在派出所，准备把人拉出门再解释，不料身后有人先叫了我的名字。

"这不是裴常笑吗？"试探很快变为确认。

我转过头去，觉得面前的人很是眼熟，一时之间想不起来。那人看着我说，不记得了？刑警队宋继伟。

我脊背一凉，真是该死，一进派出所就遇着不想见的人，于是抓着戴大军的衣袖就往外冲。宋继伟不紧不慢地跟出了门，说："这么多年了，裴常笑你还是那个倔脾气，也不知道和叔叔辈打个招呼。"

"和你没什么好说的。"我冷着脸，开了老摩托车的锁。

宋继伟单手按住车头说："你这话就不对了，要知道白舒梅的事，我可是唯一相信你的人。"

"呵，别逗了。"怒气冲上头顶，我大声道，"如果你信我，会眼睁睁地一句话也不说？"

宋继伟没有搭话。他放开了手，从上衣兜里摸出一张名片，说："如果想捞人，可以来找我。现在我才是刑警队队长，升职了，不像从前。"

戴大军抢先一步把名片接了过来，刚想说话就被我压了下去。

"人家是查杀人案的，管不了你那档子事，闭嘴吧。"随即我发动引擎，带着他疾驰而去。

刑警队找到三中时，我已经连续翘了一周的课。班主任打电话给阿爸说如果我再不出现，建议下周去校长室办理退学。回教室的第一天，杨利好拍着桌子问我，是不是和那个做鸡的混在了一起。我当场就怒了，道："下次再这样说她，小心我撕了你的嘴。"

杨利好长得胖，胆子小，只爱跟着我尾巴跑。我们两家从爷爷辈就相熟，据说杨利好的阿奶是我阿爷的初恋情人，只是因为战乱中时局不定，二人逐渐走散，再次相遇时则各已成家。

对于这样的传闻，我从来没向阿爸求证过，因为这完全不影响我与杨利好厮混在一起，上树爬墙，撒泼打架，年少时光里有一半是他的身影。那段时间大概是我与白舒梅走得近了，杨利好说我重色忘义，屡次说白舒梅坏话，还信誓旦旦地说女色害人，白姓女就是披着羊皮的狐狸精。

刑警队的人拦住我时，杨利好正就着白舒梅的问题和我一通抗议。三四个人高马大的男人从教室外的长廊朝我走了过来，问我是不是裴常笑，今年多大了。宋继伟那时剪着个寸头，还没发福，站在队伍最后。他旁边是个棱角分明的男人，怒气冲天地瞪着我说："任队，别和他废话，我先把他铐起来再说。"走在最前面的男人回应道："张嘉良，还没有确定他是犯人，不能意气用事。"

杨利好见此情形，吓得冲往班主任办公室。学生们惊慌失措地议论着，有人在喊："裴常笑犯事了！警方来抓人了！"校长也急急地跑了过来，问到底出了什么事。

"我是任弘飞，现任弗元市刑警队队长。我们怀疑这位裴同学和最近发生的一起命案有关，需要他配合我们调查。"

校长大惊失色地看着我，像在寻求一个答案，而愚蠢的我大脑一片空白，连一句辩解的话也说不出。

我在全校师生的注视下坐上了警车，人们的目光穿过那层白色铁皮，烙在我的身上，我感到全身上下仿佛烧着了一般。我在车里问身旁的宋继伟："阿 Sir，发生什么事了？"宋继伟面无表情地说："待会儿你就知道了。"

把戴大军送上火车后，我在站台的长椅上坐了很久。原本想着只要戴大军去派出所报了案，靠着人民公仆的力量怎么也比我这不着调的仓库管理员强。发车之前，戴大军把全家福和宋继伟的名片塞进我手里说："靓仔，你竟然连刑警队队长都认识，肯定是个大人物。你发发善心，帮帮我，实在不行把情况和宋队长说一声也成，真是谢谢了。"说完脑袋就要磕在地上，我吓得赶紧将他扶了起来，说会等他回来再一起去找宋继伟。

站台上人来人往，进城的喜悦和回乡的道别糅杂在一起，我又想起了白舒梅。

那个女人说她是从乡下来的，村里人说城里的钱好挣，辛苦两年便可以回家盖小楼。她在母亲的督促下，跟着村里的姐妹来到弗元。一开始只是在发廊帮人洗头，但家里刚出生的阿弟遗传了父亲的白内障，母亲哭着说等了这么久才生出的儿子，一定不能让他刚来世上就遭罪，叫白舒梅想办法筹钱给阿弟做手术。

发廊的人知道后，给她说了三中后巷那个地方，说这个办法来钱快。要是碰上个真心喜欢她的恩客，直接帮她阿弟把手术的钱出了都有可能。

她说自己来弗元大半年，听闻城南的夜市最是热闹。卖鱼蛋的小摊，捣豆花的推车，她都想尝尝。我说只要她想，啥时候都能一起去。她的眼神暗了下来，说晚上才是她工作的时间，往来的恩客不断，她得赶紧接，在春节前夕把攒下的钱寄回去，阿弟的病才有可能治好。

我从长椅上站起身，脚都麻了。我把照片和宋继伟的名片塞进裤兜里，骑着老摩托往城北开去。兴海路在老城区一带，顺着小西江蜿蜒向西，大都是不超过六层的小楼。我把车停在了街口，数着门牌找到了 299 号，楼梯上走下来一个身材高挑的姑娘，我不由得回头看了一眼，那雪白的脖颈真是漂亮。

"请问这里是曼罗莎服饰有限公司吗？"我敲了敲门，对着里面喊道。

"是的，先生你找谁？"前台小妹抬起了头。

"我是你们仓库的管理员。之前你们公司的戴晓冰经理和我约了去拿货，但没见到她人，所以我过来问一下。"

"哪个戴晓冰？"小妹朝房间里喊了一声说，"金老板，仓库的人来找。"

房间门开了一道缝，一个穿着印花衬衫、肥头大耳的男人走了出来。我看见里面的办公桌前站着三个只穿了内衣的女人，正纷纷侧头看向前台，当我想看得更仔细时，门瞬间被关上了。

"你谁啊？"男人语气不善地问道。

我再次说明来意，男人上下打量着我，说："戴晓冰啊，她只是我们的临时工。"

"是吗？那大概是我误会了，还以为她是经理。请问你们下一次什么时候取货呢？我和她约了时间，但她没出现。"

男人点上了一根烟，把手肘架在前台小妹的肩上说："下次我派别的人过去搬货，那个戴晓冰不靠谱，上个月跟男人跑了，还偷了公司的钱。"

足迹 03

唐子超做了"别人家的孩子"很多年。迁入平山市后，他站在陌生的中学校园里，打心底感到欢喜。每一个走过身边的人，每一片枝头的叶，认识的都是全新的他。杨燕燕和那些讨人厌的话一起消散在平山的风中，虽然他还是不喜欢和人交往，但至少也不再排斥，连空气中泥土的气味，也变得舒心起来。

高大帅气，五官立体，这些是早已听到烂了的夸词。上了初中后，他的个子不受控制地蹿了起来，肩膀变宽了，腰挺得更直，抽屉里收到的情书也变得更多了，但他的眼里只有排行榜上的名次。他必须保持每次大考都排在年级前五，那些你侬我侬的杂事都不在他的考虑范围之内。

老师们不吝言辞地夸赞着他，不厌其烦地让全班同学向唐子超学习，说他是国家的栋梁之材、平山的明日之星，克己又自律。是的，他只要沿着作业本的方格，一步一步地走，在格子里不超出一点边界，他就不会活成三舅那样，他经常在心里反复提醒着自己。

父亲在平山市的工作很顺利，和母亲关系也缓和起来。他还是很少和父亲说话，因为他们的话题仅限于分数、排名和奥数竞赛。偶尔和父亲走在街上，遇到他单位的同事，别人总会说真羡慕唐步威啊，有这么个优秀的儿子。

父亲表面上不太回应，回到家后，他会把饭桌上的鱼腹夹进唐子超的碗里说："还好你继承了我的脑子，不像裴家的人，个个窝囊废。"鱼腹沾了酱油，唐子超觉得咸，放进嘴里又吐了出来说："吃饱了，看书去了。"

唐子超以全市第三的成绩考入了平山市最好的重点高中。高中女生的荷尔蒙迎面扑来，校服裙摆也比初中时裁得更短。有的女生会打闹着从他身边走过，回头叫着他的名字。但那又怎么样呢？他必须专注于书本，考上最好的大学，沿着最正确的轨道向前迈进，不能停顿，也不能走岔了道，他不被允许失控。

拿到大学录取通知书的晚上，父亲和母亲高兴得抱在了一起。那似乎是自打十一岁以后，父母在他面前的第一次拥抱。

母亲拿着电话，一通接着一通地给亲戚们打。父亲从钱包里掏出百元大钞，塞进他的手里，说想吃什么就去买。他揣着钱，来到街角的便利店买了一包黄鹤楼，靠在大院门口的树下抽了起来。第一次抽，一下子吸得太猛，他感到嗓子里又苦又呛。他弓着身子剧烈咳嗽，五脏六腑似乎都移了位置。三舅第一次抽烟也是这样吗？他脑子里只冒出了这个念头。

唐子超有过两任前女友，一任是大学同班同学，一任是同系学妹，都交往了不到半年。分手的原因已经记不清了，不过两任都对他说过，他是个过于利己的人。如何从别人的话里拿到好处？如何找出他人逻辑的破绽？他好像自然而然地就会做这样的事。连系里的老师都说他是个天生当律师的料，克制又冷漠，仿佛停不下来的钟摆，幅度一致地不停走着，不会累也不会停歇。

可是自从拿到裴三舅的磁带后，一切都乱了套，或者说从接到母亲的电话开始，原本直行的轨道开始急速转弯，成一百八十度角偏离了方向。

他站在弗元市公安局门口，焦急地踱着步，李海鸣那个家伙怎么会忘了问宋继伟的手机号码，现在打李海鸣的电话又没人接。他压着怒火，又一次走向看门大爷，说他的确和宋队长有约，但钱包忘带了，证件没在身上，麻烦大爷行个方便，他进去一会儿就出来。

"那可不行。我见的犯人多了，像你这样的小白脸，搞不好就是大浑蛋。没有证件不让进门，这是规矩。"大爷跷起二郎腿，开始看报。

"或者您给宋队长打个电话？就说有位叫唐子超的律师来找，他一定知道。"

大爷摇了摇头说："骗子都这么说话。宋队长忙得很，没时间接这种无聊电话，你要么就坐门口等着吧。"

唐子超无可奈何，总不能石头硬还绷着脚往上踹，疼的只能是自己。他抬眼看了看公安局的围墙，如果爬上去被抓起来，估计就能见着宋继伟了。如此这般想着，耳边忽然飘进大爷的一句"宋队好"。

走在最前面的男人年龄五十岁上下，圆脸，穿着件黑色长袖，肚皮有些松垮，黑眼圈尤为明显。他抬起手对大爷打了个招呼，快步往公安局里走去。唐子超见状，高声喊出了宋继伟的名字，男人停下了脚步，用怀疑的目光打量着他。

"我是唐子超律师。张嘉良队长昨天应该和你提过。"

宋继伟定在原地，回忆了半晌后，对身边的人打了声招呼，让他们先走，眼神示意唐子超换个地方说话。唐子超不明所以，但还是在大爷疑惑的目光下，紧跟在宋继伟身后。

转过四五个街口，两人终于坐进一家不起眼的馄饨店里。宋继伟点了两笼柳叶蒸饺和一碗葱油拌面，说："太饿了，刚出任务回来，得边吃边聊。"还让唐子超别客气，想吃什么随便点。唐子超让店家上了碗清汤面，加了句"麻烦表面去一下油"。

"小伙子吃这么淡，能饱吗？"宋继伟张口吞下一个柳叶饺。

"去美国待了两周，牛肉汉堡太腻了，回来得缓缓。"唐子超掰开一次性筷子，两根木棍来回磨了好一会儿，才夹起一小撮面条。

宋继伟看着他说："做律师的就是不一样，啥都讲究。说吧，你找我什么事？"

"我想了解1980年10月发生的'小西江河滩杀人案'。宋队应该有印象吧？"

宋继伟吐出一口长气，问他为什么想知道那个案子。

"不瞒宋队，我是裴常笑的律师，对他过去的经历有些好奇。"

宋继伟嘴角提了起来，说："你逗我呢，裴常笑他死了都不可能请律师，那家伙头铁得要命。你到底是谁？"

"我的确是律师，同时裴常笑也是我三舅。"唐子超也不打算继续隐瞒，既然他人想要单刀直入，他倒也无须遮掩。

"没想到裴常笑竟会有这么个人模人样的外甥。是不是你们家除了他以外，其他都是正常人？"宋继伟调笑似的看着唐子超。

"大概吧。家里的人和三舅都断了联系，我这次也是偶然路过弗元，才想起他以前的事。"唐子超喝下最后一口清汤，一滴不剩。

宋继伟看着剩下的柳叶饺，叹了口气说："家里头没告诉你吗？裴常笑这人，你离得越远越好。"

"说了。我只是想听听他为什么这么垃圾，人人憎恶。毕竟见他时我还太小。"

"你的这个理由，可不足以让我冒着违纪的风险把案情告诉你。"宋继伟盯着唐子超，目光仿佛可以在对方脸上戳出个洞来。

唐子超用指腹来回摩着筷子头，低声道："三舅死了，家里没人在乎他是怎么死的。我妈把他抱回来的时候，已经化成灰了。但哪怕过了那么久，我还是想知道一个答案。"

宋继伟哈哈大笑起来，说："一个比过街老鼠还脏的杀人犯，竟然还会有人惦记。"

"所以说，三舅真的杀人了吗？"唐子超喉头一紧，仿佛被筷子的倒刺卡了喉。

宋继伟的脸色暗了下来。过了好一会儿，他说："是的，我们刑警队从来没有放弃抓捕他。"

在馄饨店里待了多久，唐子超已经不记得了，只知道出来的时候，天全黑了。宋继伟的每一句话，都无比清晰地印在他的脑海里。

三舅是白舒梅的恩客。白舒梅是被人勒死的，用的是扎在她马尾辫上的红丝巾。三舅承认丝巾是他送给白舒梅的礼物，也说白舒梅死的那天，他们的确在一起。大概是因为涨潮，女人的尸体在清晨时分被冲到了河滩上，刑警队赶到的时候，尸体旁边围满了人。

人们用赤裸裸的目光打量着那具衣不蔽体的尸身，有人说别看了，警察来了；也有人说，看看怎么了，她本来就是做鸡的，不就是给人看的吗？宋继伟他们把人群驱散开，人群又像沙丁鱼般游了回来。当时弗元的刑警队队长叫任弘飞，不得已之下还对着天空放了一枪，吼道："看什么看，留点脸吧。"人群里有人呸了口痰在地上，说谁稀罕看这烂货。

刑警队用了一天一夜，很快锁定了裴常笑为嫌疑人。白舒梅所在的铺子，没有一个人不认识这个姓裴的小赤佬。其他女人说，姓裴的总去铺子里闹，还和别的恩客发生过冲突，有一次还砸了铺子里的瓶瓶罐罐，把人打进了派出所，是妈妈桑赊了钱给白舒梅，让她陪着恩客免费睡了几晚，事情才算了。

"即使事发当晚三舅和死者在一起，也不能代表三舅就是杀人犯吧？"唐子超问道。

宋继伟说："没那么简单。警队在这方面还是很谨慎的。如果没有相对有力的证据，我们也不敢拘人。"

"你要知道，当时不止一个人看见裴常笑和死者事发当晚在一起。有个人证，你肯定认识。"

唐子超挑起了眉，问道："是谁？"

宋继伟叹了口气说："是裴建国。你知道吧？按照辈分，他应该是你大舅。"

唐子超感到胃里发酸，想冲到路边把吃下去的面都呕出来，似乎刚才的汤还是油了。

磁带 04

老摩托是上一任仓库管理员留下的，听说那是他生前仅有的宝贝，我接手时，车座上的皮磨得不成样子，海绵往外冒着头，引擎像犁不动田的老牛，哼哼几声就蔫了下去，再也提不起劲来。拿到第一个月的工资后，我问杨利好又借了点，换了个二手引擎上去，才让老摩托重振雄风。

从"曼罗莎服饰有限公司"出来，我坐在老摩托上迟迟没有离去。敢情戴晓冰那妮子是和男人跑了，所以才不敢和家里有所联系？

黄花大闺女被浪子忽悠走天涯的破事并不少见，我狠狠地啐了自己一口，裴常笑啊裴常笑，你真是闲得慌，戴晓冰怎么说也是在公司任职，又有同屋，出了事还用得着你瞎操心？等戴大军拿了证件回来，把他送去派出所再建个档，这事就这么结了。混沌世道，保全自身都来不及，还有空管别人的闲事？

老摩托打着了火，我正盘算着去买些生活用品，再打道回府。这时我用余光瞥见服饰公司楼梯口出来几个人，正是站在金老板办公桌前的那些女人。

女人们的脸上涂了厚重的妆，外头裹着大衣，下身穿的不是超短裙就是渔网袜，互相打闹着从楼梯上摇摇摆摆地走了下来。我低着头，闻见她们身上的香水味，又腻又刺鼻，那味道比我上周扔掉的劣质洗发水还要难闻。女人们走过我身旁时笑声更大，听见有人说了一句"看，那个靓仔还在等咱们呢"。我急急地发动了车，打算就此离去。

"你好，请……请问你是来找戴晓冰的吗？"

一个稚嫩的女声在身后响起。我身形一顿，转过头去，只见一个和戴晓冰一般大的姑娘站在身后，戴着副厚重的眼镜，扎了双马尾，神情局促地看着我。

"嗯，怎么了吗？"我把身子往后靠了靠，想听清楚那人嘴里的咕哝。姑娘抿了抿下唇说："你把车停好，跟我来，我有话和你说。"我见她一脸神秘，顿觉云里雾里，但还是按照她的说法，把老摩托锁在了树阴下，和她走入转角的陌巷里。

姑娘穿着件掉色的蓝毛衣，脸上留着不少青春痘印，深浅不平。她站在我跟前左右张望着，问："没人跟过来吧？"我朝后看了看说："有什么事快说吧，我一会儿还有事。"姑娘眉头皱得更紧，问："你和戴晓冰是什么关系？"我不由一愣，结巴道："还真不是什么关系，你该不会以为我是她男人吧？"姑娘摇了摇头说："我知道不是你，这事我也不知道当讲不当讲，但戴晓冰她爸也来问，还是得把情况和你们说说才好。"

我心下一凛，问："你是戴晓冰的同屋？"

姑娘点了点头，说两人只相处过一个月，但同一间出租屋里，只有戴晓冰和她同岁，平时也算聊得来。虽然称不上姐妹，但好歹也是能说得上话的关系。

"晓冰不是和别的男人跑了，我总觉得她就是失踪了。"姑娘支吾道。

"可是金老板信誓旦旦，说她跟人私奔了。"

姑娘拨浪鼓般摇着头，说金老板那种人压根儿不管员工死活，何况晓冰还是个临时工。我们同屋都在金老板和他朋友手下工作，房子也是他给找的，没人敢说实话。我们这些外地来的，连户口都没登记，即使报了案，警察也不一定真来管，说她跟男人跑了，对金老板最是省事。

姑娘咽了口唾沫，继续说道："晓冰是交了男朋友没错，但她失踪前的一天，可不是要私奔的模样。"姑娘反问我："你觉得如果她急着要和那男的走，还会有心思花大价钱去店里做美发吗？"

老摩托行驶在弗元的主干道上，冷风拽着领口灌进身子，我冻得直打哆嗦。炒牛河的香味混杂着街头此起彼伏的人声，我把老摩托停在天桥下的夜宵档口，拿着竹签吃得比饿死鬼还急。

和我搭话的姑娘叫王雪妹，她说戴晓冰失踪前一天，在阳台边拧衣服边和她念叨，说金老板明天又让她去仓库提货，可她不想去，因为下午约了发型师做头发，她怕赶不及。还说她男友是那理发店的股东之一，如果王雪妹也想弄，下次给她说，熟人介绍能打折。

王雪妹还好奇地问了一嘴，说染发能打几折？戴晓冰扯着皱巴巴的衣服和她说，染发估计四十元，她男友介绍应该二十五元就行。我摸了摸自己的脑袋，想起上个月推的头，一次三元，还和推头的大爷砍了价，看来比起女人染个发，还真不算贵。

我倚在老摩托上，瞧着档口前调笑嬉闹的年轻男女，嘴里的牛河味道变得淡了起来。

我想起第一次拉着白舒梅穿行在夜市里，那个比我大八岁的女人，像个孩子一样快乐又好奇。她说村子里没有那样的景象，晚上八点以后，各家各户闭了灯，她只能趴在窗子上，与黑夜里的蝉鸣对话。花花绿绿的摊档在弗元的夜晚化成星星，住进她的眸子里。她说肚子饿了，问我哪家的夜宵最是好吃。我说："走吧，我带你去试试干炒牛河，保证白女士满意。"她拉起我的手，笑着说真好。

白舒梅的头发又黑又亮，松散地耷拉在她的肩上。我们就着小板凳小桌，面对面坐着。

刚出锅的牛河端了上来，她前额的碎发喜悦得微微上翘。她问："你怎么不吃？"我说："没关系，我看你吃就好。"她用竹签夹了一口河粉，往我嘴边塞了过来，说："小孩子长身体，不能挑食。"我张开嘴，觉得那口牛河嚼出了蜜糖的甜味，问她："你怎么能那么好看？"白舒梅垂着眼睑，脸颊泛起了胭脂色的红晕。我抬起手，把她嘴边的发丝拨了开去，说："吃慢点，别把头发吃进去了。"那时我心里就在想，二姐前些天扎在头上的红丝巾，如果戴在白舒梅头上，一定合适。

我的记忆里白舒梅无论是笑是哭，都是一样美丽。以至于在审讯室桌上，看见她的照片时，我没有立马认出她来。她的头发湿答答地黏在脸颊上，双眼紧紧地阖着，肌肤的颜色比石膏还白。我伸出手去，抚上照片，茫然地问："任弘飞队长，这个女人是谁？"一旁的张嘉良怒道："你难道不知道吗？你不是昨晚才和她见过面吗？"

我疯狂地摇着头说："不可能，她明明昨天晚上还好好的，怎么今天就变成这样了？你们为什么要和我开这样的玩笑？"

张嘉良一掌拍上我的后脑，瞪着眼睛吼道："衰仔，你觉得这是在开玩笑？看清楚了！人已经死了！你自己说吧！"

我从椅子上跳了起来，被身后的宋继伟压了下去。宋继伟的力气很大，警告我不许乱动，问话就答。我扭动着身子，双腿在桌子底下乱�，尖叫着问道："她怎么死了！她怎么可能死了！我们昨天明明还在一起！"

"也就是说，你承认昨天一直和白舒梅在一起？"任弘飞队长拿出另一张照片，放在我面前，我扭动的身体停了下来，世界万籁俱寂。

照片里是白舒梅的上身特写，一条血红的纱巾紧紧地捆着她的颈部，我好像看见她的血管都扭曲地挤在了一起，从石膏色的皮肤表层往外肿胀着，叫嚣着要逃出那具身体。

"喂！让你说话！"张嘉良又一次重重地拍了我一掌。我不知道是后脑更疼，还是胃里更疼。我蜷起身子，喉咙里发出难听的呻吟，念叨着白舒梅的名字。

"衰仔！让你说话不说话，别怪我不客气！"张嘉良把我的脑袋按在桌子上，我毫无反抗之力。后知后觉的泪水和鼻涕喷涌而出，我的牙齿在空气中摩擦，嘎嘎作响。任弘飞阻止了张嘉良的下一步行动，让宋继伟把我扶正靠在椅背上。

"为什么哭？"任弘飞问。

我摇着头，说不出一个字，眼泪顺着鼻翼流进嘴巴里，比炒牛河的酱汁还要咸。我的前额一遍又一遍地砸在桌子上，哭着说："都是我的错，是因为我才发生了这样的事情。"

"裴常笑，你如果还是个人，就抬起头来，把话说清楚。这人是你杀的吗？"任弘飞的双眼如同利爪，钳在我的身上，我周身发冷，胃里翻江倒海般难受。

"我没有杀人！我怎么可能会杀了她！我不可能那样做！"陌生的话语脱口而出，全身的骨头都在战栗。

"可是你刚才说，昨天你和死者还在一起，对吧？我们推断，死者的死亡时间是在昨夜十点到凌晨一点之间，那个时候你在哪里？"任弘飞问。

我的大脑比米糊还要黏稠，我回忆着说："应该是在街上，我大概是零点回的家。"

"你不是学生吗，怎么这么晚回家？第二天不用去学校？"任弘飞再问。

"心情不好，在街上转悠了会儿。家里管不住我。"

任弘飞敲着台面，轻飘飘地说："可是有人看见，昨晚你和死者去了小西江的河滩，还待了挺久，对吗？"

我舔了舔干裂的嘴唇，想起了临别前对白舒梅说的每一句话，还看着她用我送的红丝巾扎起了飘散的黑发。对着波光粼粼的水面和镰刀状的月，我对她说，如果你只属于我，那该有多好啊。白舒梅惊讶地望着我，问那是什么意思？我将手覆在她的后颈上，在她耳边轻轻说道："就是字面上的意思，难道你听不懂吗？"

老摩托的引擎再次发动起来，我把没吃完的炒牛河留在了夜宵档的小桌上。引擎的轰鸣声让我想起白舒梅沉重的呼吸声，她在我的身下，我死死地挎着她上肢，她急切地叫着我的名字，一遍又一遍。

1980年到今天的每一个日夜，我都能想起她最后的模样，在岁月的洗礼下，愈发清晰。车轮急停，我走进城北一家叫"天姿"的发廊，不到三十平方。染着黄发的洗头妹走了过来，问剪还是洗。还说今天做活动，有优惠，烫发染发八五折。

"不用了，我是来找人的。你们这里那个叫阿彪的发型师在吗？叫他出来见见我。"

足迹 04

裴建国是姥爷最喜欢的孩子，无论容貌抑或个性，姥爷对大舅永远赞不绝口。

但自唐子超记事以来，大舅在他心里就只是个模糊的影子，和姥爷时不时重叠在一起。听母亲说，大舅因为个子高，守纪律，打小就是"红领巾"。姥爷总说裴家的孩子要都像建国就好了，大人怎么教，他怎么做，从来不让人操心。大院里的人见到姥爷，不厌其烦地重复道："怎么常笑就不像建国呢，该不会是外头捡回来的，差别能比天地还大。"

大舅是裴家的标尺，唐子超也是听着大舅的事迹长大的。但若是要他复述，怕是张了嘴，一件也说不出来。他只知道姥爷和外面的人热衷于把两个儿子放在天平上比较，例如建国比常笑高了六厘米，又例如建国头发理得比常笑短，看着更有精气神。唐子超曾对母亲说："妈，还好你不是姥爷的二儿子，要不然姥爷天天念叨的就是你了。"母亲笑了笑说："姥爷觉得妈出生时没带把，妈倒是希望他能念叨念叨。"

对于姥爷来说，唐子超是天资聪颖的外孙没错，但大舅才是裴家的正统继承人。一个姓的差别，在姥爷的眼里，比愚公移的山还要重，所以哪怕裴建国只读到了中专，哪怕结婚以后下了岗，他依旧是裴家最优秀的人才。

母亲会忍不住地叹气，说她从高中毕业后，提出也想考专科，被姥爷训了三天三夜，说女人书读多了，就难嫁了，好好找个可以依靠的男人才是真本事。与大学毕业的父亲结婚以后，唐子超发现，母亲时常看着父亲的背影发愁。她摸着唐子超的脑袋说："你可得像你爸，好好学，别惹事，千万别像妈。"

白舒梅和三舅事发前，一起出现在小西江河滩，是宋继伟等人走访群众时很快收到的线索。小西江河堤上设了路灯，底下卖棉花糖的小贩首先回忆说10月23日夜晚十点左右，他瞧见死者与一名年轻男子漫步于河滩之上。男子身穿三中校服，跑到推车前，给死者买了当天最后一支棉花糖。

白舒梅的铺子里，女人们能想起的穿校服之人，也只有裴家三舅这么一个。任弘飞派了两队人马，分别去裴家和三中堵人，不料去裴家的那队和姥姥起了冲突。姥姥打死也不相信小儿子会杀人，当场吓得晕了过去，被送上了救护车。全家手忙脚乱之时，住在宿舍一周才回家一次的大舅，听见了姥爷和刑警队争论的全程，在玄关突然发了声，说那天晚上他也看见了，三舅的确是和那个女人在一起。

裴建国的话有如签字画押，姥爷和刑警队的人愣在当场。大舅说，那晚他和专科的同学去了夜市，同学有些酒醉，说要沿着小西江散步吹风。月色之下他看见三舅和白舒梅站在河滩上，两人举止亲密，不像是普通朋友关系。

姥爷说："建国啊，你知道这话可不能随便说，常笑是你的弟弟。"大舅说："可是，爸，我们不能对人民公仆说谎。你不是一直教育我，要实话实说，现在三弟犯了事，是国家要治他，不是我。"

三舅在学校里被带走了，媒体第二天就炸了锅。弗元人都在疯传，三中一个姓裴的高二男学生把做鸡的给杀了。哪怕任弘飞队长曾出面澄清，说现在还没有确定嫌疑人就是凶手。但每一个人都在言之凿凿地放话，果然，裴常笑就是烂坏，和他哥他姐有天壤之别，现在还杀了人，真是死不足惜。

姥姥在医院的病床上把眼睛都快哭瞎了，姥爷也气得直不起腰，说："这才多少岁，竟然就知道找窑姐了，这样的儿子，不要也罢！"姥姥回家后，裴家的人整整一个月不敢出门。有人往裴家的玻璃窗上砸鸡蛋，蛋液糊着窗，连外头的阴雨天气都遮了颜色。还有人在防盗门上用红漆泼了"杀人犯"三个大字，姥爷把字抹了，第二天又被刷了上去，直到今天，生锈掉漆的防盗门边上依稀还能看见红色印记。

唐子超的手机响了，是李海鸣打了进来，问他今天有没有见到宋继伟。唐子超被一天的事情磨得没了脾气，问这么晚了，到底有什么事。李海鸣是个有眼力见的，他晚上十一点没发短信，直接打电话，只能是急事。

"今天那个刘总来公司了，我吓了一跳，本以为已经拖住他了，说您过两天回省城。但他等不及了，说什么都要见负责人，最后被贾律师给截去了。"

律所合伙人候选者里，唐子超心里的对手只有贾炎胜律师一个。与他善于解决客户痛点不同的是，从瑞士留学回来的贾律师更习惯于在声色场所抑或是高尔夫俱乐部里，攻入客户内心。

很多人对贾炎胜的作法嗤之以鼻，认为唐子超在专业水平上更胜一筹。但律所的创始人不这么认为，甚至还说过柔软的剑也同样致命。唐子超明白，若是要在明年坐上合伙人的位置，今年的业绩考核将作为双方较量的第一要素。

"李海鸣，"唐子超沉声说道，"你把刘总的个人资料和他所提出的需求发一份到我手机，我会尽快在五天之内处理好这边的事情回到省城。"

"五天？这未免也太久了！贾律师那边……"

"他的行动没那么快。明天是周五，以他的做事方式，会趁着周末先带上客户在省城玩一圈，到了下周才开始正式商谈签约事宜。这段时间里，我们先把方案准备齐全，你找机会安排我和刘总见面。接下来我自有办法。"唐子超信誓旦旦地说道。

李海鸣在另一头叹了口气说："但愿吧，老板您得尽快，贾炎胜可是株张着血盆大口的食人花。"

挂了电话，唐子超沿着小西江一路往北，朝"维多利亚湾"酒店走去。江风徐徐吹来，他眯起了眼睛。河滩上的鹅卵石参差不齐地堆叠着，三舅就是在那儿勒死白舒梅的吗？

宋继伟说，三舅在审讯室里关了四十八小时，最后送来的物证报告显示，白舒梅脖子上的红丝巾没有提取到任何人的指纹。

刑警队通知姥爷把三舅接回了家，但任弘飞还是派宋继伟和张嘉良在裴家楼下盯了一个礼拜，其间他们看见大舅在三舅回家的第二天就离开了大院，之后再也没有回来。

进出裴家下楼买菜的，只有姥爷。他垂着头从大院里穿过的时候，弓着瘦高的身子，好像在和旁边认识的、不认识的都道着歉。有人走过他身前啐了一口，说生出了人渣儿子，还有什么脸继续住在这儿？姥爷攥紧了拳头，又松开了，道了一声"对不起"，快步消失在宋继伟的视线里。

唐子超走了许久，才猛然发现有所遗漏。他明明记得，只要沿着小西江河流的反方向一直走，应该很快就能到达夜市摊档的聚集地。搬离弗元以前，唐子超曾经数次哀求母亲带他到夜市转转。他听小学班上的同学说，夜市的"喜记糖水"最是美味。墨绿色的凉粉草浇上炼乳或糖浆，滑进喉咙里又甜又凉，他也想尝一下那种滋味。

但母亲警告他说，小孩子不准往夜市跑，那些摊档的玩意儿，吃多了会得肠胃病。还说唐子超应该专注于学习，脑子里总想跑出去玩，以后怕是会变得和三舅一个样。唐子超掏出手机，查了夜市的具体位置，搜索引擎里跳出来的却是"威威步行街"。原来他以为总有机会弥补的遗憾，却早已无法重来。唐子超觉得有些冷，脚步变得更快了。

第二天一早，前台敲了门，说包裹寄到了。李海鸣心思还算细，不但在书里夹了现金和银行卡，还把唐子超的身份证复印件也一并寄了过来。唐子超在酒店楼下的茶餐厅吃着菠萝油，翻看着"天姿发廊"的位置。可无论是点评软件还是手机地图，都没有出现同名地点。不过事情过去了十几年，店铺更换名字也属常事，他打开笔记本电脑快速翻查起来，一则三年前的新闻映入眼帘。他皱着眉头，在桌面放了四十元结了账，拦了辆的士，往三中开去。

三中算不上是弗元最好的中学，但市里国企职工的孩子们习惯性往里扎堆，说这里的老师和人际圈都知根知底。新闻里报道的"天姿发廊"，标注了地址，离三中步行不到十分钟。虽然不能确定是不是三舅磁带里提及的那家，但唐子超决定摸过去看看。

的士停在了小巷口，唐子超捂着鼻子，闻着下水沟的臭味走了进去。发廊在巷子的中间位置，发黑的招牌上隐约还能看见"天姿"两个字。他犹豫着站在紧闭的卷帘门前，看着这幽深的巷子，感到匪夷所思，怎么青天白日下，竟没有一家铺子营业。

"大爷，我想问一下这个'天姿发廊'是倒闭了吗？"

唐子超拦住身后的一个拾荒者。大爷抬起头，身子佝偻，茫然地看着他，背上扛了个装满易拉罐的蛇皮袋。

唐子超又重复问了一遍，大爷回过神来，缓缓点了点头。

"周围的店铺呢，都关门了？"唐子超尝试性地多问了句。

大爷盯着"天姿"的招牌，手指颤巍巍地指着那扇卷帘门说："这做头发的地方闹鬼啊，死了好多人。"

磁带 05

我这人神佛鬼怪一概不信，这和裴家的教育有关。原本阿妈也是不信，可自从阿爸在运动中不但保住了脑袋，还升了职，阿妈说都是黄大仙和土地公恩赐的福泽。打那以后，她每年必去弗元郊外的"黄仙观"还愿上香，在家里也常年供奉着土地公牌位，说是香火不断，避灾避难。

我儿时曾被阿妈拽着，和大哥二姐去过一次"黄仙观"。还没跨入观门，就打死也不愿意进去了。主要是里面的香灰味实在太重，往来的道人又不时上前推销平安符，一张五毛，念念叨叨的声音和让人窒息的烟雾，令我频频作呕。

"天姿发廊"的陈阿彪就是王雪妹和金老板口中的男朋友。听发廊的洗头妹说，陈阿彪不仅是发型师那么简单，还是"天姿"的股东之一，话语权很大，一天不出现在店里，也是常有的事。我去得不是时候，陈阿彪正巧不在，洗头妹又说，不然你在这坐会儿，估计彪哥关门前能来店里收账。我寻思着倒也不是不行，毕竟回仓库还得烧水洗头，干脆在这倒腾了，也算节省时间。

洗头妹见我脸色有所松动，立马说给我用最好的洗发露，保准一个礼拜头皮舒爽。我说你这营销的路数也是可以，就着她手指的方向在黑皮转椅上坐了下来，任由她打湿脑袋，把发梢搓起了泡。

发廊接客的地方只有十来平方，角落里窝着四五个黄毛绿毛，"拖拉机"打得起劲。他们时不时朝我看来，我问洗头妹："你们这儿生意怎么样？"洗头妹的长指甲抠着头皮说："老板，这样的力道还行吗？"我说还可以，又把问题重复一遍。洗头妹嗫嚅道："彪哥不在，那些人就懒了，今天十个客不到。"

我的头发刚吹了一半，门外走进来一根瘦高的芦苇秆。陈阿彪的人与名差别不是一般大。他朝角落里的杂毛们打了个招呼，问洗头妹今天来了几个客，洗头妹用下巴指了指我说："这是最后一个，彪哥，他是找你来的。"陈阿彪抬起脸，黑眼圈重得像是一个月没睡着觉，他点了点头，说先给客人服务完。

"一共多少钱？"我甩了甩还没全干的刘海，走到陈阿彪跟前。

他问也没问洗头妹，说："洗吹四十八元，不找零。"

我顿时语塞，问："怎么那么贵，墙上不是写着男士洗剪吹十五元吗？"

"老板，我给你用的是德国进口弹力洗发水，要不然怎么和你说能保持一个礼拜呢？四十八元很便宜啦。"洗头妹在一旁插话道。

我刚想反驳，余光瞥见杂毛们正捏着牌，齐刷刷地朝我看来。妈的，着道了。我掂量着来这儿的目的，边掏钱包边问："你就是陈阿彪？"

"你认得我？"陈阿彪毫不客气地把五十元接了过去，和另一沓零钱一起塞进了他的牛仔上衣口袋里。

"你认识戴晓冰吗？"

陈阿彪的手一顿，打量着我说："认识啊，你是她什么人？"

"我是她表哥。晓冰不见了，有人说她失踪前和你在一起。"

发廊里洗牌的声响停了下来，洗头妹从我身边走了过去，说："彪哥，我今天先下班了。"

陈阿彪心不在焉地应了一句，低垂着眼睑问道："是吗？她失踪了关我什么事？大哥你是不是找错人了？"

"你不是她男朋友吗？"

杂毛们在角落里笑成一团。有人喊了一嘴："我们彪哥女朋友多得很，要个个来找，岂不是麻烦死了？"

陈阿彪瞪了杂毛们一眼，说："我们分手了，两周前吧，她说要回乡下老家，不想待在弗元了。"

"你们分开后，一次也没联系过？"

陈阿彪坐在收银台后的高脚凳上，说："这和你有关系吗？戴晓冰可没告诉我，她在弗元还有个什么表哥。"

我不慌不忙地说道："她爸和我爸是拜把子兄弟，表哥也就是个称呼。现在她人不见了，家里急得很，你要是知道她在哪儿，就早点说，免得最后报警，大家都不好看。"

陈阿彪大笑出声，说："你吓唬谁呢？是戴晓冰当时死活要分的手，我才是被甩的那个。你觉得就这样，我还会和她有联系？"

"可是有人说，她失踪的当天，是要来你的店里做头发的。"我盯着陈阿彪的脸，他抠了抠小拇指的长指甲说："本来她是要来，后面不知道发什么神经，改说要去'黄仙观'求平安签，我们就是因为这事吵的架，最后她摔门出去，说了分手。"

次日一早，我兜里揣着戴大军给的照片，站在"黄仙观"门前。朱红色的牌匾顶着新漆，也许是时间未到的缘故，门栏前香客稀少，空气里竟然没有明显的香灰味道。我提了口气，大步走进前殿，庞大的金色香炉里是燃剩的黄香，前方一老一小跪在发灰的蒲团之上，阖着眼，嘴里念念有词。

我立在蒲团之后，看见跟前小的那个不断回头偷瞄我，穿着小白花连衣裙，大概七八岁模样。她的眉眼弯笑着，头上的红色蝴蝶结让我不由一愣。送给白舒梅的丝巾，她也是这样绑在发根，江风吹拂，宛若扇动的蝶翼。

我为了送给她这件礼物，央求着"星星文具店"的黄老板给我涨了一次工资，可怎么也凑不够数，甚至还问二姐借了两元，说过年收压岁钱时再还给她。二姐还狐疑地看着我说："裴常笑，你是不是又要干什么坏事？"我说："哪能啊，只是杨利好快过生日了，我想给他买个礼物。"二姐虽然把钱借给了我，但还是喃喃道："你不像是会给兄弟送礼物的人，该不会是找女朋友了吧？"

我在刑警队的临时拘留室里待了整整两天，和一个街边偷钱的家伙关在一起。那家伙的话贼多，我如今是一句也记不清了，好像是反复说着"没想到你小子有胆杀人"之类的蠢话。我缩在拘留室的角落里，周身又湿又冷，连续两晚，我看见白舒梅从另一角朝我爬了过来，身上滴着水，说："常笑啊，你怎么能这样对我？"

阿爸出现时，我以为眼前出现了幻觉。阿爸把我从地上拽起来，任弘飞说："你暂时可以带他走了。"张嘉良瞪着我，牙齿咬得嘎吱作响。宋继伟不作声地把我和阿爸带出公安局。

回到家后，阿爸让我跪在客厅，也没说话，抬手先扇了我左右脸颊各一个巴掌。阿妈冲了出来，抱着我直哭，二姐也跪在了地上，求阿爸别打了。但阿爸气极了，用手臂般粗的笤帚棍抽在我的背上和小腿上。我感觉不到疼，因为心里更疼。阿爸终于打累了，丢下扫帚冲出门去。二姐把我扶坐在沙发上，问我到底怎么回事。阿妈给我上着药，说小腿都青了，明天肯定得肿。我茫然地看了一眼四周，原来已经回家了。打从那天起，似乎后面好长一段时间，我都没看见大哥回家的身影。

"施主，一张符一世安，只需两元。"一个道士模样的人走到我跟前，顺溜地说道。

我摆了摆手说："这符竟然还涨价了。算了，不需要，我不信这玩意儿。"

道士说："施主既然已进此门，便是有缘人，与黄仙跪拜，有求必应。"

"既然你说有求必应，那我问你，你见过这个人吗？"我从怀里掏出照片，指了指戴晓冰的脸。

道士看后说："贫道不曾见过，施主可是寻不见此人？"

"这不是废话吗？找得到就不问你了。有人说这姑娘两周前来你们观里求签，我想着可能有人见过她。"

道士了然地点了点头说:"观里每日香客往来甚多,施主你这样找,怕是没个结果。"

我自然也是明白,但陈阿彪的话又让人十分在意。蒲团上的一老一小站了起来,准备离去,小姑娘朝我甜甜一笑,挥手再见。

"施主,你刚才说这姑娘是两周前来过我们'黄仙观'?"道士突然发问。

我"嗯"了一声,只听道士继续说道:"这就奇怪了,我们观整修了数月,这周才重新开门迎客,你看这牌匾和飞檐上的漆,都是新的。施主,你一定是搞错了。"

我心里咯噔一跳,回头正对上殿里黄大仙的塑像。它的尖脸变成了陈阿彪的样子,正指着我哈哈大笑。

足迹05

"陈姓男子于今日凌晨死于秀水街下水道入口,警方认为他杀的可能性极高。该男子供职于'天姿发廊',案情细节有待跟进。"这是三年前新闻里陈述的事实,也是按下回车键后,搜索引擎跳出来的相关报道。一阵风吹来,发黑的招牌摇摇欲坠,拾荒大爷嘴里念着"有鬼吃人",拖着蛇皮袋消失在秀水街尽头。唐子超仿佛听见杨燕燕在他耳边重复着说:"看吧,我没骗你,裴三舅就是弗元的杀人犯。"

手机邮箱响起提示音，是李海鸣把客户的资料发了过来。唐子超觉得他就不应该回到这座城，更不应该妄想去窥视三舅的过去。那个人是裴家的深渊，他走过的每一步都是荒诞的、不可知的，如今事实摆在眼前，只要是磁带里提及的地方，必定血流成河。唐子超啊唐子超，他苦笑着问自己，回省城去吧，这里不属于你。

"喂，老板，资料收到了吗？"李海鸣的电话打了进来。

"嗯，我一会儿看。你帮我买明天的车票，我想尽快回去。"

唐子超的声音听起来很沉，李海鸣心下诧异，不是说还有五天时间，怎么立马就变了主意？

"老板，您老家的事情处理好了？"

唐子超简单地应了一声。他知道自己正停在方格的十字角上，不能再往前了，哪怕裴常笑站在对面朝他微笑招手，他也不能再次移动步伐，因为再走一步，他就要坠下去了。

李海鸣发来的资料足有七十页，唐子超在手机上快速翻看起来。新客户名叫刘崇焕，山东祖籍，初中毕业后跟随父亲下海经商，做起了倒卖五金的生意，之后一路往南扩张，在粤西地区落脚。

刘崇焕靠着上半辈子积累的财富以及八〇年代经济腾飞的契机，从小小的生意人变身投资大鳄，如今投资横跨餐饮、房地产及娱乐产业。有一子一女，均未成年，发妻于前年车祸去世，年仅三十八岁。有人说是刘崇焕的钱来路不正，折了发妻的命数。刘崇焕倒是不以为意，虽未再娶，但身边红颜不断，金山也是越滚越大。

怪不得李海鸣在电话里多有叨叨，说贾炎胜律师对这个刘总极为上心，不但把周末两天的行程排了个满，听说还把压箱底的姑娘们都叫去了刘总的包厢，甚至还从米其林请了总厨，专门为刘总供上私人晚宴，看样子也是下了血本，表了势在必得的决心。

这不是唐子超和贾炎胜第一次杠上。进入德天律所八年以来，贾律师这株食人花，无时无刻不在人前散发着自身魅力，甚至一再强调，只有唐子超的客户，他贾律师才看得上眼。

唐子超仅有一次主动去了贾炎胜的办公室，警告说都是同事，井水不犯河水。贾炎胜听他说完后，轻飘飘地吐出一个烟圈，说："可是这该怎么办呢？我这人天生爱抢别人碗里的东西，否则嚼起来不够香。"

话说完的第二天，唐子超当时手上最大的客户就提出更换律师。他还记得客户是连锁洗浴中心六旬有余的女老板。早上醒来，他收到了女老板秘书的电话，对方轻笑着说："子超啊，做人得灵活点，适当学学贾律师，他可是把自己都献出来了，这年头道德标准太高，对你没好处。"

唐子超挂了电话后，去楼下的便利店买了一箱酒，请了三天的假。李海鸣来敲门时，唐子超喝得连舌头都捋不直了，对着李海鸣呵呵傻笑。李海鸣劈头盖脸地数落了他一番，他听得心里舒坦，在彻底昏睡前，他问了一个问题："如果把客户当窑姐，关了灯闭了眼，是不是就可以了？"李海鸣冷着脸说："你和贾炎胜是一回事吗？他是把他自己当窑姐，你是吗？再说开了灯以后呢？你再在律所见到那女的，能不难受？"

唐子超回到酒店已是下午，鲜红的落日在玻璃窗外悬挂着，迟迟不愿坠入地平线。他这才发现，他的哥特风豪华大床房可以看见弗元的大部分景色。鳞次栉比的小楼、袅袅升起的炊烟，美好得让人心疼。他想给母亲去一通电话，却又不知道该说些什么。母亲会想念这座城吗？他从来没有问过。至少曾经的他是巴不得马上离开的，大概这次走了后，弗元的黄昏是难再见到了。

"是裴常笑的外甥吗？"话筒里传来宋继伟的声音。

唐子超觉得硌硬，从来没人以三舅的名字为开头称呼他，他很不想答应，却还是应了。

"我是宋继伟。昨天有件事忘了说，想了半天，觉得还是得告诉你。"

唐子超说："算了吧，三舅的事我已经不想再查了，毕竟人死了，知道再多也没用。"

宋继伟说："那倒也是，这样吧，今天队里的人都派出去蹲点了，我脚扭了，不方便出行，你要是改变了想法就来我家一趟，我睡得晚。"

红日终究是落了下去，黑夜给这座城染上了原本的颜色。万家灯火如同点点星光，汇成了一条直线往天边赶去，唐子超看不见脚下的路。剩余的磁带静静地躺在纸箱里，它们在等待，唐子超也在等待。他从来都是果断的，连贾炎胜把女客户抢了过去的事，他也只是在酒醒后平静地接受了这个结果，重新坐回办公桌前，开始新一轮的预约会面。他讨厌那种犹豫的情绪黏在心上，太稠了，扯来扯去的，不干净。

宋继伟扭着腰，把"麝香壮骨膏"贴在了脚腕上。药是警队里的实习生给的，小姑娘见宋继伟瘸着腿，在办公室里疼得龇牙咧嘴，知道是抓犯人时踩空了楼梯，脚踝肿了，从家里给他拿了这款药过来。宋继伟早些年离了婚，儿子判给了前妻，他也没有异议，毕竟他的工作性质特殊，大年三十都可能不着家，儿子跟着他也是受苦。上次受伤时，还是前妻给他上的药，现在家里只剩他一个人，连药箱放哪儿都给忘了。

时间过了零点，宋继伟还是没等到要来的人。他是个不爱找事的，刑警队的工作本来就够忙了，生活里时不时弹出的鸡毛蒜皮也得花精力解决，本来任弘飞因伤病卸任队长后，怎么说这位置也轮不到他头上。只不过同期里更活跃的张嘉良被省公安厅看中了，也有人说他是被领导的女儿相中了，反正没多久就调了职，命运的指针不经意间走到了宋继伟面前，他在一片稀稀拉拉的掌声中走马上任，这些年来也算尽忠职守，无功无过。

张嘉良在电话里说起裴常笑时，他们之间已经多年没有联系。张嘉良虽然脾气不好，但比他更有拼劲，是块当刑警的好料。去了省队后，两人的距离一下子就拉开了。

宋继伟有次代表弗元去省城开会，在会场里老远看见了张嘉良，他还是那副火气旺盛的样子，五官似乎比从前更凌厉了，边上围满了想要搭话的人。一种微妙的压力感从宋继伟的脚底升了起来，他只想着尽快离开会场，走得越远越好。"小西江河滩杀人案"是张嘉良在弗元任职期间的最后一桩案子，裴常笑离开审讯室时，张嘉良气得是咬牙切齿。

那天晚上他们和任弘飞一起喝过一次酒，张嘉良说："姓裴的那小子肯定有鬼。"宋继伟摇了摇头说："不像，他喜欢那个女人。"张嘉良说："喜欢又怎么样，你没听那鸡头说，裴常笑总去铺子里闹，说白舒梅只能是他的女人，还掐过其他恩客的脖子。"任弘飞过了好一会儿才说："那女人的胸衣被扯烂了，像块破布一样被人驻足观看，那能叫喜欢？"

有人敲了门，声音很轻，宋继伟还是听见了。他单脚跳着，透过猫眼看见一张年轻的脸，脚踝拥堵的血液好像再次涌动了起来。他家已经很久没来客人了，门打开后，对方先是道了一声歉。

"不好意思，来晚了。"唐子超手里拎着两打啤酒。

"没事，正等你，进来吧。"宋继伟侧着身子让唐子超走了进去。

唐子超杵在玄关处，神情有些不自然。宋继伟这才发现家里乱得连落脚的地方都没有，地上堆满了衣服和报纸，餐桌上都是已经开始发馊的三四天前的食物。

"离婚了，家里也没个人收拾，见笑了。"宋继伟把沙发上的文件往角落里推了推，给唐子超留出一块地。

见唐子超不说话，宋继伟咂了咂嘴，问道："昨天不是还问我关于白舒梅的案子，怎么今天就说不想知道了？"

"因为怕。"唐子超坐了下来，开了一瓶啤酒递到宋继伟手上，"我去了'天姿发廊'，你知道那里吗？附近的人说那地方闹鬼，死了人。"

啤酒的凉意直透五脏，宋继伟的眼睛亮了起来，大概是"麝香壮骨膏"起了作用，脚踝不那么疼了。他盯着唐子超说："看来我和你想到一处去了。你猜得不错，这就是我想要告诉你的事情。你的三舅裴常笑，是'陈阿彪割喉案'中的在逃杀人犯，这些年来，我们无时无刻不在追捕他。"

磁带 06

说谎是人类区别于绝大多数动物的天性。我最开始意识到这件事，是在杨利好身上。

高二的盛夏，我和杨利好把三中校长养在单车棚里的母鸡放跑了。原本只是观察了数日，我发现鸡窝里有白花花的蛋，想着打开鸡笼，取上两个回家，让阿妈煎了吃。没承想笼门开得大了，肥硕的母鸡双爪一蹬，飞上墙头，在蓝天烈日下消失得无影无踪，我们这才意识到大事不好。

果然，阿爸在一个炎炎午后，被叫到校长室喝茶。我去的时候，办公室里还坐着班主任和教导主任。放跑一只鸡，能引来这么大阵仗，我大概明白了老母鸡在校长心中的位置。阿爸见我走到跟前，二话没说先扇了我一个耳刮子，骂我是没用的老鼠屎。我捂着左脸，仰着脖子，没哭。

做错事情得认，这个道理我还是明白。

班主任把阿爸拦下说："先别打孩子，好好问问钱去哪儿了。"我抬起头，满眼的莫名其妙。阿爸手指着我，怒骂道："裴常笑，你到底认不认？"我说："认啊，是我放跑了鸡，要打要罚，随你。"

阿爸又扇了我一个耳刮子，说我骨子里就是坏坏，裴家倒了十八辈子的霉，生了个手脚不干净的玩意儿。我问："你们说什么，我听不懂。"教导主任站起来，走到我身边厉声道："裴常笑！三百元班费藏哪儿了，现在老实交出来，学校还能不记你大过。"

我脑袋轰隆一声，说："我没偷钱，你们搞错了。"班主任说："常笑啊，年纪轻轻可不能习惯撒谎，有同学都看见了，上周五不是你最后一个离开教室的吗？你就拿出来吧。"我抬起眼，感到喉咙发苦，问："是哪个同学看见的？"班主任说："还能是哪个？不就是天天和你黏在一起的杨利好。他都和学习委员说清楚了。"

事实与否，对于校长室里的他们来说，并不重要。只要他们认定了，我说得再多，只会更像借口。

我靠墙站在小巷的阴影里，听见卷帘门被拉下的声音，看见陈阿彪哼着小曲从路灯下走了过去，又想起了在校长室的那个下午。在真相与谎言的岔路口，那些人从未给过我平等的机会。

"喂！陈阿彪！"前面的人回了头，我一拳打在他右脸上，把人头朝下拖进了巷子里。

陈阿彪虽然高，但身子薄。他趔趄地栽倒在地上，嘴角冒出了血。我拽着他的衣领，把人甩在垃圾桶前。陈阿彪大骂着操你妈，双脚像砧板上的田鸡在空气中乱踢乱撞。我一脚踢在他的肚子上，"田鸡"终于安静了，捂着肚子在地上打滚呜咽。我蹲下身子，问他："怎么样，疼吗？"

陈阿彪吐着一嘴脏话，把我家祖宗从天上到地下问了个遍。我说："'黄仙观'今天我去了，别人说戴晓冰去的那天，观里正在修缮，你说这可怎么办？"

陈阿彪朝我脚边吐了口血痰，骂道："冚家铲啊，她去哪儿了老子怎么知道！那个贱婊子爱去哪儿去哪儿，我哪里操心得过来！"

我踩着陈阿彪的脑袋，看着他在脚下龇牙咧嘴。我蹲下身子，甚至闻见了他头上洗发水的味道，和洗头妹给我用的那款一样。

我说："看来那个德国的牌子应该不是假货，但值不值四十八元，还真不好说。我再给你一次机会，实话告诉我，哪怕是找个理由辩解也好，我都会仔细听你说出来。"

陈阿彪在我脚下扭动着身子，血红的眼睛瞪着我说："衰仔，找死啊！你知道我彪哥是谁吗？你问问这条'该'（街）上，哪个不认识我！"

我掏了掏耳朵，觉得吵，从裤兜里摸出一把折叠刀。刀是过年时在夜市买的，灰色的刀柄上刻了一排洋文，没看懂，但刀背的弧度，弯得顺滑，我倒是一眼看上了。陈阿彪睁大了眼睛，尖叫着看我朝他扎了过去，跪在地上求饶道："我说！我全都说！"

放走陈阿彪的当下我就后悔了，感觉处理得不够干净。事实证明我的直觉是对的，那孙子日后给我惹了不少麻烦。陈阿彪走的时候夜已经深了，我打了通电话给杨利好，说有急事找，哥请你吃夜宵。

从公安局回家后没多久，三中就给我发来了强制退学的消息。据说不少家长喊着闹着，不让自己孩子和杀人犯一块儿上学。班主任出面解释，说警方已经排除了我的嫌疑，但对于那些认定了事实的人，把我置之死地才是最好的解决方式。

二姐帮我去学校把东西收拾了回来，还说碰见了杨利好，他说想来家里见见我。我把脸埋进枕头里说："不必了，以后尽量还是别见了。"

电话挂了后，杨利好很快就出现了。从旧皮卡上下来的胖子，还能看出儿时的轮廓。我朝他招了招手，他关上车门，火速跑了过来，一如从前他跟在我身后那样。他点了两碗生滚鱼片粥，撒上层白胡椒，问："哥，你今天怎么进城了？仓库那工作还行吧？"

"今天过来没大事，就是想向你打听个人。"我嚼着嘴里的牛肠，嘟嚷着说道。

杨利好皱起白胖的圆饼脸说："哥，你不会又惹事了吧？你可答应过我，保证给朱老板踏踏实实干到死。"

"放心吧，仓库那边挺好。我找你来，是因为有人失踪了，问到了我那边。"

杨利好大惊失色地看着我，问："谁失踪了？怎么会和你有关系？"

我说："别那么一惊一乍的，和我没关系。是仓库一客户的员工，失踪前说要去取货，她爸找过来了，我帮着问一问。"

杨利好松了口气说："这年头不太平，报纸上说前些日子在水库发现淹死了个姑娘，泡得都不成人形了。"他的手一抖，突然不出声了，许是怕我想起白舒梅，赶紧把话头岔开，问我要找谁。

"江艺琴，听说是本色KTV的总经理。"

杨利好嘴里的粥差点喷出来，说："靠，真烫。"我扯了桌上的卷纸给他递过去。

"你认识？"我问。

杨利好摇了摇头说："没听过。"

江艺琴是从陈阿彪嘴里吐出来的名字。陈阿彪说戴晓冰向他抱怨服装公司赚得少，想换工作。正好江艺琴那段时间在招人。戴晓冰失踪前跑到"天姿发廊"做头发，也是为了能在琴姐跟前面试时，给对方留个好印象。陈阿彪还说，觉得自己被绿了，自从见过琴姐后，戴晓冰再没去找过他。他也去找过江艺琴，对方只说有大老板看上了戴晓冰，把人从KTV给带走了。

我用刀尖顶着陈阿彪的肚子，说："女朋友跟人跑了，你也不担心？"陈阿彪反啐了一口说："琴姐身边都是老板，就算我去追，人能回来吗？那种臭婊子，我彪哥身边多的是。"

"杨利好，你不是问过我，怎么会和白舒梅扯上关系？"

对面的人低着头说："哥，你要不想说，可以不说。"

我说："杨利好，你知道的吧？那天我进校长室，他们说是你对学习委员说，我把班费给拿了。我就纳闷了，你怎么会那么说。那天的雨下得特别大，我沿着小西江一直走，可能是雨把脑子打蒙了。我看着那雨点打落的江面，突然想起，最后一个离开教室的人，是你不是我啊。我想也许阿爸扇我巴掌的时候，我就想起来了，但是不想认啊，你是跟着我一起长大的人啊。我太冷了，走着走着，就看见了白舒梅的铺子。你也知道，她是真好看，我们俩那晚就在一起了。"

杨利好擦了擦眼眶说："裴常笑，我那时真是鬼迷了心窍。学习委员的书包没拉上链，我脑袋一热，手就往里伸了。那钱我第二天就给放回去了，但你不见了，你阿爸找了你几天，找疯了。我当时就在想，如果你想不开，跳江了，我会抓住那只老母鸡，抱着它，一起跳下去寻你。后面你回来了，一句话没问，我也不敢再提。班主任还对你说什么知错能改，善莫大焉，我真他妈想一头撞死在墙上，当时我就发誓，再也不撒谎骗人了。哥，我欠你一辈子。"

"但是你刚才不是还撒谎了吗？"我又扯了张纸递给他，说，"别矫情，把鼻涕擦擦。"

杨利伟擤着鼻涕说："善意的谎言也有错吗？我是真不想你惹上那姓江的婆娘。"

"听起来，你这个二手音响店的小老板和江艺琴还关系匪浅啊？"我揶揄道。

杨利好说："她那间本色KTV，小包间里的音响都是我那儿出的，算是能搭上话的关系。但是，哥，你真别打听她，她是有主的人。"

"我又不是看上她了，你那么紧张干什么？"

杨利好瞄了一眼四周，捂着嘴凑近说道："那个江艺琴，不仅我认识，你肯定也见过。你再好好想想，这名字难道不耳熟？"

足迹06

中年男人吞酒下肚后，比菜场砍价的阿婆还能叨叨。

唐子超什么时候睡着的，已经全然记不清了。醒来的时候，宋继伟早没影了，留下个纸条说，桌上有醒酒的茶，喝了再走。唐子超撑起身子，看着二十个未接来电，知道李海鸣这回是急疯了。不过也是，电视里播的都是午间新闻，日上三竿还没消息，一向不是他做事的习惯。

昨晚在宋继伟家落座后，唐子超本来打算听听就走。宋继伟点明了有三舅的事要告诉他，他在酒店的落地窗前，坐到了万户灯熄，繁星高挂，最后还是打车到了宋继伟家楼下。

他对自己说，听完就结束吧，死人的事就别再好奇了。但宋继伟像灌水似的喝下他带过去的酒，嘴里的话越说越多，粗糙的脖颈也愈发涨红，唐子超听得没了边，跟着一口一口地喝了起来。

宋继伟说："陈阿彪是'天姿发廊'的小股东，平时没事就帮着收收账。尸体是在发廊前的下水沟里发现的，脸朝下扎在臭水里，头发染成了大红色，像一坨没了魂的红海藻。那条街没有摄像头，发现尸体的时间是早上六点。"宋继伟他们赶到的时候，旁边围满了人，楼上楼下的居民探着脑袋观望着，和白舒梅被发现时一样。

尸体捞上来后，法医当场判定了死因。陈阿彪的喉咙被利器割破，一刀毙命。宋继伟带着人，把"天姿发廊"附近翻了个遍，最后是警犬在三中后巷的垃圾桶里发现了一把折叠刀。经过指纹比对，电脑屏幕上跳出来的竟然是三舅的名字。

和宋继伟一般大的同事，无人不识裴常笑。"小西江河滩杀人案"闹得很大，媒体抓着"未成年人"和"妓女"这类词紧紧不放，在信息匮乏的年代，掀起了少有的舆论狂潮。

弗元人逼着任弘飞给出一个交代，直到今天还有许多警队的同事认为，裴常笑的身上仍旧疑点重重，任队当年心软了，审得轻了。宋继伟盯着屏幕上的名字出神了很久，他才想起不久前在南区派出所还碰到过裴常笑一次。一开始他还不确定，以为认错了人。后面听说对方带了个男人来市公安局找过自己，但他出任务去了，回来的时候人已经走了。

宋继伟记得裴常笑出现在三中走廊上的样子，寸头剑眉，蓝布旧校服扎进长裤里，肩线往下耷拉了小半截，略显宽大。裴常笑听见白舒梅的名字，下意识就蒙了。张嘉良说："那小子吓到了，没想到刑警队查得那么快。"任队说："先把人带回审讯室吧。"宋继伟把裴常笑押上车，对方抬起眼看他，问："阿Sir，发生什么事了？"前排的任队回过头向宋继伟使了个眼色，意思是注意观察嫌犯的情绪。宋继伟发现裴常笑全身都在发抖，说了句待会儿你就知道了。

锁定裴常笑的过程算不上曲折。路灯下卖棉花糖的小贩、白舒梅铺子里的女人们，甚至是裴常笑自己的亲哥，都直接或间接地成为案子中的人证。裴常笑坐在审讯室里，没等任队亮出大招，他就开口说话了。

张嘉良当时得意地看了宋继伟一眼，意思是只要裴常笑招了，这案子就破了。宋继伟看着裴常笑发红的眼眶，看着他伸出手，抚摸照片里死者的容颜，突然发现任队的眼神变了。裴常笑从椅子上跳了起来，宋继伟用尽全身力气也差点制不住他。一头被剥了皮的小豹，在他掌心下疯狂地嘶吼着，宋继伟觉得自己才是那个该死的猎人，好像要杀错了。

"小西江河滩杀人案"惊动了市领导。公安局副局长亲自过来说："媒体现在闹得太大，你们到底有没有证据在手上？"

任队说："他亲哥都说看见受害者死亡之前和他在一起。"副局长怒道："就没有更直接的证据吗？凶器呢？指纹呢？嫌疑人招还是不招？"任队摇着头说："丝巾泡水后，指纹都没了。裴常笑不愿意招，说他没杀人。"

副局长一拳捶在桌子上说："任弘飞你个扑街，我这次真是要被你害死了。他是未成年人，你懂不懂，你手上这些证据治不了他，我们局的脸都被你丢光了，你明天就把人给放了。"

张嘉良插话道："副局，受害者铺子里的鸡头说裴常笑的控制欲极强，还和别的恩客发生过冲突，甚至还说过就算死也要和受害人死在一起那种话。如果我们把他放了，再抓就难了。"

副局长勃然大怒，骂道："什么时候轮到你说话了？任弘飞你怎么带人的？不懂纪律就回警校再读几年！"宋继伟只是在一旁静静地看着，他能做的就是等天一亮，先给裴常笑的家里打个电话，让他们把人给接回去。

唐子超给李海鸣回了短信，说错过了上车时间，今天还得在老家多待一天。他估计李海鸣气得双手发抖，因为对方只回复了"随你"两个字，许是对他这位上级近日阴晴不定的作法大有怨言。唐子超也知道自己怕是着了三舅的道，连他在酒后的梦里，都是三舅对着他喃喃自语，催促着他往大蛇皮袋里钻，说里面有好东西，只要进去看看就知道了。

二十个未接来电有三个是母亲打来的。唐子超回拨过去，听见母亲那头蒸汽掀锅的敲打声。母亲急切地问："是不是发生什么事了，怎么不接电话？"唐子超问："妈，你想念过弗元吗？"

敲打声停了下来，母亲问："是不是找你三舅的人，找到你了？"唐子超说："没人找我，是我在找人。妈，你和我说说吧，关于'小西江河滩杀人案'的事。"

唐子超与母亲的对话只在学习、工作和健康上打转。不像表妹，连中午吃的花生米是哪个牌子都要和大舅母分享。一开始唐子超问一句，母亲答一句，说到最后，手机发出了没电的信号，他才发现，原来他也能和母亲聊这么久。

母亲说，刚搬去平山的时候，说不想念老家是假的。平山的楼房更高，街道也更阔，但就是没有弗元那种味。习惯是刻在骨子里的，对人、对地方都是，说不上好坏。只不过母亲知道，弗元那里已经没有了她的家。姥爷总说，嫁出去的女儿是泼出去的水。母亲的家在父亲和唐子超身上。

白舒梅死的时候，母亲刚从三中毕业，被姥爷安排进弗元的一家纺织厂工作。纺织厂是姥爷从部队退下来后第一个工作的地方，只不过后来他被调到了炼油厂。再后来因为"文革"，纺织厂没有心思搞生产，队伍缩水了一大半。母亲刚进去的时候，还被厂里的人封为"厂花"。当然，这种称谓来年就套给了别人，因为又有新的女工穿着蓝布衣服进厂了。

母亲知道三舅被刑警队带走时，还站在染布机前。厂里的领导喊她，说有人打电话找她。回到家的时候，刚好看见姥姥被送上救护车的一幕。大舅跟着车去了警局，姥爷和母亲去的医院，相反的两个方向。

母亲说那一刻她感觉裴家要散了，再也回不来了。幸好救护车来得及时，姥姥气急攻心，但并无大事，在病床上还能哼唧。大舅在警局录完了口供，也赶来了医院。姥爷见了大舅二话没说，一个巴掌扇了过去。那是母亲活那么大，第一次看见姥爷打了大舅。

姥爷问："裴建国，你是真的看见你三弟和那做鸡的混一起了？你确定吗？我再说一次，他是你弟弟！"

大舅的泪水悬在眼眶里，说："我看见了，真的是他。爸，你不是一直都相信我的吗？难道你要我欺骗警方吗？你不是也觉得三弟就是个人渣吗？"

姥爷又抬起了手，母亲拦在了大舅跟前，说："别吵了，情况够乱了。爸，裴建国，我们好好把话说明白！"姥爷把手放了下来，身子背了过去，重重地叹了一口气。

大舅对母亲重复的话，与在警方面前阐述的并无二致。唐子超问："大舅是主动告知警方的吧？他明明可以什么都不说。"母亲在这里沉默了良久后说，同样的话，她也提出来过。

"子超，你是独生子，有些事情是不会明白的。"母亲说道，声音很闷。

唐子超无法否认。他在学校里也经常听见"独生子女真幸福啊"诸如此类的话。至于为何会有这样的感叹，他也无从追究。母亲说，她的课本、草稿本是大舅用过的，三舅的校服也是拿大舅穿剩的改良的，家里的赞美和包容都给到了裴家长子身上。

裴建国是模范，是标杆，是不会犯错的存在。但如果有一天，他发现另一个人在外面不管走到哪里，都带走了别人的目光呢？裴建国站在他融不进的光里，看着三舅在那里与兄弟们打闹，与女人们调笑，又会怎么想呢？

唐子超问："大舅是一早就打算那样对警方说的吗？"

母亲说："这重要吗？总之那么多年，我没听见他主动问候自己亲弟一次。"

"三舅知道大舅是人证的事吗？"唐子超再问。

母亲说："姥姥和姥爷是不会说的，裴建国也没傻到自己告诉他。三舅从公安局回家后，你姥爷就把他送进青少年治疗中心了，说三舅的心和脑子都坏了，得好好治。"

磁带 07

1988 年，我见证了中国第一家 KTV 的开幕，那是在省城打工的第七个年头。听说 KTV 是东方宾馆和日本株式会社合办的，里面的女服务员都经过精挑细选，抹着红唇胭脂，穿着统一的贴身小马甲，低眉顺眼地把人迎进歌房。

我上头的老板姓万，做的是五金生意。我帮他打理着粤东地区最大的一块分销渠道。他说我是战场上的亲兄弟，给了我不少好处。等进歌房时，他总是第一个将话筒递给我说："小裴啊，就等你点歌了，要不再给我们唱一首王杰的《安妮》？"

这阵风刮得猛烈，由沿海吹至京城，连弗元这种三线小城也拉起了各式 KTV 招牌。我前些日子听说，最近还出了什么量贩式 K 歌，学生、白领们都爱往里窜。到了本色 KTV 楼下，我盯着那句"现有最豪华最新包厢"的标语来回滚动，本能地掏出钱包，数了数里面的零钱，犹豫过后，还是走了进去。

被刑警队放回家后，阿爸受不了校方的压力，只得接受了我被强制退学的事实。杨利好来家里找过我，但都被二姐以我生病为由，劝了回去。

每天躲在房间里，看着大院草坪上跑跳的人和窗外湛蓝的天，我的世界是寂静的。和白舒梅相遇后的每一天，都成了翻不过去的页。

她说她还想再去夜市，因为想吃的"喜记糖水"提早收摊了。她还说想去"黄仙观"里祈福，听闻那里许的愿都灵，她阿弟很快就要手术了，愿狐狸仙保佑阿弟一切顺利，平生安康。

我和她说："里面拜的不是狐狸仙，是黄鼠狼。"她说："不管了，求神拜佛靠的是心诚，其他都是假把式。"我说："那你也不能把仙名拜错，万一天上那路心眼小呢？"白舒梅轻弹我的前额，说："神仙才不像你，只有你才心眼小。"

阿妈和二姐叫不动我出屋，每天把一日三餐放在房间门口，一字不差地重复念道："常笑啊，再不吃饭，饭又要凉了。"大哥回过家里一次，没来敲我的门。我听见他对阿妈说这学期学业就要结束了，快到了分配工作的时候。

阿爸已经帮大哥找好单位，是市里新建的乙烯化工厂，说是未来十年政府的重点项目，让大哥好好干。大哥答应着，貌似吃完晚饭很快就走了。我知道大哥觉得我皮，从小不待见我，也知道阿爸喜欢拿我和大哥作比较，我也为此深深地厌恶过。

人与人本来就有所不同，到底有什么好比的？但去了省城后我就明白了，无论在大城还是小城，喜欢比的人，永远都在比。

大约是阿爸看不下去了，我在房间躲了一个礼拜后，阿爸往家里领进三个人，为首的一位叫陈院长。

阿爸踹开了我的房门，对陈院长说："你们看看，他瘦得要不成人形了，做了那样的事，也不知道解释，脑子已经坏掉了，你们看怎么办吧。"

陈院长推了推眼镜，在我身边蹲下说："孩子，跟我们走吧，我们能治好你。"我问："走去哪儿？我没病！"陈院长暗示身旁两个穿白大褂的往前一步，抓住了我的手臂说："别做无用的挣扎，越挣扎越痛。"

阿妈跑了进来，抱着我大哭起来，说："你们这是要把我儿子带到哪儿去啊！他没做错事！警察都放了他了！"阿爸扇了阿妈一个巴掌，吼道："还没做错！看你教的好儿子！跟个做鸡的滚在一起，裴家祖坟都要被他掀翻了！你看看媒体是怎么写的，还不够是吗？陈院长他们是发了慈悲才收他，你醒醒吧！"

阿妈抱着我的腰死死不放，喊道："天杀的，造孽啊，你们这是要逼死我和常笑！我今天就死给你们看！"阿爸把阿妈从我身上拉开，对着陈院长喊道："快把我儿子带走，我们裴家的希望，就靠你们了！钱我明天就打过去！"

许是多日没有进食的缘故，我很快就被制伏了，嘴里被塞了阿妈的毛线球。白大褂一口气将我拖到了面包车上。杨利好从楼梯间跑下来，隔着车窗，喘着粗气，大叫着我的名字。我惊恐地在车里挣扎，但还是无济于事，因为身体很快感受到一股极强的电流，我下意识地晕了过去。

本色KTV门口摆着两只铜狮子镇店，意寓双狮富门，雄左雌右。前台往里，皆是繁复的欧式调调，隐约可见白色墙边有发黑的迹象，墙面上多有裂纹，显得廉价。

大堂嵌着一幅不知道是谁的仿画，色彩瑰丽得扎眼，仔细一看甚至瞧不清画上每个人的脸。是天使还是魔鬼，难以分辨。我探头往里瞧着，只听背后有人问道："你好，请问是要开房吗？"

我慌忙转过身去，一位二十岁出头的女服务员好奇地打量着我。我忙解释道："不开房，我来这儿找一位姓江的女士。"

女服务员狐疑地看着我说："江女士？我们这儿没有姓江的，你找错地方了。"

"她叫江艺琴。你们这儿没有这个人？"

女服务员恍然大悟，说："是琴姐啊，她改姓了，现在叫李艺琴，她是我们老板。"

"改姓不改名，还是第一次听说。"我笑道。

女服务员一脸没好气地说："木子李多财多福，你不懂。找琴姐干什么？她很忙的。"

"私事。靓女，方便帮我联系她一下吗？"许是看出我和琴姐不熟，女服务员翻着前台记录本，眼皮都懒得再抬。

"我说了，琴姐是大老板。你要是真的想，就在这儿等她吧。一般晚上八九点的时候，她会来店里。"

现在离天黑还有至少四小时，女服务员的嘴里也不一定是实话。我掏出了钱包，说："这样吧，你给我开一个小包厢，琴姐到了告诉我就行。"

女服务员扬起笑靥，说："没问题老板，订金七十五元，我先给你算三小时，剩下的你唱完了再付。"

本色KTV的包厢算不上雅致，里面有一张黑皮沙发、两个麦克风和一本比《新华字典》还厚的点歌本，封面上写着"不分男女老少，尽享欢唱时光"。我寻思着这地方价格不便宜，三小时花了我快一个礼拜的工资，怎么的也得开口回个本。

女服务员又走了进来，我说："这地方就你一个人工作？"

她边调着音响边说："早上到下午没啥人，一两个人值班就够了。小包厢的机器是刚换的，老板你来得是时候。"

我说："你帮我把王杰那首《安妮》找出来，那首我唱得还行。"女服务员蹲在茶几边上，手指翻着点歌本，说："1104 号编码，老板你拿遥控器对着大屏幕按数字，歌就出来了。"

我又问："能上壶茶吗？铁观音或普洱都行。"女服务员把一张酒单递了过来，说："茶得额外收钱，一壶一元，纸三毛一包，老板你都要吗？"

我摆了摆手说："算了吧，给我杯凉白开，怕唱坏了嗓子。"

跟着万老板在五金市场跑单的那些年，KTV 里我只会唱这一首歌。每次蓝字跳完尾音，万老板定会拍着啤酒肚，拿起桌上的子弹杯一口闷，说如果不是小裴，今日我们无法相聚在这里。我老万对兄弟你感激涕零，在省城以后就是我罩你了。

我给万老板和客户斟满酒，说："哪里哪里，万总，你们能合作，对我就是最大的肯定，祝我们大家合作顺利。"

场面上的话，听多了也就会了。真情假意其实并不重要，只要能签字打款，再多的白酒都得灌下去。

歌曲最后，万老板习惯性地拨通一个电话，不到十分钟，数十位"公主"鱼贯而入，身穿超短裙和渔网袜站成一排。里边经验丰富的，会径直坐到男人腿上。一些神情羞涩的，往往还会被包厢里的人挑逗一番。

第一次去 KTV 的时候，万老板也让我选个女人带回家。我说："还是算了吧，我立不起来。"万老板看着我，张大了嘴巴，说："这么年轻就瘫了？那……那要不我给你介绍个中医好好看看？"

我说："不必了，小时候出了点事故，全国的医院都跑遍了，没一个能治。"万老板拍了拍我的肩说："我看不得兄弟这样，你放心，这事情包我身上了，犄角旮旯里的神医都给你找过来。"

屏幕上的《安妮》还在循环播放，我在黑皮沙发上醒过来的时候，早已不知白天还是黑夜。前台的女服务员也换了人，我一问才知，操蛋，竟然在那破房间里待了快六小时。

"你们怎么没人叫醒我？下午值班那姑娘呢？"我手搓着钱包里的纸钞，不知道是否够付。

"老板，不好意思，我们是不会主动打扰你们K歌的。小青不上夜班，六点的时候就回去了。"眼前站着的是个小白脸，十八岁上下，说话也是战战兢兢的。

"你们琴姐呢？我在这儿等她一天了。"

小白脸满眼为难地说："今天没见到琴姐过来，要不老板你改日再来？"

我火气一下子蹿了上来，说："你们这是摆明的讹我钱吧。超时了也不叫门，还故意说她晚上会来店里。"

小白脸说："老板，真没有，琴姐不止我们这一个场。今天没来也是正常的。"

"没听说她有别的场子啊，你们坑谁呢？"我怒道。

小白脸还想继续解释，突然脸色变了，对着我身后鞠了一躬，叫了声"琴姐好！"。

有人朝我的后颈吐了一口烟，是淡淡的薄荷香味。我刚想回头，脑袋就砸在了大理石台面上。只听一个声音娇笑着说道："是哪个哥哥等了我一天，我倒要仔细看看。"

足迹07

相比于文科，理科才是唐子超的强项。他的数学尤其好，曾代表平山市多次参加省里的奥数竞赛，并获得过前三的名次。所以当他在高二分科意向表上勾选"文科"时，连级长都以为自己老眼昏花了，把他叫到办公室一再确认，问是不是填错了。

"没错，我想读文。"唐子超冷静又坚定地回答。

级长摸着光秃秃的发顶说："子超啊，我们当然尊重你的意愿。但你能告诉我原因吗？"

唐子超沉吟半晌，问了级长一个问题。级长和班主任面面相觑，唐子超微微一笑，说："这个答案，数字里给不出来，我想去宪法文字里找。"

父亲对于唐子超选文的异议最大。毕竟作为炼油厂少有的添加剂研发型人才，父亲一辈子都在和化学公式打交道。有一门技术傍身，是父亲一辈子实践的真理。他向唐子超提了同样的问题，唐子超又以同样的说法回答了他。母亲第二天对他说，父亲鲜少地失了眠，在床上念叨了一晚上，让母亲注意点儿子，怕不是读书读坏了脑子。

唐子超踏入"黄仙观"时发现，当年是姥姥种下了不该有的种子。"黄仙观"他跟着姥姥和母亲来过，离开弗元前每年都来，或者说不得不来。

上了高二后，看着政治课本里写的"树立科学价值观。唯物主义乃无神论根基"种种，他一遍遍地回想起姥姥给他说的"黄仙观"。于是，他终于在级长办公室和父亲面前提出了那个问题：如果无神论是正确之道，那么为何人们还崇拜泥做的仙呢？

直到今天，唐子超仍旧没有从他人的嘴里得到过想要的答案。他踩着地上的香灰，跪在蒲团之上，三指捏着黄香，眼睛一动不动地盯着嘴角向上的黄仙塑像，心里想的竟是"好久不见"。他没有要许的愿，眼下父母身体健康，他也算事业有成。贾炎胜这个绊脚石也用不着黄仙出手，他自有办法。

香燃了小半截，他把许的愿给了三舅，嘴里自言自语道："裴常笑你在天有灵，入土为安。要我往后还是往前，你托梦给句准话。"

姥姥去世以前，屡次念叨起"黄仙观"还愿的事，但总不能成行。一来大舅和父亲工作繁忙，母亲还有唐子超要照顾，回一趟老家耗时费力；二来姥姥的身体自三舅彻底失踪后，每况愈下，疯疯癫癫，后期还得了尿毒症，血透机和导尿管一分钟也少不了，回老家的事自然也没人再提。

唐子超上大学的最后一年，母亲来了电话，说："你姥不行了，瘦得只剩一具骷髅骨，妈看得难受，想对你姥爷说，这样躺着也是白受罪，要不早点送人走。但妈说不出口，子超你能明白吗？"

唐子超靠在宿舍的窗边说不出话。他在夜里给母亲发了一条短信，说："妈，姥姥心诚，黄仙会待她好的。"

"施主，买个平安符？不贵，一张五十五元。"一个道士模样的人拦在跟前，眼角的鱼尾纹连着发白的鬓角，笑意盈盈。

唐子超接过对方手里的平安符，前后翻看，一张折成五边形的破纸，问："这能卖五十五元？"

道士捋着须说："年轻人，这你就不懂了，现在物价飞涨，福纸的价格也不与往日一般。我可以给你打八折，为了你求得心安。"

"哪里看出这玩意儿能叫人心安了？"唐子超起了调侃的心思。

道士收起笑容，一本正经地晃着脑袋说："施主此话差矣。黄仙在上，有求必应。施主你拿着这符，每日往东南方向磕三个响头，心里想的很快就要实现了。"

唐子超摸着那福纸，磨砂面，感觉硌手。他问道士："同样的话，你一天能说几回？"

道士双指合并，立于胸前，说："施主，天机不可泄露。贫道见你眉间黑印悬浮，才特意递此平安符，独你一份。"

"既然如此，你好人做到底，就别收钱了吧。我刚才听黄仙说了，你是给我递福的人，收钱容易折了你的阳寿。"唐子超也说得义正词严。

道士的脸急急转黑，从唐子超手里把平安符抢了过去，说："真是少见的小气精，打八折了还他妈嫌贵。"

中午从宋继伟家里离开后，唐子超又打给了李海鸣。对方果然气极了，说唐子超俨然忘记了现在是争夺律所合伙人位置的关键时刻，革命胜利迫在眉睫，应该分清主次，至少不能把战友给忘了。

唐子超罕见地道了歉，说老家这边确实是出事了，但是电话里一时半会儿说不清楚，还说会按照原计划四天后回去。李海鸣跳了起来，说："老板，别四天了，现在立刻马上买车票！贾炎胜那边追得紧，听说他们已经准备好给刘总的第一份提案了。"唐子超没想到贾律师这次行动得比以往都快，踌躇之下，说："明白了，最晚明天下午，你会见到我。"

德天的职位是唐子超大学毕业前就盯上的。全国排名靠前的律所里面，只有德天的总部设在省城。创始人比唐子超大了十五岁，算是叔叔辈的人物，早年通过帮一众名流高官处理商业房产官司，积累了第一桶金，很快又自立门户，成立了德天律所，并通过人脉关系，进军房地产投资行列，赶上了2000年初的房市腾飞热浪，身价翻了二十倍。现在他已经基本不参与德天的日常运营，一心希望能培养出富有远见的合伙人，也好闲下心来，全面退居幕后。

唐子超从德天的实习律师干起，对于所里的产品结构、人员调度是再清楚不过的。创始人一开始对唐子超并不上心，一是他太过年轻，一个走出校园没多久的毛头小子，眼神和话语里棱角分明；二是唐子超的家庭背景太过平凡，律所做的是人脉生意，新人签约的头单往往来自父母辈的提携，关系越强，单子越大，律所的利益也就越大。

德天是个不养闲人的地方，在正式聘用新人前，对其背调是再正常不过的事。唐子超实习的同期里，有人甚至是业内知名律师的孙子辈。相比之下，他实在没有出彩的地方。唐子超当然清楚自身的优劣势，从零到现在位置前的每一天，他都精密计算着每一次出头的机会。

虽然等了两年，但总算让他等到了，那桩知名女演员豪宅遗产纷争案他处理得很漂亮。不仅戳穿了演员前夫伪造遗嘱的戏码，并且有利地引导舆论倾向去世的女演员，也是在这个案子之后，创始人的目光终于投向了他。

唐子超明白李海鸣话语里的急迫性，他的确是因为三舅的事乱了阵脚。他决定明天一早租车，开回省城。早上六点出发，走大道也不会拥堵。不过在那以前，他还要去一个地方。

幸福路228号职工大院，唐子超做梦也没有想到有生之年会再次回到这里。今天在宋继伟家的沙发上醒来之前，他梦里的画面停留在姥爷与三舅说出门祭祖的那一天。三舅站在家门口，垂着头说："对不起，我就不该回来。"姥爷挥起巴掌朝他扇去，唐子超跑了过去，抱住姥爷的腿说："别打了，小超饿了。"

水泥外墙爬满青苔，铁闸门上满是斑驳发红的锈迹。右侧开了一小门，门口坐着个大爷，唐子超看着脸生。他从铁闸门的缝隙里看过去，院子中间的公共草坪高低不整，像是许久无人打理。

大院是炼油厂最早的一批职工房，住过裴家三代人。因为大舅结婚时没钱买婚房，表妹也是在这里出生的。他踮起脚，想看看西北角二号楼底下那辆破单车还在不在。那辆车是杨燕燕他爸常年放那儿的，总挡道，每次走过时母亲会习惯性地拉起车后座挪一寸位置，顺带埋汰一句。

"燕燕啊，又带孩子出来遛弯啊。"门口的大爷发话了。唐子超慌忙从兜里掏出手机，开始滑短信。

"是啊，听说东边菜场的小超市今天有老顾客抽奖活动，我带儿子去看看。"

女人头发松散地绾成一个髻，垂挂在肩上，背对着唐子超，右手牵着个五六岁大的男孩。女人让男孩向大爷问好，男孩腼腆地摇了摇头，女人尴尬地笑了笑，说："孩子不懂事，天天见还能怕生呢。"大爷说："他就不像你，听你妈说，你小时候闹啊，满大院瞎跑。"女人说："那是以前了，现在的人都变了。"

女人走过唐子超身边，衣服上还能闻见厨房里的锅油味儿。她死死地拉着男孩，嘴里不断絮叨着："去菜场别瞎跑，知道不知道？见人要问好，怎么就那么没礼貌呢？"唐子超用余光瞄着女人，有那么一瞬间，他想开口叫住她，问她还记不记得自己。斜阳拽着女人的身影，臃肿且长，他觉得还是罢了，记得与否都与他无关了。

掌心酥麻，原来是手机发出振动。唐子超低头一看，宋继伟的信息发了过来。对方问，酒醒了没？今晚要不要再喝一杯？唐子超正打算把信息回过去，对方又发来一条，问："你是怎么查到陈阿彪的？昨晚说的磁带又是怎么一回事？"

磁带 08

脸上的压强逐渐增大。我斜着眼睛往上瞟，只看得见对方下颌上横着的刀疤。女人踩着细高跟，将腿架在了茶几上，皮裙包着臀部，两条腿又直又长。我用海话努着嘴求饶，大佬，有话好好说，我头小，这样压着脸怕是一会儿要碎了。

女人娇笑了一声，抬了抬下颌。我揉着脸，直起了身子。她让刀疤男人先去外面等着，还把歌房里的灯全开了，我这才看清了眼前这个叫"江艺琴"的女人，哦，不对，现在该叫她"李艺琴"。

女人保养得宜，脸皮绷得紧致，只能从妆发上推算年纪，四十岁上下。她抿了抿红唇，吐出一口烟，饶有兴致地打量着我，双腿从茶几上放了下来，上下交叠在一起，问："你等了我很久？"

我被迎面喷来的薄荷烟熏得眼花，下意识点了头。李艺琴又笑得花枝乱颤，说："我可不记得接待过你这位客人。说说吧，你到底来找谁？"我说："您这里客人那么多，怎么可能都记住？我确实在你这儿消费过。"

"哦？"李艺琴抖了抖烟说，"我很贵的，你是哪种消费？"

我一屁股坐到沙发上，问她要了一根烟。她又笑了，说："女人烟你也抽？"我说："是人就能抽，您手下压得我脸疼，讨根烟不过分吧？"

她眉眼弯弯地把烟和打火机递给了我，说："要不要我让外头的人给你道个歉？"我说："不劳驾。知道琴姐事忙，我问完话就走。"

我拿出戴大军给的照片，递到了她面前，我问琴姐："这里有没有一个叫戴晓冰的姑娘？"李艺琴扫了一眼说："我们本色的姑娘好看着呢，哪来这么土的。"我说："陈阿彪是这姑娘的男友。"李艺琴哈哈大笑说："你到底是谁啊？别人的女朋友，你管那么多？"

"我是戴晓冰的表哥。他爸说她失踪了，托我来找。陈阿彪说他们分手了，还说把我表妹介绍到琴姐这儿工作。我看您这儿挺好的，装修华丽，估计能挣不少。只要确定表妹没事就行了，告诉她，她爸想她了。"

李艺琴盯着我的嘴一张一合，全程没说一个字。她拿起照片，双指架着烟，撑在前额，若有所思。

我问她："琴姐，表妹真不在您这儿？"李艺琴打了个响指说："想起来了，原来是 Nancy，这妮子化妆前后差别大。"

"什么西？"我问。

"Nancy！"李艺琴纠正我的发音，说现在都流行英文名，我的叫 Victoria，怎么样，洋气吧？

我竖起大拇指说："没听过比这更洋气的，衬您的贵气。"

李艺琴笑得更欢了，说："你挺会说话，我喜欢。Nancy是在我这儿工作，但最近好一段时间没来了，我听说她被曲总看上了。两人估计是出去旅游了。要不我给曲总打个电话？"

我说："琴姐肯帮忙那自然是好，只要让我把她爸的意思带到就行。"

李艺琴从小挎包里掏出摩托罗拉新款手机，看着比她的脸盘还大。

对面接了起来，她说："欸，是曲总吗？那个Nancy在吗？她表哥来我们店里找她了。"李艺琴的嘴角向上咧着，但看不出笑。对方不知道说了什么，她的脸垮了下来，手机递给了我。

"喂？"一个年轻的女声传来。

我问："是戴晓冰吗？"

"嗯，我是。你谁啊？"

"我是你表哥啊。"

对面不出声了，突然又问："昨天也有个说是我表哥的，你到底哪位啊？"

我说："我是裴常笑，你总不会不记得吧。我们从小玩到大啊。"

对方像是想了起来，说："哦哦，裴哥啊，找我什么事啊？"

"没什么事。就你爸来城里看你，说你不在。你也不留个信，他着急。"

对方说："我和曲总来桂林旅游了，不知道我爸会进城。裴哥你别担心了，我会给他去电话。"

"好的，听到你没事，我就放心了，那我就回去了。"

电话一挂，我弯着腰把摩托罗拉递了回去。她问："怎么样，Nancy 听起来很开心？"

我说："对，好像他们在漓江上泛舟。知道她过得好就行了。今天真是谢谢琴姐帮忙了。"

"你等我这么久，就只是为了这事？"李艺琴的眼神暧昧起来。

我说："她爸扰得我烦，我想着赶紧找到人把这事解决了。今天看来没白等，琴姐一通电话给他老人家一个安心。"

李艺琴手肘撑着膝盖，目光由上到下缠着我。我脚底发麻，觉得这 VIP 歌房里挤得慌。刀疤男的影子从门缝里伸进来，我吞了吞嗓子，感觉有些痒。

"喂，"李艺琴说，"我说怎么看着你面熟。你是不是那个小赤佬？"

杨利好有个习惯，说话喜欢说一半。我骑在老摩托上，风吹散了嘴里的脏话。如果允许，我巴不得现在把那死仔抓到面前，再把每个字送进他的耳朵里。

李艺琴缱绻的眼神，我说瞧得熟悉。白舒梅叫了那么多次"琴姐"，隔了这多年，该忘的和不该忘的，因为"小赤佬"三个字全盘打回原形。

我忘了走了多久才出的本色 KTV，下楼的时候，一对年轻男女相互依偎嬉笑着撞到了我的身上，男的大骂"没长眼睛啊"，我却也不甚在意。

李艺琴说："小赤佬，我可是把舒梅当成亲妹妹，你怎么就把她给拐跑了。"她细长的手抚上我的大腿："你知道吗，舒梅在铺子里总跟我们提你，她说她喜欢你，但又怕你。"

我的全身都不受控制地发起抖来。李艺琴接着说："警察来铺子里好多次，问我认不认识你。我说认识啊。他们说你有杀人嫌疑。我说不可能吧，你喜欢舒梅，铺子里的姐妹都知道。可是舒梅对我们说，你不想她和别的男人好，对吗？"

我站起身想走，李艺琴拉住了我的手。我低下头去，竟然是白舒梅在看着我。红唇一张一合，对着我说："常笑啊，你怎么能那么对我呢？水里多冷啊，快抱抱我。"

"喝一杯再走吧。"李艺琴妩媚地笑着，"小赤佬，我们叙叙旧。"

我甩开她的手说："不必了。我家远，先走了。"李艺琴交叉着双腿，身子向后靠着，一如那个下雨的夜晚，白舒梅在铺子里那样，我必须得逃，逃得越快越好。

风还在吹，老摩托开得越来越急，眼前已模糊不清。我把车停在无人的路边，摘下头盔大口喘气。

阿爸联系的青少年治疗中心是"红香叶矫正医院"。我从病床上醒来，已经是半天以后的事情，周身上下除了内裤，被扒得一干二净。我茫然地撑起身子，床头放着一套纯白的病号服，角落里蹲着一个男人，正直勾勾地看向这边。

　　我张了张嘴，却发不出声音，喉咙像裂开一般，想是从家里离开时叫得太凶，声带哑了。门外传来一阵整齐的脚步声，那个叫陈院长的家伙带人走了进来，整齐排开地站在我床前。陈院长问："小裴啊，你醒了，感觉还好吗？"

　　不好！我指了指喉咙。陈院长示意后面的人给了我一瓶水，我毫不犹豫地拧开瓶盖，全灌了下去。陈院长满意地点头说道："小裴啊，你这里是重点监护病房，你爸爸已经将你全面托管给我们了。治疗期是三个月，我们会好好照顾你。"

　　我张嘴想要辩解，但只能发出单字符音节。陈院长拍了拍我的脑袋，指着西北角上方说："那里有摄像头，你放心，我们会看着你。这三个月你要和陆鹏相处好，你们是室友，要互相帮助。"

　　陈院长招了招手，角落里的男人走了过来，比我高出半个脑袋。他说："你好，我叫陆鹏。"说完后，他又走回角落里，蹲了下去。陈院长俯身在我耳边说道："别担心，你的情况没他严重。"

　　眼皮越来越重，陈院长的声音变得缥缈起来，我又一头栽进被子里。朦胧之中感觉有人抬起了我的腿，一寸不差地抚摸我。白舒梅和阿爸的脸轮流出现在那晚的梦里，他们说的话我听不清了，只知道醒来后周身都湿了。

　　"终于舍得醒了？"那个叫陆鹏的男人坐在对面的单人床上，调笑说道。

　　我感到头痛欲裂，哑着嗓子问："陈院长去哪里了？老子要和他谈谈。"

"哈，还老子？看来你没醒啊。"陆鹏把玩着手里的塑料杯说。

我问他："这里到底是哪儿，你又是怎么进来的？"陆鹏一脸怪异地看着我说："这里是'小青山'啊，专门抓未成年人的'小青山'。"

"你是说精神病院吗？"

陆鹏耸了耸肩说："算是吧。外面的人都这么说。"他反问我："看你不像精神病啊，犯什么事了？"

我的心脏一阵紧缩，低下头去。陆鹏说："算了，不想说就不说吧。是人是鬼，反正进来了都一样。"

我问他："这里能出去吗？"

陆鹏轻笑了一声说："你爬上桌子，从窗子看出去。那堵墙有多高，看见了吗？墙外面就是野狗林。我们出去的那天，就是我们死的那天。"

足迹 08

唐子超又算错了。

早上八点，弗元的租车行比预计出发时间晚了两小时开门，只剩长安福特可提。唐子超没看日历，9 月 30 日，隔天就是国庆，进城和出城的路一样堵。人民群众们心照不宣地起了个大早，在拥挤的高速路上亲切地用喇叭彼此问候，情绪起伏之下再来个追尾，甚至来不及招呼交警，互相之间已经下车对骂开来。

唐子超不尴不尬地卡在了追尾车辆的正后方。前面的男人从奔驰车上下来，单从口型就能判断他连续骂出了数十个带"操"的音节，食指点在爱车的臀部上，对着追尾的本田思域红了脸。唐子超无奈地将手交叠搭在驾驶盘上，看着本田车主也开了车门，挺着啤酒肚对着奔驰男竖起中指。

双方骂战无限循环，车后的喇叭们也被按得震天作响。他看了眼导航，依照现在的车速，晚上九点前能回到省城就不错了，李海鸣估计又该跳脚了。

唐子超半摇下车窗，往外抖了抖烟。奔驰和本田的对骂愈演愈烈，"操"完了又到"干"，翻来覆去，没一点新意。他盯着空中的云，化成一个圈，想起了小学六年级的第二学期，那堂枯燥无趣的生理知识普及课，讲课的老师和对骂的车主，话里话外，大概说的是一个意思。

对弗元的小学生活，唐子超没有丝毫留恋。因为杨燕燕在年级里大肆宣传，班里不少人耳闻他三舅是逃跑在外的杀人犯。班主任曾经找过他母亲，说担心他因为流言蜚语而影响成绩。母亲回家后对唐子超叹道："心里难受就哭出来，我们管不住别人的嘴，但可以管住自己的心。"

唐子超把手搭在母亲的肩膀上说："妈，我没事的，一两句话伤不了我。"他说的是实话，本来班里也没一个能深交的朋友。一些像苍蝇一样的人，知道三舅的事后，躲他躲得更远了，多几句难听的话，又有什么关系呢？

　　唯独那堂课，像鞋底蹭不掉的口香糖，紧紧黏在他小学的记忆里。炎热的下午，知了在操场的榕树上放肆尖叫，他因为帮老师收作业本，晚进了阶梯教室。气喘吁吁地推开门，里面闹哄哄地乱作一团，唐子超选择最后一排的位置坐下。

　　汗水沿着稚嫩的脖颈流了下来，流到肚脐眼上，他觉得痒。教室里的灯变暗了，对面墙壁上亮起了幻灯片。一个戴着厚重眼镜的中年男人站上了讲台，用戒尺敲了敲讲台，说今天由我来给各位同学讲述人体结构常识，大家安静点，注意听。

　　唐子超感到周围人的呼吸都紧了起来。他茫然地在黑暗中张望，只看见前排交叠的面部轮廓，看不清脸。很快有人憋不住了，耻笑声从阶梯教室的各处传来。

　　讲台上的老师似乎没有发现，机械且快速地念着讲稿，屏幕上的幻灯片迫不及待地往下一页滚动着。即便如此，他还是看见了，因为电脑此时卡了壳，彩色画面定格在男女躯干不同的对比图上。

　　幻灯片里的男女模特，金发碧眼，下肢两处分别特地放大的部位让他眼睛发直。有人哈哈大笑起来，有人发出嘘声。老师急着打开了灯，拨通维修人员的电话，说电脑主机转不动了。唐子超还看见前排的女生羞红了耳根，怯声说："这到底是什么啊，丢死人了。"

　　生理知识普及课在幻灯片的黑屏下匆匆结束，但唐子超的羞耻和好奇被无限放大了起来。最后一节课的下课铃一响，他头也不回地拿起书包，往家冲去。到了大院门口，他又放慢了脚步，站在红砖墙边垂下了头。

后面的幻灯片会是什么呢？问老师肯定不行，他也问不出口。难道去找母亲吗？他的脸烧红至耳后，那恐怕更不行了。他拖着步子进了家门，父亲坐在饭桌边吹落地扇，见他神色怪异，问他怎么了。他走进房间，反手把门锁上了，说要期中考了，谁也别去打扰他。

那天晚上，他做了一个梦。幻灯片里金发碧眼的女人朝他走了过来，趴在了他的身子上。他吓坏了，想推开她，金发女人用下巴蹭着他的胸膛，印下一吻。他感到一股温热涌了出来，哭了，大叫着你快走吧，我害怕你。早上醒来的时候，裤裆上湿漉漉的一片。母亲敲着门说："子超啊，起来吃早饭了。"他羞愤地起身说道："你们都走！我头疼！别管我！"

"老板，出发了吗？"

"嗯。路上堵，估计晚上才能到。"唐子超听见电话那边传来碎纸机的声音，听得心慌。

李海鸣对着话筒咬牙切齿地说："没事，出发了就行，我等您。"

唐子超知道李海鸣这人说到做到。自己去美国出差的这段时间，李海鸣怕是累坏了，大小客户找不到唐子超就找他，半路还杀出个贾炎胜。唐子超思索着等熬过了这阵，给李海鸣买张去海南的机票，放个大假。

奔驰和本田思域互不相让，终于抵不住旁人冲天的喇叭声，算是扯了个平。车子重新开动，速度还是和龟爬一样慢。唐子超原本就不是能喝酒的人，如今有些后悔去了宋继伟家。

酒后失言的事情时有发生，这次偏生出现在他身上。宋继伟问起了磁带的事，他在短信上打了个哈哈，糊弄了过去，说："什么磁带？你该不是听错了。"

宋继伟过了许久才回了句："下次回弗元，想喝酒再来。"刑警的狗鼻子灵，哪怕醉了酒，逃跑的狐狸也能寻。唐子超心想，之后和宋继伟接触得注意着点。虽然三舅死了，但过去的案子还没破。如果刑警拿到三舅的磁带，那就是铁证，裴姓杀人犯的帽子怕是再也摘不掉了。

母亲提到三舅进入青少年治疗中心时，在电话那头停顿了很久。唐子超说："妈，三舅始终都是家里人，没什么我不能知道的。"母亲像是把积攒多年的怨气，在循循善诱的话语中，一点点泄了出来。

她说得很慢，唐子超听得很耐心。聊到最后，他突然意识到过去的这么多年，母亲也许从来没对任何人开口说过这些事。

三舅进入的治疗中心，唐子超早有耳闻。杨燕燕身边的跟班叫嚣过，说他们裴家的小孩都应该被送进"小青山"治一治。这个词在他的小脑袋里来回打转。他扒着碗里的饭，问母亲说："妈，什么是'小青山'？"

母亲夹菜的手一顿，说："小孩子家家，别问那么多。"唐子超更好奇地说道："外面的人说我应该住进'小青山'。"母亲

"啪"地将筷子扣在桌上，竖起眉毛道："谁说的？"唐子超嚼着饭说："杨燕燕和她的朋友们。"母亲饭也不吃了，二话不说冲出门去，杀到杨家，把燕燕她妈给骂了出来。

听姥爷说，那是母亲这么大个人，第一次在外爆了火，大舅和姥姥想拦也拦不住。母亲从楼下骂到楼上，姥爷说从来不知道自己女儿的词汇量如此丰富，"老母""扑街""痴线"一个比一个说得溜。

燕燕她妈都听蒙了，张着嘴说不出话。母亲骂一句，杨燕燕哭一句，说是小跟班让唐子超去"小青山"，她可没这么说。

母亲一脚踹在消火栓箱上，说小崽你再说我儿子，我把你的杨字削半边。双方正吵个没完，杨利好回来了，了解了事情的来龙去脉，主动给母亲道了歉，说侄女不懂事，我关了门就揍她。

唐子超看着母亲吵架后气喘的模样，把"小青山"的问题咽回了肚子里。父亲回家后，在房间里把母亲大骂一顿，说真是泼妇骂街，头发长，见识短。

母亲气极了，坐在茶几上呜呜地哭了起来，说："你这个当爹的，只知道工作升官，儿子你管过吗？别人叫他去'小青山'治治，你明白什么意思吗？我和人吵吵的时候，你又在哪里！"

父亲骂道："要怪就怪你那该死的三弟！没有他，别人会这么说吗！你们裴家就是活该！"父亲甩手摔门，直到天亮了也没再回来，据传在车间职工宿舍睡了一个礼拜。

唐子超抱着尚未解决的好奇心，裹在被窝里辗转难眠。第二天他趁母亲不注意的工夫，偷偷用座机拨了114，对着接线员问："姐姐，你知道'小青山'是什么地方吗？"对方说："不好意思小朋友，我在系统里没有找到这个名字。"唐子超悻悻地挂了电话，但仍不死心。

抱着一丝希望挨到周末，他跑进市图书馆一通翻找，也没查出个所以然。直到在姥爷家的电视新闻里，唐子超听见说着粤语的女记者指着一栋高墙建筑道："'红香叶矫正医院'在多位市民的举报下，近日已被政府查封。这个被称为'小青山'的地方，曾经是无数青少年噩梦的所在。"唐子超这才对上了号。

"你三舅去了治疗中心一个月就回来了。他穿过了那片野狗林，没人知道他怎么出来的。姥爷半夜尿急，起来解手，听见好像有人敲门，还以为闹了鬼。门打开一看，是你三舅躺在地上，身上还流着血，衣服都湿透了，又臭又脏。我记得他嘴里念着什么鹏，又哭又笑的，跟疯了一样。"母亲在电话那头，轻声说道。

磁带 09

"野狗林走唔甩"是弗元家家户户从小教育孩子们的俗语，阿妈也对我说过同样的话。林子地处西北市郊，葟树茂密，遮天蔽日。相传战乱年间有开了慧眼的野狗领着一众家畜前往林子避灾避难，士兵进了它们的地界，向来有去无回，故名野狗林。

阿妈说大炼钢时期，市领导曾带人想推了林子，实践"三年超英，五年赶美"的指标，打算把弗元市所有木材贡献出来，为祖国大地尽一份力。电锯铁锹们踩着秋风入了林，不知道是狗还是狼在月色下一片哭嚎，众人吓得屁滚尿流，一根树梢也没碰，来年枝丫比以往长得还要盛。

不着边际的奇闻逸事，我一向不以为意。直到隔着"红香叶矫正医院"的铁窗，抖动的蕈树叶像黑色的网包裹而来，我才觉得传闻也许不是空穴来风。

陆鹏和我同岁，身薄腿长，颧骨高耸。他的话极少，除了我住进去的第一天，几乎不主动搭茬。陈院长的跟班一天来个两次，抽血、量体温、测心脉，做得像模像样。头三日里，我赖死在病床上，浑身舒麻，眼皮争分夺秒地打架，骂人的话像复读机一般从嘴里冒出来，喋喋不休。陆鹏却也不嫌烦，还说现在能骂是好事，过一阵就骂不出来了。

病房装的是绿色染锈的铁门。我没去过监狱，但"小青山"里的看管显然比派出所都要严。拿着电击棒的护理师在门外来回游走，我贴着门缝想叫个人来，对方也是装聋作哑。

陆鹏说："你号成这样，有什么用？"我说："操，老子不像你，才不会坐以待毙。"陆鹏指了指监控说："眼瞎了？没看到那儿？你做的每一个动作，姓陈的都看在眼里。"我说："你好像挺了解，进来多久了？"陆鹏指了指他旁边的空地说："反正比你来的时间长。坐过来吧，这里才有死角，装鸡仔。"

陆鹏是捅了人进来的。据说是在游戏厅发生的意外事件，因为鸡毛蒜皮的口角动了手。对方拿着小刀，在两人身体之间明晃着，只是没想到陆鹏打架狠，反应也快，反手将凑过来的刀锋一百八十度掉转，捅进了对面的小腹里。

人在医院抢救了四十八小时，没死成，赔了八万。陆鹏说："是我道上大哥给的钱，那份人情得用一辈子还。"我说："还好人没死，否则闹得更大。"陆鹏望着野狗林说："早知道会被锁在这个地方，还不如当初再捅深一点。"

我在"小青山"的时间里，阿妈阿姐没来看过一次，估摸着是阿爸不让她们来。护理师带人把我绑出了病房，说："观察了三天，你的情绪不稳定，得单独治疗。"陆鹏在角落里无声地看着我，我大骂他死崽，好歹也是室友，怎能见死不救。他做了个噤声的手势，绿铁门关上了，狭长的走廊只剩下我的哀号。

老摩托驶进泥路，仓库萧索，立在由远及近的月色下。澡就别洗了，只想在硬板床上睡他个天昏地暗。"甜心电台"的女主播可不能换人，这些天收音机没开，甚是想念。我硬撑着眼皮，把老摩托停下，却见仓库门前台阶上坐着个黑影，手臂枕着头，睡得正是酣甜。

"戴大军？"

黑影抬起下巴，嘟囔着说："靓仔啊，你可算回来了，等得我好苦。"

我打开门锁，让戴大军先进里屋。这些天，外头气温骤降，他的手指关节骨冻得通红，小腿也打着哆嗦。

"出生证拿到了？"

戴大军在屋里踏地抖腿，估计是坐麻了，说："对，晓冰她妈翻了老半天，差点以为丢了，原来是搁房梁的布包里了。"

"有地方住吗？"我问。

戴大军挠了挠后脑说："一下火车就着急往你这儿跑，靓仔你要是不方便，我现在走也可以。"

我从柜子里拿出一床棉被，说："现在也打不着车回城，我太困了，不能载你，打个地铺凑合一晚吧，明天我们再去一趟南区派出所。"

戴大军的肚子打起了鼓。我拿出藏在床底的两盒"康师傅"，烧了水，他蹲在地上，我坐在桌边，各自吃了起来。戴大军嘴里塞着面，说："裴靓仔，谢谢你啊，我进了城以后发现，哪里的好人都少，但你肯定算一个。"

我说："你女儿和我有过一面之缘，黄大仙把线扯在一起了，我也不能不帮。"戴大军说："靓仔，你要是不嫌弃，我这当爹的今天就做主了，让晓冰以后跟了你。"黄油油的面噎在喉管，我猛吞一口矿泉水，说："要睡了，不聊了，今天实在太困了。"

漆黑的夜里只剩下戴大军的梦呓。晓冰是个懂事孩子，四岁能挑屎担，浇肥犁地任劳任怨。这些话戴大军坐在老摩托后座时，说得停不下来。如果不是看到同村的青年男女陆续进城务工，戴晓冰怕是现在还在老家好好待着。

我在床上翻来滚去，越想睡，越睡不着。本色KTV的薄荷烟味缠着衣领，杨利好提醒我时就该明白，无论时间往前混沌了多久，白舒梅就没从我心上绕开过。

　　我和白舒梅第一次吵架，就是在琴姐的铺子里。那时她抽的还是"大前门"，坐在迎客厅的红布沙发上，有一搭没一搭地数着白舒梅递过去的钱。我看见一个男人从里间走了出来，往上提着裤腰带，走到白舒梅的身后摸了一把臀，调笑着说，今天不错，下次再来。血冲撞着太阳穴，我大步走进铺子，抓起白舒梅的手就往外走。

　　琴姐跷起了二郎腿，说："哟，还没断呢，又是你这个小赤佬。"我回头怒瞪着铺子里的每一个人，说："今天起，她不在这儿干了。"男人向琴姐借了火，吞云吐雾地笑道："你也不问问别人愿不愿意跟你走。"

　　白舒梅涨红了脸，手腕挣脱出来，死命地把我往外推，说："你今天先回去吧，我明天再去找你。"我吼道："难道这种事你要干一辈子？不就是钱吗？我去打工，我赚钱！"男子抱着肚子大笑起来，琴姐歪斜着身子道："那她阿弟的病，你也有钱治吗？"男人笑声更大，指着我说："呢个仔的大脑冇得哪，下面的毛长齐了吗？"我一脚踹到男人的肚子上，把人按进沙发里打，铺子里的人都跑了出来，男人的鼻梁骨断了，派出所的人也来了。

　　鸡鸣身起，戴大军伸了个懒腰，见我眼神不善地瞪着他，问是不是昨晚没睡好，还说他也没睡好，棉被薄，地上凉。

　　我说："得了吧，你的呼噜声震天，没人有你中气足。"戴大军说："那是自然，我们庄稼人，能比的就是力气。"再讲下去我心梗得犯了，于是说赶紧起来吧，尽早出发。

南区派出所的前台换了人，戴大军将身份证和女儿的出生证递了过去。一脸稚气的男民警问："什么时候发现失踪的？最后一次见时的衣着打扮描述一下。"

戴大军看了看我说："和晓冰有日子没见了，她不往家里去电话，我就知道她失踪了。"男民警眉头拧成结，说："太笼统了，你给个日期吧，最后一次联系是什么时候？"戴大军说："两周多前，麻烦您往前数数。"男民警扫了眼挂历，往失踪人口登记表上填了个数字。

从派出所出来，戴大军站在台阶上走不动路。他红着耳根问我："有没有别的法子？"我说："不是报警了吗？你现在就回家等着，派出所的人会通知你。"他说："靓仔，我感觉他们找不到。晓冰肯定是出事了，我们去找那个什么宋队长吧。"

"别人干刑警的，真管不了你这个事。"

戴大军垂下头去，红了眼眶，说："刚才那小年轻把她的'冰'字写成了'兵'，也没改回来。虽然我识的字不多，但孩子的名字不会弄错啊，不上心的人，怎么会真去找啊？"

戴大军头上的旧布帽半歪着，鼻头也冻得通红，简直滑稽可笑，但我偏生笑不出来。本色 KTV 里的那通电话，基本可以确认戴晓冰出了大事。话筒传来的声音我一开始还不能分辨，毕竟我和她没聊过电话。但那句"裴哥"绝不是她的口吻，因为她和她爸一样，只会叫我"靓仔"。我不打算把这件事告诉戴大军，眼下的情况，他也帮不上忙。

"裴靓仔，你再帮帮我。载我去宋队长那一趟，我就再也不麻烦你了。"戴大军弯了膝盖，几近下跪。

我不是没想过去找宋继伟。只是和刑警队打交道的印象过于恶劣，现在手上也没有实打实的证据，怕是无法立案。

戴大军见我沉思不语，又弯下了身子乞求道，知道这段时间已经麻烦我太多，是他寻女心切，才一而再再而三让我为难。我连忙说："你别这样，我也没做什么，上车吧，我们现在去找宋继伟。"

市公安局白墙环绕，地盘比十七年前扩建不少。国徽立于眼前，我的两条腿比灌了铅还沉。戴大军左看右看，说："公家的地界就是不一样，气派。"我望见里面有穿警服的朝这边走来，本能地想跑。戴大军问我："怎么不进去？宋队长会在里面吗？"

阳光洒在高墙上，冷汗从脊背一路向下，我的心底在发颤。白舒梅从墙根的角落里爬了过来，身下滴着水迹，湿湿答答拖了一路，用戴大军的声音说道："常笑，我等得你好苦，你怎么现在才来？"

足迹 09

德天律所总部设在省城 CBD 的望京大厦。律所近年的发展，从办公楼层的上移，可窥见一斑。创始人在律所成立前夕，找知名风水先生算过，大厦坐西北朝东南，直面珠江秀水，大有财源广进之势。律所五行属土，从二楼起租，最高不过二十七层，爬得越高，形势越旺。

李海鸣站在落地的曲面玻璃窗前，轻扇了自己一个巴掌，指针刚过晚上十点，他已经困得不行。所里加班的都没了影，他不禁有些后悔，为什么今天非得催着唐子超回来。

李海鸣进入德天是通过四年前的校招。不像唐子超毕业于全国顶尖的政法大学，他只是普通"双非"一本法学院的应届生。高考结束，他便放飞了自我。大学四年，不是打游戏就是联谊，平均绩点也只能维持在及格线以上，似乎他所有的力气都拼在了高三备考，录取通知书一下来，他人生的目标也随之戛然而止，前进的方向收起了光。

同寝室的人忙着备战司法考试或准备托福LLM，他却拿着啤酒瓶在宿舍楼底下溜达乱晃。不是他不着急，只是飞镖偏离了靶心，找不到回归的路径。吊儿郎当地拖到大三，联谊聚会上认识的学姐看不下去了，问他想不想要一份实习。他说也可以，总比暑假闲着在家没事强。

学姐推荐的是德天律所。那时德天还在望京大厦的九楼，比起刚成立时，往上蹦跶了七层，但业内还排不进前五。与李海鸣同期的实习生有八人，男的衬衫笔挺，女的套装合身，简历更是高大光鲜。进入公司的第一天，互相询问了对方所在的院校后，再没人主动和他搭话。

李海鸣倒也不介意，一来不能确定毕业后是否能拿到德天的全职录取，二来职场上最好别树敌人，也别交朋友。保持距离，对大家都好。做完为期一个礼拜的新人培训后，实习生各自被分了组，综合评价依旧麻麻咄的他被放到了唐子超手下，坐在平层办公室最角落的工位上。

比起其他热情欢迎实习生进组的小领导们，唐子超看着李海鸣的脸，可以说毫无波澜。学校、专业、选修课程，在简单地了解过后，唐子超只给了"嗯"这么个回复。

午休时间，学姐发来短信，问分到了哪个组。李海鸣如实相告，对方瞬间丢回三个感叹号，说他的运气也太背了，唐律师在所里不受重视，那是尽人皆知。让他和别的实习生多熟络，没事就去其他组长跟前晃悠，留个好印象，看准时机申请换组。李海鸣回复了个意味深长的笑脸，回头看了眼站在打印机前取资料的唐子超，心想，打印这种活怎么不叫我做呢？是把我忘了吗？

往后的一段时间，李海鸣只有羡慕别人的分儿。无论是上班时的指导、训斥，还是下班后的居酒屋、烧烤，在唐律师的组里都不曾存在过。除了复印文件和买咖啡以外，埋头苦干的似乎永远只有唐子超。连他组里的另外两名新晋全职律师，也逮着机会去别的组长面前露脸，对自身的工作分配大为不满。李海鸣在茶水间听着关于唐子超的流言蜚语，从铁面无情到社交障碍，他也无从反驳，只能默默用吸管戳开柠檬茶，嘬上一口。看来是得换组了，他当时是这么想的。

"这位户主在购买这套商品房时，有在房管局作预告登记吗？"

临近下班，李海鸣听见唐子超问另一位男同事。

"我没问，应该没有吧。如果作了预告登记，就不会出现

'一房二卖'的情况了吧。"男同事正在收拾公文包，回答得心不在焉。

"应该？"唐子超抬起头，冷道，"你现在打电话给户主问清楚，这个事情很重要。如果购房者作了预告登记，前户主还是将商品房卖给第二个人，那就是严重违法。"

男同事理了理领带说："知道啦，明天再打吧，我今天还约了人吃饭，况且这个案子太小了，还不一定能签，唐律师你怕又是要做无用功。"

唐子超的嘴唇抿成一条直线，半晌后开口道："你把户主的电话给我吧，我来打。"

李海鸣看见唐子超记了号码，走进会议室久久没有出来。"一房二卖"是德天律所最不待见的案子类型，多方扯皮不说，有些人还爱用现金交房，容易涉嫌诈骗，判决结果可大可小，把握得不准，怕是会得罪客户。办公室里的人陆续走了，唐子超再次走出会议室时，李海鸣还在自己的工位上转着笔。

"怎么还不回去？错过地铁了？"唐子超揉了把脸，问道。通话似乎不顺利，但李海鸣没问。

"对于还没有签约的潜在客户，你也这么上心？"

李海鸣没叫"唐律师"，而是直呼了"你"。唐子超直视着他，说："是的，有不妥吗？"

"不会觉得毫无意义吗？"

唐子超打开桌上的文件夹，把目光收了回来，没有回答，反说："小李，你可以先回去了。"

李海鸣侧着脸，看着唐子超，又问："你是故意的吧？所有的事情都自己做，让组里的人找借口可以调去其他组，你压根儿就不想留人。"

窗外夜景正盛，车水马龙。下班的人群四面八方向外扩散，擦肩而过，又无心交会。

"我还没有足够的实力让你们好好跟着我。与其在我这里浪费时间，你们在别的组可以有更好的发展。其次，我不需要不懂得忠诚的兵。"又是那种冷到骨子里的语气，唐子超仍旧说得面无表情。

"既然这样，为什么要去在意别人根本不管的客户呢？问上面要更大的案子，不是对你更有利吗？"

唐子超合上文件夹，拿起靠背椅上的西装外套，说："先走吧，肚子饿了。"李海鸣跟在他身后，二人沉默地走进电梯，直到快落到地面时，他听见唐子超说了句："别人已经花时间找过来了，有困难，再小的客也得帮。"

电梯门打开，李海鸣突然看见了靶心，如此鲜红和清晰，正大步迈向金碧辉煌的大堂。

唐子超被创始人重用，是早晚的事，只不过除了李海鸣以外，其余的人大呼吃惊。没人怀疑唐子超的专业能力，只不过德天是看重资源背景的地方，要想上位，提高胜率是基本要求，但能带来高净值的客户才是关键。李海鸣正式入职德天后，在年会上听见创始人对唐子超如是说道："如果不是你接下了那桩'一房二卖'的案子，我们也没法认识女明星的家人啊，谁会知道他们两家是兄弟呢。"

那晚唐子超对一一过来的敬酒，碰杯致谢，包括先前离开他组里的两位律师。但他一点没醉，从始至终保持着疏离且冷淡的微笑。理智、精准，这两个词大概是专门为唐律师这种人发明的，至少在李海鸣眼里，贾炎胜出现以前，他难有失算的时候。

不对，李海鸣被脑中的闪现提了神。芝加哥的飞机落地后，唐子超出现了一系列前所未有的古怪行为。首先是改了与新客户提前约好的会议时间，说得回一趟老家；紧接着又是钱包丢了，让李海鸣赶紧预订当晚入住的酒店；再往后是一再修改回程日期，连今天是国庆节前夕，高速路拥堵都不曾想起。难道是去美国的途中被鬼上了身？李海鸣决定一会儿见到唐子超，先保持适当的物理距离，仔细观察再作判断。

李海鸣坐回工位，滚动着鼠标的滚轮，视线停留在天涯论坛的一处帖子上。唐子超提起白舒梅那个名字时，他在沉底的检索记录里抓到了意料之外的信息。发帖人 ID 为"196009JG"，标题是《还有没有人记得十几年前的弗元市"小西江河滩杀人案"？》。

帖子发出的时间是 2003 年 5 月 18 日，天涯论坛鼎盛时期。光标循着评论盖楼，下滑五十五层，"不知道""怎么回事""蹲一个"是出现次数最多的留言。李海鸣耐着性子阅读评论里的只言片语，只有一条写道："我爸说他看过尸体，死了个裸女。"有人在下面追问细节，但没有得到回应，还有人开玩笑回复道：

"有种就把裸女的照片发上来看看。"无名的怒火从小腹升了起来，李海鸣心烦意乱地退出论坛，关上电脑。互联网没有门槛，隔着液晶屏幕，猪狗败类甚至不需要戴上人间面具也可以随意发言。李海鸣觉得庙里的神仙应该与时俱进，注册个分身，爬过网线，将那些人拽下阴曹地府，还虚拟空间一个清净。

"早知道就应该从张嘉良那里多挖点消息。"他心里念叨着。唐律师会和省城的刑警队队长扯上关系，他也是着实没有料到。德天的客户群体主要集中在企业家、明星和艺术家身上，鲜少与穿警服的有所来往。李海鸣看见张嘉良出现在公安大厅时，额头不由自主地冒了汗珠。张嘉良高大魁梧，年过五十，但五官依旧立体英气。他的身上裹着一团火，话虽不多但句句带"操"，看李海鸣的眼神就像他是只摇尾乞怜的狗崽，只要不开心，就能把他的狗头给崩了。

"操，你说啥？白舒梅？哦！'小西江河滩杀人案'！"张嘉良眉毛和鼻子拧在一起，瞪着李海鸣。

李海鸣下意识狂点头，说："是唐律师让我问您的。"

"唐子超那衰仔现在哪里高就？一年赚多少个子？"张嘉良完全没听李海鸣说话，他们的思路不在一条线上。

"那个，我不知道他赚多少钱，哈哈。"好尴尬，李海鸣脚趾抠地，寻思着能不能现在就打车走。

"操，你是他助手，连这个都不知道？算了。你让那衰仔亲自来见我，我和他说。"

"唐律师回老家了，一时半会儿回不来。"李海鸣的声音低了下去。

"老家？他老家在哪儿？"

"弗元市。"

"操，他弗元的啊！衰仔怎么没和我说！你这样，你和他说，案件资料我不能给，有规定。但你让他去弗元市刑警队找一个叫宋继伟的，他知道得比我多。"

张嘉良说完，骂骂咧咧地向李海鸣借了个火，上下打量着说："小子多吃一点，瘦得像鸡仔，怎么打架啊。"

"我们律师不打架，喜欢去法庭解决……"

张嘉良摇着头说："文绉绉的，和我手下那帮不一样。唐衰仔为什么要查白舒梅的案子？"

"不清楚。好像是和他的亲戚有关。"

张嘉良用鞋底狠狠踩灭了烟，说："操，那个姓裴的都死了，还能扯事，真是没完没了啊。"

磁带 10

"常笑，你可和我约好了，再去一次'喜记糖水'。"

"常笑，你最近怎么总苦着脸？要经常笑啊。"

"不要这样，常笑，你这样我压力很大。"

"是我错了行吗？停下吧，求你了。"

瞳孔对着阳光，眼前是重影的蓝绿色。戴大军和看门的阿伯还没吵完，对骂声一浪盖过一浪："裴靓仔，你待着干什么，我跟你说，今天见不到宋队长，决不罢休！"戴大军坐在警卫室门口，布包往地上一放，鼓着嘴。阿伯摊开报纸，跷起了二郎腿，说："老无赖，和你说了宋队长不在，怎么听不懂人话？况且你们没有提前预约，我也不能随便放人进去吧，这里可是市公安局。"

汗水从额头上往下滴，心脏在胸腔里打鼓。我想将戴大军拉走，但他那架势，怕是要长在台阶上。我只能解释道："阿伯，他女儿失踪了，好些日子了，我和宋队长是老相熟，有他的名片，你看。"

阿伯眼珠子都没动，摆了摆手打发道："宋队长他们整队都出去了，发生了大案，不在局里，你们改日再来吧。"戴大军急了，跳起来指着阿伯怒道："老东西，你是故意撵我走的吧，我今天不见着人，死也要死在这里。"阿伯"啪"地合上报纸，指着戴大军的鼻头戗道："我好心告诉你实情，让你们不要白等，竟然还骂人，真是不知好歹！"

我把戴大军拉往身后，赶忙道歉说："这样吧阿伯，你行行好，帮我给宋队长说一声，就说裴常笑来找，他肯定记得，下次等宋队在的时候，我们再过来，肯定不忘给你带条烟。"阿伯一屁股坐回折叠椅上，说："算你识相，要撒泼也别来公安局撒。失踪案应该去找派出所，宋队长办的都是刑事案，你们有没有分寸？"

话糙理不糙。戴晓冰不是本地人，进城务工时，可能连身份证也没登记。"曼罗莎服饰有限公司"那种地方，对她的失踪不闻不问，巴不得撇清关系。即使宋继伟去找陈阿彪，对方没个实话，说不定还会把我拿刀顶着他的事给抖出来。本色KTV里肯定有人见过戴晓冰，但目前拿捏不准李艺琴和这件事关系的深浅，不好打草惊蛇。南区派出所那边已经报案，至于上不上心，是另一码事。我蹲在马路边抽着烟，戴大军抱着布包苦着脸。他问："裴靓仔，我听说城里人都用大哥大。宋队长的名片上，有没有大哥大号码？"

我从钱包里掏出白色小卡片，加粗楷体，"刑警队队长"的名头威风得很。我说："戴叔，有钱人才用大哥大，你看这儿，只有座机和BB机号码。"

戴大军一拍大腿，说："B什么机？裴靓仔，我村里人，看不懂啊，只能靠你了。"

我不是没用过大哥大。替万老板在粤东跑五金店的分销线路时，由于业绩好，我连续拿了三个季度的销售冠军，万老板在公司当着所有人的面，给我奖励了一台。为了这事，我尾巴翘了好些天。

这黑色砖头似的玩意儿，一开始新鲜，后来才发现，公司里能互相通话的只有万老板和我，大哥大就成了他催我追单的利器，一响就心烦，扔也不是，留也不是。回到弗元后，我拿着看管仓库的工钱，给自己买了台二手BB机。除了用来联系杨利好和朱老板，BB机几乎是闲置状态。戴大军泪眼汪汪地扯着我的衣角，我仰天长叹一口气。实在不行，只能再换一台了，就怕宋继伟没事追着我跑。

戴大军盯着BB机看了半天，问："联系上了吗？宋队长回复了？"

"讯息发过去了，没回就是没看见。戴叔，你回仓库等吧。"

戴大军使劲摇头说："裴靓仔，你走哪儿我跟哪儿，我已经把闺女许配给你了。"

我哭笑不得地说："你和我，只有两个人，势单力薄。我去找朋友问问门路，不会跑。"戴大军狐疑地看着我说："那你可得快回来，我们明天再去一趟派出所，不对，应该是天天去，盯着进展。"我说："你可真行，住我的地方，还怕我跑了。"我随手拦了辆三轮摩托车，把戴大军送了上去，说往北郊王家村方向开，到主干道和进村的交叉口处把人放下来。

主干道张牙舞爪，四通八达，总有分支抵达"红香叶矫正医院"。连续五六日，我被陈院长的护理师们定时带出病房，沿着狭长昏暗的走廊一路到头，脚下悬浮，昏昏欲睡。我隐约记得坐在一张长板凳上，旁边依次坐着比我年纪还小的男男女女。护理师叫着人名，对号入内，有人进去之前尿了裤子，护理师"啧"了声，说，麻烦死了，脱下来，别弄脏了凳子。

至今为止，我不能确定在小房间里发生的事是否真实。天光如梭，白舒梅的手游离在周身上下，不似从前温暖。直到有天夜里，陆鹏把我摇醒，说："实在受不了，你哼哼唧唧地在梦里说话，吵得人无法入眠。"我这才从床上坐起来，有如大梦初醒。

陆鹏抱着双腿坐在床尾，问："这些天感觉怎么样？"我说："什么感觉？"陆鹏问："你不疼吗？"我说："疼啊，心里疼。"陆鹏指了指我的两股之间，说："别装了，他们都去睡觉了，你老实说，在里面受了多少次？"这个问题好生怪异，我不解地看着他。他抓散了头发，突然暴跳如雷，压制着声线怒道："妈的，你是喝了多少'消消乐'，连正常思考都不会了。"

陆鹏抓起我的头发，连着头皮扯得生疼，我的眼泪都流了出来。他拿起桌上的塑料杯，泼在我的脸上。我挣扎着吼道："你他妈疯了，搞乜啊！"陆鹏捂上了我的嘴说："你要是再吵，人就该来了。"等我冷静下来，发现眼前的蓝绿光线变淡了，陆鹏的轮廓也清晰了起来。他说："以后他们给的水，你含着，找机会吐掉，里面是迷幻剂，喝下去连话都不会说了。"

迷幻剂？我想起了每日走出病房前，护理师递过来的矿泉水瓶。原来从我进入"小青山"的第一天，喝下的就是放了迷幻剂的凉白开。陆鹏说："这是新人进入治疗中心的必经程序。陈院长怕新人闹事，先在病房里关上数日，让其接受现实。在此期间不断灌入迷幻剂，进入肉体控制，接下来……"他打住了话头。

"接下来什么？"

陆鹏把我按在床上，一只手压着我的嘴，另一只手开始脱我的裤子。他看起来精瘦，却力大无比。我咬上他的手背，他痛得叫了出来，说："裴鸡仔还啄人！你自己低头看看吧！"

皎洁的月光透了进来，照射在我斑驳的身体上，特别是两股之间的皮肤，红白相间，透着血丝。我问陆鹏："这是什么？"

陆鹏手指戳着我的太阳穴说："祖宗，这是电击啊，你在小房间里不听话，他们就电你，电到你听话为止。"

我恨阿爸吗？扪心自问，我不想、不愿也不甘去恨自己的父亲。但在那一刻，我是如此地憎恨他。从小到大，大哥和我所在的分岔口，父亲没有一次，哪怕一次，会微笑着走入我的视线。裴建国永远是正确的，父亲更是无比坚定地这样认为着。我解释过、迷茫过、低头过，但都比不上裴建国说的一个"不"字。我告诉过自己，很多遍，无数遍，他是阿爸，他是大哥，不要怨，也不要恨。可是，没人告诉我，爱从来都不是平等的。我的出生更像是一个意外，没有意义，也不需要意义。

三轮车和戴大军的身影渐行渐远，我再次发动了老摩托。现在能帮上忙的估计只有杨利好了，李艺琴口中的"曲总"是取代陈阿彪位置的人吗？戴晓冰又为何急需用钱，去本色KTV工作？宋继伟会帮这个忙吗？我又为什么一定要掺和在这个失踪案里？盘结的蛛网蔓延开来，一头连着另一头，我禁不住想起"黄仙观"外道士的话，如若真买下了那张平安符，是否就能随心所动，有求必应？

车行至一半，我打右闪急转，拐进了巷子里。比起去找杨利好，戴晓冰的同屋王雪妹也许对"曲总"更有印象。我决定先去"曼罗莎"楼下等王雪妹下班，和她回出租屋一趟，看看戴晓冰失踪前是否留下零星线索。

小巷很窄，左右两旁挂着潮湿的被单和晾衣竿，车头歪歪扭扭地往前穿梭，速度很慢，但比在主干道上掉头再绕路还是要近上许多。

我一边感受着空气里温湿的皂角香，一边抱怨着各家晾衣架在青石路面的锱铢必较。头顶上有女人扯开嗓子，呼喊着自家孩子的名字，说再不回家，午饭就要凉了。我估算着自打住进仓库，裴家的人是一次也没再见过。二姐夫因为工作调动，一家三口离开弗元已有好些年，我听说他在炼油厂里本该更早升迁，因为我的缘故才有所拖延。我给二姐去过电话，接起来的人是一个男娃，他问，喂，你找谁？我张了张嘴，声带颤动却发不出半个音节，兀自挂了听筒，躲在电话亭里直到暴雨降下。

那是我的外甥，我和他的缘分，长度不超过一个春节休假。他那双眼睛和二姐的一模一样，诚恳、透亮，睫毛忽闪地在我跟前提出大大小小的问题。我不敢去回忆他最后一次看向我的眼神，我想和他说对不起，应该更早地告诉他，三舅不是好人。但我没有资格，对于裴家的每一个人，我都不曾渴望获得和解或是原谅。

我眼神游离地看向前方，一床大红色被单，绣着缎面鸳鸯，由远及近扑面而来。我以为是哪个浑小子不小心放倒了晾衣架，正要开口大骂，不料被单里藏着铁拳，直击头盔，我摔下车去，腰部打了对折，一阵剧痛。

"冚家铲，终于逮到你个衰仔了。"

黑头皮鞋行至眼前，有人打开了我的头盔前盖，一脚踩在我的右肩上，对着后面的人说："你们过来，把他的手和脚都给我卸了。"

足迹 10

姥姥去世以前，逢年过节必做一道"古法盐焗鸡"，美其名曰祖传的拿手好菜。鸡要选择走地的，肉不柴不肥，过水后自带鲜香。花椒、八角和粗盐下锅翻炒，把包好的鸡放入其中，埋得不见缝隙，小火蒸上五十分钟，掀锅翻盖，勾人味蕾。姥姥斩下一个鸡腿，塞到唐子超手里，说："拿着啃。"唐子超摇头说："不喜欢吃鸡腿，要鸡翅。"姥姥说："真是有福不会享，和你三舅一个样。"

推开德天律所的玻璃门，唐子超的肚子打起了鼓。在国道上堵车至凌晨一点，过省城收费站时，他觉得恍如隔世。公司楼下只有 7-11 还开着门，前台边上的小烤箱剩下四根带玉米粒的热狗肠，唐子超把它们全打包了拽在手里，感觉还不如姥姥做的盐焗鸡翅来得沉。

"醒了？"

李海鸣从办公桌面抬起头，额上一道红印子。他睁大了眼睛，看唐子超如见鬼，说："您离我远点，大半夜的我害怕。"唐子超锁起了眉头，说："睡傻了？我给你带了热狗肠，要吗？"李海鸣嗅了嗅递到面前的香味，确定眼前的一切皆非梦境，才接了过去。

"老板，我以为您至少得在国道待上一个通宵。"李海鸣嚼着玉米粒说道。

唐子超手里翻看着李海鸣作的报告，说："我答应了你今晚会到，跑也会跑回来。"李海鸣说："得了吧，回程改了多少次了，老家那边有小情人把您给绊住了？"

唐子超的私事是德天上下一大谈资。据说不少律所老人曾给唐子超做媒，牵线搭桥，公司里也有单身女同事对他芳心暗许，但无奈唐律师皆不为所动。有人甚至私下问李海鸣，唐子超是弯还是直，还说绝对没有歧视，二十一世纪，真爱无界，让李海鸣实话实说。

李海鸣嘴里的酒都溢出了苦味，哭笑不得解释道："唐律师是钢铁直，大学时交过女朋友。"紧接着律所里又传出了唐子超隐婚的流言，李海鸣捂着脸，真心无话可说。这次回老家弗元，唐子超表现得不同往常，李海鸣思量着除了鬼上身以外，也就只有和小情人相会才是合理解释。

"你想多了。是我三舅的事，他去世得突然，留下了不少手尾需要处理。"唐子超的眼睛没离开过手里的文件夹。

"老板和三舅关系很好？"李海鸣吞下最后一截热狗肠，感觉自个儿问错了话。

"不好意思老板，您刚回来，我不该追着您问。"李海鸣略表歉意。

唐子超摇头道："没事，这段时间辛苦你了。三舅和我的关系说不上好，我只在小时候见过他。爸妈没时间去处理他的事，只能我去了。"

李海鸣松了口气，转移了话头，开始说起唐子超不在的时间里，律所发生的大小事宜。唐律师闭着眼睛，靠在椅背上，仔细地听着，也没打断，直到李海鸣话音落下。

"我让你查的事，查了吗？"

李海鸣打了个响指说："下午你短信里给的关键词，我还真找着了，你看这里。"他敲了两下键盘，电脑屏幕亮了起来，鼠标移至浏览器上方，把一则新闻拉了出来。

唐子超凑上前去，目光下移，问："还有吗？"李海鸣说："老板，您觉得还要深挖吗？"唐子超点头道："挖。"

新闻只有短短几句话，是关于三年前弗元市人民法院的一起宣判：金某，借由"曼罗莎服饰有限公司"为经营外壳，拍摄传播色情影像，并以此牟利，判五年有期徒刑，罚款三十万元人民币。照片里一个臃肿的男子垂着头，侧身站在被告席上，上半张脸被打了码。唐子超对着电脑屏幕拍了张照，想给宋继伟发过去，但想起自己否认了磁带一事，又把手机给放下了。

"贾炎胜那边进展如何？"

李海鸣的眼尾上翘，说："老板，这回您可得夸我。贾律师那边严防死守，好在我聪明过人，花了大工夫才套到了信息。"

李海鸣话里有话。以贾炎胜的个性，虽然是尚未签约的大客，但也应该四处炫耀才对。唐子超食指点着桌面道："拿上东西，走吧，我们换个地方。"

省城的"夜蒲"一条街，以红绿缤纷的海鲜档最为出名。炭烤生蚝、生腌花甲还有潮汕卤水，每款都是李海鸣的最爱。两人选了家"老施烧烤"坐下，唐子超说："随便点，不用看价。"李海鸣知道他是变相给了奖励，说："那我就不客气了，先来两打湛江蚝，蒜蓉多放，少辣。"唐子超摸了摸裤兜，钱和卡还在身上，想起自己是开车回的程。

"说吧，贾炎胜都用了哪些招？"

李海鸣啜了口生蚝汤汁，很鲜，说："老四样，高尔夫、米其林、茅台酒和大靓女，听说那个刘崇焕的口味刁，KTV里的'小公主'换了三轮，没一个满意的，最后看上了包间里一个端茶的，刚成年，说看着干净，有朝气。"

唐子超道："看来刘总也真够专一的，只喜欢十八岁的。"李海鸣故作神秘道："但贾炎胜失算了，老四样没把刘总拿下来。昨天我在洗手间里正蹲着，听见他们组的实习生在隔壁间呜咽，机智如我，立马感觉不对劲，您猜怎么着？"

唐子超挑了挑眉，让李海鸣继续说下去。

"小实习生哭完了，我才敢出去。等到了下班，我跟在小伙背后，上了同一辆公交。他在车上耷拉着头，看来是受了不小的打击。我和他一道下车，等着他进了一家便利店，我装作偶遇，和他搭上了话。一开始小伙挺害怕，知道我是您手下的，估摸着贾律师一定在组里说了不少您我的坏话，但是人心都是肉长的。我说你眼睛红红的，出什么事了？实习生一开始不愿意聊，我晓之以理，动之以情，说都是打工人，谁没有个困难的时候。那孩子听完又哭了，才说前一天贾律师让他一起，陪着刘总喝酒。但实习生酒精过敏，喝多了身上痒，贾律师不相信，非要他喝，刘总说小孩子算了吧，但贾律师认为，实习生这是不尊重客户的表现，劈头盖脸一顿骂，还说让他考虑自己辞了德天的工作，别再出现了。"

贾炎胜因为会来事，想进他组里的新人可不少。但对于刚进组的新人，贾律师习惯性地把利益最大化，如果父母辈关系没有能够利用的地方，让新人去陪酒吃饭是常事。可是对于初入职场的人来说，这种酒桌文化并非人人能够快速适应。李海鸣给实习生保证，说他们俩之间就是前辈与后辈的交流，让对方不必担心他会给贾律师打小报告。实习生擦着眼睛，说他不想再在贾炎胜手下工作了，问能不能换进唐律师的组。还说贾炎胜搞不定刘崇焕，因为最核心的问题没解决。

"什么问题？"唐子超诧异道。

"建立新公司。"李海鸣低声说，"刘总可不是单纯想投资跨境房产这么简单。他让贾炎胜帮他在美国建立分公司。"

"注册公司不难吧？贾炎胜不是留过学的富二代吗？他找人问一下，应该问题不大？"

李海鸣说："要是真这样，倒还好。但刘总提出，要用贾炎胜的名字当美国分公司的法人代表。"

唐子超停下了筷子，若有所思地看着李海鸣，面前的生蚝从丑陋的壳上滑进碗里，他的左眼皮跟着跳，说："这个刘总，老狐狸啊。"

"可不是。老板，您觉得刘崇焕要干什么？"

唐子超夹起生蚝，蘸了勺小碟上的辣椒粉，说："我估计他想的，和我能提供的，一样。"

今夜无星，李海鸣把桌上的啤酒干没了，打着饱嗝说："还好德天上班不需要打卡，如果我被记过了，那只能是过度尽忠工作的缘故。"夜宵档的老板娘挎着腰包，走到桌前问："二位靓仔，要不要加菜？厨房要收摊了。"

"不加了，买单吧。"唐子超说道。

"靓仔，要开发票吗？"老板娘问。

"不用了，麻烦找个零。"唐子超看着两眼冒星的李海鸣，感觉这顿夜宵还算够本，去海南的机票可以往后再推一推了。

坐在出租车上，李海鸣东倒西歪，嘴里还不断地自言自语。唐子超摇下车窗，硬撑着沉重的眼皮，望着漆黑如墨的夜空，心里不明白自己刚才为什么会问李海鸣那些话。

"海鸣啊，如果你的家人是杀人犯，你会怎么办？"

对方发出一声悠长的"啊？"，眼神迷离又费解地问："老板，您是不是被那姓裴的三舅套住了？"

李海鸣会在出其不意的地方特别敏感，唐子超已经习以为常。他说："三舅都死了，哪有套不套的。"

"No、No、No，"李海鸣竖起食指说，"老板您没看见您的脸色，太糟糕了，工作也变得不上心了，还让我去查那么久远的什么小西江案，还有那个服装公司，您小子肯定有问题。"

唐子超笑了，估摸着这一通抱怨在李海鸣心里转了好些天，借着酒劲一下子说了出来。

李海鸣也许说得对，他不是被套住了，他是彻底钻进去了，什么时候开始的局，他竟全然无知，走到一半才发现，已经出不去了。又或者不仅仅是他，他们所有人，都在寻找破局的出口，寻找黑暗中的那颗星。

磁带 11

我想过上百种死亡的形态，从最普通常见的车祸，到概率极低的空难（虽然至今为止我还未曾坐过飞机），甚至是被螃蟹壳卡了喉管来不及抢救，等等。但离死亡最近的一次，还不是如今正在录音的我，而是遇到白舒梅的个把月前，在通往我家的楼道里。

弗元的暑假最是黏腻。炼油厂不在市区，午休时间阿爸自然鲜少回家，在食堂或办公室打个盹也就过去了。阿妈负责一家老小的三餐，早上六点起来就在厨房忙个没完。我和大哥共用一个房间，他睡下铺，我睡上铺，二姐单住。

裴家的三室一厅是阿爸厂里分的，本来拿到的是两室，但阿爸往领导那里送了些好处，磨了半个月嘴皮，说家里孩子多，还有姑娘，两室不方便。最后多得土地公保佑，领导把仅剩的三室调配给了裴家。阿妈喜不自胜，又把黄香插满，在牌位前重重地磕了响头。

大哥的床铺整洁，被单和枕头白日里始终保持着豆腐块形状，连一根头发丝都难见。对此阿爸恨不得每日夸赞，说裴建国是弟妹的楷模，好子弟兵，因此，当"红双喜"出现在他床头时，格格不入到叫人无法忽视。

　　"哥，你哪来的烟？"我手里卷着金庸的《书剑恩仇录》，死死盯着那拆了封口的红色四边形小盒，仔细推算，昨晚到今天，除了我和大哥，应该无人进过这间屋子。

　　裴建国把"红双喜"递到我的手上，问："想试试吗？给你。"

　　我接了过来，从里面抽出一根，学着《上海滩》里许文强的模样，把烟架在了两指之间，装模作样地放进嘴里，说："没抽过。裴建国，你老实说，谁给的？"

　　裴建国耸了耸肩，刚要开口，阿妈推门走了进来。我嘴里的烟还没点着，阿妈眼里的火就冒了起来，大骂道："裴常笑你才多大！真是要死了你，看阿爸回来不打死你！"我把烟摔在地上，慌忙辩解这不是我的。阿妈拿起墙角的鸡毛掸子，追着我往客厅跑，大哥立在床边笑了起来。

　　情急之下，我打开了大门，慌忙冲下楼，不料对面的邻居正在楼道里洒水消暑气，我脚下一滑，身体腾空而起，不受控制地往下坠落再坠落。大哥和阿妈的脸在空气中变了形，四周的热气如同地狱伸出的鬼手，抓着我的头发往后方扯。就是那短短的一两秒，我眼前如同走马灯般播放着前世今生，心想这下完了，原来这辈子我是摔死的，真是毫无新意。本能地手肘撑地，臂膀连同着大脑神经一阵酥麻，没有想象中撕心裂肺的疼，我闭上了眼睛，晕了过去。

　　医院的消毒水味道刺鼻，我再次睁开双眼，已不知猴年马月。杨利好的胖脸近在眼前，我吓得抓紧了被单，嗓子嘶哑地开口道："这是阴曹还是地府？"

"哥，你不记得了？你的手断了，被送来医院了。"杨利好按了床头的护士铃。

左手臂的僵硬感和那年暑假摔下楼梯后如出一辙，只是左肩上多了道口，缝了八针。我挣扎着坐起身，问是谁送我来的医院。杨利好说："好像是两个街坊大妈，下楼时看见你被人围着打，报了警。"护士说还好肩上的刀伤不深，没割着静脉，只是这手断了，伤筋动骨一百天，这段时间得好好养。

麻药的效力逐渐退去，火锥般的剧痛侵袭而来。我龇牙咧嘴地问："你怎么来了？"杨利好说："你失去意识之前，把BB机给了救护车上的护士，里面的消息就没几条，护士给来回最多的号码发了讯息，只能是我过来了，得亏我今天店里没事。但是，哥，你这是惹到谁了？怎么伤成这样？"

我说："他奶奶的，一帮黄毛绿毛。"

杨利好蒙了，说："鹦鹉把你啄成这样？"

"差不多吧，一群烂鸟。"我话说得有气无力，麻药的余温包裹着神经，让人恨不得就此睡死过去。

杨利好圆脸上起了褶皱，说："裴常笑，你说实话，是不是去招惹琴姐了？"

我说："没想到啊小杨，几天不见，脑子灵光了。"

杨利好板起了脸说："不是提醒过你了吗，不要去招惹她，为什么你就是不听？"

我说："打我的不是琴姐，是一个发廊的小老板。黄毛绿毛是他店里的人。不过，他和琴姐认识。"

杨利好拖了把椅子，在我跟前坐下，神色严肃地说："裴常笑，你是不是在仓库待腻了，觉得不找点事麻烦自己，不开心是吗？我说了，不要招惹琴姐那些人，你是忘了你的从前吗？"

病房里人来人往，年轻的女护士抱着药盒和点滴瓶，小跑了过去。对面有个烧伤的，周身裹了白布，嘴里咿咿呀呀，不知骂天还是骂地。

"有个叫戴晓冰的姑娘，失踪了，我觉得她出事了。"

杨利好把头侧向一边，嘴里骂我傻逼，问："你和那姑娘很熟吗？她没有家人吗？你这是菩萨下凡闲来没事发善心？"

"只见过几面。她爸进城了，但连报警都不会。"

"你带他去派出所不就完事了吗？不熟还瞎掺和？是朱老板仓库那边太无聊？"

"的确不怎么有聊。"我生硬地挤出一个微笑。杨利好嘴角抿成一条直线，估摸着大脑里已经将我撕成碎片。

"醒了啊？把消炎药吞一下，麻烦家属去前台把费用给结了。"刚跑过去的护士走了回来，对着我一通说。

杨利好站起身来，我赶忙在上衣兜里掏钱包，他头也不回地摆手道："我先帮你结了，下次夜宵你一起还。"

因为麻醉的缘故，我在急诊住了一晚。杨利好离开之前，我撑着眼皮，断断续续地把戴晓冰的事说了一遍，他听进去多少，不得而知。他只问了我一句："你这样值得吗？"我说："值得与否，其实并不重要。我只想赎罪。欠白舒梅的债太久了，十八年了，是时候还了。"

白色的月光倾泻而下，病床对面的烧伤病人换去了重症监护室。我的头沉重无比，像被注入了流体铅块，密密麻麻针扎似的触手抓着五感，不允许我连续入眠。这种疼和在"红香叶矫正医院"里经受的不尽相同。两种我都无法忘记，也不愿回忆。

经陆鹏的提点过后，我隔天再次被护理师带往走廊尽头。我假意眼神迷离，护理师转身之时，扭头将嘴里的"消消乐"吐个干净。男孩女孩们并排坐在长椅上，按序被叫进了小房间。我的手紧紧地攥着病号服，精神紧绷，果然很快听到了我的名字。

"小裴，在这个位置坐下。"面前坐着的是陈院长，之前难道也是他吗？

"别紧张。"他把一本《未成年人行为规范手册》递给我说，"今天我们学习第六章，《做一个诚实守信的社会责任人》。"我点了点头，看见他眉毛上挑，居高临下地微笑着。

手册上的文字精准地在眼前跳动，一字不差地从我嘴里跑了出来。陈院长愉悦地摸着下巴，不时和身旁的护理师交头接耳。一章读完，他说："很好，小裴，你念得很用心，能理解这个章节的意思吗？"

我说："能理解。"

"那你能意识到自己之前都做错了吗？"

"什么？"

"我问你知道自己做错了吗？"陈院长突然拔高了声调。

我张了张嘴，无法出声，陈院长重重地叹了口气，说："小裴，你还是没有学会反省和审视自己。难道还不明白你父亲为什么送你过来治疗吗？你杀了人啊。正常人谁会这么做呢？你看见这上面'诚信'两个字了吗？你这个孩子，不诚实。自己做过的事情不肯认。你父母怎么可能原谅你？你要忏悔啊，从内心深刻地忏悔所做的一切。为什么用那种眼神瞪着院长我？我都是在为了你好。你还敢顶嘴，看来是不知感恩啊。"

护理师走了过来，将我按在椅子上，把我的裤子退到膝盖处，拿起电击棒在我的大腿内侧以五秒为一个周期挤压。我的嗓子哭哑了，再次回到病房时，全身都在抽搐。陆鹏说大腿内侧的皮肤薄，对刺激敏感，且位置隐蔽。孩子回家后，伤口不容易被大人发现。家长们感觉从治疗中心出去的孩子们都变乖了，听话了，目的也就达到了，至于过程如何，并不重要。

我问陆鹏："为什么你不用去小房间？"陆鹏笑说："你喝了那么多'消消乐'没傻也是难得。裴鸡仔，你要学会装乖啊。不要反驳，不要询问，他们说什么，你做什么。装乖懂吗？在'小青山'，陈院长就是神，无论你认不认，在他面前，你的头就不要抬起来。取得信任是避免受苦的第一步。"

陆鹏咧开了嘴，瘦尖的脸庞上似乎套上了一层纱，我看得并不真切。我有很多问题，但他貌似并不想听，背对着我睡了过去。我把头捂在了被子里，无声地哭了起来。我想起了从楼梯上摔下来后，阿爸在医院对着刚打完石膏的我一顿臭骂，还说我把烟的事栽赃到了大哥身上。大哥主动在阿爸面前把下铺让给我睡，说我摔伤了手，爬上爬下的，不方便。那包"红双喜"被阿爸收了起来，放在抽屉里没事拿出来训我两句，不断强调是我做错了事才导致摔断了手，就是活该。

在"红香叶矫正医院"里度日如年，我望着野狗林，觉得也许走进那里面也不失为一个选择。在一个忍无可忍的黑夜里，陆鹏形如幽魂，站在床头，把我摇醒，说："裴鸡仔，想不想走？和我一起，把其他人杀了，再逃出去，如何？"

足迹 11

天光睁眼，是熟悉的岩兰草香薰味。酒店的席梦思柔软舒适，但终究不比睡在自家大床上安心。奔波了快一个月，从芝加哥到弗元，唐子超久违地睡了个踏实觉。他利落地下了床，在地上做了四组仰卧起坐，两组俯卧撑，周身的经络被再次唤醒，可谓神清气爽。

公寓里请了钟点工打扫，一周一次，即使在出差的日子，也能保持相当程度的整洁。厨房里的咖啡机许久未用，也不见污渍，唐子超顺手换了滤纸，冲上一杯拿铁，大脑转得飞快。

李海鸣昨夜说，刘崇焕想以贾炎胜的名义在美国开设分公司，这点着实叫人意外。听起来刘总不仅想成为德天的客户，甚至有事后将贾律师纳入麾下的想法。德天律所的平均工资不低，刘崇焕想要撬动贾炎胜级别的律师，给出的诱饵也绝不可能仅是购置跨境房产这样的案子。食指摩挲着杯沿，他想来无论如何，他都得和那位刘总见上一面。

将行李箱里的脏衣物分类放入洗衣篓，唐子超看见了衬衫底下的干洗袋。从"维多利亚湾"酒店离开得急，他把三舅的磁带放进了客房提供的干洗袋里，一并塞进行李箱带了回来。

坐在餐桌边上，他将磁带一一摆在台面，用湿纸巾小心翼翼地擦拭起来。回程的车上，卡式录音机在副驾驶座滚动播放，黄昏之下，仿佛三舅正坐在他身边，与他侧耳长谈。狭窄的车厢里，呼吸声随着磁带的转动一上一下，他清楚地记起，在小学五年级的秋游时，自己也曾走进野狗林。

校巴行驶在高速路上，班主任站在车头带领全班同学唱着歌。唐子超坐在巴士的最后一排，耳边传来杨燕燕和小跟班们嬉笑打闹的声音。他从车窗往外望去，那是一片墨绿色的林子，枝繁叶茂，深不见底。有同学举起了小手，对着班主任喊道："老师，我们尿急。"班主任对着司机嘀咕，车轮停了下来，想解手的人跟着班主任下了车，唐子超也在其中。

到达休息站还有一段路程，好些人憋不住了，由班主任领着走下高速，往林子边上跑去。班主任催促下车的同学动作快一点，离秋游的植物园还有距离。女生们互相之间抓着手臂，羞赧地被班主任带到林子的另一侧。唐子超跟在几个男生身后，听见他们大声调笑道："你们知道这是野狗林吗？上周新闻报了，后面有个'小青山'，专门抓不听话的未成年。"

其他人大笑起来，说："这消息能信吗？我妈说这林子死过人才是真的。"唐子超问:"你们怎么知道这地方就是野狗林?"笑声最大的男孩不屑地说:"看一眼就知道了啊,周围的村子都搬空了,这地方是露天矿集中区域,早废了,要不是这林子闹鬼闹得厉害,我爸说政府早该把它推平了。"

风吹了起来,覃树叶沙沙作响,低沉又嘶哑,和磁带里三舅的声音有些像。唐子超很想继续往里走,去亲眼看看那个叫"红香叶矫正医院"的地方,不知道那堵高墙还在不在。班主任高声叫着唐子超的名字,催促着他,他回过神时发现,其余的人正用怪异又不解的眼神远远地望着他。

将洗好的衣物扔入烘干机后,唐子超换上西装,前往望京大厦。今天是他正式回律所的第一天,精神面貌一定得足。李海鸣刚发来了新的工作邮件,言简意赅,看来昨晚休息得不错。唐子超知道,新的一轮抗战开始了,不论是贾炎胜还是三舅,该面对的、该解决的,他都决意不再逃避。

白日里的望京大厦,气势如虹。唐子超的薪水也跟着律所逐年往上攀登的楼层而水涨船高。大厅里金色的瓷砖地面弥漫着人民币的味道,省城各行各业的头部公司都恨不得挤入这座大厦,哪怕是在地下室博得一席之地,也是名片上值得炫耀的小字。前台朝唐子超四十五度角鞠躬,说:"唐律师,好久不见。"他露出弧度统一的微笑,熟练回应。

终于回到了他的地盘,弗元带来的黏稠感悄无所终,身上的负重消失大半,局面似乎又可控了。

推开律所的玻璃门,整齐划一的目光打在唐子超身上,不少人从工位抬起了头。他努了努嘴，想笑，但很多人脸上写着欲言又止，有的甚至带了一丝幸灾乐祸。唐子超不作声地走到位置上，放下公文包，听见有皮鞋跟蹬地的声音朝自己走来，抬头一看，果然是他。

"唐律师，好久不见。在美国那边玩上瘾了，不想回来了？"贾炎胜穿着格纹马甲背心，扎着小辫，穿着西装裤，笔挺地站在唐子超跟前，说话比机关枪还冲。

"贾律师，你还是没变。"唐子超拉松了领带，今天出门没看皇历，刚回公司这孙子就找事。

"唐律师，你人在美国出差，还能挖人，我也是佩服。你的手怎么伸得那么长了？"贾炎胜话里有话，唐子超余光瞥见李海鸣和一个小年轻从会议室走了出来。

贾炎胜大步走向小年轻，一把拽到唐子超面前，吼道："你不是和HR说要进唐律师的组吗？他现在人来了，别害羞，赶紧向他推荐你自己。"

小年轻低着头，泫然欲泣，估摸着这位就是陪刘总喝酒的实习生了。李海鸣跳脚道："贾律师，这孩子才多大，你这样闹，他还要不要在德天做事了？而且换组是个人意愿，只要唐律师同意，也是符合公司流程的调度，不是吗？"

贾炎胜冷笑道："你们见刘总和我的合作快谈成了，突然动手挖我组里的人，这也叫符合公司流程？你们确定这不是恶意竞争？难道我会不知道你们在这小子面前说了多少别人的坏话？大家都是做律师的，讲究的是公平，但我看你们连最起码的做人准则都不明白。"

李海鸣被气得七窍生烟，如果不是其他人拦着，他怕是能一脚踹在贾炎胜裆部。唐子超走上前，拍了拍小年轻的肩膀，问："你叫什么名字。"

"周……周志成。"

"小周，明天来我们组上班吧。我会去和 HR 说今天的事。你先回家休息。"唐子超语气平淡地总结陈词。

小年轻一愣，眼泪掉得更凶了。唐子超示意李海鸣先把人带走，全公司的人眼巴巴看着，影响不好。

"贾律师，我觉得你总算说了句有用的话，做事的确要讲究公平。我不在的这段时间，你辛苦了，接下来看看我和你，刘总会选择和谁签约。"

贾炎胜"扑哧"笑了出来，说："唐律师这是在和我宣战吗？"

"我不是在宣战。我只是在通知你，你可以考虑退出了。"

唐子超头也不回地将贾炎胜留在原地，他没有时间去看对方的脸色，因为从这一秒开始，他得加快步频，在跑道上积蓄气力，准备加速。

李海鸣先把小周送去了巴士站，电话里跟唐子超说贾炎胜早上一到公司就闹翻了天，在会议室对小周破口大骂，说他工作能力不行还喜欢搞事，就是职场的蛆虫，只会捞公司资源。大概是看那孩子无权无势，才敢那样说吧，唐子超心想。贾炎胜被拂了面子，肯定不会就此罢休，他可以帮小周挡住一时，但要在公司真正立足，还得看自己的本事。

"刘总的行程打听到了吗？"唐子超问。

李海鸣说："今晚在白天鹅酒店顶层有一场'华艺瓷藏古董拍卖会'，八点开场，听说刘总是 VIP 级别的与会者。"

唐子超说："你先去会场附近打听活动流程，同时把今晚会出现的藏品资料发我一份。我们早一小时入场，务必要让刘崇焕腾出五分钟时间。"

距离夜幕降临还有个把小时，唐子超车行至省公安厅外墙。中午醒来后，他久违地给张嘉良去了条短信，没想到对方秒回说下午开会前有时间，正好可以约上见一面。唐子超怀疑张队长等他的这条短信很久了，只是碍于长辈的架子，不主动来找。

车停在路边，路边有卖甜豆花的小贩推了车过去。自打严格实施城管条例以后，这种叫卖的小商贩日益少见。唐子超摇下车窗说："阿婆，一碗多少钱？"阿婆弯下身子，粤语里夹杂着海话说："两蚊。"他从钱包里抽出两张一块，递了过去。

唐子超初遇张嘉良时，对方刚刚当上省城的刑警队队长。政法大学的同系帮他俩牵了线，说张嘉良给他儿子买的婚房出现了货不对板的情况，想打官司。唐子超那时刚毕业，还奇怪对方怎么不去找更有经验的律师处理这事。同系支支吾吾地解释说，张队长的岳父是省公安厅局长，他能坐到这个位置，很多人说是靠走了后门。这次给他儿子准备的婚房是张嘉良自个儿买的，没告诉老婆，首付把私房钱掏空了，就想着在家里硬气一回，但没想到出事了，也不好意思告诉妻子那边，更没钱找厉害的律师，问唐子超想不想接。

当练手吧。唐子超这样想着，隔天接起了张嘉良的电话。

"操，小子，真的是你！我们有十年没见了吧！"副驾驶的车门打开，对方声如洪钟。

"我是该叫你嘉良叔还是张队长？"唐子超笑道。

张嘉良使劲揉着唐子超的发顶说："怎么叫都行，熟人了，别整那些虚的。"

唐子超侧过头说："没那么熟，让你帮忙你也没搭理，现在请张队长出面协助还真难。"

张嘉良哈哈大笑，拍打着唐子超的肩膀说："是不是你那弱不禁风的助手抱怨了？你们这些做律师的，爱记仇。"

"我刚从弗元回来。"

张嘉良不笑了，说："我知道，你助手提过。怎么以前没告诉我你是弗元人？"

"我十一岁就去了平山。对弗元印象少。"唐子超说得含糊。

"你来是想问白舒梅的事吧？'小西江河滩杀人案'？"

唐子超不置可否，说："我找过宋继伟，但似乎你们俩意见不一致？"

张嘉良放下座椅靠背，双手抱在脑后，说："宋继伟这人，有话喜欢藏心里，不爽快。"

"你们当年除了我三舅以外，就没发现第二个嫌疑人？"唐子超把话引到案子上。

"所有人证都指向裴常笑，宋继伟没和你说？"

"他说了，还说我大舅也是人证之一。"

张嘉良轻颔下颔道："没错，我记得你大舅是叫裴建国吧。他的话可是给这个案子重重锤上一记。"

"大舅是怎么说的？他为什么会出现在小西江？"

张嘉良深吸了口气，闭上眼睛回忆道："时间过得真是快啊。我想想。裴建国当时是真冷静，仿佛隔壁审讯室里的人和他没有半毛钱关系。他说，他在小西江边的人行道上散步，看见了你三舅和白舒梅在一起。"

"散步？和谁散步？"

"好像是和中专学校的同学。一个女孩。后面我们也确认了，是有这么回事。"

"但大舅看到三舅时，白舒梅还活着不是吗？"

张嘉良抿了抿嘴，算是默认，但又开口道："我一开始对你三舅，是有成见。裴常笑就是个混混，吊儿郎当的，不学好，派出所也进过不少回。但你姥爷把他接回家后，我们跟了一段时间，觉得也许宋继伟说的不无道理。你三舅是我抓的，现在我和你说这话，显得怪。"

"张队长，你就说吧。我和三舅不熟，只是最近帮他处理了遗物，感到好奇而已。你不是要还我人情吗？现在还吧。"

张嘉良清了清嗓子，说："这话啊，我没和别人聊过，包括宋继伟。"

唐子超说："洗耳恭听。"

"你三舅被接回家后，我们当时在他的大院门口蹲点，蹲了一个礼拜。我发现有一辆黑色面包车也停在附近，虽然换了几次地方，但我肯定里面是同一帮人。那车待的时间不长，三天就走了，后来没再出现过。车牌当时我还记下来了，'88'开头，也不知道和裴常笑的事有没有关系。"

磁带 12

忘了从哪儿传出的消息，说死囚行刑前，"最后一餐"是其人权特许，给予他们在人世间最留恋的美味，减少去往下界的怨念，来世才更有希望做个好人。陆鹏在床前呢喃的夜晚，我鼻尖闻见的只有阿妈的盐焗鸡香味。金黄色鸡皮油光发亮，肉质韧而不硬，阿妈撕下鸡腿，一个给我，一个给大哥。我对阿妈说："我更喜欢鸡翼尖，脆骨嚼着香，鸡腿下次留给二姐吧，她总馋。"

"小青山"三餐寡淡。早饭白粥咸菜，最多加颗鸡蛋。我拿着筷子，和陆鹏面对面在各自的病床上坐着，默不出声。自那晚他提出骇人的决定以来，我们之间像连了一股即将要崩断的细绳，他的一举一动，都能让我屏住呼吸。我不敢问他下一步要如何做，只是看他比以往更长久地坐在窗边，直到护理师进来送饭喂药，他才走回角落里蹲下，脸色日渐苍白，犹如水里快要溺死的鬼。

我听从陆鹏的话，对陈院长不再反抗。无论他是让我磕头认错，还是抄写手册，我都一一照做，总比再回到小房间里经受电

149

击要强。陈院长夸我变乖了，对身边的护理师说，他多次改进的电击疗法，结合"消消乐"的使用，已经达到前所未有的功效，而我就是那个最佳案例。

护理师附和道："可不是，这个孩子作为杀人犯还能被改造成功，实属不易，都是陈院长的功劳。这下他父母应该满足了，毕竟不是谁都能让他改邪归正。"陈院长笑了，露出两颗发黄的大门牙，说："明天又是我们去市里拜访家长们的时间。把这个礼拜联系我们的家庭安排在上午见面，听说又有二十户想把孩子送过来。现在的孩子们心都太野了，我们的任务重大啊。"

我从病床上彻底清醒过来，小护士告知今天可以出院了，别忘了两周后复查换药。我左手打着石膏，一瘸一拐地往医院大门外走，看见救护车来了又去，每耽误一秒失去的就是一条生命。老摩托被杨利好拉去了维修铺，引擎在车身撞地时漏了油，好在没遇着明火，全面检修过后除了费钱，其他问题不大。

杨利好帮我把住院费和维修费都垫了，我感到不好意思，说回阿爸家休息两天，会和朱老板请假，让他不要担心。他说这样也好，家里有人照顾，吃喝不愁，伤也好得快。我听他在话筒那边欲言又止，知道是想提醒我远离戴晓冰的事。我说："别担心，这点伤哥死不了，我去和宋继伟知会一声。刑警队队长若是都找不着人，也不怪我心狠不帮忙。"

杨利好语气轻松不少，说："你这么想就对了，现在的世道，谁不是泥菩萨过河，自身难保？你做的够多了，别再把自己陷进去。"我说:"你真是越老越唠叨,这次多谢了,回头夜宵喝酒,你说了算。"

医院门口人来人往,我靠在石狮像旁点上烟。水泥台阶坐了零星家属,拿着不知是结算收据还是死亡通知,哭得泣不成声。对床的重度烧伤就算挺过去了,接下来要怎么活,不得而知。人生海海,别说一面之缘,就算是一个娘胎里出来的,也难免越走越散。二姐一家去了平山市以后,我甚是想念,原本打算过了躲债的风头,准备些礼物,找时间探望。但如今这副鬼样,就算出现在二姐面前,对方也只会平添担忧。我在路边招手,跨上黑摩的,指了"曼罗莎服饰有限公司"的方向,车尾冒出一股黑烟,疾驰而去。

日照中天,我坐在对面马路的肠粉店里,直视着那处幽暗楼梯口。牛肉、鲜虾、鸡蛋、各式拉肠,上了一轮,楼梯口出来不少人,就是没见着王雪妹。浓妆艳抹的女人们从楼上下来,我又想起了那股甜腻的香水味。那些是服装公司的模特吗?拍个情趣内衣需要这么多人?看来戴晓冰的雇主赚得不少。终于就在我即将失去耐心之际,一个瘦小的身影出现了。我赶紧结了账,连蹦带跳地过了马路,跟上去叫了王雪妹的名字。

王雪妹回过头来,我吓了一跳。不见数日,戴晓冰的这位同屋像换了个人。若不是两条麻花辫实在醒目,哪怕面对面走过来,怕是难认。我说:"你这妆化得不错。"王雪妹笑着说:"文了韩国最新的一字眉,还画了眼线,是不是气质都变了?"我说:"本人审美不好,你还是别问我了。"王雪妹往上拉了拉抹胸，问：“你找着晓冰了？她在哪儿？”

我把她拉到树阴下，说：“你几点下班？我要去你们出租屋一趟。戴晓冰的个人用品还在吧？”

王雪妹点头道：“在。其他人想扔掉来着，我拦住了，觉得她爸会再来取回去。”

“你做得对。”我不忍直视她那又粗又黑的一字眉，目光只能在她的腮红处打转。

王雪妹不好意思地低着头说：“哥，你别这样看我，我知道自己变好看了，老板也这样说。”

我轻咳一声，问：“曲总你认识吗，李艺琴这个名字你听过吗？”

王雪妹摇头说：“没有，怎么了？”

我说：“戴晓冰的失踪应该和那个曲总有关，我得搞清楚对方是谁。现在至少可以肯定的是，戴晓冰的确出了大事。”

王雪妹眉毛猛抖，说：“我五点下班，你在对面的肠粉店等我，今天屋里没人，晚上都出去聚餐了，你随便翻。”

弗元这座城的名字是新中国成立后改的。人们听闻了政府扶持炼油厂的消息，从五湖四海赶了过来，在这片土地上扎根生子，世代繁衍。城里超过一半的家庭都多少能和炼油厂沾上关系。我问肠粉店老板要了把塑料凳在门口坐下，三中的学生穿着校服成群结队地走了过去，手里拿着小铲和水壶。肠粉店老板择着荷兰豆说：“快到植树节了，各个学校拉人去森林公园种小树苗，我儿子他们下个月才去。”

"真好。"我不禁说道。

肠粉店老板"哼"了一声，说："好什么好。市里前三的学校全被炼油厂子弟占了，我们这些外面来的，孩子成绩再好也只能进差校，连安排植树的顺序，也是优先给子弟兵。学的用的都是别人剩下的，能有什么好。"

我说："圈外的人想进去，圈里的人想出来，这是信息差。"

肠粉店老板瞟了我一眼说："你也是子弟兵家里的？看样子不像啊。"

我笑了笑，没再接话。阿爸将我从派出所接回来后，我终日躲在家里，大门不出，二门不迈，直到陈院长出现。在房间里虽然不知时日，却对上门闹的有些许印象。有人往我家的窗子扔鸡蛋，黄色的蛋液顺着窗沿流下来，比我眼眶的泪流得还要快。有人在防盗门外叫器，说："裴常笑那个崽子怎么还不死？警察做什么吃的，还把这种渣滓放了出来。"

我听见阿妈对二姐说："家门口被泼了红油漆，昨天你阿爸才刷掉，今天又来了，没完没了。"我从窗子朝下看，那个生我养我的炼油厂职工大院，比派出所的审讯室更叫人害怕。有人给大院的围墙施了紧箍咒，我摘不下来又无法逃离。三楼距离地面大约二十米，纵身一跃死不了还得落下残疾。我用枕头包着脑袋，蜷起双腿挤压着肝脏，分不清是胃里疼还是眼睛更疼。

王雪妹总算下班了，她鼻头通红地站在我跟前，我说："你这是怎么了？"她摇头不愿说，指着我的手反问道："刚才没问，你咋成这样了？"我说："从楼梯上摔下来，伤了。"她在路边拦了辆三轮，对拉车师傅说："健康路人民医院附近，往露天矿方向开。"

三轮穿梭在弗元的主干道边，下班后人流密集，单车、摩托车伴随着吆喝声不绝于耳。王雪妹看着街上来往的人流出神，轻声道："还以为城里的钱好赚，没想到还是那么难啊。"前面拉车的师傅听见了，在车停红灯前时插了话说："是我们这些人难，有钱人该赚的，还是照样赚。"我余光看见王雪妹上下交叠的小腿，不知何时换上了一双带蝴蝶结的细高跟，款式与李艺琴脚上穿的有些许相像。

车停在老楼前，地面污水积成坑，不远处井盖被人掀了起来，"正在施工"的标牌歪斜地倒在一旁。我跟着王雪妹上了楼，走道里贴满了色彩缤纷的牛皮小广告，跌打正骨、借款还贷，让人眼睛无处安放。王雪妹说："这地方是我们老板找的，住的都是进城打工的，条件不好但便宜，有时候空房还得抢。"她拿出钥匙，在201房前开了锁，门开了一道缝，洗头水和着香水的味道扑面而来，她说："我先进去看看，确定没人了，你再进来。"

出租屋是三房两厅。每间房里两个床位，王雪妹和戴晓冰住一间，客厅也住人。高跟鞋和内衣裤散在地上，让人无处落脚，王雪妹踢开了走道上的水盆等杂物说："进来吧，最里间右边的床头柜和墙边衣柜第二层是晓冰的，你都找找看。"

淡黄色格纹被套上落了一层灰，我拉开掉漆的床头柜翻找起来，但除了风油精和大宝面霜以外，戴晓冰的个人用品少得可怜。我趴在床底伸手往里摸，拉出来三两鞋盒，一双运动鞋还有一双红色细高跟。

"你看这个有用吗？是你要找的曲总吗？"王雪妹从衣柜里拿出一个包，是金利来的。我一眼认出那个标识，和万老板皮带上的一模一样。我把王雪妹手中的卡片接了过来，说："这么好的包，戴晓冰竟然没带在身上。"王雪妹前后翻看着，问："这包很贵吗？"我说："也算国产驰名商标，大几百肯定要。"王雪妹低下了头，手指在皮面反复摩挲，说："果然贵的才好看。"

指尖触感粗糙，名片上的金粉掉了下来，"曲昌杰"三个粗体黑字清晰可见。我把名片放在鼻尖闻了闻，是淡淡的薄荷烟味，那种缠绕周身的感觉又来了，他们在这座城里无处不在。我直起身子，站在昏暗的房间中央，对着昨天的杨利好说："请原谅我的食言和固执己见。因为从十八年前开始，我就无法做到抽身离去。"

足迹 12

李海鸣上下牙床咔嚓作响，把贾炎胜骂了百八十遍。

进入拍卖会场前，唐子超收到了创始人的电话，不能不接。正在荷兰休假的老人，顶着时差也要打过来，不用想，肯定是贾律师告了状。见唐子超关上手机，李海鸣牙床紧闭，识相地等待对方开口说话。

"没事，不用担心。"唐子超接过李海鸣手里的与会胸牌，轻松说道。

李海鸣扯着后槽牙说："是不是贾炎胜那崽子搞事？我就知道，他一天都消停不下来。"

唐子超说："估计是他往上头说了。但刚才我没提，创始人也没提。"

"那您还打了这么久？"李海鸣不解道。

"简单汇报了芝加哥跨境房产项目的情况。你也知道创始人的心思。他最喜欢喝茶观虎斗。只要我和贾炎胜不把对方的脖子咬断，他就能一直憋，哪边都不帮也不靠。"

"老狐狸！"李海鸣气不打一处来。律所里有眼睛的都知道，唐子超的能力不是比贾炎胜好一点半点，但贾律师的家庭背景在省城扎得深，给所里带来不少客户，底线也够低，豁得出去。创始人在中间扯着两头不放手，又要孩子又要狼。

唐子超拿起胸牌，问道："听说这'华艺瓷藏'的入场券不好拿，你从哪儿弄的？"

李海鸣嘿嘿一笑，说："门口黄牛啊。"

"他们现在还可以淘宝转账，很方便。"他补充了一句。

唐子超心里咯噔一下，问："你拿谁的账户转的钱？"

"还能是谁的。您的啊。上次订弗元的酒店，您不是把支付信息给我了吗？"

唐子超翻了眼手机短信，两张票，一万二人民币。他拍了拍李海鸣的肩说："如果今天没见到刘崇焕，你的海南休假就等到退休以后再考虑吧。"

"华艺瓷藏古董拍卖会"一年一期,一期一会。落槌定音,每次只展示十五件顶级藏品,最早因曾叫出两亿八千万元的御制胭脂红雕瓷大转瓶而名扬海内外。与会者非富即贵,没有胸牌,连安检区域都无法进入。本次会场设在省城的希尔顿酒店,令唐子超意外的是,拍卖会现场除了场地前方的巨幕以外,甚至可以说极为简约。座椅靠背成直线排列,有不少与会者还未坐下,相互之间正点头握手示意。

"刘崇焕在哪儿?"唐子超问。

"第三排左起第五个位置。"李海鸣扬了扬下巴。

"这么年轻?"那人看起来不过二十岁出头,唐子超一脸怀疑。

"不是那个,旁边穿浅灰色西装的男人。"李海鸣捂着嘴说道。

唐子超颔首,眼前的刘崇焕与他想象之中的相去甚远。头发虽已半白,但精神矍铄,身形也不见肥胖,倒是有一股儒雅之感。他问李海鸣:"你怎么如此肯定?"李海鸣仰着下巴道:"老板,您以为我从律所过来后,在黄牛那儿干坐着?我抓紧时间在会场转悠时,听见他助理叫他'刘总',特地绕到前面看了眼胸牌,发现正是我们的目标对象,怎么样,厉害吧?"唐子超嘴角上扬,说:"还行,黄牛票买得不算亏。"

灯光暗了又亮,拍卖会正式开始。青花瓷、珐琅彩在巨幕上轮流切换,唐子超的眼睛没从刘崇焕的身上离开过。李海鸣低语道:"那个刘总兜里有子儿吗?没见他助手举过牌子。"唐子超点头道："他助手想举牌，他每回都压着，看来重头戏还没出现。"
只见此时，巨幕上已跃至最后一件拍品，水墨画《舐犊情》，北
宋佚名，起拍价两百万人民币。刘崇焕单手扶着下巴，低头对助
理耳语，34 号号码牌举了起来，数轮高低叫价后，击槌接纳，会
场里响起了热烈掌声。

"恭喜刘总，四百万获得心头所爱，出价时也毫不犹豫，
叫人佩服。"唐子超等刘崇焕身边的人散去后，主动站在了他的
面前。

刘崇焕抬眉道："我们认识吗？"

唐律师递出名片，说："现在正式认识了，我是德天律所的
唐子超。"

刘崇焕露出了恍然大悟的神情，眼睛弯成月牙状，说："原
来是唐律师，你终于肯见我了。"

"刘总哪里的话。先前家中有急事，耽误了您的时间，我感
到十分不好意思。"

刘崇焕摆了摆手说："不要紧，你们公司的贾律师把我们的
案子照顾得很好，就不劳唐律师费心了。"

李海鸣在一旁冷汗直冒，这是才见面就下了逐客令。唐子超
面不改色，说："刘总和贾律师应该还没签约吧？我这里有一套
更好的方案，也许您会更感兴趣。"

刘崇焕的助理插话道："唐律师，你也知道我们是从外地来
的，时间很赶，下次你最好先和刘总预约。"

"明白。下次我会提前打电话。但是德天和芝加哥的跨境房

产项目是我本人亲自促成，没有人比我更了解美国的房市和大额资产配置等问题，难道刘总真的不感兴趣吗？"唐子超拿出了公文包里的提案，递到了对方眼前。助理刚要伸手推开，被刘崇焕拦了下来。

"唐律师，我买东西，看缘。缘不到，东西再漂亮，我也不会瞧上一眼。"刘崇焕道。

唐子超说："有没有缘，总得举牌才知道，您说呢？"

刘崇焕淡淡一笑，让助理接过提案，头也不回地离开了拍卖会现场。

从希尔顿酒店出来，李海鸣靠在车边喘气，说："老板，我心跳都快停了，那个刘总皮笑肉不笑的，看着吓人。"唐子超把公文包扔进后座，说："'曼罗莎服饰有限公司'的涉黄案查了吗？"

"交给小周了。那孩子能力不错，做事情效率挺高。我们在拍卖会时，他已经把网上的资料发我邮箱了，说还找了在报社工作的学姐，辗转打电话询问了当时写报道的记者。我大概知道贾炎胜看小周想来我们组时，为什么急得跳脚，他是个可以培养的人才，工作上主观能动性强。"李海鸣说道。

"不是让他先回家休息吗？"唐子超问。

李海鸣道："不是我不让他休息，是他说转来我们组的第一天，已经给我们添了很多麻烦，说什么都要我给他安排工作。"

唐子超没再说话，打开车门，在驾驶座上翻看起李海鸣手机里的报告。短短三页，周志成将"曼罗莎服饰有限公司"涉黄案的要点以时间为线索清晰地提炼出来，甚至附上了他与记者的部分对话。

周志成问记者："警方是什么时候开始锁定'曼罗莎'的？"记者答："大概是三年前，有人往报社打了电话，说要举报弗元市一家涉黄服装公司。"一开始报社没有重视，毕竟这种电话每天都占着民生热线，应付不及。过了一个礼拜不到，报社领导突然说，弗元的警方正在开展扫黄运动，已经锁定了源头，让记者注意跟进事态，这才有人想起那通举报电话。

周志成又问："最终警方在'曼罗莎'收缴了多少淫秽色情录像带，有记录吗？"记者答："很多。单是录像就有三百多盘原带。都是年轻女孩，还有未成年。"周志成最后问："如果涉及未成年人，罪行不是应该被判得更重吗？为什么只判了金某五年有期徒刑？"记者答："好像是说未成年人的影片很模糊，不能作为犯罪证据使用，并且对方认罪态度良好，聘请的辩护律师也比较强。当时有不少人也觉得轻判了，但最终就是这么个结果。那阵风过了以后，也就没有人在意了。"

"老板，您脸色好差。到底出什么事了？"李海鸣拿回手机后，发现机身外壳全是汗。

唐子超说："小周做得不错，你好好带。还有一个事，你们看能不能查到。我想知道，那些录像带里面，有没有一个叫戴晓冰的。"

送李海鸣回家的路上，唐子超把磁带的事从头说了一遍。李海鸣在副驾驶上安静听着，没有惊讶，也没有询问，仿佛早知道唐子超会有开口的一天。唐子超停车时才发现，自己的双手在抖。他第一次在外人面前承认家人是杀人犯的事实，他曾经认为自己永远也开不了口。

"老板，您认为您三舅杀了那个姓白的窑姐吗？"李海鸣下车前问。

唐子超说："至少弗元的人都那么认为。"

李海鸣抿了抿嘴，双手搭在车窗边说："也不是吧。您母亲和姥姥，不就一直没相信过吗？"

唐子超在李海鸣家楼下久久没有离去。远处的红日坠落下来，柔软的余光照进他的眼眸里。他突然很想回到八岁那年，回到那个春节，钻进三舅的蛇皮袋深处，央求着和他一起去省城看看。他也想在杨燕燕母亲叫嚣时，跑过去抱住三舅的腰说：走吧，我们一起去买棉花糖。他更想问问三舅，当年家里有没有人问过，他是不是真的喜欢白舒梅。他甚至想现在跑到姥爷面前，谈一谈，他们到底知不知道三舅在"小青山"里遭受的一切。

"妈，睡了吗？"

"还没。子超，你回省城了吗？"

"我前天回了。"

"那就好。工作还顺利吧？"

母亲的声音，疲累中带着柔和。他听见电话里传来姥爷叫换药的喊声。

"很顺利，别担心。妈，这个周末我回趟家。我想和大舅见上一面。"

磁带 13

曲昌杰并不难找。通往省城的国道上，他的高炮广告牌随处可见。

"水管龙头哪里找，昌杰批发城里要"，这句标语弗元人怕是都能背下来。兜里的金粉名片烫手，我从戴晓冰的出租屋离开时，王雪妹还抱着那个金利来的包不放。她迟疑地问我："晓冰还能回来吗？"

这个问题我也没有答案。电影里总说活要见人，死要见尸。但人没找着，往往还能留个念想；真找着了，有时连念想都化成了一捧灰，风一吹就散了。

杨利好给我的 BB 机发了信，说往阿爸家里头打了电话，我不在，质问我是不是又去找戴晓冰了。没想到这小子长大了对我还挺上心，也不知道是不是一直惦念着当年把偷钱的事栽我身上，自打知道我去找了李艺琴后，他的叨叨就没停过。我看着心烦，打算先放他一放，在路边拦了辆摩的，往"昌杰批发城"开去。

批发城的面积比想象中的大，我回弗元以后还从没来过这里。跟着万老板跑粤东五金分销线路时，我对二三线城市的主要经销商的名字烂熟于胸，但从没听过"曲昌杰"这个名字。铁栅栏门往外张着口，我拖着断手，吹着口哨走了进去，东看西看。

批发城里的店铺鳞次栉比，红绿门牌大同小异。"管件制造""不锈钢批发"，红绳捆着铁丝线圈，了无生气地倚靠在大小店铺门前。我一家一家铺子走过去，许是过了下班时间，批发

城里没什么人，有的已经把闸门拉了下来，墙边用小字报贴着
"旺铺转租"。

"阿生，买乜嘢？"见我没头没脑地瞎转悠，东南角落里走
出一个阿婆，用粤语问道。

我说："厕所的水龙头坏了，我来这里看看。"

"型号有没有？"阿婆普通话粤语切换自如。

我一拍脑袋，说："真给忘了，今天白来了。"

阿婆被我逗笑了，脸上的黄褐斑抖三抖，扯下发顶的发箍，
再插入油腻的头皮里，道："这里水龙头几千种，你不知道型
号，不好找啊。"

"您带我看几种最常见的吧，我看看样子。应该就是最普通
的一款，我家用不起贵的。"

阿婆说："今日得闲，你先进来吧。"

小铺面积只有十来平方，阿婆说她和死去的丈夫经营这家
店二十年，无儿无女。老伴去年胃癌走了，死的时候瘦成了骷髅
骨，她也想跟着去。后来把老伴的遗物拿回铺头，晚上发了个梦。

老伴说，这个铺头就是他们的儿子，如果她也走了，儿子就
没了，阿婆这才一个人支撑到了现在。玻璃柜面上摆满了长短水
龙头，阿婆说："你看哪个和你家的长得像，要是买了不合适，
明天拿回来，我给你免费换。"许是太久没和人唠嗑，她还问我
要不要喝口茶，我说没关系，太阳下去了，阿婆你也该关铺了。

阿婆皱起了脸，摆手道："还下不了班，有人要来收账啊。"

话音刚落，街对面传来一声巨响，"哐当"数声，似有重物

砸在了卷帘门上。我侧着身子探头往外看，三五壮汉围着一个穿着中山装、瘦弱如鸡的男人猛打。我想上前阻拦，被阿婆抓住右手腕，说："傻仔，别人的事不要管。"

"这样下去，他们会把那人打死！"

阿婆摆了摆手说："那也是个傻仔。早和他说过啦，他不听。找打啊。"

男人倒在地上，嘴角渗出了血，但还没完。最前头的壮汉抓起他的衣领一个大巴掌呼了上去，骂道："还不交租！不交租就赶你们走！存货全部没收！"卷帘门再爆巨响，穿过那层薄薄的布衣，我仿佛看见男人的脊梁骨摔成对折。

"操，没人管吗？"我发现周围店铺也有人探出了头，但没人过去扶"中山装"一把。

阿婆走上前，把小铺的塑料门帘放下，对我说："谁敢管，都是曲老板的人啊。"

"曲昌杰？"老人的话真是让人意外。

阿婆点头，神情凝重道："这个地方全是曲老板的人，大家都怕他。被打的人都是不交房租的，曲老板肯定不高兴了。"

"做生意，交租金。这不是很正常的事嘛。他为什么不交？"我问。

阿婆走到玻璃柜台后，倒上了杯茶，是铁观音的幽香。她吹散了茶面的热气，说："租金涨太多啦，每个月都涨。货源价格也涨，逼死人啊。"

"那换个地方卖货不就行了吗？"

阿婆抿着唇，茶水烫嘴，她喝下一口，说："傻仔，都被曲老板的人垄断了，我们都得找他拿货。现在这里的店铺他都盘下来了，东西和地都是他的。粤西最大的五金买卖市场就在这儿，你说还能去哪里卖？"

阿婆的水龙头我终是没买，但她把我说和家里头最像的那个塞给了我，说明天再来给钱也没事。我问她："知道曲昌杰平时在哪儿吗？"阿婆说："在批发城从没见过他，都是他手下带人过来，里面有个高高瘦瘦的，特凶，今天没在。"

白舒梅的事发生后，我离开弗元整整七年，才终是回了一趟阿爸家。兜里揣着年底发的销售奖金，买春运火车票前，我先去了一趟省城最大的白马百货。

七年了，每回阿妈和二姐在电话里问我，要不要回家一起过春节，我都说今年忙，公司喊着年底没人加班，看我业绩好，又把我给留下了。我其实是怕。炼油厂职工大院的围墙太厚了，我怕自己进不去。

白马百货里琳琅满目，我拿了一沓红包利市，双鱼封面，打算给从没见过的外甥和侄女一人一个。阿妈以前总埋怨阿爸一件冬衣穿到烂，我想着给阿爸买件新棉袄，或者换件夹克也不错。对了，还有二姐的礼物。女人喜欢的我不会挑，只能硬着头皮走进一家女装店里，问售货员卖得最好的裙子是哪条，顺带比画着二姐的身高胖瘦。

售货员拿了件花裙子过来，天蓝底，带着小白花，说是春装上新。我奇怪道："这不是没到春天吗？"售货员操着儿化音说："过完年春天就来了，客人你听我的准没错儿。"给大哥的流行乐磁带早就准备好了，Beyond 手动签名版。我这次回去，想和他好好聊聊，看他心里还有没有解不开的结。

阿妈的按摩仪我挑了很久。阿妈在我的记忆中，是厨房里的一个背影，腰上绑着围裙，永远在低头做饭。她总埋怨脖子酸，去医院看了也没用，说是积劳成疾。我想着按摩仪应该能有帮助，毕竟是要花掉半个月工资的玩意儿，贵，但应该也值。

春节前夕，白马百货人山人海。我提着礼物袋，踮着鞋尖，避着人流游走。二姐最近一通电话里说，外甥小超要上小学二年级了，学习成绩保持在全班前三，真是顶呱呱。我在一个卖卡式录音机的店铺前面停了下来，橱窗里长方形小盒泛着银色的光，价格比按摩仪还高。

要不要买？我被人流挤着向前走，咬牙想想，又逆流站回橱窗前，对着柜台喊了一声，说麻烦给我拿个新的录音机，要最新款。

坐上回弗元的春运火车，人贴着人。绿皮车厢里飘逸着呛人的汗臭味，我的脸色可能比那更臭。没和任何人说我会回去，也没法想象阿爸和大哥会如何看待我，不知道这些年，我是不是让他们背负了太多。大院里的人能忘记过去的事吗？我会不会在第一天回家就被人认出来？若真是这样，只要我不出门便好，是的，这样对大家都好。

BB 机又响了，杨利好问："裴常笑，你现在在哪儿？"

我在批发城边上找了个卖水的小铺，给他回了电话。他气急败坏地说："我就知道你不会死心。裴常笑，我说了，不要管什么晓冰的事，那不是你能管的，现在立马回你阿爸家。"

"杨利好，你是不是有话没告诉我？"

他的态度与过去我认识的他截然相反。杨利好轻叹了一声，说："哥，弗元早就变天了，你走了那么多年，这里除了我和你家，还有你熟悉的人吗？听我说，不要再管那档子事了，这是最后的忠告，明白吗？"

他主动挂了我电话，头一次。

我抹了把脸，血红黄昏下，"昌杰批发城"冰冷又刺骨。我重新拿起听筒，给阿爸家的座机拨了过去，很快阿妈接了起来。

"妈，我是常笑。"

阿妈的声音都在发抖，说："儿子啊，你去哪儿了？利好说你受伤了，伤到哪里了？你怎么不回家呢？妈都做好菜了，你回来吧今天，别在仓库那儿住着了，多冷啊。"

我张了张嘴，还没说话，听见那头传来阿爸的呵斥声。阿爸提高音量，生怕我听不见，持续骂道："让他死在外面！我生了个什么玩意儿！嫖娼还欠债！我们裴家真是倒八辈子霉遇上这么个死东西！他没学他哥一点好！"

阿妈又哭了，呜咽声传了过来。我说："妈，我没事。就是骑摩托的时候摔了，弄伤了手，医生都包扎好了，今天我就不回去了，改天再去看你。"

电话挂了，我闭上了眼睛。是啊，我又忘了，从"小青山"逃出来的那一天，阿爸也是这样骂我的。

阿爸，我不能再在陈院长那儿待着了，我快死了，但我感觉自己有家不能回。这种感觉，阿爸你能懂吗？

足迹 13

唐子超不爱回家。三十二岁，事业做得再成功，没个伴，在老一辈人眼里，人生照样惨败。

不是他不想谈恋爱，只是外地人要在省城站稳脚跟，买房还贷，还要处理复杂的职场人际关系，光是这些，就耗光了剩余精力。律所的人热衷于给他介绍对象，为了双方面子，他也去见过几次，不知道是时机不对还是眼缘不对，言而总之，都没了下文。他在洗手间还听见有人议论他的性取向，回头问李海鸣，所里是不是有奇怪的流言，对方尴尬一笑，说了句尿急，飞也似的溜了开去。

他倒也不是爱计较的人，但有些话还是说清楚的好。往后再有人给他攒相亲局，他除了礼貌拒绝，顺便还加了一句：大学时谈过女朋友，不过现在暂时想把精力放在工作上，否则谈了也是照顾不周，不欢而散。

姥爷平日里身体健硕，除了姥姥去世的那年精神萎靡，时刻嚷嚷着要一起升天，唐子超觉得姥爷的身子骨比他的还要好。这次从楼梯上摔下来，说是新买的老人鞋硌脚，买菜回家踩了空，摔伤了右脚腕，好在没有大事。在医院住了两日，由头到脚后跟作了检查，甚至照了 CT，医生说不用紧张，身子骨硬朗得很，再活个一百年不是问题。姥爷高兴坏了，指挥着母亲和大舅母给他办理了出院。

唐子超提着大包小包回到平山市。车后座放着给姥爷的足部按摩仪，淘宝上买的，销量是同品类里最高，评价也接近满星。给母亲他们带了省城"鲍师傅"家的海苔肉松小贝，李海鸣排了两小时队买回来，说保准装家人吃一次便上瘾，有想问的话，看在小贝的面子上，也不好意思再藏起来。唐子超不理解，这种网红点心，真有这么大魅力？

按响门铃，拖鞋的吧嗒声传来，是大舅母开了门。

"子超啊！你可算想着回来了！还有点良心啊！"

那种厌恶感又升了上来。大舅母的脸挤成一朵菊花，往外喷着热气，他下意识想躲，但还是忍住了，说："好久不见，我妈呢？"

"你妈在厨房忙呢！我在照顾你姥爷，给他换药。"大舅母笑嘻嘻地主动将礼物袋接了过去。

姥爷在平山市住的商品房，两室两厅，不及弗元的老屋大。姥姥仙去后，大舅母带着表妹搬了一半家当过来，说是为了照顾姥爷方便。母亲也没反对，毕竟这房子最后肯定落在大舅名下，只要姥爷同意，没人敢说一个"不"字。

唐子超走进客厅，土地公的牌位已经掉漆了，香炉堆满了灰，不知道多久没清洗。也是，除了姥姥，还有谁会抽空给神仙们上炷香。

姥爷跷着二郎腿，上半身前倾，吃力地往脚踝上抹着红花油。大舅母把礼物袋拿进她屋里，小跑出来说："爸，让我来，你这样弄，费劲。"

"姥爷，我回来了。"

老人抬起满是沟壑的脸，鬓角褪成了灰白色，拧成结的眉头瞬间松开，喜笑颜开道："我的外孙回来了！"

母亲也从厨房走了出来，一段时间没见，她发根的白色变多了。唐子超不清楚是自己后知后觉，还是时光飞逝，每见母亲一次，总感觉比上次更为消瘦。

"开回来多久？今天国道堵吗？"母亲用围裙擦了擦手。

"我出发得早，大路上车不多，前后开了五小时。"

"今天做了你爱吃的盐焗鸡。和姥爷、大舅母好好聊会儿天，大家都想问你去美国的事。"

姥爷手劲十足地拍了拍沙发说："小超，坐过来，让姥爷好好看看外孙。长这么帅，女朋友找着了吧？"

大舅母帮姥爷擦着药，竖起了耳朵。

又来了。进门三分钟，结婚话题恒久远。

"姥爷，我有心仪的对象。等忙完这阵，打算好好追求一下。"

这句话是唐子超在开车途中准备好的。若是说连对象都暂时不打算找，姥爷肯定急得跳脚。说已经有了对象，也不合适，全家人问东问西。选取个折中的办法，才能让所有人闭嘴。

果然，姥爷乐了，说："我们小超追姑娘没问题。那姑娘跟了你，是她的福气。只要你有这个心，离结婚就不远了。等结了婚，你爸你妈才能安心。"

"女孩什么样的？大舅母看相一流，小超你有照片吗？"

唐子超说："没照片，她挺文静的。在省城参加律所活动时认识的。等成了再带回来介绍给你们。"

"对了，大舅母，礼物袋里有点心，特意买回来的。说是省城的网红小点，吃过的都说好。"

大舅母火急火燎地给姥爷包好绷带，进屋把"鲍师傅"拿出来，放在茶几上。姥爷看着那半个巴掌大的黄色面团，说："现在的年轻人，饮食不健康。这种一看就是加工产品，吃下去容易致癌。"

大舅母白了姥爷一眼，抓起一块往嘴里塞，说："还行，没有想象中好吃。"

"姥爷，我想和你聊聊三舅的事。"唐子超喝了口母亲泡的普洱茶，还是开口了。

姥爷的脸霎时变成酱紫色，仿佛被隐形人捏住了鼻子，连呼吸都不能了。大舅母端上一盒肉松小贝，说："我去厨房看看小超他妈要不要帮忙。"

姥爷眼睛盯着 CCTV 的新闻重播，唐子超盯着姥爷的后脑勺。过了许久，老人重重地泄了口气，直挺的脊背弯了下来。

"我想知道，三舅和白舒梅的事。"唐子超重复道。

姥爷对着厨房喊了大舅母的名字，说自己累了，想进里屋躺会儿。起身时,他挂着拐杖,蹬在了白瓷砖上,说:"我们裴家,没那个儿子。"

三舅下葬前,母亲和姥爷、大舅讨论过墓碑的事。听说姥爷全程黑着脸。大舅说:"干脆撒海里得了,正好符合他的性子,随波逐浪。"母亲不同意,当场和大舅吵了起来。最后姥爷说:"就在平山北郊买块墓吧,和你们妈离得近一点,两人在下面要能见上面,你们妈也能过得舒坦点。"

母亲把饭菜端出来的时候,大舅和表妹卡着点回来了。

表妹大学毕业两年,考了二本,学的会计,正在备考平山的公务员。去年考过一次,分数没达标。唐子超和表妹互存了手机号,没通过话,短信也极少发。

大舅母喜欢拿表妹和他比较,特别是学习成绩,从小比到大。他记得表妹高二时想学美术,以后读艺校,这事在家里还闹过一阵,因为大舅母不同意,说画画没前途,要找个稳定的工作,最好是铁饭碗,或者像唐子超学法律也挺好。表妹一气之下把自己锁在房间一天一夜不出来,但起义没有成功,唐子超觉得她应该再在房间里待久一点,说不定率先投降的会是大舅母。

"子超回来了。"大舅身上穿着电厂的灰色工作服,还是一样的平头,因为个子高又瘦,年纪大了,后背开始驼了,感觉更像姥爷了。

唐子超站起身打招呼,说:"大舅,今天周六还加班?"

"是。快年底了,要给上头汇报这个季度的检修情况。你今天怎么有空回来?我们家的大律师,应该很忙才对。"大舅扯了扯嘴角。

"刚从国外回来，想休息几天。时差不容易倒。"

"哦。美国那边有意思吗？小超不会去了一次就不想回来了吧？"大舅边说边示意表妹帮忙把筷子按人头摆上。

表妹不情愿地绕到餐桌边开始分筷子，又将废报纸对折撕开，作吐骨头使用。

"没什么好的。人生地不熟，去那边开完会就想走了。"

大舅说："指不定多去几次就走不了了。交个金发碧眼的女朋友，搞个绿卡，生个混血儿也不错。"

母亲打断了谈话，说："饭菜都好了，上桌吧。"大舅母从里屋走出来说道："爸他不舒服，要在屋里吃。"母亲拿起一个小碗，夹满了菜，扛了萝卜汤，给大舅母递了过去。

餐桌上五个人，唐子超的父亲在厂里值班，半夜才能回来。表妹低着头，一声不吭。母亲问她："公务员考试准备得怎么样了？"她直摇头。

大舅插话道："小超，你认识的人多，要是实在不行，帮你表妹问问门路，送点钱，给点礼，帮你表妹把这考试给过了。"大舅母在一旁附和道："就是就是。你表妹年纪小，还得你多带带她。"

"找我不如找我爸，他认识的人多。"唐子超知道，大舅对父亲开不了口。他下岗那阵子，也是找父亲帮的忙，现在说这话，就是变相让父亲再帮一次。

一顿饭吃得沉闷。姥爷的呼噜声从里屋传来，母亲进去把吃完的碗筷拿了出来，说："爸睡着了，你们聊天小点声。"

吃完饭，表妹帮母亲收拾碗筷，大舅母靠在沙发上看黄金档连续剧。唐子超瞥见大舅走进阳台抽烟，也跟了上去。阳台对着姥爷房间，风掀起了窗帘的一角。

"小超，你妈说，你有事要问我。是什么事？"大舅抽的是"中南海"，白色的烟圈困住夜幕，他斜着眼睛看着唐子超。

"小西江河滩杀人案。"

烟圈在暮色下凝固了。大舅停顿过后，眼睛看着前方，道："时间太久了，我忘得差不多了。"

"但是，大舅你不是目击证人吗？这也能忘？"

唐子超感到大舅的身体颤抖起来。他吞吐的速度明显加快，问："谁和你说的？"

"三舅告诉我的。"

"他死了，怎么告诉你？"大舅转过脸来，面色和夜幕一般。

唐子超第一次在对方的脸上看到这种神色。应该说是震惊吗？又或者是恐慌？

"三舅留了遗言。我在遗言里听见了。"

"哪里来的遗言！"大舅的声音陡然提高。他很快发现了自己的失态，把烟在花盆里摁灭了，挠了挠头发，又问了一遍。

"哪里来的，你就不要管了。我知道是你在小西江的人行道上看见三舅和白舒梅在一起。我想问的是，大舅，你当真看见三舅杀人了？"

对方闭上了眼睛，又睁了开来，目光比冬日的冰锥还要冷。

他说："我看见他的手挎着那女的脖子，两人身子贴着身子，回头刑警就说，那女的被勒死了。"

磁带 14

每月第二个礼拜一，是陈院长带人进市区物色目标家庭的日子。

我和陆鹏稍息立正，面对面站着，和其他孩子们一起，目送陈院长和护理师列队走向走廊尽头的绿铁门。陈院长对保安说："给门多加一道锁，在我们回来之前，不要送饭，也不要加水。有人闹事就把名字记下来，听明白了吗？"

陆鹏那双比秃鹰还利的眼睛，死死地盯着我。我不敢看他，但心里明白，我们的机会只有今晚。回到病房后，时间在倒数中流逝，明明几乎没有喝水，我却不断感到尿意。实在忍不住了，我坐到他床边问："你想怎么做？"

陆鹏瞥了一眼监控说："你回自己床上。晚上八点，是保安换班时间。"

他的声音轻不可闻，我听了更是害怕。我抱着枕头，五指陷进床单里，还是忍不住问道："会死吗？"

陆鹏把身子背了过去，说："你现在的感觉像活着吗？"

我不怕黑夜，但过去几十年里，没有一个黑夜能比从"小青山"离开的那晚更加骇人。太阳落了下去，走廊的白炽灯同时打开，八点到了。

我看见陆鹏从床上爬了下来，拿着水杯，在病房里来回走动，貌似在舒展筋骨，还伸了个懒腰。他又走到了床边，将枕头放进被子里，对着我轻吹了声口哨，我学着他也把枕头放进被子，远看似两人形，正躺在床上埋头苦睡。

他等了两三分钟，门外没有响动。猛然间，他跳到窗边的桌子上，从兜里掏出一把铁勺，是每餐饭后，护工会回收的那把，在窗边轻轻一撬，螺丝松了。他朝我使了眼色，我立马上前，两人合力将铁窗的右下角扯开。陆鹏扭曲着干瘦的身子，挤出窗外。

大风吹起他宽大的白色病号服，像身体里突然长出的巨大翅膀。那晚没有月色，也没有繁星。这世间的生物，恐怕除了他和我以外，消失殆尽。野狗林的模样，我不敢去想。他双手钳着铁窗，脚钩着窗沿，不屑地看着我说："裴鸡仔，你不是杀了人进来的吗，现在连逃命都不敢？"

我压抑着快要跳出喉间的心脏，学着他钻出窗外。风迎面扑来，鼻翼钻进一阵泥土的清香，我毫不犹豫地跟着他沿墙外水管爬下地面。

陆鹏带着我，发疯似的往高墙东南角跑去。他呼吸急促地说那边有棵枯树，他作为"小青山"里年纪较大的孩子，帮护工倒粪时曾经望见过。我们跑到了枯树底下，四仰八叉的枝丫朝天伸张而去。陆鹏踩着树干，奋力往上攀爬，太滑，又摔了下来。我们听见由远及近的追逐声。我蹲下身子，急道："你踩着我，抓最近处的枝干，快点，没时间了！"陆鹏在我背上用力一蹬，翻上枝丫，伸出手对我说："来吧，胜利就在前方。"

枯树最长的枝干伸往墙外，细长且乖张，那是十七岁的我，爬过最难的一段路。但我知道，必须往前爬，而且得快，因为后方手电筒的光亮已经照过来了。陆鹏双脚落至墙外，对着我大喊道："跳啊，装鸡仔，你快点跳下来！"

我闭上眼睛，纵身一跃，前方是地狱，后方也是地狱，能肯定的是，回头肯定生不如死，跑吧，只能是跑。

杨利好的"发发音响"开在夜市边上的老城区。邓丽君的一首《甜蜜蜜》火遍大街小巷，音像业的发展也势不可当。在三中时，杨利好靠在教室外的长廊上问我："以后想进入炼油厂吗？像我们阿爸那样，跟着组织工作。"我下巴枕着交叠的双臂，篮球场上呼喊声此起彼伏。

我说："大哥想，我不想。你呢？"杨利好说他长大了以后要开个书店，专门出租《老夫子》的连环画，还说他要把大番薯和老夫子的故事传下去，让后辈看看王泽先生的笔到底有多厉害。

我觉得杨利好没有食言。六十平方米的音响店，整整一面墙都放着《老夫子》系列的影像和漫画作品，黑白、彩色分门别类，甚至连作者的采访录像也安放其中。沿着木架走过去，杨利好听见声音，从柜台后面抬起头，猛地站起来说："哥，你怎么来了？不是说回你阿爸家吗？"

"你这漫画本保存得还挺好。"我从架子上抽出《老夫子》第八卷，侧边印着辽宁画报出版社。

杨利好搬开挡在柜台出口的音响包装盒，走过来道："初高中时候的本子全在这儿，有些还借给你看过。"

"手感觉怎么样了？"他追问道。

我往上抬了抬说："疼还是疼，但不要紧，过两周去医院换个药。"

柜台后面传来对话声，原来杨利好正躲在那儿看电视剧。我问他："看什么呢？晚上八点了还不回家吃饭，老婆不催？"

"《江湖奇侠传》，新片，郑少秋演的。讲雍正皇帝的爱情故事。"

杨利好没回答后半句。我也识趣不再追问，即便是兄弟之间，彼此也该留些距离。

我拉了张小板凳坐下，目光在各式音响设备中间游移，漫不经心地道："说说吧，什么叫最后的忠告？"

杨利好圆脸涨红，活像一棵朝天椒。他结巴道："哥，我……我知道自己先前态度不好。"

"没事，你照实说。是不是自打我问你李艺琴和本色 KTV 的事，你就有情况瞒着我？"

杨利好抠着头皮，仰天又垂头，反复叹气。他说："你怎么就这么轴呢？"

"你是第一天认识我？"

他双手抱在脑后，在店里来回踱步。我问："你屁股着火了？步子那么急。"

他放下手，朝天椒变成大菜椒，说："哥，你不明白。弗元不是以前的弗元。"

"你肯定知道曲昌杰吧？"我点了出来。

杨利好一拍大腿，说："我就知道会这样。哎，你没有一次听劝。"

电视剧音量调小，开水壶泡上功夫茶，杨利好和我有了死前的最后一次长谈。现在想来，如果知道那会是我最后一次见他，必定会帮他再多煮上一壶，劝他往后早点收铺回家。

"昌杰批发城"出现在香港回归的前两年。批发城一直都在，只是突然悄无声息地换了名字，等到人们发现时，国道两旁已经架起了高炮广告牌。弗元分成两个圈，炼油厂等国企子弟兵世代抱团，资源互换的同时，信息只能垂直抵达，相对闭塞。圈子外则自成一派，这里面，曲昌杰混得是风生水起。

杨利好也只是听闻，曲昌杰是靠女人起家的，对付红尘琐事，很有一招。有人说他油嘴滑舌，也有人说他冷酷无情。杨利好没见过真人，也不好判断。不过，关于批发城租金上涨的事，他也有所耳闻。

曲昌杰在收购了批发城的土地后，先是让商户们和他签订了长达三十年的租约。商户们在批发城经营惯了，同时外地拿货的下游大多都只知道这个地方，即使批发城换了老板，但在最开始租金不变的情况下，商户们也没有不继续签约的理由。

但问题就出在这个新租约上面。

据说，租约里有一小行极易被忽略的小字，意思是如果有商户提前退租，违约金将会是一年租金的三十二倍。发现这件事的，是一个有中专学历的新商户。那人请了个律师，在签字前把合同过了一遍，发现问题所在，指了出来。只是和曲昌杰当面对质时，对方笑脸盈盈，转头就找人把新商户打了个半死。那人也是个硬骨头，说大不了生意不做了，就是要把这事捅出来，这下批发城原来的老商户们才知道，自己被下了套。

"不能联合起来告这个曲昌杰吗？"我问。

"告？哪那么容易？签字的时候别人逼他们了吗？没有吧。曲昌杰手下有一帮子人，很野，不知道哪里来的，看不惯的就上手。新商户被打了一次后，继续闹，后面听说腿都被打断了一条。"

事情发展到这儿也就算了。签字的人是商户们自己，批发城的地理传统优势摆在那儿，生意还是要做。但曲昌杰并没有因此停下来。他这两年开始，在源头大量收购五金，再抬高价格，返销给商户们。对于源头来说，曲昌杰下的订单量大，也不好得罪，只能睁一只眼闭一只眼。商户们甚至猜测，曲昌杰会从返销的利润里分出一部分给源头，双方得利，只有小鱼小虾们，苦不堪言。

从去年开始，曲昌杰的手下变本加厉，还会时不时上涨租金，变相压榨。有的老商户实在受不了欺凌，干脆把店关了，躲回了家。但曲昌杰的人就是有办法找到家里，把他们一顿拳打脚踢。他们报警把人抓进派出所关两日，很快人又被放了出来，根本起不了作用。现在批发城的客流大不如前，但老商户们还在苦撑着，听说有人甚至到省城上访，却也是无疾而终。

"哥，你在省城时不是也在做五金方面的销售，就没听说过这人？"杨利好问。

我说："当时跟着万老板跑的是粤东路线，对粤西这块不算了解。曲昌杰一行出现得突兀，我也不敢和之前的同事有所联系，自然无从得知。"

"本色 KTV 的琴姐，说是曲昌杰的姘头。但我怀疑，她只是其中之一。"杨利好补充道。

杨利好发现这事，还是他在帮本色 KTV 小包厢装二手音响的时候。杨利好听见琴姐在一旁打电话，提到了曲昌杰这个名字，吵了起来，骂得很凶，最后甚至还砸了手机。

"反正她'小贱人、小贱人'地对着话筒骂，脸都气歪了。那天，我装完剩下两个音响，拿了尾款现金就走了。隔了一个礼拜，有个音响出了问题，我去修。撞见琴姐捂着脸，从包厢跑出来，嘴角好像还有血，妆都哭花了。"

足迹 14

"曼罗莎"涉黄案，牵扯影像拍摄的妇女，名单上是八人，真实数量远不止于此。唐子超扫过手机屏上的名字，没一个叫"戴晓冰"。

李海鸣建了个短信群，群名为"隐秘侦查小分队"，里面有他和实习生周志成。唐子超怀疑李海鸣韩剧看多了，现实和幻想分不清边界，随手把群名改成"唐律师工作小组"，这才觉得顺眼多了。

"老板，您三舅的磁带里，没提戴晓冰的下落吗？"李海鸣发了第一条短信进群。

"提了。但我不敢保证三舅说的每一句都是真话。"唐子超犹豫过后，回复道。

拿到磁带以后，裴常笑的遗言唐子超听了不止一遍，要说前后矛盾的地方，他没有抓到。在宋继伟家喝酒的当晚，他也问过对方，三舅有没有提到过一对姓戴的父女。宋继伟说没有，还疑惑地问他，这和三舅所牵涉的"陈阿彪割喉案"有什么关系。唐子超搪塞了过去，说自己多心了，只是突然想起有这么两个人而已。

车飞速行驶在回省城的国道上，后座放着母亲给他打包的餐盒。吃剩的盐焗鸡腿，早上才蒸好的萝卜糕，都安稳地躺在里面。王菲的《假爱之名》正在单曲循环，唐子超的思绪仍停留在姥爷家的阳台上。

昨晚与大舅的对话，是他过去三十二年，除了母亲，和裴家的人聊得最久的一次。话头开始时，大舅眼底的震惊难以掩盖，把熄灭的烟头插入姥姥最爱的杜鹃花盆里，马上又点上一根，没完没了地抽起来。唐子超也不催，他知道催不得，有些心绪埋了几十年，需要时间。

大舅说，白舒梅死的晚上，他之所以会去小西江，是因为中专学校的初恋女友想沿江散步，来点浪漫。夜已经深了，人行道上除了三两对相互依偎的青年男女，没多少人。他之所以认出裴常笑，是因为三中的校服和白舒梅头上的那条红丝巾。那晚是他第二次见到三舅和白舒梅在一起，之前还有一次是在夜市，两人手牵着手，从他身边嬉笑着跑过去。

他知道红丝巾是三舅送的，因为他听见三舅曾问母亲，丝巾在哪儿买，还向母亲借了钱。刑警队来家里问的时候，他立刻对上了号。坐在任弘飞队长面前，他也感到不知所措。阿爸和他说三舅是弟弟，是自己家人，话不能乱说。任弘飞问他："作为哥哥，为什么当晚不把弟弟先叫回家。"他说想叫来着，但初恋把他拉住了，说想起学校的女生宿舍快关门了，得尽快回去。

裴建国的话不带情绪，仿佛只是吞吐着嚼了上百遍的台词。唐子超问："大舅，在你心里，裴常笑能算作家人吗？"裴建国将打火机开了又合，说："算吧，他毕竟是我三弟。"

"那你还把'红双喜'的事栽给他？现在改抽'中南海'了？"唐子超冷不丁地大声说道。裴建国脖颈涨得通红。他穿过唐子超的眼睛，似乎看见的是常笑站在面前。他双手撑在阳台的瓷砖墙壁上，剧烈地咳嗽起来。母亲跑了过来说："你们俩别站在这儿吹风了，晚秋了，当心着凉。"

大舅和表妹没在姥爷家过夜。唐子超觉得大舅离开的身影匆忙，逃也似的走了。他在客厅等到父亲值班回来，吃着母亲做的桂花糯米甜汤，简单和二老汇报了近期工作状况。父亲没有问起关于三舅遗物的事，母亲自然也没提。早上回省城前，母亲送唐子超下楼，问他昨天在阳台和大舅说了什么。唐子超反问道："妈，大舅结婚以前，谈过恋爱吗？"母亲一愣，回忆道："没有吧，你大舅那性子，哪有姑娘喜欢他。大舅母就是他的初恋。"

"喂，请问是唐律师吗？"

"是我。请问你是？"

"我是刘总的助理。我们在'华艺瓷藏古董拍卖会'上见过。"

唐子超眼前滑过一张年轻人的臭脸，说："你好，刘总是对策划案感兴趣了吗？"

"唐律师下周二晚上有时间吗？刘总想约你吃晚餐。"

"有。具体的时间和地址？"

"唐律师还真是讲究效率的风格。就餐地点我稍后短信发你。"对方的语气不咸不淡，随即挂断电话。

刘崇焕联系唐子超的时间比他预计的要快。李海鸣和周志成分析过刘崇焕提出要挖走贾律师的原因，唐子超认为都没在点上。为了证实他的猜想，他在装有策划案的文件夹首页，放上了"北美博森堡基金有限公司"的资料。这是他从芝加哥回国以后，还来不及上报创始人的额外信息。

出差期间，跨境房产项目推进得比他想象中顺利。一方面德天律所资金雄厚，芝加哥房产团队合作意向强烈；另一方面律所客源充沛，双方强强联合，现金流短时间内便能滚动起来，理论上看，短期就能实现盈利，双方投资风险可控。但此处最大的劣势在于客源的资金走向。境内每人每年购置外汇的金额十分有限，购买跨境房产项目往往需要大额资金，因此如何帮助客源将资金合理化输出，是主要问题。

唐子超是在咖啡厅里，听见芝加哥团队的负责人有意无意间提起了"北美博森堡基金有限公司"。负责人喝着拿铁，说前不久，他有一位在国内经营连锁火锅店的客户，想在芝加哥置业，把大笔现金通过深圳的"水客"，以"蚂蚁搬家"的形式背到香港。这种高风险的作法导致最终到岸的资金少了百分之四十。"水客"即使拿人头担保也无济于事，中间过程曲折，难以追究，客户最终因为不想把事情闹大，只能哑巴吃黄连，苦往肚子里咽。但"博森堡基金"的作法有所不同，他说唐子超如果感兴趣，可以深入了解一二。

只是如果仅出于海外投资的考虑，就要挖走一家律所的潜在合伙人，刘崇焕的成本未免太大。下周二晚上的饭局，会是鸿门宴吗？唐子超想起刘崇焕眉眼弯弯的笑靥，决定到时静观其变，先把牌攥紧在自己手里。

回到省城的公寓楼下，唐子超看见李海鸣蹲在楼梯上昏昏欲睡。李海鸣在短信群说，有情况要和他汇报。没想到这崽子能干等在自家门口。

"喂，醒醒。"唐子超把萝卜糕餐盒扔进李海鸣怀里。

李海鸣吓了一跳，睁眼道："老板，肉松小贝怎么样？您姥爷开口了吗？"

唐子超开门进屋说："先把剩菜用微波炉热热。你跑过来，是有什么事不能手机里说？"

"人力资源部那边让您签署同意小周换组的文件。贾律师突然消停了，可能是创始人给他去了电话。"李海鸣道。

周末长途自驾，唐子超开车开得腰酸背疼，仰头靠在沙发上说："老头精着呢，借着小周这件事，先是打电话给我，试探我这边的态度，见我强硬，就顺水作个人情。再去贾炎胜那边说些安抚的话，诸如不要和我一般见识之类的，下礼拜再安排两个新人给他，两边都不得罪。人在荷兰，操盘在国内，稳得很。"

"老板，您说创始人到底什么心思？一山不容二虎。您和贾律师无论谁上位，都得走一个。"李海鸣用牙签戳起一块萝卜糕。

"那可不一定。老头正在观察，看谁的底线更低，谁会更快炸掉。在德天待久了，这种游戏玩多了，老头不腻，我都快腻了。"唐子超发现李海鸣把母亲给的菜吃了个见底，没给他留一块的意思。

"阿姨手艺不错。"李海鸣吧唧着嘴，递过去一份资料说，"老板，您看看。我下午刚拿到。"

唐子超翻开文件夹，猛然坐直身体。弗元本色KTV注册明细？李海鸣挑了挑眉说："我脑子快吧。为了这份单子，费了不少工夫。"

目光顺着黑白字符一路往下，本色KTV法定公司名为本色娱乐，成立于1997年5月，注册资本八十万人民币，股东多达十五人，曲昌杰位列其中，却仅占股百分之十。股东名单里不见李艺琴。三年前股东缩减至两人，曲昌杰的股份扩大至百分之四十，替换前人，成为公司法定代表。

"您知道另一个人是谁吗？"李海鸣手指着"朱德凯"这一名字。

唐子超觉得耳熟，又想不起来。"是哪个名人吗？"他问。

"他爹算是名人。"

李海鸣解锁手机，屏幕上开始播放一则剪彩视频，右下角时间显示为 2008 年 8 月 16 日。背景画面唐子超一眼认了出来，是"维多利亚湾"酒店的门头。视频里一个中年男人站在红色缎带后方，嘴角向上挂着，眼睛在人群中间扫视。突然，画面中出现一个年轻人，穿着白色西装，快步跑到男人身边，递上剪刀。男人接了过去，似乎还低头说了句话，再笑意盈盈地剪下去，缎带一分为二。现场响起了雷暴般的掌声。

唐子超将视频拉到最后，字幕里出现的是朱德锦热烈祝贺五星级酒店"维多利亚湾"开张营业，助力本土品牌走向全国。

"朱德凯是朱德锦的儿子。两人只差一个字。"

磁带 15

杯底盖熄了蓬勃的火焰，功夫茶壶不再咕噜冒烟。杨利好问："真不用开车送你回仓库？"我拍了拍他的肩说："不用。你早点回家，免得弟妹念叨。"

杨利好悠悠叹了口气，像泄了黄的土鸡蛋，说："曲昌杰那伙人，沾上了会惹大麻烦，比狗皮膏药还黏。哥，我还是得劝你一句，咱就是平头老百姓，当退则退，我可不想有一天为了这个冰那个冰的，帮你收尸。"

"不至于。"我用完好的右手，抓住卷帘门的另一头，和杨利好使劲往地面一扣。收铺放工，路灯的月影在他和我之间划出界线。他说："哥，我后天去省城拿新货，等下礼拜回来，夜宵走起？"我说："可以，一路平安，回头联系。"

杨利好的劝解真心实意，我也并非没往心里去。摩的停在王家村入口，昨天下了小雨，路面比平日更是难走。我跨着大大小小的水洼，望见仓库方向亮起了灯，只是隔了两天工夫，再见时却格外觉得心安，至少那是我能自在回去的地方。

叩响了门，戴大军红着眼眶出现，脸上不知是惊还是吓，问："靓仔这是去哪儿了，弄成这副样子？"

"骑摩托摔的，进医院躺了一会儿。"屋子里方便面的味道还没来得及散去，估计戴大军一直没挪过地方。

"晓冰有信吗？那个宋队长回复你的BB机了？"

我说："暂时还没消息。不过找着她前男友了，说你女儿和朋友去桂林漓江玩了。"

"什么？蓝盆友？晓冰她有对象了？"戴大军下巴着地，像是受到了不小冲击。

回仓库的路上，我寻思着告诉戴大军关于戴晓冰的前男友的事，总比说戴晓冰牵扯上曲昌杰要来得强些。

戴大军脸颊泛红，磕磕巴巴问道："那晓冰知道我来城里寻她吗？"

我开导道："小年轻们谈个恋爱，分手了，伤心了，去玩几天就回来了。她前男友说会想办法联系她，戴叔，你把家里电话和地址留给我，我有了消息，就通知你。"

戴大军跺着脚，一副恨铁不成钢的样子，说："黄花大闺女，和什么乱七八糟的男人谈恋爱，以后还怎么出嫁？我就和她阿妈说，来了城里，人变野了，不想回村了。"

我说："不至于。晓冰是懂事的人，也长大了，你给她一点空间。等她心情好了，你们父女俩好好谈。"

"谈什么谈！还学会处男人了，丢死人了。等她回家，看我一顿好打。"戴大军脖子胀得老粗，耳根也憋得通红。我不敢去看他的眼睛，嘴里催促着说："明天先送你去火车站，你老婆和小女儿离开了你也不行。这边我帮你盯着，晓冰一出现，我立马告诉你。"

戴大军扁着嘴说："裴靓仔，那真是麻烦你了。我说要把晓冰许配给你，还是算话。只要你不嫌弃她交过别的男人，这个婚事，我作为她阿爸，就帮你们做主了。"

我哭笑不得，说："就算我愿意，晓冰还不一定愿意。戴叔，我饿了，手不方便，你给我煮包红烧牛肉面吧。"

陈阿彪店里的黄毛绿毛袭击我一事，杨利好劝我报案。我认为以现在的情况，即使到了派出所，也多说无益。陈阿彪的人，显然是跟了我一段时间。印象中，我从未向陈阿彪透露过自己的姓名，只谎称是戴晓冰的表哥。他的人又是如何知道能在巷子里逮住我的？黄毛绿毛下手狠辣，到底是陈阿彪的报复还是其他人的警告？我现在腿瘸手断，若是报警直指"天姿发廊"，把倒刺挑在明面上，怕是没有力气对付第二次围击。权衡再三，我决定躲回暗处，再计划行事。

一碗牛肉面下肚，整夜无话。戴大军在地铺打起鼾，呼声震天。我睡了又醒，醒了又睡，听见窗外冷风吹打着木板门，节奏有如催命的鼓点，和陆鹏逃进野狗林的夜晚，再次席卷而来。

我和陆鹏一前一后，踩着布鞋，头也不回地在野狗林乱冲乱撞。绿色的覃树叶变成一张张黑色的大网，把我们笼罩其中。我的耳边只有自己和陆鹏的喘息，心脏早已不属于身体。陆鹏边跑边喊："别回头！他们要追上来了，只管跑！"我耳郭嗡鸣声不断，断断续续地问："谁？野狗林里的怪物？"他上气不接下气，喊道："去他妈的怪物！是人啊！继续跑！"

四周的呼喊声愈发靠近，我甚至看见手电筒的光束交错照了过来。覃树叶窸窸窣窣作响，早就谱好了一曲悲歌。我说："陆鹏，你跑吧，我跑不动了，就算现在回去被他们打死，我也跑不动了。"陆鹏停下脚步，说："爬吧，我们上树。"

光束分散在野狗林各个角落，我和陆鹏的身子扒在树干上摇摇欲坠。下面的人喊着我们的名字，里面有陈院长的声音。陆鹏说："裴鸡仔，有什么遗言，你趁现在赶紧说。我们这种害虫，即使被抓回去了，死在'小青山'也没人理。"我听见有狗在吠，还有人拿着手电筒往树上照。我声线颤抖道："姓陆的，这时候你还有时间开玩笑，我可不想再回那鬼地方受罪了，要是那样，干脆死在这儿得了。"

"没和你开玩笑。电影里不都这么演，越是这种关头，留下的话才最重要。"

"那你说吧，我听着。"

陆鹏笑道："我没什么可留恋的，也只有大哥的恩情想报。"

"你大哥到底是谁？"

"你不认识。比我们大十几岁。反正是个有本事的人，够狠。"

树下的脚步声靠近，我狂躁的心跳陡然静止。陆鹏听我沉默不语，问："吓傻了？"

我静默许久，久到仿佛过了一轮四季，对着身边那个不会再见的人道："陆鹏，你知道吗，我没对警察说实话。那个叫白舒梅的女人，是我害了她。其实阿爸送我来'小青山'没做错，我活该进来，也活该早死。"

话音一落，有束光照在了陆鹏身上。他咧开一口白牙，在树梢上站了起来，说："我跳下去后，你就一直往前跑，记住，千万别回头。"

仓库房里的方便面被我和戴大军吃个见底。早上起来饥肠辘辘，我和他一人一根油条，喝着甜豆浆，蹲在火车站台，等开闸发车。戴大军不断嘱咐说："裴靓仔，只要晓冰有任何消息，你记得打我们村支书家里的电话，或者打给村口小卖店也行。号码我都留给你了。昨晚我梦见晓冰了，她在一个黑乎乎的房间里，

'阿爸''阿爸'地叫唤我。我醒来后，心好慌啊。你说她是不是在漓江遇到什么事了？"

火车头"呜呼"进站，我直起身子，伸了个懒腰，说："戴叔，别瞎想。车来了。电话一定给你打。你不是也有我仓库座机和BB机号码吗？你要是再来弗元，提前和我知会一声。"

戴大军答应着，伸手进兜里掏出三张皱了吧唧的十元钱，说："这些天，住你的，吃你的，怪不好意思的。这钱你收下，就当住宿费了。"我说："真不用。仓库那地方平时没人去，况且你也没占我床，不碍事。"

戴大军把钱硬塞进我手里，说："裴靓仔，这钱你一定得拿。你手上这伤，我也不知道是不是和晓冰有关。总归是找人期间落下的。你拿着钱，我心里舒坦。"戴大军提起地上的布包，朝我挤出一个笑容。我捏着钱，莫名感觉内疚。他随着人流，先是走得很慢，像是想回头再说些什么，却还是在短暂停顿后，加快了脚步，消失在站台的另一头。

我没有开口问过，戴大军为何会如此信任像我这样的陌生人。也许那时的他就像即将溺死的老狗，抓住水面的一片浮萍，哪怕只有千分之一的希望，也不愿意撒手。

BB机还是没有收到宋继伟的回信，不过原本我也不指望他能帮上戴大军的忙。失踪人口逐年增加，弗元的刑警队队长如果把时间都用在这上面，才是奇怪。"天姿发廊"近期是不能再去了，批发城里也难碰到曲昌杰。即使碰上面，我也对不上号，总不能揪着他手下的衣领问，你们老板现在在哪儿。那只能是找死。现在只有本色KTV这条路还没断。

十月的天开始冷了，寒风来得令人猝不及防。我靠在本色KTV门前的紫荆花树下，枝头的叶早已落光了。引客的招牌亮了起来，马路两旁红绿交错，青年男女们互相簇拥着，走进歌厅舞厅，夜还没深，步子好像都已经醉了。我裹紧身上的牛仔外套，还是觉得周身发冷。断手又开始疼了，新生的骨头恣意延展，我怕一不留神，就能冲破皮肤表层，痛感翻涌而出。

今晚是场持久战。我买了三包烟，"中南海""黄鹤楼""大前门"各一包，有它们陪伴，至少不那么难熬。我眼睛盯着本色KTV的大门，觉得酸胀，等到周围店铺都熄了灯，KTV还在传出不堪入耳的噪音，哦，不对，应该说是歌声。

李艺琴会出现吗？若是等上三五十天，曲昌杰是不是至少会有一次，和李艺琴一起出现在我的视线里？还是应该另找时间，再去KTV消费一次，找前台小妹问个究竟？

我迟疑再三，准备若是今夜无果，就先打道回府。不料KTV门口走出来一小撮人。剩余的我都不认识，但走在队伍后方的王雪妹，倒是不偏不倚地吸引了我的目光。

足迹 15

李海鸣脚后跟对齐，昂首挺胸，立在唐子超身侧，紧张得连呼吸声都尽量放轻。

"老板，我想去一下洗手间。"他从齿缝间吐字。

"至于吗？真憋不住了？"唐子超提着公文包，和他站在"御宝公馆"大堂。

刘崇焕助手发来的就餐地址便是此处，定好的时间是晚上八点。唐子超为防止被灌酒的情况，把李海鸣也叫了过来。李海鸣在车上一脸不情愿，说那个刘总气场压人，和他对视难免发怵，还说周志成透露，刘总喜欢饭后去夜总会来第二轮，体力不行的，根本招架不住。唐子超心里有底，出言道："又不是第一次见客户了，搞得还跟个新人一样，一会儿见机行事。"

"御宝公馆"更接近于私人会所，实行的是会员制。老客户带新客户，吃饭必须预约，不接受临时登门拜访。公馆给每个会员定制一把专属金勺，摆在大堂的红木墙上，金勺摆得越高，寓意会员地位越高。唐子超对"御宝公馆"早有耳闻，只是这次走进来才发现，公馆装潢的是日式极简格调，与外界传闻的奢靡无度相距甚远。

两人由女服务员带领，沿锦鲤池旁的半悬浮楼梯，踏上二楼。左拐右拐走到"京都阁"包厢门前。女服务员叩了三声门，有人说了句"进来"。

李海鸣的双腿紧紧并在一起，唐子超怕他真尿了出来，往他背上用力一拍，以示鼓励。他推门进去，发现刘崇焕已经入座，拍卖会随行的助手却不在身侧。

"唐律师，我们又见面了。"刘崇焕今天穿了一身白色高尔夫球衣，很是随意。

唐子超上前与之握手，说："不好意思，让刘总久等了，这位是我的助手李海鸣，上次没来得及介绍。"

刘崇焕微微一笑。也许是穿着便服的缘故，身上的锋芒比初见时收敛许多。李海鸣简单打了个招呼，女服务员拉开两把檀木座椅，引导二人就座。

"你们有忌口的食物吗？"刘崇焕问。

唐子超说："没有，刘总您随意点。"

刘崇焕翻着菜单，对女服务员说："原本预约时订好的菜，都上来。再加一份火山石烤和牛，牛肉一定要是今天现切的。"女服务员温柔地答应着，向三人分别鞠躬，退了出去。

"'御宝'这里负责日料的主厨是从东京请过来的，牛肉用料新鲜，寿司也捏得讲究。你们一定要好好尝尝。"刘崇焕半起身，给唐子超和李海鸣斟茶。唐律师弯曲两指，在桌面敲了三下，表示感谢。

"没想到刘总对省城的饮食文化这么了解。是常来吗？"唐子超问。

刘崇焕笑道："不算常来。只是'御宝'的老板和我都喜欢古玩，'华艺瓷藏拍卖会'还是他邀请我去的，想不到遇见唐律师的同时，还幸运收了幅画。说明我和唐律师真是缘分不浅。"

李海鸣在桌子底下踢了唐子超一脚，意思是这刘总怎么前后态度变化这么大，你小子下了什么药。

唐子超接茬道："不敢当。如果真能帮上刘总，才是我们德天律所的福气。"

话题引至正事上，刘崇焕眼里笑意更甚，说："我喜欢唐律师的个性，说话做事不弯弯绕绕，爽快。"他拿起手边的资料夹，里面是唐子超给的策划案，问："德天这次的芝加哥跨境房产项目，是你一个人全权谈下来的吗？"

"是的。律所也是第一次进行跨境注资合作，原本只是派我过去进行初期接洽。后来双方感觉推进得都比较顺利，在我回国之前签订了正式合约。"

刘崇焕不住地点头说："很好。唐律师的能力果然不错。站在你的角度，芝加哥这个项目对我们买方来说，有哪些缺点吗？"

缺点？李海鸣诧异地瞟了眼唐子超，发现对方也是若有所思的模样。

"你们别紧张。"也许是看出李海鸣的面部肌肉不太自然，刘崇焕继续笑道，"我和别人不太一样。不管看项目还是看人，习惯先看缺点。短板才能决定盛水的量。你们说是不是？"

唐子超表示赞同，说："这个项目最大的缺点就是现在申请跨境购房的人数太多了，很快要超过给到律所的既定配额。"

刘崇焕哈哈大笑说："这个回答不算数，唐律师是在变相夸自己的项目啊。"他右手食指点在策划案封面上，问："'北美博森堡基金有限公司'算不算补足了这个项目的短板？"

唐子超没有立刻回答。他拇指摩挲着杯沿，沉默良久后，说："刘总，在合作方面，我对自己客户知无不言。'北美博森堡基金有限公司'是芝加哥房产公司的直接合作方，但目前还不是德天律所的合作方。我对他们的了解也仅在表面。至于是否要深入了解，取决于今晚您我的意向。"

刘崇焕眯起了眼睛。这时门外传来一阵脚步声，菜上来了。和牛肉薄而不腻，肥瘦相间，在火山石上冒起了泡。汁水顺着石头的纹理流下盘底，肉片往外吐着香气，女服务员按顺时针方向给每人的碟子上夹了两片。

"你们快尝尝，看味道怎么样。"刘崇焕招呼着。

李海鸣一口下肚，立马竖起大拇指说："刘总，这道和牛入口即化，真的棒！"

刘崇焕说："你们喜欢就好，我也喜欢。看来彼此都是同道中人。"

饭局走到尾声，梅子酒过了三轮，唐子超和刘总也是相谈甚欢。刘崇焕是做大生意的人，南来北往，经过的风浪不少。他说自己初中都没毕业，不像唐子超，一路读完大学。对刘崇焕来说，学历是他一辈子的遗憾。所以他早早就把一儿一女送进了贵族学校，就是希望他们完成自己的梦想。等过个几年，最好都出国读个大学，去那个什么常春藤里面混个文凭也行。

"唐律师，你是哪里人？"梅子酒下肚，刘崇焕的脸颊微红。

"平山人。"唐子超说道，夹起一块三文鱼刺身。

"平山是好地方。"刘崇焕继续说道，"那里的水干净，不惹人烦。"

"唐律师，你知道今天我叫你来，是还有另外一件私事，想找你帮忙。"重要的话放在最后，刘崇焕放下了筷子，神情郑重。

"刘总尽管开口。"唐子超也坐直了身子，在餐桌底下踹了一脚只顾吃肉的李海鸣。

"你放心，我说是私事，但该给的酬劳肯定不会少。"刘崇焕说道，"我创业早年，在别处投了项目，被坑骗了不少钱，也吃过亏。吃一堑长一智，这话没错，但有的时候，我就是看不惯一些小人得志。"

"哪些小人敢惹刘总？"李海鸣插了一嘴。

刘崇焕摆了摆手说："生意做大了，很多人看不得你赚钱，使绊子是常有的事。只是吧，那次的亏吃得太大，我咽不下这口气。主要是遇上了地头蛇，不好弄。唐律师，你最近有没有时间，我想请你一起出趟差。"

"出差？刘总想要去哪儿？"

"弗元市。一个三线小城，你们知道那地方吗？"

事实证明，贪吃害人。李海鸣第二天早上发了请假短信，说去不了公司了，三文鱼刺身混着和牛肉，一冷一热，他半夜起来拉到鸡鸣，现在几近脱水。周志成在短信群里问：李律师需不需要黄连素？唐子超回了句：小周，本色KTV的股东深挖了吗？

唐子超迈着大步，走进德天律所，仿佛和贾炎胜之间万事如常。同事们似乎已经习惯了唐、贾两组燃了又熄、熄了再燃的火焰，心照不宣地站在中立赛道，朝唐子超一如往日那般打着招呼。周志成早早地出现在了他的新工位上，从挡板背后对着新任上级挥手。

"唐律师，本色KTV的第一批股东我查过了。都是以个人名义进行的投资。不过他们里面暂时没有发现有人和'李艺琴'直接挂钩。"周志成向唐子超汇报道。

"挖得够深吗？每个股东的配偶、亲戚都需要梳理一遍。哪些人查不到的，告诉我，我找人查。"唐子超脑子里浮现出张嘉良的名字，他不想一再麻烦那位刑警大队长，不过他有一种直觉，张嘉良对三舅这些年的行踪感兴趣。

周志成耳根子红了，说："没往股东的熟人方向思考过，会再补足资料。"

唐子超说："'李艺琴'改名前叫'江艺琴'，或者你往这个方向查，也许能有新的发现。"

"哟，这么快就搬工位了。我说怎么没见到人。"贾炎胜不知何时出现在唐子超身后，周志成的脸变了颜色。

"唐律师，听说你去了'华艺瓷藏拍卖会'。看来是见到刘总了？"贾炎胜尾音上扬，周围好八卦的同事又看了过来。

唐子超也没打算隐瞒，说："贾律师，你的消息灵通，连这种小事都知道了。"

"这怎么是小事呢？我没想到，唐律师你也有抢别人东西的习惯。"贾炎胜轻笑起来。

"如果你真签了合约，那我是在抢。如果没签，就是公平竞争。我说得没错吧？"

"唐律师，你去了美国一趟，嘴都变利了。我之前都没发现。"

"我说的只是事实。"唐子超无意浪费时间在耍嘴皮子上，说，"贾律师，我很忙。你有事就去和创始人说吧，他在荷兰那边闲得很。"

"看来唐律师不经常和创始人联系呢。他看上了新项目，让我帮他作个前期评估。"贾炎胜仍旧不甘示弱。唐子超明白，他是想在所里变相拉票，让其他人认为创始人的天平有所倾斜。

"那你好好做，顺带帮我向创始人问好。"唐子超下了逐客令。贾炎胜倒也不恼，吹着口哨悠哉转身，离开前拍了拍周志成的脑袋，说了回见。

唐律师在心里叹了口气。这种剑拔弩张的职场关系，真心疲累。如果刘崇焕也向他提出是否考虑去美国发展，他会不会就此答应呢？

手机发出"嗡嗡"的振动声，是母亲发信息来问：萝卜糕好吃吗？

刚才那个问题，他忽然有了答案。至少现在，他不会答应刘崇焕，因为这片土地上有他的家，即便那个家里出过杀人犯，也是他的家。

他没有抛下家人永远离开的理由。

磁带 16

现在想来，一切皆有预兆。只是我身在局中，对微小的线头不曾留意，才会走到如今这般绝境。

我在王雪妹的出租屋楼下等到夜半，她终于从一辆黑色面包车上下来了。那天的她还戴着厚镜片，双马尾不再，头发卷成大波浪披在肩上。她的皮肤偏黄，荧光亮色的连衣裙与之并不相称。我走到她跟前时，她还垂着头，身上有些许酒味，不过人没醉。

巷子里黑，王雪妹也是没料到我的出现，以为遇到了拦路抢包，抢起手提袋朝我打来。我喊了她的名字，让她睁大眼睛看看面前的人到底是谁。许是听见声音耳熟，她这才惊道："我的妈，还以为是哪个贼，原来是你。"

"你现在在 KTV 上班？"我开门见山，跟着她走进出租屋楼道里。红色高跟鞋在黑暗中蹬出响声，感应灯泡亮了起来。我这才发现，她的脸上涂了厚厚的脂粉，貌似没抹匀，鼻翼上浮起斑驳小粒。

她踩上一级台阶，露出警惕的眼神说："你不会是在跟踪我吧？"

我轻笑道："没那么闲。我本来就是本色的常客。"这话当然说得夸张，只是突然意识到，人心会变，现下谁的话都不能全信。

王雪妹肩膀松了下来，嘴唇仍旧紧抿，说今天是她去那上班的第一天。服装公司实在赚得太少了，每个月三百，还不包吃住。她问金老板有没有晚上能干活的地儿，对方给她说，最近刮起 KTV 的风潮，去里面消费的都是大老板，只要陪唱歌就行，经常还可以拿小费。她就只面试了一次，马上就过了，今天是试岗。

"金老板？"

王雪妹有些得意道："对啊，就我们'曼罗莎'的老总啊，你不是和他说过话吗？我之前还觉得他特不靠谱，没想到让他介绍人脉还挺爽快。"

楼道的通风口小窗半开着，一阵风吹了进来，她冷得打了哆嗦，踩着高跟鞋跳下台阶，躲进避风的死角。她把手提包紧紧抱在怀里，像是想从那个死物上获得暖意。我看见包是金利来牌子的，款式颜色，和戴晓冰衣柜里那个一模一样。

"面试你的是李艺琴吗？"我问。

"你怎么知道？还说没有跟踪我！"

我说："只是猜的。戴晓冰失踪前，也是在李艺琴那里工作。"

王雪妹大惊失色，自言自语道："怪不得呢，我就说她怎么连打扮都不一样了，还买了这么贵的包，原来真在琴姐那赚了不少钱。"

"喂，重点是她失踪了，到现在都不见人。"

王雪妹回过神来，急道："我是真没想到。本色里面的姑娘不少，她们看起来还挺信服琴姐的。我面试的时候，琴姐还送了我名牌口红，好像叫古滴驰。"

"你刚才是从哪儿回来的？"

王雪妹神情古怪，欲言又止。她说今天太晚了，她得上楼了，明天还得上班。

"你手里的包是戴晓冰的吧？"我见她想走，出言冷道。

她不敢抬头看我，只是把金利来牌子的包包拥得更紧，说："大哥，我觉得晓冰如果真是在琴姐那儿工作，可能就是苦日子过不下去了，不知道跟哪个老板走了。很多人一旦飞上枝头，就巴不得和从前认识的都斩断联系，怕别人麻烦自己。"

"你是见到哪个老板了，对吗？"

"琴姐是带我们去见了人。但我运气不好，没人愿意留我。留下来的那几个，明明长得都不怎么样。反正琴姐让我先回家休息，找人把我送回来了。"

"你身上那条裙子换一件，估计能把其他几个比下去。"

王雪妹把这话当成夸赞听，开心地笑了起来，脸上的粉跟着抖。她扬起裙摆，在我跟前转了一圈说："以前我都不知道自己穿裙子那么好看。琴姐说给钱让我去配一副隐形眼镜，还给我介绍了店铺。"

"你回来之前，到底去了什么地方？"我又问了一遍。

王雪妹不再收着，手指卷着发梢说："就挺漂亮一大房子。有个小院子，院子里还养了两条大狗，可瘆人了。不过那大厅里的白瓷砖，亮得照得清我的脸。反正不是我能住得起的地方。"

我说："戴晓冰的失踪，恐怕和李艺琴脱不了关系。你见到的人里面，有没有一个叫曲昌杰的？就是名片上的那个人。"

王雪妹歪着头，想了好一会儿，说："大哥，你这样提醒，我才反应过来。还真有个曲总，就是他和琴姐说，让我先回家。"

"什么样子的，记得吗？"

王雪妹抬手，比画着我的身高，说："曲总的身材和大哥你差不多，不胖不瘦。他在屋里戴着墨镜，没看清脸，也可能是不想让人看。穿着个花衬衫，艳粉色。梳着油头，身上的香水味很重。"

"你记得那么清楚？"

"当然。我在'曼罗莎'是负责招聘的，可会看人了。屋里每个人都对那个曲总恭恭敬敬，琴姐也不太敢说话。我自然得多留意几眼。"

"之前去'曼罗莎'，看见你们老板办公室里有不少女的，好像穿得很少。那些人是你招的？"

王雪妹脸颊涨红，说："那还不是因为我们公司产品特殊。她们都是拍照的模特。金老板学摄影出身，拍得还不错。

"大哥，晓冰的事，我记心上。你说她是在本色失踪的，我会想办法问人。现在我才进去，知道的情况还不多。"风吹散了酒味，王雪妹眼神不再游离。

我说："就算是为了戴晓冰，你也还是不要和李艺琴有过多接触。她这人复杂，最好不要深交。"

王雪妹笑道："没事，我觉得琴姐不是那样的人。晓冰是偶然情况，肯定有隐情。对了，她男朋友有信吗？"

"'天姿发廊'的陈阿彪和李艺琴也认识。你觉得呢？"

王雪妹的脸一阵红一阵白，说："能这么巧？"

我说："可不是吗，头尾相连，兜兜转转，在弗元成了一个圈，谁也走不出去。"

王雪妹说："哥，我听明白了。放心，我会联系你。"

出租屋外的小巷黑得透底，我裹着皮夹克，忧愁着是否该找个小旅馆凑合，留在城里过夜。从野狗林出逃的当晚，头上也是繁星点点，似在嘲笑，我只顾着朝前猛跑。

陆鹏的尖叫声回荡在覃树叶尖，我听见有人在喊："抓到了！抓到了！往死里打！"前方出现高速公路，而我绝对不能回头。跑了多久如今记不清了，只知道野狗林在弗元的市郊，我翻过了上坡，又滚下人行道，冲向远处城市还在坚挺的灯光，再次醒来时，已经躺在了自家的小床上。

脚底都是血道道。阿妈推门进来，看见我醒了，抱着我直哭，说天杀的，我的儿怎么瘦成了这个样子，这是谁害的你啊。阿姐也进来了，红了眼眶，说常笑，感觉怎么样，身上疼吗？我以为自己还在做梦，狠打了左脸一个嘴巴子。阿妈哭得更厉害了，说回家了就好，不怕啊，妈在这儿呢。

"不是梦啊？"我问。

眼皮重得抬不起来，原来是肿了。身上还穿着"小青山"的病号服，白色见了灰，小腿上渗着血迹。

阿姐说："想抓着你的手把衣服换下来，但你扑腾得厉害，只能先给脚底上药了。如果你起得来床，先去洗个澡。"

我摇晃着身子，被阿妈扶进厕所。阿妈说要帮我洗，我想起两股之间的电击印记，大叫着让他们都滚出去。阿爸走了过来，抽着水烟，眼睛也不看我，说："你们别理他，让他自己弄。这样跑回来了，不知道会带给陈院长多少麻烦。"

我听不下去了，把厕所的门死死锁上，心里只有恨，我恨自己为什么出生在这个家，为什么不干脆在野狗林死去才好。

阿爸在客厅拨通了电话，放了免提，我听见陈院长在对面道歉，说辜负了裴家的期望。阿爸问："他怎么跑回来了？这么远的路，身上都是血。"

陈院长说话不带停顿，解释道："常笑不接受我们的管教，他还想着带别的孩子一起跑。所幸其他人听话，才没出大事。但是裴先生，你儿子我们是教不起了，他太顽劣了，你另请高明吧。"

阿爸对着话筒吼："陈院长，你们当初可不是那样说的。我可是交了钱的。你保证说会把我儿子变回正常人。你明天来我家，把他带回去。"

我的双腿开始发抖，眼泪混着肥皂水流进嘴里，又苦又咸。家也不能待了，这座城就没有我裴常笑的容身之所。

洗完澡出来，阿妈给我端上炖好的乌鸡汤，说："儿子，妈不会让那些人再带你走，你在家好好待着。妈去和你阿爸说。"

我露出一个比死还难看的笑容，问："妈，你信我吗？"

阿妈说："信。你是我儿子，你什么样，我还能不知道吗？天底下的人不信你，妈信你。"

我夹起鸡头，用汤勺将其砸成两半，吸吮着鸡脑髓，说："妈，我对不起你。"

阿妈眼眶又红了，反复摸着我的发顶，说："把汤都喝了，一点也别剩下。"

那碗汤我喝得极慢，鸡肉脱骨，用手指扯成丝状，再放入嘴里。不知道是在"小青山"饿得慌，突然意识到了食物的美味，还是对裴家存着最后一点的留恋。

是的，我知道，我该走了。最好永远也不要回来。

足迹 16

路虎2012年神行者2代，六缸发动机，一百九十马力涡轮增压，高定真皮内饰，李海鸣没出息地在车后座来回抚摸，比洗澡时搓身上的泥还认真。

与刘崇焕约好的"出差"在双休日，李海鸣怎么着也要跟着唐子超，说是想跟着刘总见大世面。"御宝公馆"的和牛吃得太好，说来不及和这位大客细聊，还想看看刘总身上卖了哪些关子。唐子超觉得李海鸣就是吃上了瘾，几片牛肉就把他给收买了，如今嘴里动不动就是"刘总气质过人，玉树临风"，现在正和坐在副驾驶的刘崇焕聊得起劲。

"李律师，你要是喜欢这车，我公司还有一辆。回头让小陈给你钥匙，开几天过个手瘾，怎么样？"刘崇焕爽朗地笑道。

李海鸣眼睛发亮，说："刘总你可别唬我，要是那车真在我手上，我得问唐律师请个年假，天天开着它在城里兜圈。"

刘崇焕大笑出声，说："不至于，一辆车而已，你要是还想开，回头再问小陈借。"

驾驶座上的小陈黑着脸，不吭声地握紧方向盘。小陈正是"华艺瓷藏拍卖会"上，跟在刘崇焕身侧的助手。再次见到唐子超和李海鸣，小陈的表情仍旧不悦。在高速路休息站加油的时候，刘崇焕趁着小陈下车解手，向唐子超他们解释说这位助手和贾炎胜律师一样，留学背景，有些心气，但做事认真，嘴也严，让他们无须介意。

出发之前，唐子超在"御宝公馆"的包厢内问刘崇焕，为什么非要和自己一起去弗元一趟？明明刘总可以在包厢内把需要帮忙的情况详细叙述一番。大老远地跑过去，岂不是费时费力？

刘崇焕用金筷敲着火山石，硬物碰撞，声音不脆且闷。他说："唐律师，这你就不懂了。有些项目，眼见为实，语言描述不出来，你得亲自去看。看过了，就明白我为什么挠心挠肺找你帮忙了。"

"你们去过弗元吗？"刘崇焕喝了口保温杯里的茶，小陈今天泡的是碧螺春。

李海鸣刚想搭话，被唐子超一脚踩在鞋尖上，他知趣地把话咽回肚子里。

"小时候和家里大人去旅游过，印象中就去过那么一次。"唐子超说。

"旅游？弗元那座工业城还有能旅游的地方？"刘崇焕有些不屑，看来他对那座城的印象是真的差。

"有个拜仙的地方，听说挺灵的，好像是'黄仙观'。对，应该是叫这个名字。"

刘崇焕点了点头，右手食指在保温杯上反复轻敲着，说："是有那么个地方。都是些想不开的喜欢求仙，那东西能有什么用？封建余毒。"

"刘总不信神仙？"唐子超问。

"不信。"刘崇焕扁了扁嘴说，"求仙不如求己。我年纪越大，越不信邪。'事在人为'这四个字，不是白说的。想要的东西，自己去争取，比天天烧香来得强。"

经过这些天的接触，唐子超心里纳闷，这个刘总不像只有小学学历的人。抛去周身气质不说，嘴里吐出来的话也很是在理。要说他也接触过不少有钱人，但刘崇焕给他的感觉有些特别，说不上来，聊开了以后甚至可以说格外投缘。

"刘总说得是。我们唐律师就是这样，从德天的基层做起，到今天已经是律所合伙人候选了。我一路看着唐律师走上来，靠的就是实力。"李海鸣把唐子超一通夸，想把贾炎胜那家伙在大客心中清理干净。

"那是。"刘崇焕接棒道，"我了解过唐律师的背景。以政法大学应届生前三名的成绩毕业，在校期间还做了两年系主任的得力助手，的确是人才。"

唐子超被夸得不好意思了，耳根微烫地说道："过奖了，只不过是把本行做好而已。生意场上，还得多向刘总学习。"

刘崇焕把保温杯放回杯托，从后视镜里看了一眼，问："唐律师去了一趟美国，觉得那地方挺好？"

该来的还是来了。唐子超早有准备，说："不好不坏吧。去的时候，时间紧，人生地不熟的，也没法深入了解个所以然，作不出判断。"

"也是。毕竟那是白人的地盘，异国他乡，肯定不如自己家习惯，对吧？"刘崇焕说。

他把脸转向驾驶座，问道："小陈，你不是在英国待了一年，感觉怎么样？"

小陈身穿白色衬衫，今日没打领带，更显年轻。行了一路，终于开口了，脸色也稍有缓和，说："刘总，英国也就伦敦好玩，其他地方就是大农场，比不上国内吃香的喝辣的。"

刘崇焕放声大笑，说："看来我们小陈是放不下国内的花花绿绿才回国的啊。后悔回来吗？"

小陈摇头说："跟着您，不后悔。每天都在长知识。"

刘崇焕深吸一口气说："国内吧，真得看跟着谁。你们别像我，早年合作了不该合作的人，掉坑里了。弗元那地方，我也好久没去了。主要是一想到就心烦。那里的人太黑了，心和肺都是黑的，做事没有底线。"

唐子超在肚子里对此话默默认同，发现竟然有人和他一样不喜欢那座城，不禁对刘崇焕的好感又多了一分。

这次出差带上李海鸣，唐律师也有私心。趁着再回弗元的机会，唐子超准备和李海鸣兵分两路，把三舅磁带里走过的地方、见过的人都想方设法挖出来。上周"御宝公馆"过后，他们连续加了几宿的班，把手上的大部分工作加急处理，就是为了留时间给三舅的案子。

刘崇焕给他们安排了酒店，唐子超他们打算在两方分别以后，另找住所，再多滞留数日。德天那边有周志成应付，就是可怜了这个小实习生，要独自面对贾炎胜一组人的冷嘲热讽。不过唐子超认为，周志成处理得过来，作为职场新人，该经历的还是不能逃避。

李海鸣汇报的资料里出现"朱德锦"和"朱德凯"父子的名字，唐律师着实没有想到。看到朱副市长的"出现"，他下意识感觉，三舅的案子牵涉面比想象中更大。他开始隐隐不安起来，如果涉及领导班子，在现在的大环境下，蛛网的复杂程度不可与一般刑事案件相提并论。

他在浏览器里花了整晚的时间，搜索查找"朱德锦"和"朱德凯"父子的相关报道。目前知道的是，朱德锦是外省人，岳父曾经是市公安局局长，不过早已内退。朱德锦读完大学后，听从组织机关分配，进入弗元市供应处工作。最开始只是供应处副书记，后被调入市规划和自然资源局担任主任。1994年继而进入市政委，三年前升任副市长。现在坊间传闻，朱德锦是下一届弗元市长的最有力人选。

至于儿子朱德凯，网上鲜有报道。不过按照本色KTV股东的方向摸过去，朱德凯名下的公司多达十二家，娱乐、地产、金融均有涉及，似乎他在经商方面天资卓越。唐子超没有找到朱德凯的正面照片，从"维多利亚湾"的剪辑视频里看，朱德凯的背影貌似年纪不算大，估摸着也就四十岁出头。

一席话毕，李海鸣在后座打起了鼾，刘崇焕在副驾驶座闭目养神。车窗外出现了"弗元欢迎您"的高速路牌，他知道自己又踏入了这座城，兜兜转转，还是绕不过去。这段日子唐子超时常在想，如果更早得知三舅死前就躲在老家，自己会瞒着裴家人过来见见他吗?

姥爷对三舅避而不谈的态度,他也有所预料。"小青山"里发生的事,裴家人怕是除了三舅自己和现下的他,没人知道。他设想过,如果将三舅的磁带在姥爷和大舅面前播放,他们会是一种怎样的表情。会气愤得连连跳脚,大骂三舅满口胡诌、死不足惜,还是沉默不语,挂上一丝内疚之情?

唐子超在心里嘲笑自己,不可能。姥爷认为他对三舅的所作所为,都是为了裴家着想,怎么可能内疚?大舅呢?更无可能。裴建国将烟头插进杜鹃花盆的手,一直在抖,唐子超看得真切。他真想知道,大舅是不是打算把心底话再埋个三十年,最后一并带进土里。难道他也不怕下去时,被亲弟的魂魄压往地府,一起做个翻不了身的亡命鬼?他看不透裴家人。如果不是都姓裴,走在大街上,他们真不像一家人。

还是母亲说得对,从大舅站出来作人证的那一刻,裴家已经散了。各有心思,都不言明。

周志成在"唐律师工作小组"里发了讯息,意思是通过李艺琴改名一事,还真查到了线索,顺带夸了唐子超威武。

跟着李海鸣久了,周志成也开始学会嘴上不着调了。不过唐子超并不反感,他对目前组里的气氛颇为满意。

"李艺琴现在在哪儿?还在弗元吗?"唐子超摁着按键。

"不好说。"周志成回。

唐子超纳闷,这话什么意思?他是不是该强调一下工作之中不能采取模棱两可的态度。

"唐组长，我这边拿到的消息是，1997 年前后，弗元市'江艺琴'改名'李艺琴'的就一人。资料里显示'此人失踪已久，下落不明'。我还要继续查下去吗？"

磁带 17

忘了哪年春节，阿爸送给我们裴家三姐弟一人一只粉色的"猪"。"猪身"印着五瓣梅花，"眼睛"撑得老圆，"猪唇"微微向上拱着，像是在笑。

阿爸说："节俭是中华民族的传统美德，这个陶瓷罐就是帮你们养成节约用钱的好习惯。看见'猪肚'上的黑色橡胶盖了吗？你们过年收到的压岁钱，往'猪背'的缝里塞，不到逼不得已，橡胶盖不能打开。这是你们人生的一场试炼，听明白了吗？"

陶瓷罐对大哥二姐，就是摆设。收到的压岁钱，他们几乎如数上交阿爸。二姐的"猪"早早就积满了灰，后来被阿妈给扔了。大哥的"猪"一直干净且安稳地放在书桌上，但我知道里面空空如也。因为他喜欢把红包里抽出的压岁钱，夹在课本与包书挂历纸之间，谁也看不到。只有我的"猪"，到临死前还兢兢业业地发挥着本职作用，安稳地将压岁钱收在肚子里。

离开裴家前的最后一段时间，我每夜从野狗林的噩梦中醒来。二姐说，好几次我半夜号啕大哭，叫着她听不懂的名字，还问我谁是那个什么鹏。阿妈见我状态不对，以死相逼阿爸，说无论如何也不能把我送回"小青山",哪怕把我关在屋子里也行。

阿妈的眼泪流成了河,淹进我的肺里,感觉只有窒息。我跪在阿爸面前说:"我错了,求您别再让我回'小青山',从今天开始,您说东我不敢往西。阿爸,您能信我一回吗?"

许是我回家之后,在阿爸面前装得像样,他觉得陈院长多少调教有方,说:"暂且看看,如果你再想从这个家里出去闹,裴常笑,老子我定会打断你的腿。"我点头答应着,越过阿爸的肩,望向墙上的日历,倒数着时间。

脚底的血道道开始结痂,黑紫色的死皮落在床单上,我想把剩下的痂也给抠下来,但还是忍住了。我需要脚上的伤快点好,只有那样,才能确保不被抓回来。阿爸收听晚间新闻时,我也跟着听,餐桌上的《都市晚报》我每页都看,还是没有找到"小青山"的消息。

在一个家里无人的午后,我抱着粉色陶瓷猪走到阳台。阿妈的杜鹃花在枝头落得差不多了,剩下的零零星星也开始发黄,垂着头不愿正面看我。陶瓷猪被我放在地上,我对它鞠了个躬,说你这一生短暂,即使碎了走了,也还有我惦记你。说罢,我拿起阿爸的工具锤,将"猪身"砸了个稀烂,把里面仅有的四十四元五角零一分给取了出来。碎瓷片在哭,我弯腰将它们一一捡进垃圾篓里,中指被划破了一道口子,原来"猪"也在罚我的罪。

坐在书桌边数着零钱,我脑中晃过了杨利好的圆脸。从"小青山"回来后,我没有再见过他的面。不想见,也不敢见。只不过现在真要离开了,我还是想和他这个兄弟道个别。打开了家里的防盗门，杨利好的家就在楼上，我听见楼梯间传来其他邻居的嬉笑声，立马又把门给关上了。还是算了，真的算了，我不能再给裴家丢人。

如果问我，有没有想过再回这座城。至少离开裴家的当晚，我以为那是自己眼睛里留下的，弗元的最后一夜。我听见阿爸屋里响起呼噜声，二姐房里的灯也熄了，我背起布包，里面是五件上衣、三条底裤和两条外裤，当然还有从"猪肚"里掏出的钱，走到了玄关。

我回头望着那个住了十七年的地方，餐桌防蚊罩下面还有阿妈做的盐焗鸡，土地公牌位的香还在烧，我的脚一动不动。走吧，你走了裴家人才能安心。我对自己这样说着，拧开了防盗锁，走进了黑不见底的楼道里。

等待王雪妹来信的时间，我也在等待着断骨重生。我去医院换了两次药，每次去，负责我的小护士都不一样。石膏拆下来时，手臂的皮肤呈现暗紫的皲裂形状，有的地方往外翻着死皮，也肿，但总归不疼了。医生说虽然问题不大，还是要好好养着，伤筋动骨一百天，这可不是开玩笑。

戴大军往仓库座机打过一次电话，问戴晓冰的情况。我给他说，确认了，人在漓江，和一个姐妹去的，说月底就回弗元。戴大军在电话里还是骂着女儿不懂事，但听得出安心大于埋怨。我也不知道这通谎话能不能撑到月底，只希望王雪妹在本色KTV能摸出个准信。

日子数着一天天过去，我在仓库不是逗邻村的老黄狗，就是喂附近田地里瞎走的公鸡。中间接过一次朱老板的客人，说是五号库房取货的，来了三四个彪形大汉，开了台面包车，将一口棺材拉上了车后座。

我硬撑着笑脸，手脚哆嗦地给他们开了库房的锁。彪形大汉半句废话没有，为首的一个指挥着剩下的人抬起棺材就走。我心想，怎么不全拿走呢，还剩下这么多，放这儿真让人瘆得慌。

本色KTV楼底下我还去过几次，没见着李艺琴。我估摸着曲昌杰和李艺琴相约在那栋大房子见面，压根儿不会在本色一起出现。

"昌杰批发城"我也时不时前去溜达，揍人的事是没再见着，不过再去的时候，上次请我喝茶的阿婆貌似不在了，店门关得很死，也没写"旺铺转租"的字样，我还想把她给我的水龙头还回去，毕竟也是真用不上。

就在我快要坐不住的时候，王雪妹没有食言，往我的BB机发来了讯息，约了时间地点，还说这是她的BB机号。我甚至能想象她嘴角扬起的笑，看来她在本色立马赚到钱了。

老摩托修得不错，杨利好还让师傅给上了新漆。果然，车和人一样，都得打扮。我瞅着老摩托拉风，火急火燎地赶往王雪妹说的地址，是离本色KTV不远的"阿水猪肚鸡"。王雪妹在店门口等我时，还订了个小包厢，说讲话方便，来的不止她一个人。

"丽姐，这是戴晓冰表哥。今天他请客。"王雪妹进了包厢就喊。我摸了摸钱包，幸好朱老板昨天打了工资。

那个叫丽姐的女人右上唇有颗黑痣，一头羊毛卷在包厢里随着头顶转动的吊扇，肆意炸开。她抬起眼角看我，"嗯"了一声，态度很是随意。

王雪妹催我点菜。丽姐探过身来，把我手上的菜单拿了过去，指着"招牌菜"一栏，说都给上上来吧，也不多，就七个。服务员乐开了花，说没问题，赶紧写单，随即关门退了出去。

"喂，你真是 Nancy 的表哥？"羊毛卷点了根烟，一条腿曲起，架在椅子上。

包厢很小，烟味呛人。我清了清嗓子说："是，一个村一起长大，她叫我哥。"

"哦！我就说呢。Nancy 和我说，她有个妹妹，没说过有哥。"羊毛卷上下打量着我。

"长大了，各自进城打工，自然联系不多。她爸来找我，我才知道她失踪了。"

羊毛卷点了点脑袋，发梢飞舞，她挑起眉说："要不是因为 Mary 是我妈的老乡，我是真不想掺和你这破事。"

"Mary？Mary 是谁？"

王雪妹指着自己说："我，是我。洋气吧？琴姐给我起的英文名。"

听见提起李艺琴，桌子对面的羊毛卷嗤笑一声，说："Mary 啊，你还是那么信李艺琴？"

王雪妹扁着嘴说："也不算吧。但我觉得琴姐对我挺好的，她今天还说再带我去别墅呢。"

羊毛卷又若有似无地笑了一声。服务员敲了门，把猪肚鸡汤端上了桌，给每人扣了一碗，还说如果要加白胡椒可以自己往小碗里添。

我喝了一口汤，还别说，真挺鲜。猪肚炖得很嫩，鸡肉也软，没嚼两下，骨头都碎成了小细块，跟着汤滑进喉咙里。王雪妹悄声对我说，这家店琴姐请她吃过，特好。

羊毛卷也不客气，把锅里的鸡腿盛进自己碗里。我问她："丽姐，你是知道晓冰去哪儿了，对吗？"

羊毛卷嚼碎了鸡骨，鼓着嘴说："嗯，大概知道。Nancy 被曲总看上了。"

"曲昌杰？"

"对，就是那个批发城的老板。她是曲总的菜，来本色第一天就被李艺琴带去别墅了。"

"可是就算是看上，也不能不放人回家吧？这年头还能强迫姑娘谈恋爱？"

羊毛卷大笑出声，上气不接下气地说："我发现你这人真是有意思。你管那叫谈恋爱？"

"哎呀，丽姐，你别卖关子了。戴晓冰她爸可担心了，都找到我的出租屋了。"王雪妹接茬道。

羊毛卷呀着骨头，说："你们放心，曲总还是挺怜香惜玉的，睡过的都给得不少。就是代价有点大。"

"什么代价？"我问。

羊毛卷放下手里的鸡架说："曲总这人吧，玩得很大。他在那方面有特殊癖好。你们懂吧，一般人受不了，但他就是能玩，而且特喜欢找长得纯的。Nancy 她估计在别墅被好吃好喝伺候着呢，等玩够了，就回来了。"

足迹 17

"李艺琴失踪？你确定没找错人？"

周志成往短信群里发了资料截图。

> 李艺琴，女，1952 年 4 月 13 日出生，原名江艺琴，于 2003 年 7 月前后被曝失踪至今，生前担任弗元市本色 KTV 总经理。

截图里还有李艺琴的正脸照。隔着屏幕，唐子超仿佛能闻见女人嘴里喷出的薄荷烟味，的确是徐娘不老、风韵犹存的一张脸。

"她最后出现的地点在哪里？能查到吗？"

"我试试。"周志成发了个倒八字眉的字符表情到群里，唐子超看到了年龄的鸿沟。这倒八字眉的"脸"是怎么从手机键盘上敲出来的？波浪线代替紧抿的双唇，倒还挺形象。

副驾驶座的刘崇焕醒了。他睁眼问小陈："到弗元了吗？"

小陈说："进城了，现在往住的地方开。"

刘崇焕微微侧头，瞧了眼后排打鼾的李海鸣，问："唐律师精神不错，坐长途也不会发困？"

"我睡觉挑地方。车上有杂音，入睡比较困难。不过趁这个机会欣赏沿途风光，也是不错。"唐子超说道。

刘崇焕摇下小半截车窗，风有力地灌了进来，透过车里的空气似乎都能闻见远处炼油厂冒出的白烟。刘崇焕说："唐律师，你看那条江，感觉美不美？"

唐子超顺着刘崇焕的目光望去，原来他们正行驶在"小西江"边的支道上。黄昏下的江面波光粼粼。日光随着水波恣意流转，光斑在细浪尖跳跃，河堤上还能看见驻足眺望的人们，大人小孩，有的光着脚，提着鞋，前后跑跳嬉闹着。

"很美。自然的鬼斧神工和楼宇的精雕细凿融为一体，恰到好处。"

这是真心话。如果不是因为裴家的过往，弗元在唐子超心里也不会如此难堪。

刘崇焕没有应声。他的目光顺着绵延往西的江面滑过去，又收了回来。保温杯里的碧螺春已经凉了，他紧着嗓子说："唐律师，这条江的水，看起来美，实际比下水道的污泥还要脏。你知道为什么吗？"

"愿闻其详。"唐子超说。

"问题出在源头。源头不干净，后面的水没一滴干净的。我走南闯北这么多年，没见过有比弗元的水更脏的水了。而且我敢打赌，短时间内，这源头的垃圾处理不完，苦的是老百姓。"

"刘总，感觉您很了解这座城。"

刘崇焕叹气道："了解是因为被骗。骗得狠了，想不了解也不行。那些曾经称兄道弟的人，骗得最狠。唐律师，你还年轻，凡事多给自己留条路，不会有错。"

车停了下来，小陈说酒店到了，李海鸣抹着嘴角的口水，睁开眼问："这是在哪儿？和牛饭馆吗？"

刘崇焕晚上有会要开，一起就餐的计划临时取消。小陈带着唐子超他们前往提前订好的西餐厅，刘总吩咐说想吃的都随意点，不用客气。小陈还是那副关公脸，看着他们入座后，找了个借口先撤了，唐子超觉得这样很好，免得三人大眼瞪小眼，吃得肠胃不消化。

"老板，您说这个小陈，是不是对咱俩有意见？"李海鸣喝下一口罗宋汤，唇边还沾了汤汁。

"这不是明摆的吗？估计小陈和贾炎胜有联系。"唐子超切开面前的菲力牛排，五分熟，血水流到了白盘上。

"我去！老板您连这都猜出来了？"

"不用猜，贾炎胜自己说的。那天你拉肚子没来公司，他跑过来说知道我们去了'华艺瓷藏拍卖会'。总不能是刘总主动和他报告的这事。"

"那我们得小心着点。没想到小陈是贾炎胜的小耳朵。"

菲力牛排蘸上黑椒汁，唐子超环顾一眼四周，这家西餐厅装潢高档，他上次在点评软件上刷到过，看样子食物也还不错。

"'北美博森堡基金有限公司'的事，在小陈面前尽量别提。除非刘总自己再次提出来。"

李海鸣了然道："明白,只是我不理解,您说这刘崇焕有什么好神神秘秘的?非得把我们拉来弗元,还给我们订酒店,订餐厅的。老板,我觉得他让您帮的忙,搞不好是个大坑。"

"看来你的脑子还没有被和牛塞满,还能正常想事。"唐子超调侃道。

李海鸣瞪起眼说:"怎么了,我像是一顿饭就能收买的人吗?公私分明,这是李律师做人的原则。"

"你说什么都对,开心就好。"唐子超继续笑道。

李海鸣说得没错,刘崇焕今天在车上的说法,他听着也是话里有话。舞台上的黑布尚未拉开,他也想看看背后藏了哪些节目。

回到酒店的时间不算晚,唐子超和李海鸣在客房里商量着下一步路线。李海鸣从三舅的"01"号磁带往下听,时而撑眼,时而皱眉,还在本子上做笔记,唐子超甚至怀疑他比自己还上心那位土里的裴家三弟。

"听完了?"

李海鸣拿下耳机说听了一半,先等会儿,让他好好捋捋。

"所以现在陈阿彪死了,那个李艺琴也失踪了,您三舅也死了。与戴晓冰有关的人,都嗝屁了。"

"李艺琴是未知状态,不能算嗝屁。"唐子超纠正道。

"行,我理解您的意思。然后李艺琴是本色 KTV 的总经理,KTV 最大股权人是朱德锦的儿子。"

唐子超点头道："是这样没错。"

李海鸣十指插进发根，固定发胶都给挠散了。他压抑着声线说："老板，您三舅是不是被那个副市长的儿子给整死的？"

客厅里只听得见中央空调扇片的摆动声，细如蚊吟。李海鸣继续追问道："老板，您三舅到底怎么死的？"

这个问题，唐子超问过母亲，在三舅骨灰盒被抱回裴家的那一天。父亲说母亲的眼睛肿成了灯泡，哭了三天下不来床，一个礼拜瘦了快十斤。

"自杀。在小西江投河死的，被人捞了上来，通知了派出所。我妈连夜坐大巴回老家，找人收的尸。"

李海鸣还想再问，唐子超打断了他，说别问细节了，他也没问母亲，没敢开口。看见自己亲人泡发的尸体，那种感受，他一点也不愿意知道。

"老板，您现在是不是特心慌？再挖下去，我怕出大事。"

"那你是要我现在打道回府？"唐子超挑眉道。

"我就算这样说了，您能照做吗？况且现在托刘总的福，又来弗元了。您就告诉我接下来怎么办吧。"李海鸣太了解唐律师的心性。既然他会把磁带的事说出来，说明主意早就落定了。

"走一步，算一步。至少三舅摸过的地方，我们都得查一遍。"

第二天睡到晌午，小陈敲了客房的门说："准备了早茶点心，唐律师你们就餐过后，我会带你们跟刘总会合。"服务生将装有水晶虾烧卖和鲍汁蒸凤爪等的小笼放在靠窗的小桌上，围成一个圈，中间倒上茉莉花茶，随之和小陈一起，恭敬地退了出去。

李海鸣竖起大拇指说："不管一会儿是和风还是暴雨，我们都不能辜负了刘总的一番心意，吃了再说。"

早晨起床，唐子超接了母亲打来的电话，说下个月姥爷七十五寿辰，让他提前给公司请假，准备礼物，周中回平山吃个晚饭。还问他，听大舅母说，儿子有了喜欢的姑娘，是哪门哪户，追得怎么样了，要不要母亲给支个招。

因为在刷牙，唐律师按了公放，李海鸣全程笑得合不拢嘴。电话挂下，李海鸣问："老板，您还有时间追姑娘，我竟然都不知道。长啥样的，赶紧给我看看，快点，别闷骚。"

坐在刘崇焕的路虎上，李海鸣还想吐槽，唐子超赶紧转移话题，问："小陈，刘总去哪儿了，怎么不一起出发？"

小陈说："到了就知道了。刘总先过去了，很长一段时间没来，要先和那边的人打个招呼。"

那边的人？这种说法还真是疏离，想必是吩咐了小陈连名字都不要提。唐子超的好奇心被无限吊了起来。

车开往老城区，上坡又下坡，十五分钟后在马路边急停。唐子超下车一看，刘崇焕正在车道对面招手示意。小陈说："唐律师你们走过去就行，这里是单行道，我就不掉头了。"唐子超刚要应声，却直直地愣住了，不远处的门头灯招牌还没修缮，这不正是前不久才入住过的"维多利亚湾"酒店吗？

"唐律师，昨天睡得可好？"刘崇焕神采奕奕，看不出是开了一晚会的样子。

"很好。小陈安排妥帖，床也很舒适。"唐子超心不在焉地回答。

"那就好。有什么不便的地方，随时和小陈说。你们先跟我过来吧。"刘崇焕带着他们，登上"维多利亚湾"的电梯，对服务员说，"麻烦按一下顶层。"

李海鸣也发现了唐子超的异样，眼神询问：这酒店是不是我帮您订过的那家？

"顶层到了。"电梯门打开，服务生用手轻扶着门，让其他人出去。刘崇焕示意服务生先离开，带着唐、李二人走向红毯尽头，推开了总统套房的金色房门。

"刘总，"唐子超开口道，"我不太明白。"

话没说完，刘崇焕抬起手，打断了他，说："我希望你们从头到脚，好好看看这家所谓的五星级酒店。告诉我，它在你们眼里有多么糟糕。这地方的人，上下勾结，掏空了我半辈子积蓄，心坏得穿了孔。唐律师，睁大你的眼睛，看清楚了。这个'维多利亚湾'到底哪个角落、哪个门童，有五星级酒店的样子？"

磁带 18

"那个，不好意思，手抖。"白胡椒撒了一整碗鸡汤面，王雪妹悻悻地放下调味瓶。颗粒吸水负重，密密麻麻，却未沉底。羊毛卷拿起汤勺逆时针搅和，胡椒粒顺着旋涡，溶进锅里，再无踪迹。

"大哥，你回去告诉戴晓冰她爸，就说他姑娘跟人去玩了，玩够了就回家。你也别找了。上次我们有个姐妹，也是失踪了几天，后来有人在街上看见她，穿金戴银的，说是曲总给买的行头，怕其他姐妹看得眼红，都躲着熟人走。"羊毛卷又给自己盛了碗汤，白胡椒提味后，闻着更鲜了。

王雪妹眼里露出羡慕之色，问："丽姐，那个姐妹还在琴姐手下干吗？"

"早不干了。"羊毛卷嘬了口热汤，意犹未尽地继续道，"曲总有个兄弟看上了她，把人带走了做二奶。那姐妹真是有福，男人还给她买了房，在鹏城好吃好喝供着，还怀了个私生子，算是上岸了。"

大概是吃得撑了，我觉得胃里翻滚，碗里浮起的猪肚，灰色泛白，瞧着令人恶心。我问："丽姐，你说曲总在那方面有癖好，敢情他是喜欢和兄弟共用？"点到即止，这话我没想说全。

羊毛卷从兜里掏出根橡皮筋，咬在齿间，双手自发根往头顶盈盈一握，扎了个高马尾。她用古怪的眼神看着我说："你们是给我装纯呢？共用算什么？癖好懂吗？洋人管那叫'play'。真是一帮蠢货。"

"普雷？"王雪妹咬着筷子尖问道，"是名牌吗？"

羊毛卷挠了挠头皮说："Mary 啊，你的眼光不要那么狭隘。我们就要走进二十一世纪了，你得多学学英文，与时代接轨。怪不得上次曲总不留你。"

"那你还不是没去过大房子呢。"王雪妹不屑道，眼皮往天花板翻。

羊毛卷脸色不太好看，比猪肚鸡汤面还白。她咳嗽了一声说："我不是曲总好的那口。要不然谁会放过这么大一个金主啊。哎，今天我们在这儿讲的话，可别传出去。曲总上头有人，他玩归玩，本质也就是个供货的。那些人捻死我们就像捻蚂蚱，我惜命。"

"什么人？"我追问道。

羊毛卷用下巴指了指桌上的饭菜说："就领导呗，还能有谁。话说得够多了，闭嘴吃饭吧。从这门出去以后，大家互相之间别装熟。今天我们三人就当没见过。"

我离开裴家以前，行至最远的地界，往南不过野狗林，往北不过黄仙观。兜里的四十四元五角零一分，是十七岁的我，握过最多的钱。沿着去往三中的主路向东，夜空不见有星，我手抓着布包，站在空无一人的火车站候车大厅。

阿妈和二姐发现我离开了吗？阿爸会带上大哥来抓我吗？他们嘴上不说，实际应该早就盼望我滚得越远越好。白舒梅的事情出了以后，我甚至连大哥的正脸也没再见到过。他没和我说过一句话，一次也没有。

最早的一班火车是凌晨五点。我用布包当枕头，蓝色塑料候车椅作床，缩成一团。还是家里的被褥舒服，身下的椅子不知道被多少人坐过，全身上下硌得慌。眼皮打架打得厉害，但我不敢睡死。瞳孔半阖着，正对卖票的窗口，不管第一辆火车去往何方，那都是我要去的方向。

"白舒梅，别在那儿干了。你跟我走吧。"小西江边，我的手绕过洁白的脖颈，抚上面前的长发。

"又来了。常笑，你的嘴总是没边没际，说完了也不害臊？"她眼带笑意，我却觉得寂寞。

"没跟你开玩笑。按照虚岁，我已经成年了。"

白舒梅的目光越过秋日的江面，水波向外逐渐扩散，无味无痕。我开始慌了，问："你怎么都不说话？"

"常笑啊，我们分开吧。以后也别再见了。你我不合适。你终究不是我的良人。"

是铁窗开锁的声音，我倏地睁开了眼睛。卖票的大婶穿着灰布工作服，打着哈欠，嘴里念叨道："这么早就有人来买票了，赶命呢。"

"最早一班车去往哪里？"

大婶翻着日程表说："去省城，五点十分发车。要买吗？"

"买。"我毫不犹豫地应道，从布包里掏出纸币，数了数零钱，递了过去。

大婶从机器出票口撕下一张粉红四方纸，7 车 26 号，112 车次，硬座普快，全价八元。

"拿好别丢了。凭票上车。"

食指摩挲着"弗元"指往"省城"的单向箭头，笔直朝右，不知回程。也是，那时候也没想回头，觉得就算死也要死在外面。

绿皮火车进站，我坐在靠窗的位置，看着站台上依依分别的人们，抓紧了手里的布包，把脸别了过去。这趟车若是能一直开，不停下来，怕是最好。检票员催促着人们快上车，我也跟着在心里默念：快走吧，离开这座城，无须留恋，最好永不再见。

羊毛卷和王雪妹吃到"阿水猪肚鸡"关门。我叫了两打啤酒，听二人有一搭没一搭地唠。羊毛卷是东北人，体格看着不像，偏细长，啤酒下肚后，儿化音跑了出来，话也算聊开了。

羊毛卷多年前跟着做皮毛展销的队伍，由东北跨过秦岭淮河，在弗元落下脚。至于落脚的原因，她说是因为男人。

"年纪轻，不懂事，离家太远，又没有能好好说话的人。展销队伍的人忙着招揽生意，走过的客人越多，你就越觉得寂寞。明明那么多人在眼前晃，都在和你对话，就是没一个问过你的名字。突然来了这么一个人，还挺帅，眼珠子直勾勾地看着你，那能顶得住吗？"

"那人是弗元本地的？"

羊毛卷摇头，把橡皮筋从发顶扯了下来，羊毛卷再次散开。我这才发现，她的风尘里有一股淡淡的侠味，拔高了说，像《神雕侠侣》里低配版的李莫愁。

"本地人瞧不上我们这些外地的。比方那些国企的，不就是吗？听说他们只和自己圈子里的人玩。不过也对，互不兼容就别硬处。他和我一样，北边过来的，只不过是公司派过来安装管道的，项目停了，也就走了。"

"你这么喜欢那人，怎么没跟过去？"王雪妹用牙签戳着碎鸡骨，问道。

"想跟啊，人不让啊。"羊毛卷惨淡一笑，"那时候天真啊，寻思着他天天来展销铺位找我，肯定是足够喜欢的吧。后来该做的也做了，有次看了他的 BB 机，才知道他是有老婆的，孩子都快两岁了。那条讯息说什么来着？哦，好像是'等你回家给儿子过生日，娃都出生两年了，你还没看过呢'。"

"人渣。"我起开一瓶啤酒，放在她跟前。

"嗯，人渣。"她仰头吹瓶，喝了个见底。

"我还没正经谈过恋爱呢，羡慕你们这些人，至少受过情伤。"王雪妹双手掌心相对，抱着下巴。

"大哥你呢？我看你也算一表人才，结婚了吗？"羊毛卷目光转向我。

"哈，老光棍一个。没人要。"

"大哥你看着不老吧，有三十岁吗？"王雪妹的眼角调皮起来。

"早过了，我看起来像十八岁？"

包厢里的另外两人被逗乐了，哈哈大笑出来。

圆月高挂，服务员拉下卷帘门，对我们说欢迎下次再来。羊毛卷等人走远，说："你们没看那服务员脸都僵了，我们在包厢聊得太久，她心里巴不得赶我们走。"

我说："那也不至于，服务业就该有个服务的样子。"

"这话，李艺琴也说过。"羊毛卷轻飘飘地来了一句。

"哦？"

羊毛卷仰头看天，说："反正过了今天，也不再见了。告诉你也无妨吧。戴晓冰去本色的第一天，我也在。她穿得太土了，是我给她换的连衣裙，天蓝色，绣着百合花，她很喜欢。"

王雪妹跑去路边叫出租，拦了半天没拦到，叉腰站在马路边等下一辆。

"但是吧，戴晓冰太腼腆了，比 Mary 还纯。一开始她是不肯和曲总走的，闹，和李艺琴说自己只是去陪唱歌喝酒的。曲总还打了她一个巴掌。后来是李艺琴把她拉到厕所里，说服务业就该有个服务的样子，让她听话点。之后也不知道又说了什么，我洗完手就出去了，没听见了。不过新人过去，一开始都会不适应，也能理解。"

车来了，王雪妹对着我们招了招手。我说："你们先回去吧，有机会再见。"

羊毛卷说："别见了，该说的我都说完了，再浑的水就不蹚了。"

王雪妹关车门前，对我做了个打电话的手势，意思是保持联系。我朝她摆手，目送着的士消失在朦胧的月色之下。羊毛卷上车前还说了最后一番话。

"如果你真的急于见到戴晓冰，就跟着 Mary 吧。我敢说，李艺琴打算培养她。至于原因，我也不理解。Mary 长相不行，脑子也不太聪明，但李艺琴似乎很看重她，我觉得曲总上头有人好 Mary 这口。反正本色那地方，我是不打算常待了，太脏太廉价，该换场了。"

足迹 18

货不对板，是中国房地产蓬勃发展以来，买方市场投诉最多的病症之一。

开发商、房产中介，为了捕获每一条涌入浪潮里的鱼，无论肥瘦，都不遗余力地向他们展示着房产升值保值的巨大潜力，哪怕房子建在交通所不能及的高山之上。

美轮美奂的宣传手册和视频广告，是开发商的第一颗鱼饵。精致小资的样板房是销售手里逐步张开的网兜，动心之下，再打个七折，分期付款，连贷款公司经理都一并请到"胖头鱼们"面前，拍着胸脯保证，公正透明，童叟无欺。一条龙下来，再远的地界，也不愁没人落定。

洪潮卷着市场里每一个想要投机的人，连张嘉良那种，打算偷偷给儿子买个婚房，在老婆面前硬气一把的家伙，也难逃"货不对板"的诅咒。刑警队的眼睛，看罪犯灵，到房产销售面前却蒙了雾，当初也只能拜托唐子超去和房产中介扯皮。不过，眼下的"维多利亚湾"并不完全属于这种情况。至少一幢大厦的"货不对板"，唐子超真没处理过。

"糟糕吗？"刘崇焕把双手背在身后，太阳穴上青筋暴露。

自打合上总统套房的门，刘崇焕就像变了个人，周身散发着愠怒,开口便是刺。不用说,"维多利亚湾"肯定是刘总过不去的心坎,所以才会大老远地把唐子超他们带过来,亲眼瞧一瞧。

"已经不能用糟糕形容。"唐子超实话实说。总统套房除了面积够大以外,他看不出还有更多值得称赞的地方。天花板四角明显可见开裂的墙面。扭曲的细纹延伸至他头顶的水晶吊灯,灯体发黄,仔细一看灯芯处积了厚厚一层灰,不知多久没有清洗。

"很好,我就喜欢你的诚实。"刘崇焕干笑道,"不是亲眼所见,恐怕很难相信。这个'维多利亚湾'可是弗元市政府全力扶持的项目,你猜猜我往里投了多少钱?"

唐子超看向刘崇焕,等对方继续开口。

刘总伸出一根食指,李海鸣顺嘴道:"一千万?"

"是一个亿。"

唐子超感到胸口一闷,头上的水晶吊灯闪瞎了眼。弗元这个三线小城,建个五星级酒店,要花费一个亿?看刘崇焕的意思,那还只是他投入的钱,总承建额应该远不止这个数。

刘崇焕走到落地窗边,将帘子扯开。午后红日的光最是刺眼,唐子超不自觉地抬起手遮挡,总统套房像是镀上了一层仿金箔。

"那时候年轻气盛,赚了不少钱,喜欢招朋引伴,结交兄弟。有人给我介绍了弗元那些人,说国家要大力发展这座城。为了提升城市面貌,那些人决定建立自主五星级酒店品牌,往高端上档次的路线走,打造连锁品牌效应。因为介绍人和我已经合作多年,'维多利亚湾'项目初建的时候,我也亲自过来考察过,甚至找风水师算过，那条'小西江'水势喜人，能提运。我和三个兄弟被那些人说服了，或者说是动心了，决定拿出过半家底赌一把。"

刘崇焕将窗帘再度合上，走到茶几边坐下。唐子超和李海鸣也跟着落座。

"人的贪欲一起来，霉头就来了。在这个项目以前，我赚钱一路都比较顺。可是赚得越多，人反而会觉得不够，想要更多。你们看到远处那些个大白烟囱了吗？那是炼油厂。我想着吧，这座城有国家级工业项目，又有好水自流，'维多利亚湾'本身又是熟人搭线，白皮书效果图也到位，怎么也不能赔，对不对？可是，钱一砸下去，没多久我就意识到，我和那三个兄弟，就是这个项目的'肥鱼'。那些人压根儿就没想把项目做好。"

刘崇焕情绪上来，胸脯跟着剧烈起伏，李海鸣赶紧打开一瓶茶几上的矿泉水，递了过去。对方"咕咚"几口，气息稍有缓和。

"不能撤资吗？刘总当时签署的合同里面，没有撤股一说？"唐子超问。

"怎么可能没有？"他重重地叹了一口气，"要怪就怪我太轻信他人。到现在，我都还是怀疑，他们买通了我当时的律师，在入股合同上做了手脚。我提出要撤股，你们猜怎么着？合同里有一条：'非项目本身出现不可抗力，资方不得撤股。否则视为主动退出，资金概不返还。'"

"'不可抗力'？也就是说，如果没有遇上天灾人祸和战争，你们就没有退出的理由？"唐子超问。

"正是！"刘崇焕再次提高音量，"那行字印得比其他字都要小一号。我当时的律师说，这是合理合法的条约。我就纳了闷，这不就是强买强卖吗？"

"这的确太不合理。"唐子超说。

"如果合理，你们两位今天就不会坐在这里了。这些年，我在私下是想尽了办法和他们周旋。酒店没建成的时候，我还抓着一丝希望。万一真发展起来了呢？连锁五星级酒店的牌子，还是能赚回本的。可是，你们现在也看见了，我们的钱到底花去了哪里？那些人连墙角的腻子都刮不平，还说建立自主酒店品牌，简直白日做梦。

"另外三个兄弟，为了这事，和我的对话都变成了通过律师转达。谁也不想闹成这样。但那些人和你装聋作哑啊，甚至直到前些日子，还和我暗示，说'维多利亚湾'的修缮需要花钱，如果不想之前的投入打水漂，最好是考虑再投一笔，跟着酒店品牌发展壮大，真是把人当猴耍。"

"或者变卖股份呢？"李海鸣开口道。

"谁会买？"刘崇焕苦涩地扯动嘴角，"这破楼建成以前，还可能有人接盘。如今建成了，这么大个物件耸立在这儿，考虑接盘的过来看过后，无一不是摇头走人。"

一番话说完，刘崇焕的精气神像是被抽走了一大半。他单手扶额，垂头靠在沙发上。李海鸣偷瞄了眼唐子超，示意他想想办法，把该问的一并都给问了。

"刘总，和您联系对接的人，方便告知吗？"唐子超继续问道。

"没有什么方便不方便的。既然已经把情况和你们说了，我对你们也是充分地信任。"刘崇焕的语调平和了许多，"那人现在已经是这座城的副市长，他的儿子朱德凯借着父亲的光，弄了不少生意。'维多利亚湾'的最大股权人，就是朱德凯。"

唐子超大概听明白了，问道："最后一点，刘总您和另外三个兄弟的股份加起来一共多少？"

"百分之四十九。"

"也就是说朱德凯占了百分之五十一。"

"对，他很狡猾，人年轻，脑子也快。我听说他对所有参与的项目，都保持了百分之五十以上的控制权。他手下还养了一帮人，很野，城里没人敢惹，什么都敢玩，在弗元当山霸王。

在总统套房待了一个下午，直到小陈敲门，刘崇焕才把话头止住，说："抱怨了这么多，你们也都听累了，先和小陈去吃饭吧。"随即又补充道："我就不一起了，与老友晚上有约在先。记住，出了这道金门，我们之间的对话就是死也不能说出去。朱德凯手下的人，真的不要命，什么事都做得出来。"

"老板，我算是懂了，怪不得这个刘崇焕先前支支吾吾地不愿说。原来他对上的是条大鲨鱼。"李海鸣戳着盘子里的红焖海参，黑油油的小半截玩意儿，说是大补，但他似乎咽不下去。

"何止是鲨鱼，准确地说是巨齿鲨。"唐子超的胃口也不太好，喝完了青笋蟹肉汤就没再动筷。

"您记不记得，三舅在磁带里提过？批发城打人的事？"李海鸣道。

"接着说。"唐子超点头。

"刘总也提到，朱德凯手下的人不好惹。我觉得他们是同一拨人，都是曲昌杰那边的。"

"你说得没错，这种可能性很大，而且曲昌杰和朱德凯都是本色 KTV 的股东。剩余的股东们，走的走，散的散，朱德凯又变成了绝对掌权人。"

"老板，姓朱的父子，黑白通吃？"李海鸣喉头发紧，说，"这是一个鲨鱼队啊。刘崇焕就商人一个，没胜算。"

"所以才需要我们。"

李海鸣猛灌一口茶，对服务员说："你好，茶太烫了。麻烦开瓶威士忌，记在刘总单上。"唐子超没有阻拦，他明白李海鸣的意思。

刘崇焕都要拉着他们下深海捕鲨鱼了，开瓶酒也不过分吧？只是要不要捕，该怎么捕，唐子超还没想好。三舅如果真是被巨齿鲨逼得送了命，难道他们就能全身而退吗？

磁带 19

"舒梅，你先别说了。那边有卖棉花糖的，你等我，我去买过来。"

"舒梅，你吃一口吧。真挺甜的。你不是说之前没吃过？"

"都说了，明年我就高中毕业了。阿爸会帮我安排工作，马上就能赚钱了，你阿弟的眼睛，我帮他治。"

"什么国企职工，什么配不配的。白舒梅，我不在乎那些。你就是你，我只要你。"

"白舒梅，你再说那种话，我会恨你一辈子。"

齿轮摩擦着铁轨急停，耳边扬起嘈杂的人声，一浪压过一浪。我睁开眼皮，四周的乘客纷纷起身，肩膀贴着脸，在检票员的催促下拥出车厢。我拎起布包，贴着前人的脚后跟，随波逐浪，仿佛一根滚下瀑布的狗尾巴草，漫无目的却又不敢停留。

脚步在省城火车站落定。我茫然地站在出站口，不知该往左还是往右。虽然无数次想象过弗元以外的世界，但当真从那座城逃了出来，剩下的只有无从诉说的害怕。

周围的人脚步很快，似乎多停留一秒都耽误投胎。我想开口叫住其中一位，看到对方眼底满不耐烦的神色，又把话咽了下去。原来陌生的脸孔，长得都一个样。我的肚子饿得打鼓，八小时绿皮硬座硌得股沟生疼，眼下离天黑还有一段时间，得先找个地方落脚。

"小哥，住宿吗？标准间，全新被褥，一晚十元。"有个穿西装打领带的，走路松松垮垮，往我跟前递过来一张小卡片。

我推了开去，说："十元太贵了，住不起。"

穿西装的人追了上来，拦住我道："小哥你是第一次来省城吧。新来的都是客，我给你打八折，八元怎么样？连住三晚打七折，绝对划算。"

"还是贵。"花了八元买车票，现在手里只剩下三十六元五角。还花了一分钱买了瓶矿泉水。

穿西装的在身后站定脚步，皮鞋跟蹬着地面。我以为他总算放弃了，没想到又追了上来，抓着我的手臂说："五元可以了吧？小老板，你信我，我保准给你找个好地方，经济又实惠。"

"三元。我兜里只有三元。"

穿西装的一副恨铁不成钢的样子，说："小老板，你还真能砍价。你算是遇着好人了。三元就三元，跟我走吧。"

现在想来，不知该说我是从小胆大，还是穿西装的瞎猫碰上了死耗子。往后的很长一段时间里，我成了穿西装的长租房客之一。出了省城火车站，沿高架桥一路朝前走，我也没个方向，只是跟在穿西装的身后，环视着眼前从未见过的巨幅广告牌。高架桥下车水马龙，我用手比画着宽度，大概那就是阿爸收音机里说的双车道。

"你就住这儿吧，这是我的楼。上铺下铺，随便你选，厕所每层一个，公用的，男女分开。"穿西装的人说自己叫廖哥，平时以收租为生，也帮火车站附近的酒店介绍房客。

廖哥的小楼已经不能用残破来形容。楼梯间贴满了治疗痔疮和脚气的小广告。白色的墙面爬满霉菌，我捂着口鼻向上走，绕过楼梯口堆放的垃圾山，廖哥踢了一脚横在走廊中间的高压锅，打开了205的房门。

"怎么样，还可以吧。这个价钱也只有我能租给你了。我建议你选下铺。上次有个爱喝酒的住这间，睡了上铺，凌晨起夜的时候把腿给摔断了。还是我帮他叫了救护车。"

房间朝西北，窗子小得钻不出一个人，阳光怕是想进也进不来。我说："先住三天，你再给我便宜点。"

廖哥双手抱在胸前，斜倚着门说："你个小仔，还挺会讨价还价。三元已经够便宜了。你去旁边问问，哪里还会有这个价钱？"

"我帮你打扫。你这间房脏得不像样子，我替你里里外外擦一遍，窗子也擦。之后你可以提高价格，把上铺再租出去。也不亏吧？就算我用劳动力打了折扣，怎么样？"

廖哥嘴角浮出笑意："你这人还挺有意思。说吧，还想打多少折？"

"不多，每晚再少一块五。外面找个人来整卫生，一天的费用也不止打折的差价。你不亏。"

与丽姐和王雪妹分别的第二天，戴大军又往仓库座机来了电话，问一个礼拜又过去了，戴晓冰心里还有没有他这个父亲。我知道这样拖下去不是办法，索性问道："戴叔，晓冰的男朋友说，她挺缺钱，是你们家出了什么急事吗？"

这个问题我早想开口，陈阿彪说戴晓冰是因为嫌在"曼罗莎"赚得少，才去本色 KTV 的面试。丽姐甚至认为，戴晓冰已经攀上了曲昌杰这株高枝，是有意和过去的人断了联系，甚至连王雪妹也颇为同意丽姐的看法。但我始终忘不了冬日里的那张笑靥，搓着冻到通红的指尖，吃力地往面包车上搬着存货箱。

如果真像丽姐说的那样，戴晓冰为何不带走出租屋里的金利来手提包呢？

戴大军在电话那头没有吭声。我听见有人在喊他的名字，他结结巴巴地说："裴靓仔，我先把你挂了，孩子她娘叫我。如果晓冰有信了，记得打我们村支书家的电话。谢谢你啊。"

最后那句谢谢说得仓促，与当初在火车站分别时截然不同。之后的几天，戴大军不再有电话进来，倒是杨利好往 BB 机发了讯息，问伤口愈合得怎么样了，黄毛绿毛还有没有来找过麻烦。还说他被音响店的供应商拖住了，对方拿了款，没给货，估摸着还得在省城待上一段时间。

我让杨利好不必担心，说戴晓冰已经有信了，他爸也回乡下去了。杨利好回复道："哥，你做得够多了，可以了，这样就是最好的结果。"

阿妈很担心我的伤势，托二姐转达杨利好，让我报个平安。裴家的座机号码，我背得滚瓜烂熟，但每次按下，都感觉手负千斤。我拨了号，又挂断，担心接起的会是阿爸，踌躇之下还是转头打给了二姐。

二姐听闻我的伤势没有大碍，声带放松了许多，说起了外甥小超的事。我这才知道，小超奥数拿了省级的奖，分科却选了文，二姐夫为此很不高兴，希望小超能选理，说文科没前途，赚不着钱。

二姐念起小超总是停不下来。小超爱吃的萝卜糕、盐焗鸡，小超又拿了年级第一，还说小超和我一样，钟情鸡翅，不爱鸡腿，性子也倔，凡事爱折腾出个所以然。我乐意听二姐念叨这些事，甚至想听她再多说一会儿。二姐问我什么时候来平山看看。我说等忙完这阵，抽时间过去。二姐在话筒那头"咯咯"笑了出来，说你能有什么事啊，看个仓库还能比别人老总忙？

"大哥怎么样了？侄女一切都好？"

二姐似乎鲜少和我提起大哥一家，只在上一次电话里说过。最近下岗潮厉害，各个单位都在裁员。大哥个性不活跃，与上下级的关系一般，大嫂担心他留不下来，经常私下里和二姐抱怨。

"三弟，你有空多回老屋看看。阿妈的身体越来越差了，年初时查出有肾炎，发现得早，不算严重。但也到了这个年纪，我们与她，见一天少一天。"二姐跳了话题，看来又不想提大哥家的事。

我何尝不知。离开弗元去省城的头两年，阿妈每次接到我的电话，几乎都能哭晕过去。一开始骂我是个没良心的，一声不吭消失个把月，阿爸和她还去派出所报了失踪。后来一边骂又一边问我吃饱没，穿暖没，身上还有钱吗。听阿妈说，我从出生起名字开始，就没让她放心过。还说当初如果真叫了"裴八路"，说不定就是个乖乖仔，整不出来这么多事。

养伤的期间，我又往南区派出所跑过一回，不出意料，没有戴晓冰的消息。前台还是报案时的年轻男民警，我和他说："你把失踪人的名字搞错了，是'冰'不是'兵'。"男民警将信将疑地说："不可能，我对着证件写的。"我也不想和他就着空气扯皮，留下了 BB 机号码在报案系统里，用作备用联系方式，虽然明知几乎毫无用处。

王雪妹自"阿水猪肚鸡"那餐过后，再没了消息。我给她的BB机发过讯息，久久无人回应。羊毛卷说，李艺琴看上了王雪妹，具体缘由她也说不清。我去"曼罗莎"找过人，前台小妹竟然说王雪妹已经辞职了，连金老板给她找的出租屋都退了。

"什么时候辞的职？"

"就上周吧。抱怨这里工作太辛苦了，她干不了，就不来了。"前台小妹涂着红指甲，嘟着嘴。

那是在我和她与丽姐见面以后。我问前台："你知道她现在住哪儿吗？"

前台小妹摇头道："不知道呢，她那个土鳖样子，谁愿意和她说话。我们这里可是时尚公司，她要是知趣，早就不该来。"

果然只能再去本色KTV了吗？我对前台小妹道了声谢。小妹伸了个懒腰说："不用谢，哥哥好走啊。"说罢，手落在了指甲油瓶盖上，红色涂料顺着桌沿流了一地。小妹拿着纸越擦越糊，白色的桌面染成了深浅不一的血色，比白舒梅脖子上的红丝巾更为艳丽。

足迹 19

又是噩梦。

巨齿鲨张开血盆大口，在蕈树叶间呼啸而过。踩断的枝丫咔嚓作响，放眼望去，满目疮痍。

唐子超拼了命地朝前跑，远远看见一扇布满铜锈的绿铁门，半阖半开，有白色的身影不断从门缝间挤了进去。

他大叫着"等等我"，想要伸手抓门，背后却传来三舅的声音。唐子超回头一看，巨齿鲨正嚼着三舅的后颈，血液四溅。三舅歪着脑袋，头和身子仅有神经相连，嘴里断断续续地对着他说："小超，你跑那么快干什么？怎么也不来看看我？"

他倏地睁开双眼，这是今晚第三次醒来。

对面床的李海鸣还在打鼾，富有节奏的呼噜声将唐子超抓回现实。回到弗元的这个周末，巨齿鲨出现在他梦里的次数愈发多了起来。有时他觉得自己躺在那庞然大物的胃液里，翻滚搅动；有时他撑起身子，发现双腿正站在上下两排尖牙中打战；刚才甚至还带上了三舅。只可惜他一次也没跑进过那扇绿铁门，好像有人不想让他进去，总是在最后关头，逼迫他清醒过来。

起身下床，唐子超走到小厨房喝了杯水。小陈订的这家酒店主打行政一体的公寓式套间，除了自带小厨房可以做简单餐食以外，还有葡萄酒冰柜、洗烘两用机和步入式阳台。

点评网站上标注的是四星半，但设施比"维多利亚湾"好了不止一个档次。冰水刺激着喉管滑进胃里，当扭曲成结的神经元舒展开来时，唐子超才觉得巨齿鲨隐匿了行踪，稍微远离了自己。

昨日晚饭后，刘崇焕派了小陈过来，问明天礼拜一怎么安排，要不要一起开车回省城。唐子超找了个借口，说有个以前关系还不错的小学同学恰巧也在弗元，二人约了见面，打算多留一天。

小陈也没多问，只说要不然帮他们把酒店房间续上，行李也不用搬了。唐子超惊讶于小陈态度的转变，貌似出了那扇总统套房的金门，这位小助手就认定了刘总要和他们组建"捕鱼队"，不得不接受互相之间需要好好相处的事实。

唐子超思考片刻，还是拒绝了小陈的提议，说李海鸣有另一间酒店的会员，已经订好了，他们天亮了就换地方，这几日让刘总破费了。

关于"维多利亚湾"的事，他还没有完全想好。这个节骨眼上，双方最好是能有来有回，保持一定距离。感情里这叫"相互暧昧"，生意场这叫"权衡利弊"。不是他故意拖着不回话，而是他没想到这条巨齿鲨如此凶猛，怕一不小心，身死船翻。

打开笔记本电脑，在搜索引擎里敲入"朱德锦"的名字，弹出来的相关新闻无一不是夸赞。"朱德锦带头召开小西江污水整治会议""朱德锦强调必须大力发展地方特色，推动振兴乡村文化"，论调一致的官腔看不出"坏"。唐子超想起了那条说"维多利亚湾"施工队散布谣言的帖子，登录了许久未上的论坛，重新搜索一番，却还是一无所获。

他按下了退格键，把"锦"字换成了"凯"，页面的边角弹出了一条旧帖，时间是三年前的 6 月底。帖子里只有一句话："朱德凯个王八蛋，骗钱自有天收，全家没一个好货。"下面没有评论，也没有转发，只是不知道帖子里的主角是不是他想找的那个人。

三舅，你觉得应该怎么办？唐子超不禁自言自语。晨光爬过窗沿照射进来，奎拉在电脑屏幕上，散成光斑。李海鸣翻了个身，睡得更沉了。

"老板，您确定吗？这是我们跑的第三家店了。"没有了刘总的路虎接送，李海鸣捶着膝盖，发出抗议。

唐子超突然有些后悔带李海鸣回来，话多就算了，走得也慢，一路上神神道道，说自己发噩梦了，睡得贼差，眼睛浮肿得不像样子。唐律师无奈道："那是你睡前威士忌喝多了，水肿，明白吗？"

"'发发音响'这个店名，整个弗元就有六家。我就不明白了，这个名字有那么好吗？叫个什么'唱唱音响'难道就不行？"李海鸣喘着粗气道。的士司机把他们放在了老城区的一条小巷口，说巷子太窄，车开不进去。两人仰脖一看，这巷子高高低低，连着陡坡，没办法，只能靠爬了。

"这是谐音，懂不懂。'发发'就是'88'的海话发音，意在'财源广进，富贵生花'。本地做生意的，都爱用'8'这个数字。"唐子超解释道。

按照原本商议的计划，今日他们打算拜访杨利好的音响店。唐子超有考虑过是否应该询问母亲杨利好的情况，但又想起母亲与杨燕燕她妈有过节，还是就此作罢。况且裴家迁至平山市后，与杨家往来甚少，姥姥在世时，还会记着给杨家的老一辈去个拜年电话，貌似后来姥爷也没再接着打了。

唐子超一鼓作气，大步登上陡坡，走到一个半拉下来的卷帘门前。李海鸣也学着他的模样，紧随其后。卷帘门里面没有声响，唐子超探了个脑袋进去问："你好，请问有人吗？"

空气里安静得叫人尴尬。他又问了一遍，还是无人应答。

"老板，我觉得不是这里，要不然走吧。"

唐子超没有理会李海鸣，弯下身子，轻扶着卷帘门，跨步走了进去。

"是这里，你看。"他指着右手边架子上的漫画本。积了尘的《老夫子》一字排开，架子前堆了许多废纸箱，歪歪扭扭地摞在一起。

"是要买音响吗？随便看啊。"里间走出来一位大爷，穿着长袖汗衫，圆脸，头发半白，肩上搭着个毛巾。

"利好叔？"唐子超开口试探道。

大爷脸色微怔，说："你认识我？"

"是我，唐子超，记得吗？"

大爷从柜台后面走了出来，顺手拨了墙上的开关，天花板的灯管亮了，像重逢的敬礼。

"唐子超？"大爷似不敢相信，走近了仔细端详起面前小伙的脸，说，"大外甥？小超？"

杨利好和三舅同龄，住在大院时，总"大外甥""大外甥"地叫唐子超。多年没有听到这个称呼了，唐子超眼下竟然觉得分外亲切。

大爷双眼圆睁，粗重的掌心拍在唐子超左肩上，大笑起来：

"好啊，大外甥回来看我了！快坐，快坐！"

他搬了两张板凳过来，又打开烧水壶，再跑去柜台后面拿出两包新的普洱茶，说："这店里简陋，十几年没装修过了，你们将就着喝。"

"这是我助手，李海鸣律师。"唐子超作了介绍。

"好！好！都是一表人才的好小伙！小超你可以啊，我都认不出来你了，现在都还有助手了。"杨利好给两人分别满上茶，自己也嘬了一口。

"利好叔，这些年你过得好吗？"唐子超问。

杨利好用毛巾擦了擦脸上的汗说："就那样，每天店里和家两头跑，做的都是小买卖，风险也不大，够一家人吃穿。"

"莹莹上大学了？"

杨洁莹是杨利好的女儿，唐子超最后一次在楼道里看见她时，对方才四岁，话都说不全。

"今年都快毕业了。最近给她张罗着相亲，老大不小了，该嫁人了。"

杨利好继续问："小超结婚了吗？孩子有了吧？"

"还没。工作太忙了，没时间，也没遇到合适的人。"

杨利好板起了脸，脖子挤出双下巴，说："婚姻是头等大事，你爸妈肯定着急吧？抓紧着，好姑娘不要错过了。"

李海鸣笑了，杨利好把脸转向他，问："你的这位同事呢，也拖着没结？"李海鸣的笑容收了回来，求助似的看着唐律师。

"利好叔，我们今天来，是想问你点事。"

"说！你们要叔帮忙，叔肯定帮。"杨利好双手抱胸，昂起了头。

"我们想问你关于三舅的事。叔，你记得戴晓冰吗？"

杨利好的脸垮了下去，嘴角的褶子皱了起来。他右手摩挲着下巴的胡楂，上下嘴唇嚅动，吐不出半个字。

看来是记得。

"利好叔，三舅自杀了，你知道的吧？"

杨利好的神色糊成烂泥，眼角、鼻翼都在抽搐着，仿佛下一秒就要哭出来。他双掌相对，捂着下半脸，似在努力调整呼吸。

"我知道。你妈把他的骨灰带走了。"他仰头喝下一杯茶，又斟了一杯，洒在茶盘上。水顺着镂空流了下去。

"我妈和你说的？"

杨利好摇头说："你又不是不知道弗元这个地方。有点风吹草动，尽人皆知。何况还是你三舅那样的人出了事。"

"叔，三舅死前，你见过他吗？"

杨利好再次摇头说："我觉得他故意躲着我。这么多年了，他一直在弗元，但我就是找不到他。我给他发讯息，打电话，没一条有回音。他太狠了，到死了也不肯见我。还说兄弟，算什么兄弟？"

"你觉得三舅的死和戴晓冰有没有关系？"唐子超再问。

杨利好叹气道："怎么可能没关系？你们既然问到了我这儿，知道的恐怕也不会少吧。与其说和戴晓冰有关，我倒觉得和另一个女人关系更大。"

"李艺琴？"

"看来你真是知道不少。对，李艺琴。你三舅失踪以后，过了挺多年，忽然有人来店里问我，说认不认识裴常笑。"

"谁来问你？"

"我怀疑是李艺琴的姘头。"

"曲昌杰？"

杨利好古怪地看了唐子超一眼，说："小超，你可别像你三舅那样钻进去了。你要是出事了，我就算下地府十八层，也没法给你三舅交代。"

"叔，你放心。我只是对三舅以前的事有点好奇，不会惹乱子。"

杨利好点了点头，深呼吸道："我信你，你是有分寸的孩子，和他不一样。他就是没福气的命，不听劝。"他指着身后那排放着《老夫子》的书架，说："看到架子上的裂痕了吗？就是那些人砸的。他们没有报姓名，就问我认不认识裴常笑。还说是你三舅把李艺琴给杀了，要他血债血偿。"

磁带 20

我读书最多的时候是在三中的那两年。

你可别笑，这是真事。

我是抱着《书剑恩仇录》入坑的金庸，但最让我流连忘返的还得是《天龙八部》。神仙姐姐的倾世容颜是一方面，段誉的"凌波微步"才更令人心驰神往。易经八八六十四卦走完，内息自然转了一个周天，碎步越走越快，就算肩上背着个美人，也能转瞬逃离敌营，去往世外桃源。那不比现在的飞机、火车来得方便？

廖哥给的房间，三天散不完霉味。我把窗子擦得锃亮，连地上疑似前人醉酒后留下的呕吐物也一并清理干净。离开裴家，我终于能理直气壮地占据下铺。只是这硬板床太硌，我问廖哥要了两层泡沫纸垫在上头，第二天醒来时，仿佛背了两个神仙姐姐在野狗林里"凌波微步"了一整晚，差点全身骨折。

廖哥叼着烟头说："不然你帮我把走廊扫了，我给你铺床被单。"自从见识了我的劳动能力，廖哥将"以物易物"的逻辑发挥得淋漓尽致。按照我在"星星文具店"里为数不多的打工经验，他的提议并不算坏，毕竟买套新被单少说也得花一元五角钱。虽然打心底里看不起这幢破楼，但比起我，廖哥是实打实的资本主义獠牙。叹息过后，为了周身筋骨还能活过明天，我自然地拿起扫帚，吭哧干了起来。

"裴小老板，今年多大了？哪里人啊？"廖哥头上架着副太阳镜，深秋渐冷，这种打扮俗称装逼。

"十八，成年了。"我没撒谎。

踏上火车的当天，是我的十八岁农历生日。阿妈早上给我煮了两颗红鸡蛋，说祝愿我们常笑一生平平安安。阿爸认为新中国，新时代，裴家人生日只需要过新历，农历意思一下得了，不必大张旗鼓，显得庸俗。

"来省城看亲戚？"廖哥站累了，蹲在墙角边，眼珠子跟着我的扫帚从走廊这头转到那头。

我白了他一眼，明知故问，看亲戚还能住他这破楼？我没好气地说："老家无聊。想打工，想过新人生。"

廖哥稀稀拉拉地鼓起了掌说："年纪轻轻就知道挣钱，祖国培养了你这样有想法的小树苗，还真是不容易。"

我上半身倚着扫把棍说："那您行行好，帮我找份工？找到了我还能继续住你这儿，房租也不会少给你，双赢，怎么样？"

"哈，衰仔你这脑子，不去做销售真是可惜了。"廖哥用衣角擦了擦太阳镜，问，"想找什么工作？"

我望着小楼底下刚下班的蓝领们，说："要求不高，管三餐温饱，稳定点的就行，我得攒点钱。最好能按小时算，以劳换酬。"

"你这要求还说不高？初中毕业了吗？别是犯了什么事跑出来的吧？"

我扬起扫把头，带起一嘴的尘土。廖哥剧烈咳嗽起来，骂道："行了行了，我也不问你了，免得说我欺负弱小。有人招工我第一时间通知你，记得第一个礼拜的工资上交，权当介绍费。"

如果可以选择，我是真不愿再走进本色 KTV。李艺琴那声"小赤佬"叫得缠绵，我怕她再见到我，又提起白舒梅的过往。可惜天不遂人愿，曲昌杰显然和她关系匪浅，如今不仅戴晓冰，就连王雪妹也悄无所终。

天边滚着阴雷，压着最后一缕黄昏的光奔涌而来，乌云厚得似要下坠。硕大的雨滴落在我的脸上，打得生疼。有人说那是云层终于裹不住眼泪，割开一道口子，哭了出来。我抹着脸，快步跑进了 KTV 的大门。

"老板，今晚包厢订得有点满，只剩中房和大房可开。"前台又是新面孔，不是小青也不是小白脸。

"我不唱歌，就是想问一下，你们这儿那个叫王雪妹的，在不在？"

前台歪着头，不咸不淡地说："王雪妹？"

"对。大概和你差不多高的个子。平时扎两条麻花辫，眉毛粗粗的，说是韩式一字眉。"

前台一脸费解，问旁边走过去一端果盘的："我们有这号人吗？"

端果盘的人停下脚步，让我再描述了一遍，末尾我又说了句："她有英文名，叫马瑞。"

"马瑞？哦！老板你是说 Mary 吧，哎呀，那是'玛丽'。"端果盘的恍然大悟道。

"对对，你们知道她人在哪儿吗？我是她朋友，有事找她。"

"Mary 今天来了吧，应该在 VIP 房里。可是——"前台也对上了号，露出为难神色，又望了端果盘的一眼。

端果盘的说："老板你在这儿等等，我进去看看能不能把 Mary 叫出来。"

我嘴上先答应着，趁前台招呼其他客人的工夫，紧跟在端果盘的身后。大小包厢里传出划拳和吹酒瓶的碰撞声，《甜蜜蜜》的绵绵之音混着《海阔天空》的慷慨激昂，我的耳膜都快裂了。端果盘的行至标有"VIP"门牌的包厢前停下，叩了三声门，自个儿走了进去，他知道我跟着，示意我留在外面。

门没有关死，开了一道缝。我往里瞧着，正好对上了王雪妹的一字眉。她双眼迷离地坐在长沙发中间，一个年轻男人把手放在她的百褶裙上，试探着往里伸去。她好像不太愿意，把那人的手推开，讪笑着往后倒去，年轻男人顺势栖身而上，两人滚在了一起。周围的人一脸淡然，仿佛见怪不怪，兀自唱歌喝酒。

我还想看得更真切时，端果盘的再次开了门，神情不悦。他把我拉到一边说："老板，我不知道你和 Mary 是什么关系，但你今天还是走吧，Mary 这儿有人了。"

我说："就是普通朋友，我有急事找她，你能让她出来一会儿吗？"

端果盘的人急了，说："真不行。VIP 房间里的都是贵客，除非她自己出来，否则我叫不动。老板，你可别为难我了。"

"她喝成那个样子，走都走不动了，还怎么出来？"我拉高了声调，但也无甚差别，四周回音震耳。

正当我和端果盘的争执不下时，VIP 包厢房门又开了，竟是年轻男人搂着王雪妹踉踉跄跄晃了出来。王雪妹嘴里喊着"朱总，你别灌我，我自己能喝"，年轻男人咧开嘴笑了，在她脖子上"啵"了一个。

莫名的怒火烧了起来，金黄色的灯光交织，顺带敲响了锣鼓。我拉住王雪妹的一条胳膊说："喂！醒醒！"

王雪妹半眯着眼睛，回头用食指尖点着我的前胸，笑道："你谁啊你，我今天要陪朱总，没空！"

"我啊！你睁开眼睛看看！"

年轻男人用力将王雪妹抓回自己身侧，仰着双下巴，指着我对 VIP 房里吼道："这个逼仔是谁，他妈的，给老子轰出去！"

"我是谁？我是她朋友！"

年轻男人揉着王雪妹的细软腰肢，不屑道："什么狗屁朋友？你知道我是谁吗？给老子滚一边去！"

VIP 房里的歌声停了下来，似乎整个本色 KTV 的喧闹都按下了暂停键。我还想开口，发现端果盘的往墙边节节后退，这才发觉身后投来一个巨大又狭长的黑影，有人在头顶说道："是哪个不要命的在这儿吵朱总清净？转过脸来给我看一看。"

我刚想反驳，黑影两侧冒出数个大汉将我擒住，摁下地去。左臂刚长上的断骨处似乎又裂开了，我痛得直尖叫，被人扔进一个漆黑的小包厢里。

廖哥这人，除了爱装和油腻，没事带个太阳镜调戏一下女房客，还算靠谱。隔天大早，廖哥把我从硬板床上拉起来，催促我赶紧洗澡，换身衣服和他出门。

廖哥说的工作是在省城火车站附近的凯迪克家具厂。厂子不小，单操作工人就有两百多号。副厂长是个光头，见廖哥把我带了过去，面露不悦之色，说："这么瘦，能不能行啊？多大了？"

"刚满十八岁。小年轻吃得可多了，昨天还在我面前干了三碗大白饭。是不是？"廖哥捶了一记我后背，我慌忙点头。

"季叔，这是我远房表弟，踏踏实实的，就想找个工作。你看这孩子刚来省城，除了我也没人可以依靠。他想在你这里学手艺，日后有口饭吃。"廖哥噼里啪啦一通说。那个叫季叔的光头上下打量着我，问："你干过切割类的活吗？"

我摇了摇头，又忙说道："季叔，我学得很快，你给个机会。"

光头拍了拍我的肩膀说："这小子眼神不错，先试试吧。我们这儿一个礼拜十元，包早午饭，先做一个月看适应程度，你行吗？"

"行！"我大声道。

凯迪克家具厂生意红火，一礼拜开工七天，十八人为一个组，六天一个轮班周期，节假日不带停歇。我在的小组主要负责红木原料切割，组长年纪四十上下，组员以我的年纪最小，还有个大我两岁的叫阿良，皮肤黝黑，个子又高又壮，喝酒时嗓门也大，说是从海边的渔村跑出来的。

阿良对我很是照顾，可能是终于看见有年纪比自己小的了，不用再对人喊"哥"，总会主动教我使用机器，并且一再叮嘱我作业安全事宜。在这一点上我很是感激，也把他看作我在省城交的第一个朋友。

光头季叔在上午开工和下午放工前，会来厂里巡视一遍，检查工作，安排第二天任务事宜。通常当天没做完的，会被季叔骂个狗血淋头，甚至克扣工钱。有那么几次，我实在赶不及切完剩下的材料，阿良会把活给揽过去，他手快，动作也麻利，因此我才得以逃过季叔的责备。

和工友们蹲在厂门口吃盒饭的日子，是我为数不多，没有想起裴家和白舒梅的时间。繁重的体力劳动透支着我的精神力，飞扬在空气中的木屑和男人们腋下的臭汗味，麻痹着大脑深处的神经元。我对这样的生活日渐习惯起来，机床上的木板笔直地在机器下被劈成两半，彻底分离，一如我的人生，凯迪克家具厂与弗元毫无关系。

是的，我愿意待在这里。没有人知道过去的裴常笑，我可以好好地隐藏起来，戴上面具，在这里无声无息，直到死去。

就在我准备把记忆完全掩埋于木屑之下时，善意的老天爷似乎又出现了。它无声地在提醒着我，不可以掉以轻心。因为寒冬来临之际，一个日常忙碌的下午，角磨机在嗡嗡声中切开了阿良的肚子。我永远地失去了他，一如我只能看着陆鹏永远离开时那样。

足迹 20

见证一个孩童的长大，是温馨又残忍的事。杨利好看着眼前突然拔高的唐子超，在心里计算着自己与寿终正寝的距离，前提是在剩余的日子里没有意外发生。

开着旧皮卡，杨利好在后视镜里打量着后座上的年轻人，觉得不可思议，仿佛唐子超昨天还箍着他母亲的脖颈，牙牙学语，或是啃着凤爪，从裴家的防盗门内一蹦一跳地走出来。

是谁偷走了他的时光？他不禁问自己。不过也对，女儿莹莹也到了婚嫁年纪。如果裴常笑也坐在这台车里，定会和他说：咱哥俩一不留神晃到白头，趁着无病无灾，再去多喝两口酒，如何？

旧皮卡跟了他二十来年，车身上的划痕斑驳，卡着剥落的漆，比他脸上的皱纹还要沧桑。省城到弗元，每月一次的进货，都是这台车陪着自己。"发发音响"是他结婚以后问岳父家要的本金，开的第三家店。前面还倒腾过烧烤档和早餐铺，但他不是当厨师的料，虽然爱吃，也能吃。

岳父原本没想借他这个钱。这也能理解，毕竟有两次前车之鉴，他也没法单靠嘴去把钱要过来。最后还是老婆出面，说这次会帮着他一起经营音响店，岳父才勉强同意了。好在老婆眼光好，音响店的门面选在了老城区，人流密集，再加上邓丽君带起的音乐热潮，生意还算不错。运作了两年，连着本金和利息把钱还给了岳父，他才感觉在老丈人面前重新抬起了头。

"下车吧，就是这里。"旧皮卡插了个空位，在路边停下。

杨利好看见唐子超关了车门，动作很轻，还拉了拉皱起的前襟。身边那位姓李的助手也跟着下了车，眼珠子骨碌直转，好奇地打量着周围地界。许是发觉对方的目光黏在自己身上，唐子超唤了一声："叔？"杨利好这才回过神来，说："小超，你和你三舅还真是不一样。"

穿过四五条僻静小道，人声毫无预兆地沸了起来，像拨开了一片浓雾，杨利好带着他们走进夜幕的不可知地。蓝白相间的大棚顶一字排开，塑料椅拼着小桌板歪斜地聚拢在一起，还有滚滚升腾的白烟和蒜香味，原来弗元的夜市搬到了此处。

杨利好轻车熟路地走进一家叫"财记田七鸡汤"的大排档。老板留着络腮胡，打着赤膊，对杨利好颔首道："杨叔，好久不见，今天收铺早啊？"

"带我大外甥来你这儿尝尝鲜。不是说最近刚上了新菜？"杨利好笑道。

络腮胡系上围裙，放开嗓门说："可不是嘛，杨叔过来了，我亲自杀鸡，你一会儿尝尝新菜，好坏给个评价。阿华，你给杨叔拿个桌，上壶好茶。"

叫阿华的小弟剃着平头，上衣被汗水浸湿大半。他小跑了过来，和杨利好鞠了一躬，说杨叔这边请。带着唐子超等人入座，阿华拿着手里的抹布在小桌板上撸了一轮，端上三套说是消毒好的碗筷。

杨利好栖身上前，把碗筷的塑料包装逐个拆封，往桌子中央一推，等茶上来，顺时针倒上茶水，清洗一轮。筷子在瓷碗里发出捣蒜般的碰撞声，杨利好的手势不急不缓，最后再把废水往脚下一倒，说这样吃得安心，不容易得肠胃病。

"利好叔，我还以为弗元的夜市彻底没了。原来是换了地方。"唐子超环顾四周，粤语夹杂着海话声此起彼伏，塑料大棚顶在秋风中哗啦奏乐，还有腰间挎着小音箱的卖唱娃挨桌在问：老板要不要点上一首？

"以前的夜市是被取缔了。市领导说要整治城市风貌，第一个下手砍掉的就是夜市。后来建了个什么'威威步行街'，招商引资，想把夜市的摊档给拉进去开店，每家店还要交'申请费''进驻费'。那自然没人愿意了。连带着步行街也整得不伦不类。还说请了知名建筑设计师规划布局，我不知道你们有没有去过，反正中不中、洋不洋的。我们这些老人，没一个爱去。"

阿华端了砂煲锅过来，他的手臂纤细，似乎承载不了锅的重量。唐子超担心他一个不慎，把锅给砸了。不过阿华貌似胸有成竹，也许是精确测算过灶台到每张桌板的距离，每一步都走得极稳，连汤汁都不曾流出一滴。

杨利好拿过汤勺，给唐子超和李海鸣碗里盛了鸡汤。桂圆肉夹着枸杞，鸡皮韧而不腻，杨利好说田七这味药材，止血化瘀，还能降低三脂，到了他这个年纪，眼睛就盯着养生了，这也是邻里街坊爱帮衬"财记"的原因之一。

"好鲜！"没有想象中的苦味，反倒是甜甜的桂圆香，鸡肉也很是丝滑。李海鸣扒拉着碗，两口见底。

"肉可以蘸点旁边的酱油。那是他家特制的料，在外面吃不到。"杨利好又抓了勺鸡肉放进李海鸣的碗里。

"叔，你最后一次见到我三舅是什么时候？"唐子超问。

杨利好用筷子尖敲着蘸料碟，说："1998 年吧。还记得那次我去省城进货，和他约好回来吃夜宵。他那时候手被人打断了。

我让他别到处乱跑，但你也知道，裴常笑不是个听话的人，再之后就联系不上他了。我和你姥爷还有你妈，一起去的派出所报案。派出所的人竟然对他有印象，说他前些日子带着一个男人，去报过一起失踪案，没想到现在自己失踪了。那男人应该就是戴晓冰的父亲。"

"不过，大外甥，你是怎么知道戴晓冰的事的？"杨利好问道。

"遗言。我三舅留下了遗言。"

杨利好心头一震，说："哪里来的遗言？好小子，到底我才是外人，十几年没消息，在这座城里东躲西藏，也没和我联系。敢情话都留给了大外甥。"

"我只是碰巧听到了遗言。我妈到现在都还不知道。"

"裴常笑说了什么？小超啊，你大费周章回到弗元，该不会只是'好奇'这么简单吧？"

唐子超夹菜的手停了下来，说："叔，我觉得当年白舒梅不是三舅杀的。"

"为什么这么说，你找到了证据？"杨利好用汤勺搅着锅底的配料，把没来得及露面的通通翻了上来。

"三舅没有杀害白舒梅的理由。"

杨利好点了点头说："大外甥，你见过你三舅多少次？"

唐子超愣住了，说到底，他只在八岁那年春节见过三舅一次。但三舅似乎长在他的生命里，从出生直到现在。

"应该不多吧，你觉得你有多了解裴常笑？"杨利好继续道。

唐子超还是答不上来。了解一个人需要时间，他和三舅之间能相连的只有三十来卷细长的磁带，轻轻一扯，转眼就扯断了。

"我不敢说了解。"

杨利好放下汤勺，直视着眼前这位年轻人，眉峰挺立，高鼻梁，身上带着些许书卷气，紧抿的薄唇与他母亲裴红旗的分外相像。

杨利好说："不要说你，就算是我和你三舅一起长大，我也不能说自己了解他。人是流质的，容易变，特别是像裴常笑那种人，他能融入不同的圈子，接触完全不一样的人。不像我，总是固守一方。

"你三舅对白舒梅有一种执着。那种执着很可怕，会害死人。你可以把它看作一种爱，但那种东西在感情里太不现实。他们本来就不是合适的人。家庭差距、社会地位先不谈，就单是年龄差异，也容易被人诟病。但你三舅不管不顾，陷进去了。"

"我也去过白舒梅的铺子。"杨利好悄声道，还强调说千万不能让他老婆知道，哪怕是几十年前的事，他老婆也不会放过他。

"你三舅以为我不知道他往后巷跑，其实他们俩刚好上的时候，我就知道了。有次我没忍住，想去看看是哪个女的勾了你三舅的魂。但那次我没见着白舒梅，她好像和你三舅一起出去了。

"接待我的是他们铺子的另一个女人。我就是在那儿看见了琴姐。那时候我紧张的呀，你们懂的，没开过苞，第一次看见女人的身体都能尿出来。我在铺子里听见女人和琴姐唠嗑，说白舒梅想和裴常笑分手，但你三舅死活不愿意。还说有人看上了白舒梅，甚至愿意给她弟弟治病一类的。"

"以三舅的性子，肯定要闹。"唐子超思索道。

杨利好说："是这么回事。没过多久，白舒梅不是出事了？那铺子我也不敢再去了。裴常笑不是一个听劝的人。我跟他说过，不要陷那么深。他嘴上答应得好好的，实际做的是另一码事。戴晓冰那时候也一样。我纳闷了好多年，那个戴晓冰和你三舅也只能算萍水相逢，就算失踪了又和他有什么关系，怎么的就把他给绕进去了？后来我想明白了，裴常笑大概是把戴晓冰当成了白舒梅，想赎罪。"

旁边桌的菜吃完了，他们开始抽"拖拉机"，用两副牌打"80分"，谁输了谁吹瓶。杨利好说："我和你三舅在高中的时候，课间也爱打扑克。你三舅头铁，输没了裤衩还要接着打。

"我找过裴常笑很长一段时间，就怕他哪天死在犄角旮旯里，发臭了也没人知道。你妈也时不时和我联系，问常笑有没有消息。你姥姥去世的时候，我想着他怎么也该出现了，谁知道还是没影。那时候我就在想，不会这辈子再也没机会给他泡茶了。"

"叔，你可知道三舅是在小西江投了河？白舒梅死的那地方。"唐子超说。

杨利好的眸子暗了下来，圆饼脸抖如糠筛。李海鸣举起手，招呼阿华来一打青岛啤酒。

"你妈电话里和我说了。尸体拉上岸的时候，说在水里都泡肿了。我问你妈，怎么就认得那个家伙是裴常笑。你妈一边哭一边说，化成灰她都认得。那是她亲弟，唯一的亲弟。"

"叔，你觉得我三舅真的是自杀吗？"

杨利好浑身一抖，抬起眼瞪着唐子超道："你这是什么意思？"

"我只是假设。有没有可能是曲昌杰他们找到了我三舅，逼他跳的河。又或者不是曲昌杰，是更上面的人？"

磁带 21

凯迪克家具厂不是第一次发生意外。

阿良被救护车抬走的中午，我正在厂前的小饭馆帮工友们买饭，其中也有他的一份。

塑料餐盒两肉一素一汤，三毛钱，厂长报销，因此还算实惠。饭馆老板几次下来，和我混了个脸熟，时不时塞给我瓶健力宝，暗示我多介绍身边工友光顾小店。我说那倒也行，让他下次把健力宝换成茶叶蛋，放在最上面的餐盒里。

对于跑腿这类事，我并不排斥。家具厂的空气中悬浮着木屑颗粒，待久了容易呼吸不畅，甚至两耳嗡鸣。出来买饭正好可以呼吸新鲜空气，挥发浑身的臭汗，顺便还能磨蹭偷个小懒。阿良见不得工友们使唤我去拿饭，说他们有手有脚，凭什么不能自己去。我让他放宽心，再说了我年纪最小，低个头赔个笑也不是难事，实在提不动餐盒，也可以他陪我去。

塑料袋勒得掌心疼，天愈发冷了，小跑出了一身薄汗，风一吹过来，我不禁缩了缩脖子。我高喊着饭来了，今天是腊味双拼加小菠菜，叉烧腊肠和紫菜蛋花汤。可惜不像往常，那日没人上前迎我，全堵在厂子门口往里面看。人群小声低语，组长看见我走了过去，拦住我的去路，说："小裴啊，你先别进去，阿良正在抢救。"

我手里的塑料袋摔在地上，鲜红的叉烧从餐盒里跑了出来，混着木屑咒骂，似对我的怠慢有所不满。我踮起脚尖，朝里拼命探头，看见季叔正挠着光头，对着旁边穿白大褂的挥动双臂，嘴里念念有词。白大褂在阿良的心脏处起伏按压，又将耳朵贴在阿良胸前。操作台有血滴在地上，和涂料混在一起，分不清哪个是漆。

我张大了嘴巴，手指着阿良的方向，呆愣地看着组长。组长把我拉到一旁，说："正在排查事故原因。角磨机上的木工锯片装反了，阿良可能觉得自己做得手熟，没检查，站得离机器又近，开机时锯片反弹，把肚皮划了道口。"

"不可能！阿良很小心！他每次用角磨机都再三检查，怎么可能会犯这样的错！"

组长拍着我的后背说："你才来厂里不久，不知道也不奇怪。越是操作熟练的工人，越容易出事。季叔正在查，到底是阿良自己装反的锯片，还是别人装了递给阿良的。总之，这不是我们厂第一次出事了。叫救护车的人说，锯片切得很深，阿良他——"

话还没说完，季叔面色铁青地走了出来，白背心上沾满了血。大家围了上去，说怎么样了。季叔环顾了一圈四周，目光落在了我的身上，说失血过多，人走了。

阿爸说过，意外最是公平。没人能预测它何时发生，又发生在谁的身上。比如空难，再富有的人，双脚不着地，遇上个气流，飞机折了翼，也只能认栽。但这句话放在阿良身上，无法叫我信服。他就是一普通人，脚踩在地上，从海边走到省城，下船进入厂房，甚至连做爱都没来得及尝试，又到底犯了什么错？真是操蛋啊，这个世界有这么多人，为什么意外偏偏发生在他的身上？

拿担架的人抬着阿良走了出来，说你们联系家属，到太平间领人。白布下露出阿良的双眼，他好像是睡着了。我挣扎着走出人群，跑到担架旁唤了一声，组长把我拽了回去，说："小裴，你冷静点，人不在了，你得让他走。"

好疼。左臂的肌肉向两端撕扯，脸被压在黑皮沙发上，痛得无法呼吸。

"大哥，这崽的钱包只有三百不到，还想来我们这儿找小姐，看来是没法控制自己的鸡儿了。"包厢里哄堂大笑，旋转魔球灯照得房里忽明忽暗，人影反射在墙面上，数不清对方到底有多少人。

"看来是找打啊。小朱总的女人也敢抢。看我把他的腿折了，丢大街上给别的狗好好瞧瞧。"有人附和道。

我喘着粗气，牙缝里憋着字说："各位大佬，我只是玛丽的朋友，找她问点事，你们误会了。"

我的后脑勺被人重重扇了个巴掌。那人骂道："妈的，还敢顶嘴，看你是吃饱了撑的，要不划开肚子给老子看看？"

有人打了个响指，面前的沙发坐垫凹下去一块，我看见一条蟒蛇纹皮带。那男人抓起我的头皮，凑近了看，是一张比猴还尖的脸，留着青皮胡，粗重的呼吸喷在我的鼻骨上。

"琴姐找到了吗？"男人问道。

"还没有。人都派出去找了。"角落里不知是谁在回话。

男人把我的脸再次压进沙发里，我的五官揉在一起都变了形，鼻翼间无法挤进分毫空气，几近窒息而亡。男人说："你找玛丽干什么？"

我无法出声，像他手里拧巴的蚂蚱，只顾后腿扑腾。他貌似意识到我状态不对，放开了手，大口的空气灌了进来，我剧烈咳嗽着说："大哥，感谢饶命。"

男人笑了出来。后头一人一脚踹到我大腿根部，说："谁他妈是你大哥，问你话就答，这是给你机会。"

男人示意将我放开。我弓着身子坐了起来，五官疼得似乎移了位置。目光环视一周，包厢里加上我一共六个人，只有房门这一个出口，想来今天不把话说明白了，怕是会搭进去半条性命。

"我表妹是玛丽的同屋。表妹失踪了，我就想问问玛丽知不知道情况。真不是想和那个什么小朱总抢人。"心脏还在狂跳，我逼迫自己冷静下来。

男人松了松皮带，旁边的人递过来一根雪茄，烟叶燃了起来。他侧过脸，魔球灯的蓝光摩擦着勾起的鼻峰，他说："我们本色 KTV 是正规经营场所，和你说的失踪人员一点关系没有。听明白了吗？"

光斑在男人的脸上变换跳动，我看得愣了神，嘴里没接对方的话，反而莫名其妙地冒出来这样一句："大哥，你是叫陆鹏吗？"

我连着一个礼拜没去凯迪克家具厂。廖哥敲门的时候，出租屋里又扬起了霉味。他的尖头皮鞋踩在方便面的调味包上，酱汁射了一地。他嫌弃地"啧"了一嘴，说："裴小老板，你这样可不行啊，房租怕是要付不起了吧？"

来省城的第二个月，家里的电话我没打过，"小青山"的消息也没再寻过，甚至连白舒梅头上的红丝巾也一并沉入过去的小西江底。每到夜深人静之时，我会在野狗林的树梢间奔跑，不知疲倦，也不敢回头。我好不容易戴上了面具，却因为阿良的血溅了一身。是不是只要与我两相靠近，都会落得个人死鸟亡的下场？

廖哥说季叔问我还要不要在家具厂干下去，还说阿良已经火化，他哥把骨灰拿走了，说带回渔村，撒在海里。

"我也见过阿良。虽然没说过几句话，但小伙一看就是老实人。他也来我这儿找过房子，当时没空床了，给他介绍去了别处。"

我蹲在墙边，迷迷糊糊地听廖哥念叨着。我说："阿良从渔村跑出来，就想挣多些钱，给他妈盖个砖瓦房。只怕没想过最后会是这副样子回去。"

廖哥扯了张桌上的旧报纸，在我身边坐了下来，说："谁能阻止意外？那是阿良的命数。

"裴小老板，你既然来了省城，就该明白。这座城对有些人来说，不一定会是财富门，甚至可能会吃人。我这破楼，每年进进出出多少人，能在省城站稳脚跟的，屈指可数。阿良是命苦的，但也不是个例。见得多了，慢慢你也就看淡了。"

廖哥见我不说话，继续自言自语道："在这地方，眼泪最不管用。你看凯迪克，没了阿良，机器照样转动。厂长赔了八百，出了个下葬钱，把他家里人给打发了。其他人敢说一句话？工人们都是外地来的，哪个不是像你这样？他们都担心吃了上顿没下顿，阿良的位置多的是人在后头排队进厂。"

"廖哥，你别劝了，家具厂我不去了。"

对方说："我理解。遇到这样的事，你需要个时间缓冲。季叔那边我会帮你辞了。不过，裴小老板，有事别自己强撑着，实在不行，打道回府也是个不错的选择。"

"我没有家。"

廖哥喉结鼓动，等了半晌后说："那啥，你别吃方便面了，和我出门吧，肚子饿了，想吃酸菜炒大肠了。"

辞了凯迪克家具厂的工作后，我过了一段无所事事的日子。除了白日里游走在火车站台，帮廖哥拉租客以外，生活可以说是了无生趣。每到月底，手头拮据得叮当作响，我会问楼下小卖铺的大婶借台小推车，到火车站追着穿西装和披风衣的拉行李，挣点外快。

站台上的时刻表，偶尔出现"弗元"的字样，比车头拉响的鸣笛还要刺耳。我下意识地往人群里躲，或是逆着人流，往反方向走。每次走到脚底发疼，我才想起这里是省城，与弗元直线相隔三百四十五点六二公里。

这样的日子持续了大半年，我发现自己在夜晚失眠愈加厉害，索性和廖哥换了拉客时间，只在周末的傍晚帮他工作。空余出来的深夜，我在火车站旁的新疆饭馆洗菜端盘。炭火烤的羊肉串恣意飘香，我夹着汗，在食客中间奔跑结单，小时工钱虽然只有家具厂的一半，但这种日子一旦过惯了，转眼就是三年。

踏着清晨的第一缕阳光回屋，过去的人和事无暇再来梦里拜访。我对未来也不曾有过幻想，廖哥时不时搂着女人回那幢破楼，有时说是新交的女友，过两天又变成车站认识的女房客。他还问我有没有开过苞，要不跟他去迪厅玩玩？我说："算了吧，我对女人不感兴趣。"廖哥身子一震，了然道："懂了，你小子可以，原来是有龙阳之好。"

廖哥是我短暂的生命中，为数不多的有缘人。他给我讲省城的风土人情，也和我侃房客们的秘辛往事。多数时候我压根儿不感兴趣，只是他那张嘴喋喋不休，用双面胶粘也未必粘得上。在新疆饭馆帮手的第三个年头，廖哥往店里领进一个人，四方脸，圆鼻头，戴着金边眼镜，两人坐下先要了六串羊腰子。廖哥勾了勾手指，让我过去，搭着旁边那人的肩膀说道："裴小老板，我今天给你介绍一人，万全峰，人称万老板。等你下了夜班，两位好好聊聊？"

足迹 21

杨利好喝得烂醉如泥，对着唐子超"常笑，常笑"地叫唤着，快五十岁的大爷，哭得比出嫁的黄花闺女还要凶。

李海鸣开着旧皮卡，和唐子超左右搭肩，把人送回了"发发音响"。音响店陈设老旧，柜台后面除了一张行军床，只剩一把落地扇，室内空气也下沉得厉害。

唐子超脱下风衣，给躺下的利好叔盖上，让李海鸣把窗户都打开，通风透气。窗沿上的铁锈磨牙，发出尖锐杂音，杨利好挺尸般地直直坐起，抓着唐子超的手臂问道"是不是常笑回来了"，随即眼白一翻，又睡了过去。

"老板，您这个利好叔，能喝又能唠。我还以为咱们要在大排档侃到天亮。"窗框扬起了尘，李海鸣捂着嘴埋怨道。

唐子超看着行军床上的人呼噜声震天，说："他也是没想过我们能找过来。多年未见，如今看到我，怕是想起从前的三舅了。"

大排档里的划拳声小了下去，杨利好抓着玻璃瓶往杯里倒酒，听见唐子超问出有关于朱德锦的话，手一抖，酒瞬间溢满出来，接着他一口闷下。杨利好问："你怀疑姓曲的和姓朱的联手，把常笑往死里整？"唐子超把推断的缘由说了一遍，在提到本色KTV的股份时，强调姓朱的儿子占大头，杨利好的神情明显一滞，喝酒的手抖得更厉害了，嘴角难掩震惊之色。

"大外甥，我没想到你查到了这分儿上。"杨利好深吸一口气。旁边桌打牌的早已买单走了，阿华和络腮胡靠在门口的收银台点着纸钞算账。

唐子超说："利好叔，难道你对我三舅的死从来没有怀疑过？他失踪了这么多年，为什么突然在这个节骨眼上投了河？如果不是被逼到绝路，以三舅的个性，会作出这样极端的选择？"

杨利好用指腹摩挲着子弹杯，说："我不是没想过。还问过你妈，裴常笑有没有哪怕留下一句话。你妈在我面前，捶着胸口，让我别问了，说你三舅和她坦承，一切都是他咎由自取。还叫裴家的人，绝对不要再回这座城。"

杨利好再闷一口酒，透明杯盏映出发黑神色，一阵大风刮来，"财记田七鸡汤"的落地式灯箱向后仰去，阿华撑起瘦弱的身子慌忙跑了过去，在灯箱砸地以前拦腰抱住，拔了电源，将之拉回棚内。

"关于朱德锦的传闻，确实不少。"杨利好再度开口，"他不是弗元本地人，是大学毕业后分配过来的。大外甥你肯定不知道，他还在炼油厂的职工大院住过一段时间。"

"裴家老屋的大院？"唐子超心头一冷。

"没错。"杨利好点头道，"具体哪门哪户，我给忘了，时间应该是我和常笑进入三中之前。听家里大人说，大院住进一个外地来的大学生，好像是在供应处工作。关键的不是这个，而是他的红尘琐事。"

杨利好继续道："朱德锦仪表堂堂。你们看网上的新闻照片也应该知道，说难听点，就是小白脸那挂。他住进大院没多久，有好几户厂里的人想把女儿介绍给他。可是人家看不上啊。没过多久，他就和当时供应处处长的女儿出双入对了。

"你们现在提倡自由恋爱，观念开放，和我们那个年代不一样。朱德锦那个时候，也就是个二十岁出头的年轻人。就在所有人以为，他要和处长女儿喜结连理之时，你们猜怎么着？他把人家姑娘给踹了，转头搭上了公安局局长的女儿。"

李海鸣不解道："谈恋爱也不一定非得到白头，虽说这样做确实不厚道，但说不定他就是遇到了真爱呢？"

杨利好嗔笑道："果然还是天真啊。你看，朱德锦跟你们一个年纪时，想的就不是什么真爱。这世上哪有这么多真爱？感情，特别是婚姻，都是标价的。那公安局局长的女儿，可比朱德锦大了十岁，性子也烈，圈子里的人都知道，她是出了名地难嫁。但朱德锦就是能忍。闹得最厉害的一次，是两人结婚前，女方在大街上甩了朱德锦两个大耳光，听说脸都打肿了，男方还是好言好语地下跪道歉，说都是他的错。再后来没过多久，朱德锦搬出了大院，住进了女方家买的新房里。二人也顺理成章地结婚了。姓朱的跃过龙门后，可以说是节节高升。大院的人在街上见到他，想和他打招呼，人家压根儿理都不会理。如果在菜场遇到了，还会躲着熟人走。山鸡褪骨变了凤凰，能懂吧？

"只不过吧，人不可能永远一帆风顺。他们结婚后多年，女方貌似输卵管有问题，怀不上孕。我也是听市人民医院的熟人说的。他们一家算是弗元的名人，一举一动大家喜欢嘀咕。隔了很多年，女方不间断地往'黄仙观'跑，脾气貌似也平和许多。跑多了还真就怀上了，是个男孩，全家宠得不行。"

273

"朱德凯。"唐子超说出了男孩的名字。

"我只知道别人叫他小朱总。没想到和他老子只差一个字。"

"利好叔，你见过朱德凯吗？"

杨利好摇头道："那种人我哪有机会见。他们那种凤凰窝，不做大生意的，根本挨不着边。如果你猜测的是事实，那常笑惹上的就是大人物。曲昌杰顶多只算个混混头，有两个臭钱。但朱家不一样，除了钱，更重要的是权。"

话音未落，络腮胡拿了瓶烧酒过来说："今晚客人多，招待不周了。这瓶烧酒送杨叔了，算是我'财记'给外甥们的见面礼。"杨利好道了谢，往络腮胡跟前满上一杯，说："和哥一起把这口干了，祝你们'财记'的生意来年更红火。"

唐子超离开"发发音响"前，在柜台上留了纸条，附上了他的手机号码，顺带提醒说，他把木架上的《老夫子》第八卷借走了，下次见面再还。回到新入住的酒店躺下，李海鸣连外套都没来得及脱，阖上眼，立马睡得不省人事。这些天东奔西走，难免精神疲惫。可唐子超的神经就像被拧紧的发条，即使倒在床上也无法真正放松。

他打开床头灯，抓起《老夫子》翻看起来。他自小学三年级以后就没再碰过连环画。一来他的时间除了用来上课就是用来做题，无暇垂青这类消遣之物；二来母亲屡次对他说连环画和武侠小说看多了容易中毒。大院里谁家的某某，曾是弗元的三好学生，不幸沾染上了连环画的毒，教科书就再也看不进了，学习成绩也跟着一落千丈。那个某某到底是谁，唐子超已无所记忆，只是母亲说这话的神情，皱鼻子瞪眼的，看着比连环画里的鬼还吓人，往后在书店里遇到放连环画的架子，他都选择绕道走。

翻开发黄的书页，唐子超撑着眼皮，粗略地看了起来。画册里的人物线条极其简单，黑白两色，美感谈不上高级。画册一共一百二十三页，唐子超以一目十行的速度翻动着，在名为"弹丸之地"的章节停了下来。

画面中两个干瘦的男人面对面坐在一漏水小船上，对即将沉尸海底的事实惊慌不已。与此同时，身后有鲨鱼鳍围剿而来。其中剃光头的人指着不远处一块凸起的岩石，呼喊戴帽子的赶紧逃命。二人奋力朝岩石游去，却发现石块只能容下一人站立。戴帽子的人踩着剃光头的人的肩膀，两人叠罗汉似的，颤颤巍巍地立于岩石之上。鲨鱼鳍围着岩石打转，画面在此处戛然而止。

唐子超想起杨利好在彻底酒醉前警告他的那些话："大外甥，不管常笑给你留了什么遗言，他的本意绝不是让你涉险。叔劝你，你一定得听。明天马上回省城，上班工作，别管他姓朱还是姓裴，通通就此打住，不要再想。"唐子超"啪"地合上了书，关上床头灯，房内漆黑一片，屋外寂静无声。

睡到第二天晌午，唐子超被李海鸣的大力金刚掌拍醒，后知后觉地撑起身子，意识到小陈那边拨了数个未接来电，还发了短信问：唐律师在弗元一切都好？

李海鸣递过去一杯黑咖啡说："小陈和刘总回到省城了，看您没接电话，早上打给我了。他们看来是真心想合作，老板您觉得要不要和创始人把刘总的情况知会一声？"

唐子超揉着太阳穴说："暂时不要。'维多利亚湾'属于刘总的私事，他找我们一起过来弗元，就是想和我们私下合作。即使告诉了创始人，站在老头的角度，出于保护律所的目的，大概率不会接'维多利亚湾'的案子。"

与刘崇焕合作的利弊显而易见。"维多利亚湾"是个难啃的案子，对面背靠朱德锦那座大山，想扳倒绝非易事。一旦调查中途有所疏漏，耗费精力还是小事，最怕有人暗中使诈，搭进去半条小命。

但利处也是明晃晃地亮在眼前。若是真帮刘崇焕打了一场胜仗，那连带着与刘总一同投资"维多利亚湾"的兄弟阵营也就拿了下来，相当于间接签约了数个隐形客户，对唐子超今年的业绩起到了担保作用。跨境房产项目自不必说，贾炎胜只有干羡慕的分儿，律所新晋合伙人的位置，唐子超也定能十拿九稳。更何况还可以趁机摸清朱德锦父子的底细，深挖三舅磁带里的事实。

"过两天再回复刘总他们，不着急。"唐律师喝下咖啡，不急不缓地说道。

"暧昧期"走到最后一程，比的就是耐性。换上一身便服，唐子超说："走吧，是时候去本色KTV看看了。"

磁带 22

廖哥的眼睛很刁，会看人。他说我是块当销售的料，这话还真是不假。

万全峰坐在饭桌对面，羊腰子冒着热气，他"呵呵"一笑，乍看之下有股傻劲。他把腋下的公文包往桌上一放，亮漆皮，斜靠着墙，鼓囊囊的，说里面装满了纸钞也有人信。但万全峰似乎毫不在意他人的打量，自顾自地啃着腰子，问我："小兄弟，你叫什么名字？"

"裴常笑。非贵人不着玉衣的裴，笑口常开的笑。"廖哥抢先帮我答了话。我还是第一次听说自己的名字有这番寓意。

万全峰咧开嘴，厚唇上沾着辣椒粉，他舔了一口说："好名字。长得也有型。"

来省城的三年，我的身高往上拔了不少。苦力活不间断地换着干，背膀倒也粗壮了些。但被人说生得俊，还是头一次。一时间不知如何回应，我下意识起身，拿了两瓶青岛啤酒，给万全峰递了过去。

廖哥抢过去一瓶，说："裴小老板，你行啊，我来了这么多次，也没见你给我送酒。被万老板一夸，一下送两瓶。"

我的耳根烧红了起来，说："廖哥带来的新朋友，必须给面子。"万全峰开了酒瓶，喝下一口说："裴老弟，你把整箱青岛搬过来，我们今晚，不醉不归。"

在省城打拼的那些年，万全峰可以说是我见过的最适合做销售的人。他说自己第二，我绝对不敢当第一。我之所以习惯叫他万老板，手下的人都这么叫只是其一，其二他也是带我从省城边缘走进深处的人，这点尊称还是要有。与他共事的日子，我和他跑遍了粤东地区大小城市，探过污水横流的工厂，也见过纸醉金迷的香阁，是他教会了我，作为一个销售识人签单的基本要领。

万老板永远衬衫笔挺。廖哥介绍我和他认识时，他正在经营男装批发生意。用万老板的话来说，着装是人的门面，对于销售而言，更是如此。他在周边三四线城镇的作坊批发进货，拿到省城的服装市场转销，最低的批发数量是一款四百件，其中以男士白衬衫的销量最大。

万老板的笑精确地计算过弧度，这当然也包括在他的销售技巧之中。他的长相称不上帅，甚至有点憨，圆而小的眼睛再配上一副厚镜片的眼镜，笑起来的第一印象则是"诚恳"二字，瞬间拉近人与人之间的距离感。他说想要销售成功，首先就是建立信任。只有拉近距离，刚见面的人才有可能听你把话继续说下去，你才有让对方掏钱的可能性。其次，"夸"也显得尤为重要。

"很多人以为只要'夸'就完事了。其实不然，'夸'得不好，会起反效果。"万老板这话，提过多次。

"夸"要捧对地方。比如拿第一次见到我举例。从廖哥介绍我的名字开始，他就在找能夸我的地方。满身大汗的跑堂之人，夸穿着打扮，肯定下不去嘴；夸勤劳能干也不对味，站岗夜宵档的，八成是因缺钱，这份工也是不得已而为之。他上下打量了我一番，发现还算五官周正，且面对面认识新人还有腼腆之色，说明我的友人不多，夸赞我相貌之人怕是更少，所以在我面前，才提了"有型"一词。

短短数语，找对了方法，能卸人心房，把天平倒向他的那方。这自然需要天分，但也要熟能生巧。日后见的人多了，我跟着学了六七成。万老板找上我时，正想着扩大男装批发生意，手底下需要人帮忙。羊腰子裹着啤酒入肚，他问我想不想从这方小小的新疆饭馆出去，赚翻倍的钱。他的目光直视着我，不偏不倚，看得人心潮澎湃，血气翻涌，这也是最为重要的一步，说服对方的胜负关键就在于此。

小包厢的灯亮了起来，宛若白昼。用蟒蛇纹皮带的那人凑近脸打量我，似不敢相信。他示意手下的人把我放开，盯着我快看穿了孔，终于开口问道："你是裴鸡仔？"

真是陆鹏。要不是身上疼得厉害，我差点要一呼而起，惊叫出来。

陆鹏一会儿摇头，一会儿点头，包厢里的彪形大汉们面面相觑。他貌似反应过来大家的目光，叫剩余的人先撤出包厢，留下我和他面对面坐着，都在等对方先开口说话。

"你怎么认出的我？"他摸着下巴上的胡楂，眼里不像先前那般冷。

我揉着左臂说："就是直觉。你变了很多，不过看人的眼神还和从前一样。"

陆鹏哈哈大笑出来，我的心也放宽不少。没想到在本色这地方还能碰着熟人，我不禁开口说道："当年以为你死了，还想着没能跟你道句谢。今天在这里见着了，万幸，你还成大哥了。"

陆鹏说："你也真是走运。幸亏今晚来的是我。如果是别人，裴鸡仔，你的腿至少得断上一条。"

"不至于。我福大命大，跟着你从野狗林跑了出来，活到现在，好得不得了。"

陆鹏的脸由晴转阴，把抽剩的雪茄扔进玻璃烟灰缸里。他站起身子，说："走吧，这里人多，我们换个地方说话。"

移出包厢，王雪妹和小朱总不见踪影。前台和端果盘的探头望过来，见我毫发无损，也不明所以。陆鹏对着一众人说："这是我朋友，裴哥。我们多年没见，一时间没认出来，闹了误会。你们都认认裴哥的脸，以后他来这里消费，记我账上。"

其余的人大气不敢出，纷纷点头称是。陆鹏指着一彪形大汉说："阿杰，你给裴总道个歉。刚才下手太狠了，把人的脑袋都打肿了，你自己给打回来。"

我赶忙阻拦道："都是误会一场，有陆总抬咖已经够了，不知者无罪。"

那个叫阿杰的走到我面前，低着头说："裴哥，你打我吧。不然大哥一会儿得把我打死。"

我说："真没必要。不打不相识，江湖道义都这样。"

陆鹏斜着眼睛，看着阿杰，扬起一拳搋在他的下腹部。阿杰痛得趴在了地上，口鼻流出水来。我想去扶，陆鹏说："别管他。这是帮你打的。做错了，哪怕是误会，也得受罚。"

陆鹏变了，我却说不上哪儿变了。他与我在"小青山"相处的时日不长，说十分熟悉倒也算不上。我记得他的生父因车祸去世，母亲改嫁。因为继父看不上他这个继子，逼着他母亲把人寄养在婶婶家。"小青山"的夜晚阴冷又漫长，我裹着白被单，听见陆鹏为数不多的梦呓，说的都是"求求你，别打了"。他说他恨家里的每一个人，比恨陈院长更甚，恨到梦里都在磨牙。

"吃寿司的吧？"陆鹏开着蓝白标的宝马，我坐在副驾驶上。

"跟着陆总，我什么都吃，不挑食。"

陆鹏踩了油门，似笑非笑地说："那就好，从'小青山'出来的人，应该都不挑食。"

新疆饭馆的夜班工作持续了一个半月，直到店里找到新人交接，我才得以辞职。万老板的男装公司人不多，加我一共四个。另外两人，一个女会计，一个拉货司机。女会计是万老板的广西同乡，我怀疑他俩好过一段时间，万老板对她也是多有照顾，但可能是个性不合，终是回到了同事关系。

司机比万老板的年纪还大。早年是开长途的，全国跑，后来年龄渐长，得了腰椎病，坐不了太久，辞职后决定跟着万老板单干。用他的话说，赚得虽然不比之前多，但好歹只在省内拉货，可以常回家看看。

万老板嘴里说的跑单，我跃跃欲试。新疆饭馆的工作也是做腻了，我到男装公司的第一天就想往外跑，恨不得先签他个八九单，去廖哥面前炫耀一番。不承想万老板完全没有带我走动的心思，反是将我带到布料市场，挨家挨户地观赏起来。我心底纳闷，时间就是金钱，大白天的在这儿闲逛，还怎么去赚翻倍的佣金？

万老板也不急。他说:"你这个样子吧,一分钱也赚不着。过来看看,先摸摸这布。你知道这料子的名字叫什么吗?"

我摇头,更郁闷了。他说:"这布叫锦纶。你要谈生意,得先把产品和行情摸透了,最好碰到成衣,就知道用了哪些料。这样对接作坊和工厂的人,你才不会掉坑里。"

我在布料市场待了整整一个礼拜,直到能大致分清亚麻和罗布麻的差异,才算入行。跟着万老板去作坊把夏季的男装新款搬回来,再到服装城一家家地拜访推销,我算是明白了"隔行如隔山"这句话的意义。服装批发的单件成本精确到"分",因为走量,哪怕只有一分钱之差,也不好松口。每家经销商的回款周期也要考虑,拖着赖账的人,不在少数。

万老板说我是他的福星,短短三年,销售额翻了二十倍。我从廖哥的破楼里搬了出来,离开时廖哥送我下的楼,说:"裴小老板,皇天不负有心人,你算是在省城站住脚了。我当初没看错人,你跟着万全峰好好干,他做生意的脑子不错。以后我吃香的喝辣的,就指望你了。"

那日天晴,和风吹着皂角香,我沉寂已久的心泛起涟漪。苦难终会过去,我裴常笑的好日子总算来了,弗元发生过的一切封锁在记忆的匣子里,连同阿良的骨灰沉入水底。只要我在省城昂头向前,总有一天我能重新站在阿爸的面前。

只是那时的我没有想到,廖哥会看的和能看的,只是当下的人。而人就像小西江的水,奔涌的同时,也是会变的。

足迹 22

唐子超认为，自己天生与 KTV 格格不入。

他当然去消费过。大一入学，同系的学长喜欢喊上新人，男男女女，你拥我挤地往 KTV 去，一玩就是整晚。开始时他也拒绝过，但架不住学长热情，同时想着能认识点人也不算坏事。只是到了 KTV 里面，黑压压的一片，脸贴着脸说话，一晚下来，却连对方的名字和口音都分不清，最后他只能自顾自地坐在角落，喝酒吃花生米。再不济，忍不到尾声，先说告辞，兀自打了车回宿舍。学长说他的个性着实闷，他也不否认。比起坐在 KTV 里听嘈杂的伴奏，他还是觉得，戴上耳机独自享受，更为自在。

进了德天律所以后，除了必要应酬，他也从不主动往 KTV 跑。小组团建问他去哪儿活动，定的都是吃饭。李海鸣对此大有怨言，吐槽唐子超的生活作风像老头，每天不是工作就是吃饭，周末连蹦迪都不去，约会也没有，活像金刚不入的南非钻。

"老板，您确定是这儿吗？"李海鸣怀疑走错了地址。"油城八路 101 号"，这地方也太破了。

唐子超对了一遍手机，说："没错，地图里显示的也是这里。"出门以后，他和的士司机说前往本色 KTV。司机二话不问，猛踩油门，风景一晃，两人转眼被告知目的地已到。只是这 KTV 的门头和他们想象的不太一样。

不知道是不是白天的缘故，门头的招牌光管清一色全灭，铁门半开半阖，两尊铜狮像似乎许久没有打理，胸前挂着的大红绣球脱成发白颜色，看起来比媳妇落跑的新郎还糟。寒风卷着落叶扫过，狮像瑟瑟发抖。李海鸣探头进去，叫了一声："老板，还真是本色KTV，他们的招牌挂里面了。"

唐子超踏上大理石台阶面，躲着脚下的啤酒瓶罐，心道：这供人消费的地方，怎么像个废弃垃圾场？李海鸣比他更快一步踏上二楼，交谈声自上而下传进耳里，想来还是有人看店。

"你们是一起的？"面前一位穿荧光色清洁服的大婶，下巴指着唐子超问道。

李海鸣说："对，我们外地来的，今天工作结束了，想找个地方K歌。"

"哦，还会有年轻人来这里消费啊。你们去别处吧，本色现在暂停营业了。"大婶把手里的拖把靠在墙上，换上手套，貌似准备收拾散落在地面的垃圾。

"暂停营业？可是地图上不是这么写的。"唐子超问道。

大婶把墙角的瓶瓶罐罐塞进环保袋里，说："我们这小城市，谁看地图啊。找个地方问两个人就知道路了。你们外地来的不了解，本色半年前就不营业了。"

唐子超和李海鸣大眼瞪着小眼，敢情这趟白跑？唐子超不死心，再问："怎么就停业了？我特意听朋友介绍过来的。朋友说这里的歌不错。"

大婶放下手里的啤酒瓶，脖子后缩，挤出了双下巴，嘲讽道："那你朋友肯定也不是本地人。现在年轻人都不来本色，都去那个什么'量贩式 KTV'。本色的歌早落后了，也就是上了年纪的还往这里跑跑。"

"我听说他们之前生意不错。看这样子不像啊。"唐子超在前台踱步。大堂里最显眼的要数与大门相对、比一人还高的大型油画。唐子超认出，那是法国画家亨利·马蒂斯的《舞蹈》。

仿画可以说是粗制滥造。唐子超不了解艺术，不过偶尔也会去博物馆打发时间。第一任女友在大学攻读的是油画专业，最爱往博物馆和画廊跑。亨利·马蒂斯是她喜爱的画家之一，与毕加索齐名。也许是艺术修养不够，女友对着《舞蹈》侃侃而谈时，唐子超无法理解原作的好坏，只知道画面上五个裸女手拉着手，在蓝天和绿地之间，极富张力地起舞。但眼前这幅仿品，无意间让他对比出原作的精妙之处。仿品的天空绘制成灰黑色，人体的乳房部位也更为突出。原作的粗犷和原始活力被莫名掩盖了，唐子超的鼻尖仿佛流入了劣质颜料的气味。

"他们之前生意是可以啊。每次帮他们做清洁，钱给得不少。但现在 KTV 哪有这么好做，听说今年风头紧啊。"大婶一脚一个塑料瓶，踩扁了扔进袋子里。

李海鸣见唐子超还想再问，也识趣地搭起话来，问："风头？我看这旁边的店也经营得挺好，也就本色这一家关了？"

大婶摇着头，压低了嗓音道："他们不正经啊。你们朋友没说吗？这地方可不只是唱歌跳舞哦。"

大婶怕是说来了劲，见两个年轻人的注意力都在自己身上，不由得放下环保袋，坐在地上，打开腰间的水瓶喝起来。瓶子里漂着白花瓣，看起来像菊花茶。

"你们这些年轻人，社会经验不像我们多，不了解也不奇怪。"大婶盘腿而坐，话语间有一丝得意，好像在讲述天大的秘密，"那些个官老爷，知道上面开始查了，都不来消费了啊。本色就靠着官老爷们才撑到现在，你们看这装修，也说不上多好是不是？但他们服务好啊。官老爷不来了，钱就有咗。点算呢？只能想办法啊。"

李海鸣装作聚精会神，弯下身子，蹲在大婶脚边，问："婶，你好犀利，这都知道。"

大婶鼻孔朝天地说："梗系啦。他们搬到郊外去啦，消费用现金，不刷卡，上面就查不到。"

"郊外？他们搬去郊外干什么？"唐子超的目光从油画上收回来。

大婶说："换个名字，搞'农家乐'嘛！一个大池塘，几间竹屋，回归乡村啊。这样还会有谁去查？你们想去玩，就往郊外开啦。好大一片山头都是那帮人的。"

唐子超和李海鸣互望了一眼，原来是玩了一招换汤不换药。

"感觉您很了解这儿的情况，是因为在这儿做了很久吗？"唐子超问。

大婶说："也就近两年吧，这里的经理大方，有时候会多给几蚊。"

"本色的经理？是姓李吗？"

"李？"大婶转着眼珠子，很快反应过来，摆手说，"她不姓李。她叫阿丽，系个捞妹。"

三舅走过的地方，物是人非。李海鸣让唐子超放宽心，说："老板，本色这趟也不算白跑，李艺琴和您三舅接触是十多年前，现在我们至少知道 KTV 后面那帮人还在。等我们找时间去'农家乐'会会他们。"

说话间，唐律师的手机响了，是个陌生号码，按下免提后，杨利好的声音传了过来，说："大外甥，昨晚叔喝多了，是不是给你和你同事添麻烦了？"

"利好叔，睡得还行吗？我们不知道你家地址，只能先带你回音响店了。"

杨利好那边呼呼吹着电扇，有风的杂音。他说："睡得特好，见到大外甥高兴，很久没喝得这么畅快了。"

"大外甥啊，我没说什么不该说的吧？"杨利好声音有些抖。

唐子超说："你一直在喊三舅的名字，把我认成他了。利好叔，你这么多年没搬铺头，是不是就想等三舅回来？"

电话那边只听得见起伏的呼吸声。杨利好没有承认，也没有否认。他说："大外甥，你作任何决定，叔都支持你。你要叔帮忙就开口，就是人身安全得注意。常笑给你妈造成的打击太大了。"

唐子超说："利好叔，放心吧。我和三舅不一样，我惜命，但三舅肯定也不会白死。"

杨利好那头正说着，李海鸣也有电话进来，是小陈。

看来这刘崇焕是真着急，上午下午连着追，阿尔卑斯山的雪莲花都该被他采着了。李海鸣捂着话筒，小声说："老板，怎么办？他们提起购买跨境房产的事了。"

唐子超心底一笑，对方是来暗示，别忘了还有个备胎贾炎胜在后头。他凑近李海鸣耳边，说："问他能不能把刘总和'维多利亚湾'的合同发过来看一下，就说我们要评估项目的难易程度，再作答复。"

"万一刘总不肯给怎么办？"李海鸣不知道唐律师葫芦里装的什么药，不解道。

"你先问再说。若是真不肯给，你就说我们可以先签署保密协议。"

"我们私下签，还是用律所的名义签？"

"只能是私下。律所那边先瞒着，我等有机会再试探一下老头。"

李海鸣做了个"OK"的手势，按照唐子超说的，给小陈一五一十回话过去。对方几乎没有犹豫，马上答应道："刘总说了，签署保密协议后给你们发合同。他还说理解项目的特殊性，也明白唐律师需要时间考虑。还说他对唐律师有信心，万水千山，总要携手共进。"

"老板，这刘崇焕是不是被'维多利亚湾'给逼急了，我看他就差给我们每人送台路虎了。"

唐子超心里默默翻了个白眼，说："你想得倒美。我估计这项目卡在刘总心尖上，像毒刺，越是想它，中毒越深。他也是走投无路了，方法也试遍了，如今抓到我们这株稻草，先不谈能不能撬动巨齿鲨，就算是靠，也得试试能不能靠在我们身上。"

"老板，您说得有道理。"李海鸣又竖起了他和小周的同款大拇指，"那我们下一步如何行动？'农家乐'一日游？"

唐子超思索过后，摇头道："'农家乐'暂时放放，我得再见宋继伟一面，有些事得从他口中挖出来才行。"

磁带 23

我怀疑阿爸这辈子没正经吃过一顿寿司。

有一回，家里的黑白电视正在播放手捏寿司的片段，阿妈觉得新奇，跟着模仿起来，说要有时间她也想学学，紫菜米饭搭配鳗鱼肉，听着怪有意思。阿爸手里拿着报纸，路过客厅，往电视屏幕瞅了一眼，大声呵斥道："别看日本的那些玩意儿，这叫文化荼毒，你们这些没见识的！把电视关了，做饭去！"

陆鹏带我去的饭馆是日式居酒屋，复式小两层。我担心进去要脱鞋，站在店门口不愿意动。陆鹏和女服务员熟练地打着招呼，对方恭敬地四十五度角鞠躬，说了句"以拉萨伊马赛"，反正是我听不懂的问候语。陆鹏回头瞅我说："站着干什么？进来啊。"我仔细观察了他的动作，鞋还在脚上，心里默默松了口气，看来袜子上的破洞今天是不用露出来了。

女服务员引我们至二楼包厢，放下菜单，恭顺地退了出去。我四下打量包厢内室，挺讲究，东南角放着香薰，气味淡淡的，类似竹叶香，闻着令心情舒爽不少。陆鹏问我有没有忌口的。我说："白粥配酱油都能喝，没什么不能吃的。"陆鹏嘴角上扬，把女服务员又叫了进来，对着菜单大手一挥，说："把厨师推荐的菜都上来吧。"

"这些年过得还行？"陆鹏问，给我的片口杯倒上梅子清酒。

我双手扶着片口杯，与陆鹏的杯盏对碰，杯口故意比他矮上一分。这种日式酒桌间的礼仪，我也是跟万全峰学的。省城的第一家 KTV 背后有日本财团注资，不少华裔商人在里面混迹，也让万全峰嗅到了更大的机会，蓬勃的野心也被无限放大。

"就凑合吧。我去省城待了好些年，很久没回弗元了。"一句话就把没见的日子交代明白了。陆鹏的眼里不见诧异，话聊开了以后，我和他坐在"小青山"病床上说话的感觉又回来了。

"省城啊，好地方。没想到裴鸡仔出去长见识了，看来混得不错。现在是回来探亲？"陆鹏问道。

我扁了扁嘴，和自尊心挣扎了一番，还是如实道出，说："因为躲债跑回来了，在省城遇上了点事。"

陆鹏点了点头，也不多问，抓了一把桌面的花生米吃了起来。女服务员拉开木板门，说："刺身来了，陆总，今天的金枪鱼腩很新鲜，你们尝尝。"

"别说我了，说说你吧。陆鹏，你不知道，我真以为你死了。"话题转到对面人身上，房内的暖光照在他的鼻梁骨上，我才发现他的脸比儿时更为消瘦，指关节处也覆着老茧。

陆鹏面无表情地说："本来是要死了。我命大，他们杀不了我。"

他拉起上衣的一角，那是一道手掌长度的疤，由左胸腔延至肋骨，狰狞地烙在那具精瘦的身体上。他见我瞪直了眼睛，把衣服放下，慢悠悠地夹了块鱼腩放进嘴里，说："是被陈院长那个浑蛋拿铁锹铲的，我以为肺要被捅穿了。在房间醒来后发现，幸亏只伤到皮肉，骨头没断。有个护工和我认识，我以前帮他倒过粪。他偷偷给我喂药，要不然那些浑蛋真的能把我整死。"

陆鹏说得轻描淡写，我听得心惊肉跳。我说："那护工人不错，对你有恩。"陆鹏颔首道："是，'小青山'一倒，我就把他接出来了，认他做了干爹，现在人在养老院待着逗鸟，等我给他入土送终。"

"'小青山'倒了？那陈院长？"我这些年刻意不去想野狗林的事，自然也没留意过治疗中心的动向。

陆鹏手握着梅子酒瓶，指关节处青筋凸起。他弃了片口杯，拿起酒瓶猛灌一口，说："对。市政府取缔了。操，陈院长那个老东西，是真他妈晦气。"

包间里罩上一团黑雾，我敢打赌，陆鹏在我离开"小青山"后，陈院长定是让他生不如死。他的嘴唇抿成一条钢铁直线，我开口说道："除了那道疤，你身上还有没有别的动静？"

陆鹏转过脸来，耸了耸肩，意在让我往下说。

我压低了声线，喉结鼓动，话在嘴边又说不出口。陆鹏的眉头拧了起来，问："什么事？你的脸皱得有些丑。"

我凑近了他，说："你下面，立得起来吗？"

陆鹏往后缩着脖子，屁股在椅子上挪了挪，反复咀嚼我话里的意思，高声问："陈院长那个浑蛋，把你下面弄折了？"

我赶忙对着他"嘘，嘘"直瞪："小点声，这又不是光荣的事！"

陆鹏的眼睛无处安放。他看了看菜，又看了看我，目光顺移至桌下，再抿上口酒，干咳了一声。

我身体后仰，看着天花板绝望道："果然，只有我一个人这样。"

"咳，"陆鹏把原只大生蚝推到了我面前，挤上柠檬汁，问，"什么时候发现的？"

我推开生蚝说："从'小青山'出来后发现的，跑遍了省城的医院，壮阳的药吃了不少，没用。有个医生说，可能敏感部位受过电击，连同心理也产生了影响。"

陆鹏脸色铁青，愤恨道："他妈的，我就该杀了那个姓陈的。裴鸡仔，总有一天，我会让他跪着给你赔罪。"

直到今天我也时常在想，人为了钱，到底能做到何种地步？廖哥说万全峰有做生意的脑子，这点我绝不否认。我加入男装公司以后，万全峰的批发销售渠道很快延伸至省外。他组建了另一个团队，大约二十来人，专门开发省城到上海这一路线的新客，而我仍旧主攻省内销售，兵分两路。

女会计在公司做到回老家结婚嫁人。司机哥的腰实在不行，没多久就喊了辞职，万老板给了他一笔"退休金"，让他好好回家养着，也算仁至义尽。

公司的人来来去去，万全峰总把这话挂嘴边："还是小裴好啊，踏实靠谱，人都走了，就小裴还留在我身边。"

万全峰不知道弗元发生的事，我也从没向他提过。仅有的一次，他听见我和二姐通电话，问我是不是和家里不太愉快。

"小裴，你这些年春节是不是没回过家？你姐他们不想你？"万全峰一边算账，一边和我闲聊。女会计走了，又来了个男会计。万全峰嫌他年轻，做事稚嫩，会时不时抽查账目。

记忆像墙上的污渍，盖上了灰，以为看不见，其实一直摆在原地。长时间以来，我埋头工作，闲暇之时在省城的大街小巷穿梭，但只要弗元的人和事不受控制地浮现，我会立马拿出橡皮，妄图擦个干干净净。

可是我似乎忘了，橡皮本身就脏，哪怕擦得再用力，劣迹也只会愈发明显。万全峰的话，是墙角的开关。一个久违的、封闭的房间忽然亮了，我看见白墙上满目发黑的印记。

"不是工作忙嘛，家里人理解的，而且他们也不在意我回不回去。"

万全峰的计算器敲得更响了，噼噼啪啪，像在放炮。他说："小裴啊，我比你年长，有些话还是得说。家人之间，没有过不去的坎。互相笑笑，再多的不满也就散了。我们拼命赚钱，不就是为了让家人过上好日子吗？听哥一句劝，明年春节，买个车票，回家看看你姐他们。"

我没有搭话。万全峰紧盯着账目上的数字，也不在意我是否搭话。我知道万老板刚在省城给老婆儿子换了新房，一百四十平，三个房间，两个厕所。他老婆是女会计介绍的，特文静一人，话极少，说是"广西同乡会"认识的。万全峰说他结婚前，查过老婆八字，算命的说她旺夫，娶进门，财富只进不出，坐享金山银山。我听了只能是笑，说："姐挺漂亮的，不只能给万总带财。"万全峰说："靓女大街上多的是，关键还是钱。钱有了，还有啥没有？"

陆鹏把原只大生蚝又推到我面前，说："这东西对男人好，你都吃了，说不定管用。"

"要真能靠这玩意儿治好，我马上给陆总你磕十个响头。"送到跟前的美食，我也不再推辞，用勺子将蚝肉挖出，放进嘴里，凉味碰舌，还带点酸。

陆鹏也开始大快朵颐。他向女服务员追加了一份酒蒸蛤蜊，说上菜时放对面顾客边上，他喜欢吃。我嘴里的梅子酒差点喷了出来，说："陆总，真不至于，没有女人我也能活。"

"说说吧，你今天为什么会去本色找玛丽？"陆鹏问道。

我嘴里塞着寿司米，说："我认识的人不见了，她俩是室友，我就想了解点情况。"

"那个表妹？"陆鹏回忆道，"所以你真没骗我？"

我摆手道："哪敢骗你啊，是真事。也不算表妹吧，就他爸和我爸认识。"

陆鹏挠了挠前额，说："她叫什么名字？也在本色工作？"

"叫戴晓冰。英文名好像叫拉西，哦，不对，南希吧。反正就这么念。"

陆鹏放下手里的木筷，重复了一遍戴晓冰的英文名，随即脸上变成了芥末颜色，说："南希？那不是我大哥的马子吗？"

足迹 23

南方的冷空气比凌迟来得温柔，刮人时带着潮湿，没有北方冰锥般的冷空气狠厉，却比万蚁挠心叫人难挨。

宋继伟裹着一身臭汗，打开家门，脱下绵羊黑皮外套，往沙发上一坐，感觉身子能与海绵坐垫融为一体。脚踝好不容易可以重新活动了，实习生给的膏药效果不坏，痛感一减轻，他立马归队，赶往抓捕现场。年纪大了，越发不想自己待在家里，和队里的年轻人东奔西跑，他才觉得血液涌动，连同早晨的太阳也是新的。

他知道人与社会的脱节，往往从退休开始，弗元市刑警队前队长任弘飞便是如此。任弘飞的退休并非自愿，只是早年抓捕逃犯时，被刀插伤了背部，差点因公殉职，留下了病根。等他年纪渐长，新伤携着旧伤没完没了地报到，才在妻子的威逼利诱下，选择提早内退。

任弘飞在市中心的老屋他拜访过数回，今年中秋，他还提着月饼盒去过。门一打开，差点没认出来，任队长的头发倏忽间几近半白，声音也变小了，整个人郁郁寡欢，只剩颓唐之色。宋继伟问他是不是有心结。任弘飞看着墙上的时钟说："我早上起来，摸了摸裤腰带，发现枪没了，在家里到处找，也没见着，这才想起自己不用去上班了。继伟啊，警队的一切都好吗？你和我说说吧。"

宋继伟紧着嗓子，像在办公室里汇报那般，和任弘飞描述着最近市里的大小案件。任弘飞边听边点头，不时地点评几句，帮宋继伟厘清线头，说到激动之时，仿佛又回到了二十年前张嘉良还在的时候，他们三人在各自的观点上争执不休，喝着酒，互相反驳论证，直到深夜。

"我抓过的每一个人，查过的每一个案子，都记得一清二楚。"任弘飞如是说着，脸上鱼尾纹抽动，满是骄傲神色。

宋继伟明白，作为曾经的刑警队队长，任弘飞对案子的记忆恐怕比对孩子的成绩单更为上心。这也同样是宋继伟离婚之前，妻子无数次埋怨他的地方。他不想辩解，也不会反驳，只是静静听着，直到妻子大吼大叫，发泄完毕。

"任队，裴常笑死了。"他忽然想起这个名字，想起三中校服、男孩、后巷和白舒梅。

任弘飞苍老的脸耷拉下去，骄傲之色一扫而空。宋继伟突然有些后悔。是不是他不该提？

"什么时候的事？"过了许久，老人嚅动着双唇，问道。

宋继伟说："个把月前，自杀的，在小西江投河，就是发现白舒梅的那个地方。"

任弘飞的身子明显一震。乌云遮住太阳，客厅里染上一片暗色。

宋继伟接着说："南区派出所发来的报告，说人捞上来的时候，全身的皮都泡发了，但没发现身上有致命伤。是他二姐去认的尸，差点当场晕了过去。失踪了十多年，家里人也等了十多年，怕是没想到这个结局。"

任弘飞闭上了眼，缓慢朝外吐气。彼时，任队的老婆从外头买菜回来，进门发现有双她不认得的男士皮鞋，朝屋里探头说道："是继伟来了啊，正好菜买多了，晚上留在家里吃饭。"

宋继伟跟嫂子打着招呼，寒暄起来。任弘飞坐在沙发上一言不发。冷风吹散窗外的乌云，嫂子走到窗边，把散下的一边帘子钩了起来，说："怎么屋里阴沉沉的，老头子，你别怄出病来了，和继伟下楼走走。"

任弘飞"嗯嗯"地答应着，换上老人鞋，对宋继伟说："我们去买瓶酒，今晚你嫂子煮羊肉火锅。"宋继伟跟在任队身后，发现他连后颈上的碎发都白了，迟疑地说道："任队，'小西江河滩杀人案'过去了好多年，但我一天也没忘记过。"

"嗯。"任弘飞应了一声，不知神情。等走到楼下大院时，宋继伟看见任队望着对面楼放学回家的中学生出神，忍不住问道："任队，你不想知道裴常笑这些年，是怎么过的吗？"

任弘飞收回目光，开口道："我想知道，但又怕知道。继伟，这些年我一直在想，自己是不是太莽撞了。"

宋继伟明白任队的意思。如果他们当年没去三中抓人，如果他们当年没有一口咬定裴常笑为第一嫌疑人，事情的结果会不会有所不同？那位少年是不是至少能活到今天？

但人生无常，哪有这么多如果？

"你确定他是自杀的吗？"任弘飞突然发问。

"没有他杀的迹象。"

"法医确认了？尸检报告也是这样说？"

宋继伟道："他二姐不让解剖。裴常笑死前给她去了电话，说是遗言，称对人世已无所留恋，选择投河自尽，只希望能留得全尸。他二姐跪在尸体面前大半天，在场的警员说，他二姐穿着半截裤，站起来的时候，膝盖都青了，前额也磕破了。"

"嘉良也知道这件事了？"

"知道了，甚至局长都知道了。当年见过裴常笑的同事，应该都记得他。"

任弘飞双手背在身后，朝天边敛起光的红日望去："都是命，这就是他的命。我们就算有做错的地方，也再没办法了。"

宋继伟被手机的振动声吵醒，身上的臭汗已经全干了，发出馊味。他接了起来，是唐子超。

"喂，宋队吗？"

"是。这么晚你怎么打来了？"

话筒对面的人没有立马回答，反问："明天您有时间吗？我在弗元。"

宋继伟立马从沙发上坐起身，警犬般的直觉告诉他，唐子超终于要开口了。

"有时间。几点见面？"

对方说："下午四点怎么样？我们约在咖啡厅？"

"没问题。"挂下电话后，宋继伟来了精神。裴常笑，或者说与那崽子有关的人，只要出现，比红牛助跑剂更叫人兴奋。

唐子超给人的印象过于正经，导致宋队赴约前，在厕所收拾打点了许久。洗了个澡，换了膏药，胡子也给剃了，左右照镜，觉得恢复了人样，才迈出大门。他上一次细致打扮，还是和前妻第一次约会的时候。宋继伟在心里啐了自己一口，那些做律师的讲究，不穿个衬衫去见他们好像都不能算是正经人。

约定的咖啡厅离宋继伟家开车十五分钟的路程。宋继伟停车后，数着店铺门牌走过去，看见一白色方铺，小清新，招牌上写着"UFO Cafe"，就是这儿了。宋继伟时常纳闷，走进新时代就是不一样了，小年轻们不喜欢二锅头，改喝洋人的玩意儿。他处理过两起发生在咖啡厅的斗殴伤人事件，握着苹果 iPhone 4S 的小哥们，拿着 iPad 平板互砸脑壳。看来混混也在与时俱进，不落人后。

"宋队，这里！"视线中有人招手，宋继伟定睛一看，俩高大小伙穿着白衬衫在狭小的咖啡厅里格外醒目。

宋继伟快步走了过去，唐子超起身握手，顺便介绍道："这位是李海鸣律师，我同事。"

"宋队，你喝什么？我去帮你下单。"李海鸣问。

宋继伟回头看了眼墙壁上的菜单，中文夹着英文，中文还写得特小。宋继伟眯起眼睛，在心里骂了句妈的，说道："一杯鲜橙汁就好。"

"怎么又来弗元了？这次还是路过？"宋继伟笑道。

唐子超脸颊微烫，想来对方上次就瞧出来了，他说路过弗元只是借口，只是看破不说破。

"这次是公事，也是私事。有客户的项目在弗元，我和李律师过来考察。"

宋继伟点头道："那公事肯定与我无关，说说你的私事吧。"

唐子超也笑了，可能是因为喝过一次酒，也可能是因为裴常笑，他与宋继伟之间产生了一种微妙的磁场，类似前后辈的联系。

"我想宋队你也看出来了，我想弄清楚三舅身上发生的事。这段时间，我也一直在私下调查。李律师也有帮忙。"

李海鸣将橙汁递到宋继伟手上，说："我觉得这橙汁是兑水的，不是鲜榨的，宋队你要是不喜欢，我去给你买咖啡。"

"没事，没事。我这个大老粗，没这么讲究。"宋继伟大手一挥，继续问道，"然后呢，你们查到什么了？"

唐子超说："之前我问你知不知道一对姓戴的父女，其中的女儿戴晓冰，是三舅这些年失踪的关键。"

宋继伟直视着他，让他继续往下说。

"我顺着三舅留下的遗言，查到了陈阿彪身上，他是戴晓冰的前男友。而与此同时，陈阿彪和本色KTV的经理李艺琴认识，这两个人似乎与戴晓冰有断不开的关联。"

"遗言？"宋继伟重复道，"你母亲也说过类似的话，说裴常笑死前打了电话回家。"

唐子超张了张嘴，没有出声，思维断了线。半晌后，他说："三舅的死，令母亲痛苦万分，我也没问过她具体情况。"

宋继伟点头道："不奇怪，站在你母亲的角度，她肯定不希望你和裴常笑有过多牵扯，也不会事事告诉你。"

唐子超按捺住马上打电话给母亲的心绪，就戴晓冰的话题继续说道："我们查过李艺琴的行踪，也去过本色KTV，发现李艺琴被登记为失踪人员，KTV也近乎倒闭。"

宋继伟说："你们是说，那个女经理李艺琴失踪了？"

"宋队你见过她？"唐子超问。

"多年前见过几次，以前本色在弗元很有名，当官的和有钱的都爱去。但我没想到她失踪了。"

"还不仅是这样，"唐子超压低了声线说，"我们还查到，本色KTV的最大股东是现任弗元市副市长朱德锦的儿子。"

宋继伟眼底涌起波涛，他看着面前这位衣衫整洁、面目俊朗的青年，想起了三中走廊上穿着宽大校服、平头剑眉的裴常笑，两人的轮廓推移着时光，堆叠在了一起，令他有一瞬的失神。

"唐律师，"宋继伟正色道，"我们查过本色，不止一次，那个地方没有问题。你听我说，明天你们就回省城去。不要再留在弗元了。你们这样做很危险，太危险了。"

磁带 24

曲昌杰是陆鹏嘴里的大哥，这点没等他开口，我就猜到了。

我从上衣兜里掏出戴大军给的全家福，问陆鹏："你确定照片里这姑娘是你大哥的马子？"

陆鹏接了过去，瞅了两眼，又还给我说："没错，是她。我上周还见过。你和Nancy还真熟啊，连她的全家福都有。"

"他爸给我爸的。我想着和晓冰也有阵子没见了，她现在多高、啥样都不知道。有张照片找人也方便些。"

陆鹏的脸色恢复如常，手里的木筷敲打着酱油碟，问："你和你家人关系变好了？以前不是说宁可这辈子没生在裴家。"

桌上的金枪鱼腩刺身，红白相间，入口即化，我却像被看不见的鱼骨卡了喉。我知道相比我对家里的怨，陆鹏对家里更多的是恨。我说："时间长了，年纪大了，很多结也该松一松了。"

陆鹏若有所思，眼睛也不再看我，说："看来裴鸡仔也变了。也对，这都多少年了，连'小青山'都不在了。"

"你呢，和家里人还有联系吗？"我装作漫不经心地问道。陆鹏的筷子一滞，再用力刺入了鱼肉里，说："我妈和继父生了个儿子，去年一家人移民了，去了新加坡。我觉得这样挺好，各过各的，互不打扰。"

"小青山"出逃的前一晚，陆鹏坐在铁窗边问我："你后悔出生在这个世上吗？"我抱着双膝，反复在心里敲击着答案，最后支支吾吾地反问他："我们有选择吗？"

陆鹏在月光下笑得苍白。他说大人们都说，要孩子感恩生命的赠予，比起那些出生就被扔在河里淹死的，还有吃不饱、穿不暖的，我们已是走了大运。但是他们怎么没有想过，我们压根儿就没想出生在这个世道上。他们拿自己向下比，拿我们向上比，说他们把我们养大成人，我们就得给他们养老送终，这是一种公平。可是从一开始，计较的就不是我们，我们从来都是被动的，何来公平之说？

看着包厢里的陆鹏，黑色印花衬衫，西装裤，方头皮鞋，开着拉风宝马，我很想再问他，如今还会觉得后悔吗？话停留在齿间，没有脱口。现在后悔与否，已经不重要了，关键是他还活着，活得比很多人都要好，这就足够了。

"发什么呆？赶紧的，把边上的酒蒸蛤蜊都吃了。回头我给你找个名医，看看你那病。"

蛤蜊的肉质不比生蚝滑嫩，却胜在韧劲，嚼起来唇舌留香。话题转回戴晓冰身上，我问："你大哥什么时候开始和晓冰恋爱的？"

陆鹏顿了顿，回忆道："有一两个月了吧，大哥喜欢她那款，见到第一眼就看上了。"

"那款？"

陆鹏略带尴尬地笑了一声说："大哥喜欢干净的，嗯，最好是处女。"他见我脸色不善，忙说："你就别担心了。再说了，那姑娘不是成年了吗，你又不是她亲哥，别管太多。我大哥对她挺好的，吃饱穿暖，不比在本色赚得少。"

我揉着额头问："你最近能见到晓冰吗？帮我给她带句话，就说她爸找她。让她给家里联系一次，我也就不找了。管这事真的费劲。"

陆鹏说："没问题。来，继续喝酒，叫服务员过来加个菜，点个烤牛舌怎么样？"

服装公司的省外销售路线扩张得并不顺利。万全峰仗着早期腾飞的势头，赚红了眼，步子迈得急了，将大量资金压在了销往省外的货源上，同时也给新来的销售们拉高底薪，意在刺激签单。

九〇年代的信息不比今日，地域之间的沟壑很难短时间填补。但万老板极度自信，认为他在服装行业浸染多年，不存在没吃过的亏，执意继续招聘，向外扩张，以实现销售额再度翻倍增长。1991年底，公司资金链承受了前所未有的压力，在积压了过多库存后，终于断裂，万老板遭受了他创业生涯的第一次惨败。

"失望。我对这个行业太失望了。"万全峰在办公室捶胸顿足，彼时能走的人都走了，剩下的只有我、新来的男会计和三两个销售实习生。

"万总，我们还欠工厂方三十二万。他们今天在催，问我们什么时候能填上。"男会计性子直，也不会看脸色，当着大家的面问道。

万全峰恶狠狠地瞪着他说："填什么填！拖着！能拖多久拖多久！"

说实话，我和万全峰相处了那么些年，没看他被钱的事压垮过。男会计明显是被吓到了，怯生生地说："可是如果延期付款，工厂会逼我们缴违约金。"

"要不然从你的工资里垫钱?！没看见公司的账面空了吗?还在问！你们这些人，脑子里只有钱，都给我滚！"

男会计委屈坏了，吧嗒着眼泪跑了出去，销售实习生也跟了出去，办公室里只剩下我和万全峰两个。他一屁股坐在老板椅上，双手捂着脸说："实在不行，只能卖房了。小裴啊，我们转行吧，服装这玩意儿，我是没心思再做下去了。"

我说："万总，你的决定我都尊重。天无绝人之路，房子卖了，我们把债还上，从头开始。"

离开日式居酒屋已是夜半三更，酒保和女服务员一起鞠躬，齐声说了一长串，我回了句"阿里嘎多"。陆鹏调侃我说："去省城连日语都学会了?"

"只会这一句。对方给个笑脸，我道一句谢，一来一往，礼就成了。互相之间没负担。"

陆鹏说："以前在'小青山'没见你话这么多，现在怎么跟个销售似的，《金刚经》念多了?"

我说："习惯了，一时半会儿改不了。给戴晓冰的话你可别忘了，如果可以，最好让她也给我来个电话。"

陆鹏说："记住了。上车吧，我送你回去。"

宝马一路驰骋，我摸着真皮座椅说："陆总还真是不一样了，这车好气派，是最新款？"

陆鹏嘴角一勾说："E38 型号，进口货。车是大哥的，他这周去海南了，我就先开着。你喜欢这款？"

我说："喜欢也没用，没钱买。有台摩托足够了。"这时我才想起，老摩托放在本色楼下还没取回来。故人相见，把新欢给忘了。

陆鹏说："你要是想，下次让你开了试试。我自己有一辆帕萨特，性能也不错，去年年底分红时买的。"

"分红？陆总你有几个公司？"我问道。

陆鹏认真想了想，说："要算有股份的，只有本色 KTV。其他公司都是帮大哥打理着，说到底，我还是给他打工。"

"感觉曲昌杰对你很好？在'小青山'就听你提起过他。"陆鹏一口一个大哥，叫得亲切。

"嗯，"陆鹏神色郑重地说，"大哥对我有恩。你还记得我在游戏厅捅人那事？是他帮我搞定的。离开'小青山'后，我去找他，他也没嫌弃我，还说我是'天生有材必有用'。总之，大哥是一个值得结交的人，有机会我带你见见。"

我说："行啊，早就听闻你大哥的名字，他在弗元很有名。那个批发城就是他的吧？"

陆鹏说："对。不过现在那一块他也不管了，是我在管。批发城你去过吗？那边的人不好弄，不服软。"

"没去过，只看见过高速路上的广告牌。为什么不好管？那地方不应该都是老商户吗？"

陆鹏"嗯哼"了一声，说："就是因为老商户才麻烦，要求多。幸亏我大哥聪明，签了新租约，他们才不敢闹。"

说话间仓库已经到了，陆鹏摇下车窗，左右张望，脸上难掩震惊之色，说："裴鸡仔，你住在这里？"

我不好意思道："好不容易找了个仓库管理员的职位，我觉得挺好的，有工资还包住。"

陆鹏说："本色KTV的清洁工都住得比你好。你这样不行，我给你介绍份工，换一下。要不然你真娶不到老婆。"

我说："算了吧，安于现状也是一种活法。再说了，弗元哪个女人愿意嫁给我？"

陆鹏手指敲着方向盘，问："你现在一个月赚多少，有五百吗？"

"还少一百。"

他一个劲地猛摇头，从钱包里抽出一张金边名片，说："你也活得太寒碜了。明天下午四点以前，到上面的地址找我。我带你进大哥的公司转转。"

宝马扬起尾烟，油门加速，消失在月色之下。不远处传来犬吠，是老黄狗在唤我回家。仓库座机显示有四五个未接来电，我勉强回忆起来，是戴大军留下的村口小卖店号码。我倒在硬板床上，惊觉无论是陆鹏还是杨利好，都在他们的轨道上稳步向前，连王雪妹似乎也沉溺在新的生活里，不可自拔。

只有我，还停留在原地，守着一座无人问津的孤岛。

"你管那叫谈恋爱？"羊毛卷的声音随着浮动的空气，飘了过来。

"南希？那不是我大哥的马子吗？"陆鹏的嗓音与之对撞。

"本色KTV的琴姐，说是曲昌杰的姘头。但我怀疑，她只是之一。"杨利好的发言又插了进来。

我坐起身子，握紧了手里的名片。明天，我必须赴陆鹏的约。我得走进曲昌杰的地盘，看看戴晓冰到底在不在那里。

足迹 24

车里的空气闷得令人窒息。李海鸣在后座轻手轻脚地摇下车窗，仅小指宽的一道缝，想风滑进来，换口气。李海鸣抬头间不经意对上了后视镜里的那双眼睛，是宋继伟正瞪着他。于是，他赶忙又使劲把车窗摇了上去，僵硬地挤出一个算不上自然的微笑。

宋继伟在"UFO Cafe"听完唐子超的诸多推测，说换个地方再聊。起身的时候，桌上刚买的鲜橙汁一口没动，唐子超暗示李海鸣把饮料拿上，二人跟着宋队长急急出门，坐上了停在街角的丰田花冠。

只是这上车以后，车也不打火。宋继伟憋着脸，似乎在驾驶座上生闷气。

"宋队长，"唐子超挨不住了，开口道，"我们现在是打算去哪儿？"

宋继伟沉着声说："省城汽车站。要不然你们在网上买票，到了以后，直接上车走人。"

李海鸣急了，觉得宋队有些不讲理，连忙喊冤道："我们的行李还在酒店，而且凭什么啊，我们这不是在努力帮你查案吗？"

宋继伟脸色更沉，比炭灰还黑，说："这地方的事，用不着你们管，也不应该你们管。唐律师，我不清楚裴常笑给你留了什么话，但你们现在是在往深坑里走。要及时止损，懂吗？"

李海鸣还想反驳，唐子超让他住嘴。三人互相扯着车内剩余不多的空气，谁多呼出一口，二氧化碳马上爆表，火气一大，再炸个尸骨无存。

"宋队，你是不是早感觉我三舅死得蹊跷，所以才叫我去了你家，提起'陈阿彪'的案子？"唐子超一字一句地问，毋庸置疑，这是备好答案的疑问句。

宋继伟的脸憋出青紫色，比便秘还难看。他嚅动着干裂的嘴唇，双手揉着上半脸，说："唐律师，查案是我们警方的职责，我们自有判断。听我一句劝，回到你们各自的岗位上，对大家都好。"

"宋队，"唐子超语气忽然变得淡然起来，说，"我不怕什么朱德凯，更不怕朱德锦。这次回弗元，我已经想好了，三舅的事，无论如何也要查下去。你不用劝我，即使你不帮我，我也有自己的人脉。"

宋继伟的手抓紧方向盘，深吸一口气说："我第一次见你的时候，觉得你和裴常笑一点也不像。看来是我想错了。你们身上流着一样的血，这拧巴的固执，可真是太像了。"

唐子超笑了，说："也就这点像了。宋队，你放心，我不是他，我不会往死里整自己。"

丰田花冠一路驰骋，唐子超和李海鸣一路沉默。车开到小西江边上，天边滚着厚厚一层云，前方的落日快要掉下去了。今天的天气阴沉，预报里说，百分之八十的地区会有降雨，雷声也闷。人们在自家阳台伸出头，仰着脖子看了半天，也不见雨水落下来。小西江边人很少，唐子超踩着鹅卵石，看宋继伟迈着步子走在身前，身后的李海鸣趔趔趄趄。

"就是那里。白舒梅的尸体就是在那儿发现的。"宋继伟伸出手指，指尖的长度穿过了前后三十二年的时光。

"你三舅，也躺在那里。"宋队走向手指的位置，蹲下身子。涨潮的河水翻涌上来，打到鞋尖又立马退了回去，像在反复试探。

"唐律师，你知道吗？裴常笑是一个复杂的人，远比你想的、知道的，要复杂。很多事情，我觉得他心里都明白，但就是不说。比起我们警察，他更相信自己。"

宋继伟抓起地上的一颗石子，微微弯下身，打起了水漂。石子从指尖跃出，在江面翻滚跳跃，画出数个由大变小的圈，直到沉底为止。

"我之所以怀疑你三舅的死，是因为实在太巧了。姓朱的儿子，我们盯了不是一天两天了。他的产业很多，而且都有专人打理。账目信息从来不过他的手，从名义上看，他也仅仅是投资人而已。本色 KTV，我们抽查过很多次，没有一次抓到现行。你们这些做律师的可能不知道，对于我们警队来说，色情卖淫服务的角落，最难清理。我抽查的时候，见过李艺琴，但是找遍了本色上上下下，都很干净。我总觉得每次抽查之前，他们都是准备好等着我们过去的。这种情况，一直持续到了三年前。有人给警队打了举报电话，说了一个叫'曼罗莎服饰有限公司'的地方。"

唐子超心下一惊，问："是不是'曼罗莎涉黄案'？"

宋继伟点头道："你是在网上看的新闻？是的，是那个案子。'曼罗莎'是我们警队从来没有摸到过的线索。那通举报电话直接打到我的座机上。电话里让我们一定要去'曼罗莎'暗访一次。

"我一开始没放心上。毕竟这种举报电话不少，但对方说了一个名字。"

"谁？"唐子超问。

"陈阿彪。"

唐子超说："不是应该直接说'曼罗莎'的老板犯事吗？怎么会说陈阿彪？"

"这就是我觉得最奇怪的地方。"宋继伟转过身子，半边脸盖在乌云之下，目光扫在唐律师错愕的神情上，继续说道，"那正是我们警队追查'陈阿彪割喉案'的时候。"

"你觉得举报电话会是三舅打的吗？"唐子超的心狂跳起来，倏忽之间，他觉得三舅离自己好近。

宋继伟摇头说："是个女人打的，我没接到，她留了语音。"

"我们隔天就出队了。'曼罗莎'的老板显然不知道我们的行动。进门的时候，因为证据确凿，抓捕行动变得相当容易。收缴的录像带足以判那个姓金的重罪。但是你们猜怎么着？"

宋继伟弯腰又捡起一颗石子。他举起手臂，狠狠向水面砸去。小小的石子发出爆裂之声，唐子超的身子也随之一震。

"我在姓金的办公室里，发现了他和本色 KTV 另外一个股东曲昌杰的服装交易单。我感到姓金的和曲昌杰，甚至朱德凯之间都关系匪浅，想借此机会，顺藤摸瓜，一网打尽。就在我准备上报的时候，收到了来自上面的消息，说姓金的认罪态度良好，承认一切都是他自己的主意，无论是拍摄淫秽色情录像带，还是其他见不得人的，都是他自己的事情。上面让我适时收网，不要再在'曼罗莎'身上耗下去。"

"是朱德凯的父亲出手了？"唐子超忍不住问道。

宋继伟弓着身子，皮鞋尖跟着一只爬出沙洞的蝼蛄行走，他用力一踩，四腿的生物陷进沙里，再也无法爬起。

"我不知道是不是他父亲。"宋继伟回应道，"没人告诉我这个答案，我追问过很多次，最后组织说我'不按规章制度'办事，停了我两年的职。"

"两年？这未免也太久了。"李海鸣发出不满。

"是的，很久。我停职以后，'陈阿彪割喉案'进展缓慢，主要是队里也人心涣散。我每天在家里，百思不得其解，到底'曼罗莎涉黄案'里面，自己哪里做错了？我儿子那时候要考重点高中，我也没心思管他。前妻说，我的心一直不在家里，带着儿子搬走了。等我反应过来的时候，时间长了，感情也就这么走散了。

"收到复职通知以后，我才知道，你三舅死了。我很震惊，也去南区派出所问过，说的确是死了，尸体发现的隔天就火化了。什么都没了。

"唐律师，你知道吗？我在弗元生活了一辈子，但是它说变就变了。现在的我已经不认识它了。有些事，我甚至都不敢跟退休的任队说，怕他也牵连进去，还是知道的越少越好。唐律师，我不知道你的决心有多大，但很多事情，单有决心是没用的。你要连根拔起的，是一棵大树。如果能量不够，容易伤到自己。"

天雷越滚越近，雨点打在了人们的脸上。三人踏着水洼跑回车里，身上、眼角流着水滴。

"先在车里坐会儿吧。等雨小了再开，我送你们回酒店。"宋继伟扇着身上的湿衣。

"宋队，从你的角度看，那棵烂到根里的大树，砍得动吗？"唐子超问，水珠滴在他的西装裤上，连成一串。

窗外雨帘愈发大了，不久前还平静无声的江面霎时翻涌起来，前仆后继地朝岸边的沙石打去。那只小小的蜉蝣还能活吗？它在作最后的喘息吗？这肆虐的暴雨和人，要了它的命。

"老实说，我不知道。"宋继伟跟着雷鸣，一声叹息。

"如果我是你，我不会去碰那棵树。你在乎的人已经死了，正在喘气的，还得继续这操蛋的生活。你何必为过去的事费心费力？这棵树砍了，难道就没有下一棵长起来吗？你们不应该做砍树的人。绕过那棵树，去走你们的阳关大道。这种事情，听一听就算了吧。"

"可是，如果没人砍树，这片森林不就都烂光了吗？"唐子超的言语里有诸多的不甘心。

宋继伟看向窗外雾蒙蒙的一片，像是在对自己说，也像是在对车上的人说：如果真要砍，斧子得利，不能犹豫。要砍对位置，要抓住机缘，要用尽全身力气。明白吗？你会赌上你的命。

磁带 25

走在弗元，我习惯于躲避人流的拥堵，比如双休日的购物中心，比如节假日的旅游景点。陌生的眼睛太多，即使他们认不出我，即使他们只是无意中在报纸上瞟过裴常笑这个名字，我都还是无法不去揣测那种投递过来的充满猜忌的目光。这种惴惴不安的心绪，比背上擩了钢筋还重。自打我重新踏上弗元的土地，每次出门，这种心绪都要重来一次。

令人庆幸的是，陆鹏名片上的地址在弗元市郊，人烟稀少，离黄仙观不到半公里。我开着老摩托，在黄泥道上兜圈，逮住一个卖凉茶的问知不知道"恒隆广场"在哪儿。

卖凉茶的阿伯撩起发黄的背心，往脸上一抹汗，指着不远处一个尚未完工的建筑说道："果度啊，往前走啊，好多玻璃果边啊。"

"恒隆广场"我听二姐在电话里提到过，说是弗元市政府首次规划的商住一体大厦，新闻播了好些年，近期才开始动工。大厦选址与黄仙观东西斜角相对，二姐说不少人认为，大厦踩了黄仙的命门，犯了煞气，很不吉利。我问她是不是阿妈说的这话。二姐说："还真是。不过阿妈说得也没错，'恒隆广场'刚施工的第一个月就死了人。有个女的在围栏外被车撞死了，你说邪乎不邪乎？报纸上登了寻人启事，说是要寻找目击证人。你说那地方，荒郊野岭的，哪有什么车啊。阿妈说肯定是撞了黄仙的运，两两相斥，黄仙让大厦见了红，摁头立个下马威。"

阿妈小学文化，信了一辈子神仙，为裴家上下祈福拜寿，偏偏忘了给她自己算上一卦。二姐说："阿妈的肾愈发扛不住了，但死活不愿再去医院，觉得医生不如神仙来得真心，妄想每天坚持拜拜，过不久病就会自己好了，康复如常。"阿爸骂阿妈是死猪扶不上墙，脑袋迂腐。二姐也忧心地说："我想把阿妈接到平山市，那里的空气和环境更好，医疗条件也更先进，常笑你觉得呢？"

我把老摩托停在"恒隆广场"的施工外墙。风吹起黄沙，糊了一脸。"抓好安全生产，促进经济发展"，横幅标语自楼顶滑下，垂头丧气地在风中发出呜咽。我绕着外墙逆时针走，见到一个生锈铁门，两人宽，一人半高，推开走了进去。

钢筋水泥散落在地面，随处可见废纸废料。我大喊了一声：

"这里有没有人？"声音撞着钢筋棍回弹，四周更显空旷。我又喊了数声，仍旧无人应答，只能踩着地上的沙石往里走，不料背后有人大喝道："你谁啊，没看见'施工重地，外人不得入内'？瞎闯什么啊？"

身穿保安服的大哥，膀大腰圆，瞪着黑眼圈看我，手上捏了副扑克牌，咄咄逼人。我讪笑道："不好意思，请问这边是'恒隆广场'吗？我来这里找人。"

"是'恒隆'啊。你找谁啊？我们这儿没竣工，你找错地方了吧。"大哥猛挥手，推着我的身子往门外走。

"陆总。我找陆总。"

大哥拉高音量，挺直胸板道："这里没有什么陆总，快走快走，大白天的吵死人了。"

不得已之下，我摸出了裤兜里的名片，说："我找陆鹏，和他今天有约，你看看。"

大哥把名片拿了过去，脸色微变，狐疑地看着我说："是找总经理啊，你是他朋友？"

我说："对，小时候就认识了。"

大哥喃喃道："总经理还有你这样的朋友？"说罢，他把扑克牌往兜里一塞，说："你走错门啦。总经理的办公室要走后门进，哎，你跟我来吧。"

三房两厅卖了，万全峰拿钱填了工厂的欠款。嫂子带着他儿子回了娘家，说想离婚。万全峰没答应，以他现下的情况，即便打离婚官司，也要不到儿子的抚养权。我问他接下来打算怎么办，他说想问贷款公司借笔钱，转行做五金。

"我问过了，五金是今年的风口。近些年人民生活水平越来越好了，改革开放政策走得稳，深圳都是经济特区了。我做五金的朋友说，给家里缝缝补补，换不锈钢门把手、水龙头的人不在少数。而且五金的利润大，量小一点也能赚。不像服装，就一块布，还得压仓。"万全峰站在我的出租屋窗边，朝外吐着烟。

这些年我没买房，总觉得省城除了万全峰和廖哥，也没几个能真正说得上话的人。家不是一个壳，是人在心也在的地方。

"五金就不需要压货吗？"我问道。

"需要，但不至于到服装的量。主要是单件的利润空间高，我觉得值得一试。"万全峰抽动着嘴角，想笑又笑不出来。我知道他是在极力掩饰自身的烦躁情绪。

"我朋友那边有货源，国内国外的线路都做。我们就先盘活省内，像之前男装一样。你放心，启动资金我会想办法。几家贷款公司我对比过了，选了利率最低的。顺利的话，两年左右，本金和利息能够还清。"

见我没出声，万全峰继续说道："这次的新公司，你有四成股份。以后别叫我万总了，就叫哥。小裴啊，没有你，这五金生意肯定盘不活。你相信哥，这是一块大饼。谁先啃了，谁发财。"

保安带着我边走边念叨，说"恒隆广场"一到三楼是商铺，总经理有能耐，打算把市里知名的茶楼、女装品牌、书店都迁进来，打造弗元首屈一指的商住两用中心。

他问我："你和总经理有多熟？"我还没搭话，他又自言自语地说："穿成这样，总经理还给了你名片，应该很熟吧？你真是交了大款了。我听说总经理是跟着曲总工作，比曲总的儿子还亲，兄弟，你以后要飞黄腾达啊。"

我听着保安念叨了一路，终于在四楼的一扇暗花防盗门前停了脚步。保安敲门说："总经理你在吗？有人找。"门开了，不是陆鹏，是在本色 KTV 里打我的阿杰。阿杰脸上挂着红手印，见到是我，也认了出来，慌忙低下头，侧身让保安带我进去。

陆鹏站在老板椅背后，看见是我进来，脸色由阴转晴，说："我正想着裴鸡仔能不能找到这里，快坐吧。阿杰，你去给人泡壶茶。"

保安想和陆鹏搭句话，还没开口，就被阿杰拉出门去。我坐到了功夫茶台边，对着陆鹏问："怎么又打人了？他又做错事了？"

陆鹏撕开一包"铁观音"，说："哎，现在新来的，都不得力。让他去批发城收个账，叽叽歪歪半天，一半的钱都没拿到。"

阿杰敲门，把满上水的茶壶拿了进来。陆鹏摆着手说："今天看在你裴哥的面子上，我不跟你计较。阿杰，你自己回去好好反省，收账的事，我明天会再找别人去。"

阿杰将近一米九的大高个，撇着嘴，泪眼汪汪，好不委屈。陆鹏大喝一声："还站着干什么，走啊！"阿杰连滚带爬地退了出去，留下陆鹏兀自在办公室里叹息。

"陆总，你对手下的人，有脾气啊。"我拿起一杯功夫茶。茶香四溢，不是便宜货。

"不狠能制得住人？"陆鹏轻笑道，"裴鸡仔，你还是这么天真。"

我说："那阿杰年纪多大？有二十五岁吗？"

陆鹏挑了挑眉说："这种小孩要找年纪小的。二十五岁思想定型了，管不住。阿杰今年十九岁。"

"十九岁？不读书了？"我诧异道。

"读书？读书顶个屁用。能换钱吗？我从福利院把他接回来，可不是让他去读书的。"

"哪个福利院伙食那么好？那体格比打拳的都壮。"

陆鹏笑了，说："我也是这么想过。他也不知道自己爹妈是谁，现在认我做哥。给他好吃好喝供着，就想他帮着做点事。你别看他在本色里面凶得很，在我面前怂得不行。"

"铁观音"浓得发黑，我嘴里尽是苦味，还烫。我说："陆总你现在面子大啊，刚才那个保安差点不让我上来找你。"

陆鹏说："我们这个'恒隆广场'可是个大工程。周边的空地，我大哥都拿下了。这块肥肉很多人都盯着，我们也不想失了面子，想好好做，严格把控，打算把'恒隆广场'建成市里最大的商业中心。"

他走到巨大的办公桌前，摊开弗元市地图，一览无余。他指着标红的印记，对我说："你看，圈出来的，都是我大哥的产业。以本色KTV为中心，画个圆，夜市这条街以后是要整改的，我大哥想把它改成联排小洋楼，发展欧式商业步行街。你再看这里，这里要建五星级酒店，做连锁品牌。弗元甚至没有一家像样的高级宾馆，大哥说，我们自己建的五星级酒店，要到能接待外宾的程度。还有这里，现在的黄仙观，估计再过不久就该废了。按我说，早该推平了，留着那个封建迷信的玩意儿有什么用？大哥想在那建私立高中。有钱人巴不得孩子进好学校，这个钱，不赚白不赚。"

我喉头发紧，地图上红红绿绿的圆圈比铁环还重，砸在心上。我问陆鹏："这么多项目，你们做得过来吗？"

陆鹏得意地笑道："这还不到四分之一啊。大哥的后台硬着呢。有大哥在，半个弗元都是我们的。

"怎么样裴鸡仔，要不要来跟我干？我们不是十七岁了，也没有人再敢把我们锁在'小青山'。这里是我的世界，也可以是你的世界。我们会比他们所有人过得还要好。让那些什么陈院长、护理师，统统下地狱去吧，谁都不敢瞧不起我们。在这里，我和你，就是弗元的天。"

足迹 25

黄泥水溅了一路。李海鸣跳下车时，踩进一个浅坑。阿玛尼的打折西装裤是给废了，他骂骂咧咧地走到唐子超身侧说："早知道就租吉普了。老板，您也太省了，非得租个比亚迪，底盘又低，这车跑村里，开得比大爷走路还慢，耽误事。"

连带双休日，唐子超一共回了弗元四天。今天是礼拜三，原本打算一早避着人流，开回省城。昨日江边，唐子超和宋继伟聊完后，等雨停了，三人各怀心思，互道珍重，在欲言又止中道了别。

李海鸣第一次打量大雨扫过的小西江，可惜直到他转身离开，江面也不见彩虹。

"我就说来'恒隆广场'不如去批发城。这逛街的地方能有什么线索，人来人往的。要不然往'农家乐'开也行。老板，群众对您的这个决定，提出异议。"李海鸣嘟囔道。浸湿的裤管贴着皮肤，他心里烦躁得很。

唐子超把车门关上，说："宋队不是讲了吗？他们查了本色KTV很多次，连线头都没抓到。你觉得，凭我们两个去'农家乐'逛一圈，就能打听出个所以然？"

"去批发城啊。您三舅不是还在那儿看见打人了？"

唐子超打开手机浏览器，说："你睡着的时候，我查了一下。批发城改名了，现在叫'弗元市花鸟鱼虫市场'，不卖五金了。"

李海鸣把手机接了过去，瞪眼道："倒闭了？那不是地头蛇的产业吗？说没就没了？"

"你再看看这条新闻。"唐子超手指下滑说道，"'花鸟鱼虫市场'还在翻修建设。我们即使去了，估计见到的只能是破砖瓦。我找了半天，也就'恒隆广场'还标在地图上。"

李海鸣扁着嘴，心不甘情不愿地说："还是老板英明，比亚迪挺好的，经济又实惠，还省油。是小的我没眼光，见笑了。"

"别急着耍嘴皮。你看这地方，总给人一种不对劲的感觉。"唐子超把手揣在裤兜里，四十五度角仰望天空。李海鸣顺着他的目光看去，没见着"恒隆广场"四个大字。

"老板，这楼和图片里长得不一样。"

何止是不一样，面前这栋，明明是一幢烂尾楼。直着手指往上数，算上没封顶的一共六层。看不清字迹的横幅从高处垂落下来，李海鸣瞥见一个"亘"字，他甚至怀疑，横幅就是广场的门头。

唐子超迈开步子，在广场外围打量起来。四周有打算铺路的迹象，水泥袋陷进黄沙，交缠一体。挖开的泥道也没人填上，路的尽头是通往黄仙观的方向。广场外围还筑着围栏，弱不禁风，似乎小孩都能将之扳倒。李海鸣朝他招手说："老板，这里进。"

风卷着泥，吹入生锈铁门，明明气温算不上冷，但行至广场一楼，只觉凉意阵阵，鸡皮疙瘩渐起。唐子超跟在李海鸣身后，朝侧边楼梯口走去，不禁脱口而出："海鸣，你觉得这地方，像不像鬼楼？"

李海鸣缩了缩肩膀，埋怨道："老板，您别在我后边说这话，我害怕。这'恒隆广场'不是什么商住一体中心吗？感觉就没人进来过的样子。您三舅说的是真的吗？"

"我们去四楼。磁带里说，广场负责人的办公室在四楼。"

踩着水泥楼梯往上，台阶面坑坑洼洼。广场的一到三楼皆是通风大平层，没有隔间。自四楼起变了规格，大小防盗门进入眼帘。李海鸣浑身发抖地说："妈的，我今天穿了保暖内衣，还是觉得冷。老板，我们走吧，别在这地方待了。"

唐子超没理会李海鸣的阻拦，心里点着数，盯着紧闭的防盗门走了过去，在东南角停了下来。

"这间是他们的办公室。"

李海鸣问："您怎么知道？"

"你看其他的门，还贴着膜。只有这扇，门锁边还有钥匙的划痕。"说罢，唐子超伸手去拉，竟然没锁。李海鸣吓得连连后退，以为房间里能钻出鬼来。

房间中央是一张巨大的红木办公桌，东西朝向，与之相对的是一张功夫茶桌，托着茶具。沉积的灰因为开门的风，吹起颗粒，李海鸣立在一旁剧烈咳嗽起来。

唐子超也不怕脏。他蹲下身子，拉开办公桌下的抽屉，仔细查看。大颗的尘粒抽在他的脸上，他也顾不及擦，把抽屉里发黄的纸张都拿了出来，有些递到李海鸣手上。

"真是一点痕迹没留下。都撤走了。"唐子超直起身子，喉结抖动。

李海鸣翻看着手里的废纸，说："老板，您想找什么？我看这些都是买生活用品的收据。您看，这个是 1998 年 1 月，'明湖超市'家用面巾纸，三分钱。我的天，那时候的物价还真是便宜。"

他想找什么呢？唐子超无法回答。他只是觉得，三舅曾经来过这里。可是，从比亚迪上下来，那种怪异的感觉就没从他的心尖离开过。他开口道："海鸣，你觉不觉得，这里太干净了？"

"干净？老板，您看看我的阿玛尼，这污渍也不知道能不能洗掉。估计得送干洗店了。哪有半点干净的地方？"

唐子超摇头说："你不觉得奇怪吗？我们去的每一个地方，都没有痕迹。

"我们去本色，KTV 倒闭了；我们想找批发城，市政府改建了；我们来'恒隆广场'，发现这里根本没有开业。"

"您这么一说还真是，没一步顺利的。"李海鸣思索道。

"但在刘崇焕和宋继伟的口中，那些人触手遍地。怎么会什么痕迹都没留下呢？"

"藏在'农家乐'了？"李海鸣问。

唐子超摇头说："'农家乐'顶多就是玩乐的地方。我在想的是，他们的生意去哪儿了？弗元这么小座城，这些人无处不在，不可能只有'维多利亚湾'和'农家乐'还在运营。'恒隆广场'也好，批发城也罢，为什么不继续做了？这不对劲。"

窗沿布满了灰，墙角扎着霉。唐子超从斑驳的落地窗向外望去，眼前的弗元以他脚下为起点，变成了一座巨大的迷宫。有人在布障，藤蔓从东西南北长了起来，伸向天空。他听见三舅在叫，声音从各个角落传来，他分不清方向，直到李海鸣叫住了他，说："我们必须出发了，否则高速上该堵了。明天还有刘总的会议，老板您别忘了。"

比亚迪出了弗元，加满油，一鼓作气急驰而去。周志成来了电话，说李艺琴失踪前的行踪，真查不到。时间过去太久了，想查细节太难了，除非找警方内部的人，专门调档案出来看。唐子超还没说话，李海鸣就扯着嗓子道："那肯定不行，小周，你是没见到宋队长的样子，他不乐意我们查下去，当天就想赶我们回省城。"

"要不然，我们找张嘉良队长？"李海鸣提议道。

唐子超揉着眉心，说："我们手上没个实锤，又去找他不合适。人情用一次可以，用第二次就得考虑别人能不能得益。不到万不得已，还是不要找他。"

周志成挂电话前应声道："明白了，那我先等你们回来，一路平安。"

六小时车程，后半段换唐子超开。这次出差，李海鸣的睡眠，让人不得不服。不管是在酒店大堂，还是颠簸的村中小路，他都能睡得香甜。关键是中间完全不会被人打扰，醒来后还能接上之前的对话。唐子超开着交响乐，李海鸣在副驾驶座打着鼾。鼾声随乐章起伏，唐律师的心情也稍有舒缓。

刘崇焕约了明天上午十点，在德天律所附近的咖啡厅见面，说是先签署保密协议，随后会把与"维多利亚湾"签订的合同发给他过目。刘总似乎对唐子超颇有信心，保密协议签了，至少说明唐律师对这次私下合作有一定意向，愿意与刘崇焕就之前在总统套房里聊的问题细谈。

眼下更重要的是创始人那边。如果正式与刘崇焕在"维多利亚湾"的案子上展开合作，从哪个角度抓朱德凯等人的鸡脚是一回事，瞒不瞒得住律所又是另一回事。唐子超倒不担心自己的专业知识和学习能力，但他习惯在与客户签约之前，把所有可能会发生的情况预想一遍，作出最坏打算。

他再次拨通了周志成的电话，说："小周，你去查一下本色KTV另外一个股东曲昌杰的信息。

"如果能查到他近年的行踪最好。特别留意他的关系网里，有没有一个叫陆鹏的人。如果有，也把陆鹏的资料翻出来。"

"恒隆广场"四楼那间办公室，应该就是陆鹏使用过的地方。他离开时发现，红木办公桌的对面墙上有一块裱字，行楷笔触，线条流畅，收笔也稳，写的是"厚德载物"。他在裱字前站了许久，打心眼里称赞，的确写得好。

"厚德载物"吗？他在心里重复道。这四个字似乎和磁带里的陆鹏毫无关系，难道他是在警醒自己做个好人？陆鹏是帮助三舅离开了"小青山"，但他不明白陆鹏当初这样做的理由。是对三舅的怜悯吗？他觉得不像。

如果能亲眼见一见陆鹏就好了。他有太多的问题想问，关于三舅的，关于"小青山"的，关于他们出逃的那晚。唐子超一边想着，一边加大了油门。他有一种预感，沿着三舅的路走下去，陆鹏会在某一天，在人群之中，走到他的面前。

磁带 26

彻底了解一个人，需要多长时间？

万全峰是个能做生意的。敲定了进军五金行业后，他的干劲又回来了。我不清楚他从哪儿搞来的资金，他也含糊其词，不愿细说，总之我们很快以极低的价格清空了男装库存，又在市外的国道交界路段找了个便宜的办公室，重整行装。

转行并非易事。市场行情好是一方面，如何开单是另一方面。男装的款式不算多，成本不同主要在于用料好坏。货品一旦出手，很少有售后服务一说。顶多是有少量缝线开裂或线头杂乱的问题，要么换货，要么部分退款，客户方二者择一。

五金行业有所不同。小到螺丝扳手，大到门锁和不锈钢管，种类齐全最为重要，其次便是售后。五金产品若是在使用过程中产生问题，卖家最好能保修保换，或至少提供问答咨询，防止客户流失。万全峰和我在转行初期，也遇到了诸多难题，多得他朋友帮忙，新公司得以在摇摇晃晃的资金链中生存下来，他也拿到了转行后的第一个大单。

九〇年代，商品房、住宅楼拔地而起，房地产逐渐成为港澳台，甚至海外华人回国投资的热门行业。万全峰在省城的第一家KTV遇见了从美利坚归国的华侨，得知近期大热的项目"富力花园"正在寻求靠谱的室内设计公司，还在招标阶段。

"富力花园"作为省城当时少有的，超过十二楼层高，且自带电梯的楼盘，在各大报纸杂志引起热议。这块香气逼人的"蛋糕"，不仅味道好，更是自带话题，许多供应商贴钱也想与之合作，为了给自身招牌作宣传，顺带节省广告费，万全峰自然也是其中之一。

那段日子，他听说"富力花园"的开发商总经理没事喜欢往KTV跑，于是拉着我和一个供职于设计院的老友，天天蹲守在KTV门前，盼着总经理出现。依照万全峰的想法，他打算给总经理来个一条龙服务，从室内设计图纸，到单间里的五金配件，价格款式，打包好了，一并输送过去。美其名曰，包他省心。但万老板天真了，在巨大的商业利益面前，别人做得更绝，听说有人甚至下跪，在总经理面前被人当马骑。

"怎么办？"万全峰蹲在KTV男厕所里问我，旁边站着设计院老友。

老友姓沈，弱不禁风，戴着黑框眼镜，腿上的西装裤空旷，上身一摆，裤管也跟着晃动，形若无骨。

"全峰啊，我看要不然算了吧。那总经理心高气傲的，我感觉他看不上我们的方案。"老沈紧着嗓子眼开口。

万全峰瞪了他一眼，说："你能不能有点骨气，不是说在设计院做得比牛马还累吗？现在正是你脱离组织、下海创业的好机会。要不然你再画个十年，自己也签不到半个单。"

老沈憋着脸，不敢吭声了，手里卷着设计图纸，眼角瞟我，意思是让我说句话。

我犹豫半晌，说："眼下的情况，竞争对手太多了，那个总经理什么招都见过了，想要赢，只能靠诚意。

"我们把手上合适'富力花园'家装的五金配件，以'新品测试'的名义，打折'送'给总经理。"

老沈惊道："那不是彻底亏本了？这一趟下来，你和全峰一个子赚不到。"

我说:"肯定亏本。但舍不得孩子,套不着狼。让总经理以招标的名义和我们签单。在'富力花园'打款到我们账上后,我们再把款全转给他,百分之百的利润和回扣都送到他手里。明面上,他走的是正规程序,且谈了个好价格;私下里,他又狠赚一笔。我就不信他不动心。"

"可是,这样做值得吗?这不是一笔小钱。"老沈担忧道。

万全峰突然站了起来,在洗手池边抹了把脸,说:"小裴说得没错,是要这么干。比起利润,眼下名声更重要。有名才有利。'富力花园'拿下来了,我们以后的单子都不用愁了。开单比的就是谁更狠。"

陆鹏手下有五十来人,年龄最大的不过四十二岁,管理得比军队还要严。他们管陆鹏叫"大哥",毕恭毕敬,只要陆鹏走过的地方,没人敢吱声。我跟着陆鹏进出多了,手下的人默认我是他们大哥的拜把子兄弟,也尊称我一声"裴哥"。整齐划一的黑衫黑裤,一排过去,昨天还是人人喊打的老鼠屎,今天就被人奉为座上宾,如果不是他们活生生地站在面前,我怕自己是活在梦里。

陆鹏带我进出本色KTV的次数多了起来。他和手下的人有专门的VIP包厢,在三楼,我以前从没上去过的地方。包厢里的设备和歌都是最新的,果盘也是即点即到。有时他会在包厢里接电话,大哥大一响,他挥手对身边的人说有生意要谈。大家会识趣地以想要高歌一曲为借口，去隔壁间待着。陆鹏心里明白，我还没想着跟他干，他也不逼我。从"恒隆广场"的办公室出来后，他只让我好好想想，反正他和曲总的资源摆在这里，时间也多，不着急决定也没事。

我在本色转悠的时日，没再看见李艺琴出现，连同王雪妹也一并消失了。我没在陆鹏面前问过曲总和李艺琴的关系，甚至不想他知道我主动接触过李艺琴。昏暗的灯光下，嬉笑的人们身姿摇曳，空气里是白酒的味道，我还是没见着想见的人。陆鹏说，你的话已经给戴晓冰传达了。曲总对戴晓冰喜欢得紧，含在嘴里怕化了，情人节还送了她路易威登的包，意大利带回来的正版货，从没见曲总对身边哪个女人这么上心过。

本色里管女人们叫"公主"，穿着打扮皆有规定。鞋子必须细高跟，脸上得有妆，裙子最好不过膝。有次，我看见新来的在包厢里培训，一旁站着的是羊毛卷。她眼睛扫过我，略有诧异，但很快又把脸别了过去，装作没有看见，继续对着新人训话。出了"阿水猪肚鸡"，我和她的对话就当没发生过，这个约定，我还是记着。

本色有着看不见的制度，一种流动的、层级递进的窒息感飘荡在空气里。"公主们"不得到允许，不可以主动进入包厢拉客。十个"公主"安排一个领导，可男可女，管理着从着装到考勤的诸多事宜。陆鹏不管"公主们"的事，除非有动手的情况出现。他说女人的心思太麻烦，有别人在管。还说如果我看中哪个，不用经过他同意，直接把人带走就行。我问他："王雪妹呢，怎么不见她来上班？"

"她啊——"陆鹏吞吐着雪茄说道，"她不会来这儿了，她现在可金贵着呢。"

我忍着继续问下去的心思，装作心不在焉地说："陆总，雪茄我也试试？"

陆鹏示意阿杰把雪茄盒递给我，问："第一次抽？"

我说："对，平时只抽烟，雪茄贵，想抽也抽不起。"

陆鹏笑了，说："第一口不要用吸的，先把烟给吹出去，再少量开始吸，等烟满入嘴中。动作慢一点，注意不要过肺。"

"还真讲究。"我也跟着笑道。

陆鹏说："都是我大哥教的。大哥是个讲究人，活得也清醒。我陆鹏这辈子没佩服过谁，只服他。"

我吐着烟圈，房间里的尼古丁味更重了。我问："王雪妹是攀上高枝了，哪个男的看上她了？"

"咳——"陆鹏把脚架在了茶几上，说，"有些女的，就是有那个命。看上她的，不得了。你上次不是见过吗？就那个小朱总。"

"小朱总？"我想起搂着王雪妹的年轻男人。那天阿杰也这样叫他。

陆鹏说："对，你知道他是谁？他可是市委领导的儿子。"

"说实话，我觉得 Mary 是真不好看。你看我们这儿的'公主们'，哪个不比她长得好？要说这小朱总也怪了，他喜欢有'妈味'的，还得是处女。"

"妈味？"我皱起眉头，"喜欢成熟的？"

"差不多那个意思吧。Mary没打扮的时候，不是扎两条麻花辫吗？曲总第一天见到，就没兴趣留她了。后来听说，不知道怎么的，Mary离开别墅的时候，哭得稀里哗啦的，被小朱总看见了，说看着'我见犹怜'，问她是谁。"

包厢里灯光昏暗，没人发现我的慌张。烟叶燃尽，我问："别墅？陆总你买了别墅？"

陆鹏咂着嘴说："我哪有买别墅的钱。再过几年，把'恒隆广场'发展起来，我们都可以买别墅。"

手下的人都笑了，说："大哥讲义气，有发财的机会也不忘我们。"

我也跟着乐，说："曲总的别墅啥样啊，真想去看看，开开眼。你们都去过吗？"

包厢突然安静下来，我愣住了，难道自己问错了话？我看向陆鹏，只见他用幽深的目光看着我说："裴鸡仔，那地方不是谁都能去的。你要是真想去也可以，但得先见过我大哥。他得看看你留在这儿，有什么用。最重要的是，有没有跟着他的心。"

足迹 26

刘崇焕把见面地点改到了"珠光天御雅苑"，这也是省城近两年房价炒得最高的楼盘之一。南可望珠江江景，北可观庆典广场，东西两侧紧挨全市交通中轴线。该楼盘是首屈一指的四重景观优势项目，达官显贵很难不趋之若鹜。

房产市场炒得越凶，德天律所的生意越好。唐子超在电梯里握紧手上的公文包，里面不但有他昨晚准备的保密协议，还有芝加哥房产项目的购买意向书。

今天唐律师是一个人来见的刘崇焕。离开省城区区四天，这周又多了五个新客咨询预约。李海鸣先回律所处理日常事务，同时把预约要见的人，先作个简单背调，因此也就没跟过来。周志成那边进展得似乎不顺利。早上唐子超电话问他："我们不在律所的时候，你可还好？"小周憋着气，硬着声说："放心吧，没问题。"但唐律师心里明白，贾炎胜一定有事没事，为难了小周不少。不过这小实习生还算争气，没事不和上级瞎抱怨，踏踏实实把交代的任务完成，比起诉说委屈，还是工作更为重要。李海鸣说得没错，周志成的确是"孺子可教也"，好好磨炼一段时间，不比李海鸣差。

电梯停在二十三楼，唐子超跨了出去，在走廊里正了正领带，深吸一口气。对于刘崇焕今日可能会提出的疑问，无论是和芝加哥房产项目相关，还是针对于"北美博森堡基金有限公司"，甚至是"维多利亚湾"酒店，他早已在脑子里预演了一轮。

在总统套房会面刘崇焕的当晚，唐子超给芝加哥房地产团队的负责人发去了问候邮件。负责人名叫 Alex Thompson，与唐子超年龄相仿，金发卷毛，白肤蓝眼，身材与漫威里的美国队长有得一拼。

Alex 为人热情好客，也是他告诉了唐律师有关基金公司的事。收到邮件的 Alex 基本秒回，说："It is my pleasure to serve our clients on our real estate projects. What's the budget for Mr.Liu? Does he consider our pent houses?"（为你们提供房产咨询服务是我的荣幸。请问刘先生的预算是多少呢？他会考虑我们的顶层房型吗？）

Pent houses 是 Alex 最渴望销售的主打房型。能在顶层一掷千金的客户，除了首付必须给足百分之七十的现金以外，还意味着对方拥有强大的人脉资源和背景能力，这类客户往往能给 Alex 推荐同样优质的买家。

唐子超在邮件里回复 Alex，目前这位刘总至少能买得起三房两厅，两百万美元的大户型。但当他得知刘崇焕改了见面地点，他意识到 Alex 和他可能还真挖到宝了，芝加哥房产的顶层房型价格还不足"珠光天御雅苑"的一套普通两室两厅来得昂贵。刘崇焕比他想象的更有实力。

"珠光天御雅苑"A 座，一层一户。唐子超按响可视门铃，小陈的声音传了出来。

"喂，是唐律师吗？"

唐子超正色道："对，是我。"

门锁打开，又是小陈那张关公脸，不见笑意，也不见怒气。他说："进来吧，刘总正在开会，唐律师你稍等。"

客厅很大，甚至可以用空旷形容。大理石地面一尘不染，玻璃窗呈曲面立于眼前，擦得锃亮。唐子超走到窗边，不由心旷神怡。怪不得这楼盘价格如此之高，一度飙升至十二万人民币一平，有了眼下的珠江景致，还有一览众山小的视野风貌，很难不叫人心动。

"好看吧？"小陈递了杯咖啡过来，言语里掩盖不住的得意，关公脸终于浮现情绪。

唐子超道了声谢，点头说："好看到移不开眼睛。"

小陈说："这楼盘还在打地基的时候，我们刘总就看上了，说地理位置不要太好。当时预售的时候，房价五万一平，人人喊贵，都在观望，没人敢率先下手。但刘总就是有眼光，说那个价格低了，肯定要涨。果然，现在的价已经没法看了。刘总买了这个房，又赚了一笔。"

唐子超问："刘总这套，有多少平？"

"三百平。现在市场价有人出到四千五百万，问刘总愿不愿意出手。刘总说再等等。不是颁布了'限购令'吗？刘总觉得价格还能再涨。"

真是钱生钱。对于奋斗一生、挤出吃奶的劲才能在省城扎根落脚的普通人来说，住进"珠光天御雅苑"是想都不敢想的事。刘崇焕这种人投资项目，看起来就跟唐子超买大白菜一样随便。

房间内响起脚步声，有人开了门，是刘崇焕握着手机走了出来。他的脸色颇为憔悴，抱怨道："唐律师，真不好意思，让你久等了。我那三个兄弟的律师又来电话了，他们不逼我一下，好像心里都不舒服似的。我也不是不明白，但这么大笔钱，哪是这么好追的。你们说是不是？"

小陈手脚麻利地给刘总递上热茶和纸巾。刘崇焕擦着额头上的虚汗，问："唐律师，我们直接进入正题。'维多利亚湾'的事，你考虑得如何了？"

唐子超严肃道："刘总，首先我十分感谢您的信任，将如此重大的案子，告知于我。我和李海鸣在那天与您聊完过后，也查找了一些相关资料，认为还是得看到您和对方签署的具体合同，我们才能作最终判断。所以，今天我把保密协议先带过来给您过目。"

刘崇焕将保密协议接了过去，边看边说："写得很详细，不错。'维多利亚湾'涉及的投资金额大，我也不希望有更多人知道这件事情。唐律师，你的顾虑我都能明白。"说罢，他示意小陈递上钢笔，在保密协议最后一页签了字，唐子超也拿起笔，在相应的地方署名。

"既然我们双方都有了共识，那这就是我们开始合作的第一步，无论最终结果如何，我本人还是很高兴的。小陈，你一会儿把'维多利亚湾'合同的扫描件发给唐律师。唐律师这边有任何问题尽管问。我们要努力找出那些人的漏洞，从法律的层面，把这件事解决。"刘崇焕一鼓作气说道。

唐子超说："刘总，您放心。我不会对客户过度承诺，但最起码信心还是有的。合同我们先看，他们如果能钻法律的空子，我们也未尝不可以利用法律对他们开刀。"

"说得好！"刘崇焕哈哈大笑起来，脸上的阴霾一扫而空。唐子超见时机正好，拿出了芝加哥房产项目的购买意向书，放到刘崇焕跟前。

"'北美博森堡基金有限公司',唐律师有更多了解?"刘崇焕不着急看意向书,反是发话问道。

果然,唐子超猜得没错,刘总最在意的还是资金合法输出的问题。

昨天在邮件里,唐子超主动问起 Alex 有关基金公司的事。没过两小时,Alex 发来一封新邮件,抄送了一个叫 Serene Smith 的人,说是基金公司的客户经理。唐子超在搜索引擎、求职招聘平台,甚至是其他社交媒体,都没有找到这个名字和基金公司有所关联的信息,想来是基金公司对其保密措施有严格控制。

Serene Smith 的邮件,用词专业,甚至带着寒气,遣词造句皆经过用心斟酌,让人挑不出毛病,使用的也是高阶英文词汇。坐在电脑对面的唐子超,在回复对方的时候,不自觉地手心出汗,生怕一个单词用错,对方下一秒会要求他立马回头查看《牛津词典》,把错误纠正过来。Serene 邮件里说目前基金公司有三种产品:投资带有移民名额的商业地产项目,以捐赠的名义在私人学校设立奖学金,以及海外慈善组织赞助。

邮件通篇三百词英文,找不到一个明面上的"钱"字。对方还颇为委婉地点出,他们需要了解刘总的背景资料,才能决定是否接纳客户。如果刘崇焕决定走基金公司这条线,还得帮他作必要的背景包装,才能在两边建立起足够的信任。

唐子超将 Serene 提出的三种产品如实告诉刘崇焕,对方频频点头,表情很是满意。刘崇焕听完后,打开购买意向书,爽快地签了字，说："唐律师，麻烦你和基金公司说，按照我现在的情况，让他们出一个方案。芝加哥那边我打算购置两套房产，你看一下合适的房型，大一点没有关系，我还是想以投资为主。"

事情比唐子超预想中的还要顺利。李海鸣若是知道这个消息，怕是会一跃而起，鼻孔朝天，横着走过贾炎胜面前。公司法务也得尽快联系，今天下班前让他们把芝加哥房产的合同草稿拟出来，刘崇焕越快签署，他越心安。

"没问题。刘总放心，我会尽快帮您筛选户型。"唐子超答应道。

走出"珠光天御雅苑"，唐律师的步履轻快，这段时间，长期徘徊在心头的阴霾，总算开了个口子，有阳光照进了。他拿起手机，给创始人发了越洋短信，说：芝加哥房产项目的第一个单子，我拿了。

荷兰那边是早上六点，创始人还没起床。等他睁眼看到这条信息，怕是会高兴得一个电话打过来，询问具体情况。唐子超嘴角浮现笑意，在心里准备起给老狐狸汇报的用词，一定不能显得太过欣喜，要控制呼吸，表现得理所应当、意料之内。

"喂，是小周吗？"唐子超的手机响了，周志成的语速有些急切。

"唐律师，我这边查到了曲昌杰的情况。"

唐子超身子一冷，站到了树荫下，说："怎么样，曲昌杰现在在哪儿？"

周志成清了清嗓子，似在犹豫，同时又带有疑惑地说道：

"资料里的信息很怪。这个曲昌杰，改过两次名字，1997 年改名叫李路民，三年前又改名为刘崇焕。唐律师，我们是不是有个客户，也叫这个名字？"

磁带 27

歃血为盟？桃园结义？还是对着张飞像磕头？我拿着水果刀在手心比画着说："曲总喜欢哪一挂？陆总你和我说说，我好有个心理准备。"

包厢里的人皆是一愣，随即陆鹏带头，放声大笑出来，其他人也跟着笑，前俯后仰的，墙壁上的人影乱作一团，魔球灯打出的光斑，照在每个人脸上，分不清是真笑还是假笑。

阿杰粗着嗓子，右手搭在我的肩上，比背了十斤肘子还沉。他对陆鹏说："大哥，我们裴哥真不是一般地憨。你还说他机灵，我看他就是个老实巴交的蛋。"

陆鹏捂着肚子，摆手说："裴鸡仔，你是不是港片看多了，我们这是现代社会，都快走进二十一世纪了，不整那些虚的。再说了，你又不是要和曲总滴血认亲，割手掌是打算干什么？"

"不是书里说的吗？还要饮血酒，这样才能算结拜兄弟。难道不流行这种作法了？"我佯装诧异。

包厢里的人笑得更欢了，有的扶着墙说我傻冒。陆鹏抹着眼角的笑泪，说："哪本书上说的？误人子弟。"

"《史记》啊，我高中时读过，准没记错。"

陆鹏笑得直不起身，说："行了，我算是听明白了。裴鸡仔你是个文化人，我大哥肯定喜欢你。他下周从海南回来，到时候你和我去趟别墅。但刚刚那些话，你就别提了，笑死个人。大哥也就是看看你符不符合他的眼缘。他这人，看中直觉。觉得你合适，点个头，奉个茶就算完事，没那么多幺蛾子。"

这时，阿杰俯身到陆鹏耳边，低语一番。包厢里太吵，具体的话我没听清，但"别墅""琴姐"等尾音随着歌声入耳，只见陆鹏脸色一变，站起身说："你们好好玩，我去办点事。阿杰你带着人，去批发城转一圈，把没交铺租的，催一下。其他人没事就先回家。"

他看了我一眼说："裴鸡仔，你也先回去，这两日别来了，有事我给你电话。"

陆鹏拿起手边的公文包，问阿杰要了车钥匙，独自离开了本色KTV。我借口上厕所，也跟了出去。彼时日落西山，陆鹏站在街口，对着大哥大一通吼。我站得远，只能看见他嘴里念念有词说个不停。乌云遮挡了红日，他的脸也埋在阴影里。他似乎气得不轻，手捶在宝马车顶，等挂了电话，打开驾驶座的门，打着火，火烧眉毛似的冲出大道，还不断按着喇叭。

我截了辆的士，跟了上去。陆鹏开得飞快，穿梭在下班的车流中。的士司机也被我逼得紧，黄灯变红，还是被我吼着冲了过去。开了十来分钟，陆鹏的车拐进一条巷口，那巷子我看着颇为眼熟，竟然是离"天姿发廊"不远的小别墅区。我扔给的士司机三元，说不用找零。车门一关，我摸着巷口往里走，打量着成排的别墅，朝巷子深处看。身边驶过两辆面包车，我猫着腰，跟了上去。我看见面包车在巷尾的一幢红砖小楼前停下，车上下来一行人，中间赫然站着李艺琴。

那一片是弗元市九〇年代的第一批小别墅区，由市里的商会与土地资源局合资建设。动工时我听二姐提起过，说市里的人都觉得新鲜，毕竟能住进别墅的非富即贵。但后来又说，小别墅区的配套设施跟不上，价格有所下降，很多小楼即便卖了，也变成了空屋，没几个楼真有人住。我本以为王雪妹口中的"大房子"，怎么也得在郊区，不料竟然离市中心不远。

李艺琴耷拉着脑袋，在人群中间显得突兀。旁边清一色膀大腰圆的男人，她一个纤细女人，相比之下很是羸弱。陆鹏站在红砖小楼前，对着李艺琴的脸喷了口烟。李艺琴瞪起眼睛，嘴里骂着我听不懂的话，像是江浙的方言。陆鹏示意旁边的人把李艺琴带了进去，他也跟了进去，不锈钢防盗门"砰"地锁上了，面包车从巷子里撤了出去。

我沿着红砖墙边的阴影摸了过去，心下踌躇该如何进去探个究竟。忽然有车灯的光照了过来，我慌忙躲进墙根的垃圾箱旁，用发臭的垃圾袋遮挡自己。我听见防盗门又开了，是陆鹏的声音传来。他憋着嗓子说："您来了，快请进。"

我好奇来的人到底是谁，又不敢伸头去看。等门再度关上后，车子掉了个头，开了出去。我探出半个身子，发现是一辆警车，吓得把身子缩了回来。

小巷里空无一人。我踱着步在周边独栋徘徊，唯独不敢向红砖小楼的防盗门走去。本色 KTV 正门装着摄像头，如果我猜得没错，小楼的正门边上也安装了摄像头。王雪妹说过，大房子里养了两条大狗，眼下里面还有不少人，不能贸然行事。

权衡之下，我把小楼附近的地形和地势摸了个遍。顶着渐起的冷风，我打了摩的回到仓库。曲昌杰的老巢总算探着了，但李艺琴又是怎么回事？她对着陆鹏，似乎恨意滔天，难道她不是曲昌杰的姘头？

"富力花园"的招标进展顺利。万全峰在我的提议下，力排万难，总算拿下开发商总经理一局。总经理要求给他纸钞现金，不能支票过账，为此万全峰还找了辞职回老家的女会计，把手上能换到的现金都筹了出来。总经理在 KTV 拿了钱箱，一边点一边说："还是万总有能耐。说句老实话，之前找我的那些人，都下不了本。有的自尊还高。你们说，赚钱需要什么自尊？要在老子面前装逼，就别想着赚钱，是不是？"

万全峰弯着腰说："总经理，您说得对。我们能和'富力花园'合作，多亏了您牵线带头。招标有三十家公司竞争，我都没把握了。还是您把握方向，叫我们按照'富力'老总的喜好修改提案，我们才能这么顺利，一次通过。"

"你们明白就好。"总经理阖上钱箱，五指拍着万全峰的脸说，"我们老总的喜好，只有我一个人能摸得准，要不然我也坐不到今天的位置。你们给我的这个钱，一点也不亏。以后省城这里，哪个新楼盘要用的五金器具，我敢说，你们家要想拿，只要价钱合适，没有拿不下的。不过万总，你那个做设计的同学，就是姓沈的那个，下次别和他合作了。他那种老实人，就该在设计院待着。我那天让他改室内方案，改多了两次，他还不高兴，怨气跑到脸上了。这种人，以后别出来签单。他是你带来的人，我肯定是给面子了。要是别人，我早踹了。"

万全峰点头作揖，说："总经理提点的是，老沈属于技术人员，对生意场上的事不上道。如果您觉得有需要，室内设计这块，可以我来对接。您也不用再看他的脸。"

总经理摆了摆手说："那也没必要，我会看着办的。万总，下次'富力'还有项目，我们继续合作，怎么样？"

万全峰扯动着脸上的肌肉，说："那当然是好。总经理您随时联系我。"

总经理手里的钱箱，装的是万全峰和我手上几乎所有的钱。招标结果下来的那晚，万全峰在办公室喝得烂醉。他开了一瓶珍藏多年的洋酒，名字我念不出来，说是法文。那时候还没有飞天茅台，也没有五粮液，我和他就着干炒牛河，灌下洋酒，在办公室大骂总经理是他妈的大孙子。拿了钱还损人，外表衣冠楚楚，玉树临风，实则烂到了骨子里。万全峰喝到一半，坐在老板椅上大哭起来，说："做生意真他妈的难，太难了！老子给人当孙子，送钱，听人骂哥们，还得赔笑脸。小裴啊，这生意做得有意义吗？除了钱，我还能得到些什么吗？"

天黑得跟染了墨一样。我坐在仓库门前,风穿堂而过,不留痕迹。红砖小楼门前的警车和李艺琴扭曲的脸,比田间的虫鸣更为真切。那扇巨大的防盗门背后,真是戴晓冰这段时间住的地方?陈阿彪那边的黄毛绿毛,我也没再碰到。他们似乎消停了下来,也和李艺琴的事有关吗?

座机的铃声划破夜的寂静,我惊得从地上一跃而起。"喂,谁啊?"我抓起电话问,对面传来戴大军的声音。

"裴靓仔啊,是我,晓冰她阿爸。"

我说:"戴叔,这么晚了,你还不睡,又想女儿了?"

戴大军低着嗓子说:"可不是嘛。我这段日子啊,想来想去,总觉得晓冰是生我的气了。

"我之前让晓冰想办法多赚点钱,她阿妈和我啊,就想来年再生个儿子。裴靓仔你也知道,在我们这种乡下地方,没有儿子,会被笑话的。我已经有两个女儿了,再有个儿子就齐整了。我和晓冰说,生娃要准备点钱,以后还得给弟弟买婚房。她跟我说赚不到那么多,城里的钱也不好赚。我们在电话里吵起来了。她就把电话给挂了。后来就再没声音了。裴靓仔,你说晓冰是不是生气了,故意躲起来,不想认她阿妈阿爸了。你和她好好说说,就说阿爸想她了,不赚那么多钱也没关系了,想她回家了。"

戴大军粗重的呼吸打在听筒上。我生平第一次那么想把电话砸下地去。杨利好说得没错,我他妈就不该管戴晓冰的闲事!孩子是男是女,比他妈的人命重要!

足迹 27

脚下踩着珠江，刘崇焕背着手，立在落地窗前。

这几年他的身体素质明显下降，年纪上来了，连烟都戒了。他手边还有诸多生意尚未处理，每天听着各式各样的人拍马屁，说他有眼光，听得耳朵起了半层茧。不过，关于投资"珠光天御雅苑"的赞美，他倒是愿意再多听上几句。只是身边的人，没一个夸在点子上。

"珠光天御雅苑"的地理位置优越性显而易见。买得起这儿的，也不差一套豪宅的钱。能打动刘崇焕的，比起所谓的投资优势，倒不如说是那漫天的雨帘。作为最早的十位买家之一，在观摩样板房的当天，窗外下起了滂沱大雨，乌云蔽日，原本明亮的房间也暗了下来。在场的销售经理有些慌神，他担心这电闪雷鸣的雨势，影响了买家的心情，更遮挡了本应一览无余的珠江景致，甚至有爱算命的买家，皱起了眉头，喃喃说这会不会是不祥之兆。

是吗？他刘崇焕从来不信命。雨水发狂，叫嚣着扑面而来，又被落地窗挡了回去，前仆后继。他透过雨帘的间隙，看见珠江面翻起的浪，打着跨江的桥，看似愤怒无情，却随着雨势减小，逐渐平静下去。

也不过如此。他这样想着。这条江抓着全省的命脉，甚至是全国第二大河，但在他眼里，也不过尔尔。倒是弗元的小西江咬起来更凶猛一些，岸边的礁石也削得更利。不过听说，小西江身上流的不是珠江的血，它是澜沧江的分支。怪不得了，不同的种，脾性也不一样。就像他和弗元的人，生来就有所不同。

刘崇焕是他三年前给自己改的名字。从出生开始，人们都习惯叫他曲昌杰。他不是弗元本地人，小学跟着经商的父亲南下，机缘巧合在弗元落了脚。弗元那座工业城，水很脏，母亲在那里染了肺病，身体弱，没事就爱在家里烧高香。

父亲人生地不熟，生意开展得不顺利，每天晚上酒喝完了，回来抓着母亲就往死里打。他求母亲反抗，母亲也不敢，抱着他说父亲撒完气就好了，一切都会好的。他一度想要相信，直到母亲在房间里上吊自杀，写了遗言，说撑不下去了，他这才知道，母亲和他开了一个天大的玩笑。

父亲把母亲的死，怪在了他的头上，说他们母子俩是倒霉催的，毁了他的人生，也再没心思打理生意，更无心管他，连他从初中辍学了都不知道。他极度讨厌回到那个酒气熏天的家，也讨厌别人叫他曲昌杰，更讨厌向父亲伸手要钱，被大声咒骂的自己。直到十六岁的春节，他偷了父亲的钱夹，彻底离家，挨到父亲逝世，他也再没回去过。

落脚弗元的第一年，他就知道自己不喜欢那座城。当时父亲还留有向上的心，手上也有余钱，找了关系，把他送进当地的小学，说国企的子弟兵都在那里，师资也是全市前三，让他好好待着，结交些国企高官的孩子，回来告诉父亲，他们的爹都姓甚名谁。但他发现，无论自己笑得多么诚恳，不一样的圈子，他怎么也融不进去。子弟兵嫌弃他是外面来的孩子，聚在一起笑他土，说他的口音像狒狒学说话，怕不是捡来的野种。他和他们之间隔着一堵厚厚的墙，看不见，也摸不着。父亲骂他没出息，半个学期了，连一个朋友也没交着。他哭哑了嗓子，蹲在房间里想：我以后要比那些子弟兵，比父亲，赚更多的钱；他们在我眼里，都是下水道的垃圾，早晚有一天，我会把他们都踩下去。

刘崇焕是有慧根的。这话是母亲生前带他去黄仙观里听道士说的。母亲拉着他，跪在塑像前磕头，说求黄仙给我家孩子算上一卦。头磕到第三声时，有道士走了过来，说施主，你这个孩子慧根重，但不稳。调教得好，日后必成大器；调教不好，或成大祸。母亲胆小，吓得发抖，问如何是好。他盯着道士的眸子，觉得恶心，拉起母亲的手闹着要走，说再也不要来这观里听那种胡言乱语。他是成大事之人，哪里容得下那些抓耗子的瞎胡说。

父亲酗酒喝伤了胃，死前把剩余的一点现金和一套空房留给了他，自私得连遗言都没有留下。他一直觉得，父亲当初带着他和母亲说南下经商，只是逃避现实的借口。搞不好是父亲在老家得罪了人，逃出来的。但他从来没有问过，也不想关心。他拿着父亲留下的钱，走进了三中的后巷，在那里看到了另外一个他没有触碰过的世界。

他第一个睡的女人是李艺琴，那时候她还叫江艺琴。他习惯叫她阿琴，也不断地对着她重复，她是他最爱的人。那时应该是七〇年代，人们都穷，阿琴还没有自己的铺子，跟着别的鸡头接客，有时候被打得鼻青脸肿。他也想不到如何能赚更多钱。他问阿琴："你想不想有自己的铺子？"阿琴看着他，迷茫地说："想是想，但哪有钱？"他从兜里摸出一把钥匙，说："就我家吧，我家方便，没人。"

他觉得自己对阿琴的感情，至少比对母亲的要深。阿琴和别的男人在隔壁房间叫唤的晚上，他数着钱，心里多少还是有些不舒服。只不过这钱来得太过容易，阿琴看起来也没有不乐意。客人来得多了，房子里的女人们也多了起来，她们管她叫"琴姐"，管他叫"杰哥"。她找女人，他找男人，两相配合，很快他们从家里转移到了后巷。阿琴抱着他的脖子，说他是她的贵人，相信马上就能过上好日子。

女人钱一旦赚起来，就像欢好没了日夜，愈发没有尽头。阿琴看女人的眼光不错，找来的姑娘各有特色，他拉客起来也容易得多。现金装进口袋，眼红的人也愈发多了，旁边的铺子也学着他们变着花样来。他知道那些男人的心思，要年轻的，看上去纯的，干净的，那样才留得住客人的心。阿琴的名声大了，后巷被取缔以前，走进铺子里的人也更杂了，不过那时候他怎么也不会想到，里面藏着一个叫朱德锦的男人。

朱德锦之所以令他印象深刻，倒不是因为对方出现在弗元的地方电视台里。他一向不太关心客人的背景，往往来铺子里要服务的人，也不想过多地被人知道。只是这朱德锦的女人太过厉害，在大街上逮着自己男人就骂，被他撞见过一回。他听人说那个女人的父亲，是市里的官。他也看见朱德锦跪在女人面前，屁都不敢放的模样。刘崇焕的心突然就动了。这男人，以后肯定不简单。

果然，他猜得没错。男人住在炼油厂大院，外地人，是市里的供应处副书记。有传言说他一心想当乘龙快婿，找对象只看女方的爹。他笑了，哪个官能容忍上门女婿的私生活不干不净呢？刘崇焕在供应处街角的巷子里，堵住了朱德锦，说："大家都是年轻人，有缘分，以后相互帮衬合作，怎么样？"

刘崇焕赌对了。朱德锦和他成了最熟悉的陌生人。他们只在刘崇焕的家里见面，每次进来屋子的女人都不尽相同。姓朱的能爬，位置越升越高，带过来的男人也愈来愈多，刘崇焕的生意也随之扩大。即便是后巷因为整改，铺子被查，那也只是表面上做做样子。弗元另一头的本色KTV早就布置好了，欢好之地还配了歌声，岂不是更高级？阿琴也摇身一变，当上了李经理，KTV进来的姑娘们，裙子也都更短了，妆也更浓了。

可是，刘崇焕知道，朱德锦看不起他，如同小学的那些国企子弟兵一样。朱德锦不止一次暗示，他只有小学文凭，不像自己是大学生，背后还有岳父作靠山。朱德锦会掐着文绉绉的官腔，对酒桌上的人说："弗元又有新的商业用地开始招标了，这次提高了门槛，不是随随便便就能投标的。"

人们争先恐后地给朱德锦敬酒，簇拥着献上溢美之词。刘崇焕坐在角落里看着，也跟着笑。真能装啊，那块地不是已经用曲昌杰名下的建筑公司拿下来了吗？还需要说那些令人发笑的场面话？觥筹交错之间，他在朱德锦上扬的唇角和眼底的轻蔑中，看见了某种权力。那是他一辈子终其所有也爬不到的顶峰，和钱无关，与人有关。

他需要把商业版图做得更大，大到朱德锦害怕。他知道弗元的五金批发城在找人接手，他拿出了几乎全部现金，把批发城的经营管理权从上一个公司手上买了过来。他在弗元车流量最大的高速路上立起他的名字。他要让那座城的人，那些子弟兵，都想起他，记住他。没有他，朱德锦只是一条夹紧裆部、对老婆在大街上撅屁股的老狗！

敲门声响起，是小陈回来了。

"送走唐律师了？"刘崇焕回过神，狂暴的眼神变得柔和起来。

小陈点头道："唐律师看起来心情很好，说很快会再和我们联系。"

"他当然心情好了。"刘崇焕轻笑一声，"我今天定下两套芝加哥房产，送了他个大单。他没当场笑出来已经很克制了。"

"刘总，我不明白。为什么我们一定要找唐律师？我觉得贾律师那边，诚意也很足。"

刘崇焕端起面前的茶盏，喝了一口说："'维多利亚湾'的案子，涉及的金额大。我们打官司的对象，也很敏感，一定得找抓细节、能做实事的人。贾律师的优势在嘴巴上，不在笔头。我们要想从法律层面找出那帮人的弱点，唐律师是最好的剑。"

小陈听得一知半解，还想再问，这时大楼前台打了电话进来，说有人到访。小陈看了一眼刘崇焕，对方从沙发上站起身，说："是陆鹏吧？今天这么早就到了，快让他上来吧。"

磁带 28

"纸青蛙"撅着屁股，顺着桌沿蹦跳。下手的力气猛了，"青蛙"蹦出了界，从桌上跌落下去。我没留神脚下，皮鞋踩了上去。阿杰苦着脸，抬起头看我，说："裴哥，我的'蛙'被你踩死了。"

"哎哟，真不好意思！"我弯下腰，捡了起来。阿杰接过去，小心翼翼地吹着折纸上的灰，悠悠叹着气说："这蛙肚子扁了，跳不起来了，我才玩了一次。"每每到这种时候，我才有所察觉，阿杰还只是个十九岁的孩子。

"哥帮你折。"我在高脚桌边坐下。旁边打台球的，手扶着一个靓女的腰，纠正着姿势，说中杆打法，击点厚实，走球不飘。那杆抓得歪歪斜斜，靓女腰上的手倒是搂得挺紧。

这两日陆鹏不见踪影。手下的一帮人，不是在本色里闲坐着，就是到旁边台球厅抽烟泡妞。我在仓库埋头想了许久，决定还是来找阿杰聊聊。他小子认陆鹏为父，陆鹏说东他不敢往西，红砖小楼的情况他应该很是了解。

阿杰一米九大高个，两百斤，身子能把高脚椅压断。他兰花指捏着牛皮纸，对折，压线，叫我注意力道，看着"纸青蛙"在我手里重生，笑得跟个不倒翁似的。我见气氛不错，装作心不在焉地开口问道："你大哥去哪儿了，怎么没见到他？"

"还能去哪儿。肯定是去曲总那了。"阿杰目光专注地盯着青蛙跳，高兴地说，"这只比刚才坏的那只跳得远。"

"大别墅？"

阿杰点点头说："百分之百。曲总每次回来，大哥都紧张得不得了，得去作招待。"

"什么招待？"我继续问道。

"贵客啊。曲总那边都是大人物。反正都是上了年纪的。大哥得去帮忙接应着，安排小姐过去。不过，他们今晚好像说在饭店玩，不去别墅那边。"

我玩弄着手里的"青蛙"，问："阿杰你也去过？你和我说说，大别墅里面都什么样？"

阿杰瞟了我一眼，脸上扬起得意之色，说："裴哥，你和我大哥关系挺近的，他没和你说？"

"我和他都隔了多少年才见的面，哪有你和他近，是不是？"

阿杰乐了，鼓囊囊的脸上炸开一朵花，说："也对。不过大别墅我只去过两回。那边都是曲总手下的人，专门看那地方。

"里面的人听说是曲总和大哥专门选的，有的武馆出身，很能打。我是给他们带小姐们去的。里面挺豪华，三层吧，有不少房间。"

"他们在里面做什么，开会？"

阿杰白了我一眼，说："裴哥，你是真傻还是假傻？他们管那叫'派对'。特别是小朱总，他特喜欢。听说每次小朱总在，小姐们都开心坏了。"

"你没参加过？"

阿杰脸一红，说："我要求参加来着，大哥没带我。每次都他自己留下来。对了，还有那个琴姐。"

"琴姐是谁？"我心头狂跳，差点把手里的"纸青蛙"捏成团。

阿杰神情一滞，大概是觉得说漏了嘴，结结巴巴起来，说："琴姐……就……就是本色的女经理。之前和大哥他们关系挺好的。"

话说到一半断了，我接上继续问道："没见过这人啊？是陆总的女人？他小子怎么没和我说过。"

阿杰慌忙摆手，叫我小点声，说："裴哥，这话不能乱说。琴姐是曲总的人，但是吧，最近她犯了点事。"

我将身子往前挪了挪，凑脸过去，问："啥事这么神神秘秘？就你一人知道？"

阿杰欲言又止。我说："你告诉我，今天我给你折五十个'纸青蛙'。况且，我和你大哥什么关系。他迟早也会告诉我的。"

阿杰想了想，许是觉得有理，低声在我耳旁说道："琴姐……杀人了。"

我猛地抬起脸，撞上阿杰的圆鼻头。他"呜呼"一声号了出来，说："裴哥，你谋杀我。"

"这消息太吓人了。我没见过世面，消化不来。到底怎么回事？"

阿杰忍着疼，断断续续地说："不就是杀人吗？这有什么好一惊一乍的。"言语里还带点小骄傲。

我说："那女人杀了谁？这么恨呢？"

"可不是嘛。听说开车撞了曲总的小老婆，就在'恒隆广场'

前面。"

"小老婆？曲总结婚了？他不是和琴姐是一对吗？"

"是一对啊。但曲总是什么人，他又不可能和琴姐那种人结婚。他找了个年轻的做老婆，孩子都生了两个。琴姐可能是气不过，忍不下去了，开车撞完人就跑了。"

"没抢救过来？"

阿杰摇头说："反正送医院的时候，已经没气了。我见过那女的，挺漂亮的，江浙那边的，小脸就巴掌大。曲总会移情别恋，一点也不奇怪。"他说完自己"嘿嘿"笑了起来。

我把手里的"纸青蛙"递了过去说："给你，这个跳得远，后腿看起来有劲。"

"富力花园"带来的宣传效果不是一般地好。有了这个活生生的例子，新公司的客户，谈一个，准一个。给总经理的回扣没白花，钱哗哗进账，现金流算是走了起来。单是粤东一条线路，就够全公司的人吃大半年。老沈那边也从设计院脱离了出来，成立了自己的设计团队。万全峰帮着给他介绍客户，顺带也拿提成回扣，我们的荷包又鼓了起来，日子过得可以说是蒸蒸日上。

但万全峰的老婆没打算从娘家回来。我问过他，嫂子人挺好，哥你要不然多哄哄，不是还有孩子吗？万全峰支支吾吾地不愿意说，只道婚姻的事，最难解决，一切都需要时间。

1987 年到 1994 年，我记得清楚，是五金市场的顶峰时期。我们从源头拿货，最普通的水龙头可以卖出三十二倍的高价。粤东的大小城市被我们跑遍了，产品也走进了大小商超。万全峰手里点着现金，抱着老沈，在 KTV 包厢里乐开了花。万全峰这次求稳，不再随意扩张销售路线，在我的要求下，也尽量不先替客户垫付货款，公司的现金流处于一个相对健康的状态。万全峰也重新买了一套小两室，说打算把老婆和孩子接回来，一家人还是团团圆圆的好。

这期间，万全峰也给我介绍过不少女人，也并非没遇到中意的。新公司有个姑娘叫阿红，比我大两岁，在办公室里做前台。阿红是海口人，长得文静，留着粗辫子，到腰部长度，见到我总低着头。万全峰拉着其他销售起哄，说阿红看上你了，不然为什么老打听你今天来不来公司，见了哪些客户，签了哪些新单。时间一长，我也并非没有动心。年轻人之间的眼波流转，有几分情，多少意，还是看得出来。但我始终无法对阿红表白。

"小裴，你怎么回事？阿红请了三天的假，我看再这么下去，她要辞职了。"万全峰把我拉进楼道里，着急问道。

我说："那姑娘说想和我在一起，我给拒绝了。"

万全峰难以理解，道："这不是挺好一姑娘吗？我打听过了，她家就她一个，父母也是国企双职工，家世清白，对你又上心，你还有什么不满意？"

我叹出一口气，说："哥，你不是知道吗？我有残疾。"

"治啊！医生不是说了嘛，那是你的心理疾病，检查不是没有问题吗？再说了，我觉得阿红不介意这些。"

我踩灭了烟头，道："她不介意，我介意。我不能害了人家。"

万全峰指着我的鼻子说："裴常笑，你就等着后悔吧，像阿红这样的姑娘，难找！"

阿红辞职了，走的那天我没去公司，万全峰骂我没良心，这话我认。承不了的情意，不如彻底断掉，对两方都好。二姐和我通话的时候，也总问我有没有遇到合适的姑娘，还说阿妈心里着急，又不好明说，但做饭的时候又会念叨：常笑要是能带回来个人就好了。我说："还年轻，不着急，况且大外甥这么争气，有一个也够了。"二姐说："子超姓'唐'，不姓'裴'，阿爸想要大哥再生一个男娃。但大嫂怀了两次，都流了，到现在也没再怀上，估摸着是要放弃了。"我说："有侄女也行了，何必呢，是男是女，有那么重要吗？"

"阿爸觉得重要，你又不是不知道。"二姐在电话那头嘀咕。我实在不想在这个问题上作过多讨论。婚姻于我而言，遥不可及，更别说孩子。二姐问我："今年中秋回不回裴家？"我说："不回了吧，上次春节回大院，杨利好的嫂子不是不高兴吗？惹得大家过节也过不好。"二姐"啧"了一声说："她就是个泼妇，小学都没读完，能懂什么？唯一的优点就是嗓门大。"我心里一暖，知道二姐疼我，说："姐，寄一张你的全家福给我吧，我想看看小超现在长什么样子了。"

踩下油门，老摩托再次上路。天已经黑透了，我也等得太久。从台球厅离开后，老摩托径直开往别墅区。也许是冥冥中注定，我早已看清，不管逃到多远，那些出现在我生命里的悲喜，皆无从逃避。天空下起了绵绵细雨，我摘下头盔，感受着弗元潮湿又阴冷的空气。

冬天真的来了。我对着夜空发誓，这是我裴常笑最后一次，真的是最后一次，寻找戴晓冰的踪迹。

足迹 28

唐子超和李海鸣瞪着桌面上的文件夹，面如死灰。

"我……我是不是做错什么了？"周志成不安地抠着指甲缝，如坐针毡。现在是晚上十点半，三人围坐在唐子超家的茶几边。小周是下班回家后，被李海鸣叫过来的。接到电话时，他分外忐忑，问是不是出了急事。李律师沉着声说："你过来就知道了，别忘了把曲昌杰的资料带上。"周志成进了门后，看见唐子超化作一尊塑像，坐在沙发上一动不动，心想这下完了，估计是自己给组里闯祸了。

李海鸣的手搭在周志成肩上，摇头感叹道："小周，你真的是，人才。"

周志成更慌了，额头冒出冷汗。他抓起李海鸣的手，泪眼汪汪地急道："李律师，唐律师，你们要是不要我了，德天我就待不下去了。我哪里做得不好，你们和我说，我肯定改！"

唐子超的目光从文件夹滑到了周志成的脸上，又滑了回去，眼神有些脱力。周志成还想开口，被李海鸣眼神示意，赶紧闭了嘴，先等唐律师发声。

"小周，你做得很好。这段时间，你辛苦了。"唐子超揉了揉眉心，前额本应一丝不苟的头发，眼下乱作一团，衬衫前襟也肆意敞开，身上还带了些许烟味。

唐子超弯下身，从公文包里拿出芝加哥房产购置意向书，以及"维多利亚湾"案子的保密协议，放在周志成面前。小周定睛一看，喜上眉梢，说："唐律师，恭喜啊，刘总可算是签了，这下贾律师他们组没话说了，肯定气坏了。"

唐子超缓缓地摇了摇头，牙床紧闭，示意李海鸣作出解释。李海鸣翻开小周给的资料夹，说："这里面的曲昌杰，如果你给的信息没弄错，应该就是我们的客户刘崇焕。"

李海鸣自然知道唐律师今天一早前往"珠光天御雅苑"的行程。鉴于刘总那边催得着急，他对本次会面很有信心，认为唐子超肯定不费吹灰之力，占据主动位置。等到午休时间，李海鸣在会议室里把滞后的邮件回复得七七八八，发现唐律师还没给自己任何消息，手机安静如鸡。不过，他也不甚在意，心想可能是刘总话多，招呼唐律师一起吃个午饭，再敲合同细节也说得过去。

指针走得飞快，一晃到了下午五点，他把下周预约的客人排了个遍，还是不见唐律师踪迹。李海鸣开始慌了，一通电话打去，问："老板，您人去哪儿了？刘总那边还顺利吗？"话筒对面"呼呼"不闻人声，李律师跑进走廊，又喊了一遍，才听见唐子超的声音，说自己在渡轮上吹风赏景，游历美好珠江。

李海鸣霎时愣了，心道肯定坏事了。唐子超连团建都爱早退，更别提工作时间去游什么珠江，这里面绝对出了问题。李海鸣握着手机，紧张询问："老板，是刘总那边放鸽子了？"

"没，保密协议签完了。"

"那购房意向书呢？"

"也签了，他想订两套房。"

李海鸣心头一松，调侃道："那不是好事吗？老板，您喝酒了？怎么听起来不太舒服？该不会是高兴过头，准备畅游珠江，醒醒神？"

对面的唐子超没有说话，这种情况李海鸣从未遇到过。他也屏住了气息，问："老板，您不吭声怪吓人的，该不会是掉江里了吧？"

唐子超说："一会儿船该靠岸了，你过来吧，我在桥附近等你。"

挤着下班的人流，李海鸣紧赶慢赶，到了唐子超所在的跨江大桥东岸的旋转咖啡厅。咖啡厅是杏仁色调，三百六十度饱览珠江景致，一直是外来游客的心头所好。但对于唐子超来说，旋转咖啡厅绝不是他会在工作日的傍晚，主动步入的地方。李海鸣的惴惴不安得到证实，唐律师连他站在跟前都未有察觉。

"老板？"李海鸣唤了一声，唐子超回过神来，嘴唇干裂，面前的咖啡也没动过。

"来了，坐吧。"唐子超扬了扬下巴，让服务员多上了一杯与他面前一样的咖啡。

李海鸣说："我早上喝过了，晚上再摄入咖啡因，我怕睡不着。"

唐子超拿起桌上的糖包，整包倒入杯子里，小银勺跟着搅动，说："没事的，反正今晚大概也睡不了。"

"老板，您到底怎么了？失魂落魄的。是荷兰的老狐狸训你了？"

唐子超的手一顿，终于抬起头，看着对面的人，说："小周来电话了，他查到曲昌杰改了名。"

"改了什么名？"

"刘崇焕。"

李海鸣双耳嗡鸣，尴笑道："不能吧，开什么国际玩笑，这世上还能有这么巧的事，小周怕不是弄错了。"

唐子超侧过脸，看着风和日丽的江面和渐渐升起的夜色，说："是他，我敢肯定。

"你还记得我们在'恒隆广场'的废弃办公室里看见的裱字吗？"

"'厚德载物'？您说字写得挺好的那幅？"

唐子超点头道："没错。那下面有个落款，我当时没认出来写的是什么字。今天小周一说，我对比刘崇焕在购房意向书上的落款，那行楷的起落笔法，看起来一模一样。现在想来，落款写的就是曲昌杰这个名字。"

唐律师拿出手机，翻到拍摄的图片，在李海鸣眼前放大，再将意向书的签名往边上一对比，"焕"和"杰"的撇、捺打着圈上扬，的确很像出自一人之手。

李海鸣定了定心神，猛灌一口咖啡，说："也许只是字写得相像？不对啊，没理由啊，如果曲昌杰就是刘崇焕，他为什么要和我们合作？他和朱德锦那些人不是一伙的吗？他怎么成了受害者？老板，我觉得您弄错了，要不然就是小周查错了，那两人怎么会是同一人？"

"这也是我想了一天的问题。"唐子超摸着前额，看起来很是疲惫。

李海鸣眼巴巴地盯着他说："对吧，这个逻辑说不通。曲昌杰是朱德锦的狗腿，而刘崇焕却主动想拉拢我们，还打算把姓朱的拉下水，这完全是两相矛盾，不能自洽。"

唐子超打开放在旁边座椅上的公文包，从里面拿出一卷连环画翻了起来。李海鸣有印象，这是从"发发音响"的架子上拿的，只是里面的内容，他没看过。

空气里飘着旧书页的潮味，唐子超翻动的手停了下来。他指着连环画里的方格说："我也是看到这个才有了猜测。你看这儿，戴帽子的人踩着这个光头，站在只能容纳一人的岩石之上。周围一圈是什么？鲨鱼鳍。"

"所以呢？"李海鸣听不明白，他的后脑开始隐隐发疼，黑白画面变成了鹰钩利爪，拉扯着他的视网膜。

唐子超手指点着一圈鲨鱼鳍，说："如果是有别的外力，让曲昌杰起了背叛朱德锦的心呢？"

李海鸣后背冷汗直冒，问："您的意思是，他们'狗咬狗'？"

唐子超合上连环画，说："至少有没有这种可能：我们的大客刘崇焕，他再也不想当谁的狗。"

周志成干咽着口水，听李海鸣说完前因后果，大概明白了他突然被叫来加班的目的。李海鸣问他："是怎么查的？"周志成说："是唐律师提点的思路。"

"我查了好久，翻不到有关曲昌杰的资料。但之前不是查过李艺琴吗？那人改过一次名，之前叫江艺琴。我就想，会不会曲昌杰也改过名。我按照这个思路，往下查，发现他还真就在1997年前后，改成了李路民。我顺着李路民这三个字，继续翻，出来的就是刘崇焕。"

"继续说。"唐子超开声道。

"我查了这三个名字最近更新的居住地址，前两个不用说，还是弗元。最后一个，写的是海南。不过你们俩不是刚从弗元回来吗？我就想会不会和我们的新客户有关系，正好连刘崇焕这个名字也是一样的，就打电话给唐律师说了这事。"

李海鸣竖起两只大拇指，说："小周，你牛，我佩服。我和唐律师兜兜转转了一大圈，都没你动动手指头厉害。你别皱脸，这绝对是赞美。"

周志成挠着后脑勺说："可是，这曲昌杰不是有大问题吗？"

小周对三舅的事并非全盘了解，只知道唐律师已经去世的家人牵涉到案子里，需要他帮忙调查几个人，查得越细越好。现在看唐子超的脸色，周志成太阳穴发疼，感觉自己无意间得知了天大的秘密：德天律所内部争抢的大客户和唐律师的私人恩怨有关。

"小周，今天晚上在我家发生的对话，你要烂在肚子里，明白吗？"唐子超干着嗓子说道。

周志成脸颊泛红，三指立誓，说："我拿性命保证，一个字也不会说出去。"

唐子超苦笑道："你这神情，是打算下一秒英勇就义？大家放轻松点，风浪再大，来了挡就是了。我们组眼下这情况确实棘手。搞不好我们三人以后恐怕难以在律师行业立足。但无论如何，都得先把目前的状况捋一捋。"

唐子超花了数小时，将三舅的磁带、戴晓冰的失踪和刘崇焕与"维多利亚湾"的纠葛，对周志成说了个大概。白纸黑字描着箭头，一边说一边梳理，小周听得耳郭发红，说长这么大，没遇过这么邪乎的事。

"唐律师，我听明白了。这刘崇焕，是不是极有可能是逼死你三舅的元凶之一？"周志成吐息纳气，幽幽说道。

"利好叔说，曲昌杰的人在弗元到处寻找三舅的踪迹，是为了给李艺琴报仇。"李海鸣补充道。

周志成手指着白纸上"曲昌杰"和"李艺琴"的名字，说："这姓李的女人，是姓曲的，也就是刘崇焕的姘头。唐律师的三舅把姓李的女人杀了，是这样吧？"

"宋继伟还说，三舅把'天姿发廊'的股东给割喉了。"唐子超在白纸上添上了"陈阿彪"的名字。

"宋继伟？"周志成疑惑道。

"弗元现在的刑警队队长。我们这次回去，也见了一面。"李海鸣不由想起了小西江边那个萧索的背影。

李海鸣补充道："同时，这个刘崇焕背后的人，是朱德锦。"周志成把目光移向白纸最上方的名字。

周志成的脸色青紫渐变，说："太复杂，太诡异了，我平时看的小说都不敢这么写。那我们现在怎么办？刘崇焕那边还不知道唐律师和三舅的关系吧？"

"要是知道，他还能找我们合作？对了，老板，您没和创始人说刘总签了跨境房产意向书的事吧？"

唐子超笔尖戳穿了白纸，冷笑道："怪我手快，信息发出去了，老狐狸已经知道了。我在旋转咖啡厅坐着的时候，他给我来了电话，说了'恭喜'。"

"若是这样，眼下贾炎胜那边估计也已经知道了。"李律师耸了耸肩，一副摆烂的神情。

周志成仰头看着天花板，说："那这下完了，德天里面的人怕是都知道刘崇焕要和我们组正式签约了。"

唐子超站起身，把小阳台的门打了开来，给屋内换口气。清冷的夜风吹起茶几上的纸张，李海鸣拿水杯压着，还是有一张吹到了唐子超的脚边。

他用了这么多年，从德天的底层爬到合伙人候选的位置，又花了这么多时间，从贾炎胜手上把刘崇焕的单子给抢了回来。他以为抓住了一艘大船，终于有机会休息靠岸了，只是现实的巨浪再次将他卷入海底。茶几上的手机屏幕亮了，李海鸣瞧了一眼说："芝加哥的 Alex 给您发了邮件，来催单了。"

果然如宋继伟所说，只要碰上了三舅的事，一切都无法顺利吗?

唐子超将小阳台的门重新关上,仿佛下定决心般地说:"刘崇焕跨境房产的案子继续做,'维多利亚湾'的案子也接着跟,该赚的钱,不能不赚。这周末我回家一趟,下周约刘崇焕再见一次。三舅那边也接着查。这艘船是沉还是浮,我们暂且等等再看。"

磁带 29

我自认投错了胎,不应该属兔,应该属鼠。

开拓五金市场的脚步愈发地快,万全峰和我都更加忙碌,好几天碰不着面也是常事。万全峰和货源沟通,有时接连出差数日,我则带领销售组的成员在粤东地区询单见客,各司其职。我们的办公室从郊区又搬进了市中心,阿红离开后,前台的职位空了出来,很快又有人填了上去,这就是省城的风格,每一个空位后面永远排着人,络绎不绝又互不相识。

事情的爆发始于一通电话。直到今天,我都觉得人心之深,深不见底,甚至古怪得难说真实。那天的气温尤其高,我去一家商超老雇主那儿收了上一季回流的货款,走回办公室时,白衬衫湿透了背,布料黏着汗,贴在身上,热得难以忍受。

推开办公室的门,新来的前台小妹见到我,如获大赦,跑过来说:"刚才有人打电话过来找万总,吼着叫他还钱。"我的手上下晃着衣襟,心不在焉地说:"打错了吧,别人欠他的钱还差不多，以后这种电话听了就挂，是骗子都有可能。"前台小妹眨巴着眼睛说："那人喊得很凶，说万总借了钱，答应这个月底还。现在月底快到了，万总的大哥大打不通了。"我坐在老板椅上，摆了摆手说："知道了，回头我联系他，你别担心了。"

白衬衫浸透了汗，我身上实在黏得难受，起身先回家换件衣裳。投资在新公司里的钱早已回本，我在办公室附近买了一套一室一厅，图上班方便，来回走路不过二十分钟距离。我前脚刚换下湿衣，后脚茶几上的大哥大就响了。前台小妹紧着嗓子，在话筒对面结结巴巴地说："裴总，不好了，有人来公司了，拿着棍棒，说要找万总，好像是上午打电话的那人。"

我用冷水洗了把脸，回过神来，问："对方几个人，是做什么的？"

"说是'启航商务公司'，感觉像是放贷的。"前台小妹的声音愈发低下去。

我呼吸一滞，换了件新衬衫，匆匆再次赶往办公室。人到的时候，地上狼藉一片。产品宣传册、客户资料等散落成片，有位销售的头流了血，正趴在地上大口喘气。

"哟，负责人来了啊。"万全峰的老板椅上坐了一个大花臂，留着披肩发，单看脸，有几分不男不女。

来的人有七八个，手上不是拿着电击棍，就是晃着小刀。我在新疆饭馆上夜班跑堂时，也难免遇到撒泼无赖。但眼下坐在办公室里的这群人，显然更有组织纪律，下手也更狠。我定了定心神，走到大花臂跟前问道："你们找万全峰？"

大花臂扬起笑靥，露出两颗尖牙，说："你就是他的合伙人？"

"是。他出差去了，现在不在公司。你们有事和我说。"

大花臂带着手下的人，放声大笑起来，说："万全峰说他出差了？他不会是吓得尿裤子，先逃了吧？"

我深吸一口气，继续问道："他到底欠了你们什么钱，数额有多少？是不是还上了，你们就走？"

大花臂站起身，比我高出半个脑袋。他凑近我说："姓万的可是我们赌场的常客。上个礼拜，他老人家输了八十万，你还得起吗？"

小别墅区亮着灯。我把老摩托停在街口，摸着路灯的月影走了进去。绵绵细雨不停，挠得人心痒。皮夹克的肩头湿了一片，我的身上燥热难安。是担忧也是害怕，巷子尽头的红砖小楼是否有回头的路，未有定数。

我照着记忆中的小路，摸到了小楼背面。小楼没有后门，但围墙外有几株紫荆花树，最高的一棵伸至院内，我在上次探访之时早有察觉。我攀着紫荆花树踩上枝丫，在心底嘲讽着自己，上一次爬树外逃，还是和陆鹏在"小青山"里。根据阿杰嘴里的消息，曲总和陆鹏今日带着贵客去了饭店，通宵饮酒作乐。我估摸着小楼里留下的人，怎么也得少一半。

小楼背面没有监控，但我还是躲在紫荆花树上不敢贸然行动。后院里看得见草坪，也有石子路，只不过二层往上，门窗紧闭，连人影都不曾出现。一层的窗帘半开半合，有穿西装的人来回走动，我数了数，大约五人。

除了人以外，我更担心的是狗。王雪妹说小楼里有狼狗坐镇。出门以前，我在皮衣上涂了仓库里驱蚊用的花露水，以前听闻，狗鼻子虽灵，但碰上花露水的味道，也难免有所疑惑。眼下也没有更好的办法，权当试他一试。后院没有狗的踪迹，我攀着枝干跳落地面，蹲着身子在窗沿边摸索，发现右侧角落上的小窗没有关严，但窗上嵌着防盗网，网格太小，我的身子钻不过去。

我在原地急得团团乱转。一层大厅熄了灯，有人在窗边说话，我屏住呼吸想听个真切，但对方声音太小，实在听不全一个整句，只觉得那嗓音十分耳熟，似曾相识。说话人的脚步声走远，小雨急停，月光拨开密云，投射过来，照在了小楼侧边的水管上。我想起了和陆鹏一起逃出病房的模样，只是朝下的方向变成了朝上，我狠心不再顾虑，抓着水管爬上了楼顶。

从楼顶往下张望，可见小楼全貌。王雪妹说得没错，前院两条一人来高的大狼狗正奓着脑袋，在草坪上吐着长舌。它们身边还站了两人，抽着烟，嗑着瓜子，闲扯搭话。

小楼三层没安防盗网。我抓了一点碎石子，试探性地往三楼一侧的窗户扔去。石子擦着玻璃，发出轻微响动。两条畜生抬起狗头，左右张望，发现并无异常，又趴了回去。窗户里不闻人声，也没人前来察看，我心里一狠，一手扒着水管，一手抠着窗沿，掏出钥匙，把窗户撬开了半条缝隙。

粉色的窗帘随风扬起一角，我进去的第一个房间没人，但中间一口硕大的黑木棺材，倒是着实吓了我一跳。我绕着棺材走了一圈，发现它与五号库房里抬出去的几乎一模一样。只是这小楼是小朱总和曲总的玩乐之地，这个东西怎么会出现在这里？

棺材没有封死，我用力推开，里面空空如也，心里不由一松。这时，房间外传来了脚步声，我心头狂跳，发现没有可躲的地方，脑门一拍，直接躺进了棺材里。房间的门开了，又是那个熟悉的声音，说："我搞错了，不在这里，人在地下室，你跟我来。"

门再度关上，我从棺材里爬了出来，感觉全身血液倒流，呼吸难耐。他妈的这破楼还搞了个地下室，我暗自咒骂出来，脚步移至门边，听见门外没有响动，才探头出去，开始在三楼转悠起来。

奇怪的是，三楼有很多房间，走廊上却没有人，安静得能听见耳边的呼吸。有些门没有上锁，我推开往里看，只见粉色的床和沙发，除此以外，别无他物。

小楼的内装和本色 KTV 如出一辙，是廉价的欧式格调，白底墙面描着金漆，还有叫不出名字的外国画。木质楼梯通向二层，我听见那个熟悉的声音在一层喊："你们都愣着干什么，快下来帮忙。"楼梯上扬起了脚步声，可能有数十人，声音渐行渐远，我也跟着移动下楼。

二楼尽头处有两人歪斜地靠墙边站着，我躲在楼梯拐角不敢往前。最靠近楼梯边的是一扇白色小门，我见那两人朝我的方向走来，心急之下，旋开门把手躲了进去，听见身后传来窸窸窣窣的声音，我回头一看，竟然是王雪妹和另外两个女人。她们撑起半裸的上半身，用直勾勾的眼神瞪着我，仿佛在说：你是人是鬼？

大花臂离开了。走的时候把前台的桌子砸出一个窟窿，说给万全峰五天时间，本金加利息，还不完，他还会再来。头被打破的销售先去了医院，我让前台小妹也跟着去，医药费公司报销。

万全峰的大哥大接不通，我跑到他家，也找不见人。他公寓里的保安认识我，知道我叫他哥，问是不是出了急事。我说："万总失踪了，全公司上下都在找他。"保安奇怪道："失踪？我前天见到万总提了个大行李箱，一大早开车走了。我还问他去哪里玩。他说出国旅游。裴哥，你不知道吗？"

万全峰人间蒸发。我发了疯一样在省城大街小巷寻人，廖哥也帮着我找，还是没人知道他去了哪儿。他消失以前，从公司账面提走了一半钱，和会计说是去付源头的货款，这自然也无从生疑。我去设计公司抓老沈来问，老沈显然也被吓蒙了，但还是说出了我不知道的实情。

"他喜欢赌。以前上学的时候就喜欢。"老沈和我坐在台阶上。设计公司盈利不错，只是熬夜厉害，他的黑眼圈更重了。

老沈说："我以为他不赌了。之前他老婆走了，应该也和他爱赌有关系。"

"我真是操他妈！"实在忍不住了，我大骂出来。这么多年，我怎么愣是没看出来，他妈的藏得也太好了。

老沈摇头："说，不怪你。万全峰什么都好，就是这点不好，他自己知道。只要和'赌'有关，他就控制不了自己，什么都敢整。六合彩，炸金花，没他不玩的。做生意以后，他大概是有所收敛，在你们面前藏起来了。私下里肯定还是戒不了。那玩意儿有瘾，谁沾上谁倒霉，总觉得能赢，其实都是庄家在赢。"

我不知道是否该说自己无能，这么多年，我竟然看不清一个人，也没想过去找他老婆打听个一星半点。我气得血脉翻涌，问老沈："这下怎么办？"

老沈说："他要是决心躲起来，你肯定找不到。眼下先把能还的钱还了，总不能公司也被砸没了。"

正说着话，我手边的大哥大响了，是万全峰打了进来。

"喂，小裴吗？是我。

"我对不起你。真的，对不起。

"我以为自己稳赢，没想过会输！对，你骂得对！你恨我吧，我该死。我也好恨我自己！"

足迹29

"珠光天御雅苑"安装的是Otis高端电梯系统。除了外观大气，还有极佳的降噪功能和两点三米每秒的最高速度，令搭乘者眨眼之间到达预计前往的楼层，甚至来不及捕捉双脚离地的失重感。细节之精妙，无论在弗元哪座楼盘，陆鹏都不曾体验过。电梯按键每往上跳动一格，他就愈发对现在的生活没有实感。

陆鹏没想过自己能活到 2012 年。至少进入"小青山"的时候，他以为他的命会终结在病房里。继父说他是蛀虫，逼着母亲把他送到了婶婶家。他干着那个家里最脏的活，洗蹲厕，清炉锅，婶婶知道母亲不会把他接回去，对他又打又骂，说他活得还不如街边的一条哈巴狗。什么时候跑出来的，他已经印象模糊。他只知道游戏厅和桑拿房就是他的第二个家。在遇到刘崇焕以前，他觉得头顶的天空，从他生下来的那天就是黑色的。

刘崇焕和他的相识，只是巧合。弗元三中附近的游戏厅是他再熟悉不过的地方，但总有混子看他长得瘦，变着法子堵他，揍他。一开始他也不还手，只懂得嘤嘤求饶，但不知道何时开始，当时还叫曲昌杰的刘崇焕在巷子里找到了浑身是血的他，对他说："要么自杀，要么把他们往死里打，两条路只能选一条，懂吗？"

刘崇焕时不时带他回家。家里总有不同的女人，眼神缱绻地盯着他们，好像要吃了他。刘崇焕说："你想要女人，我这里多的是。先把饭吃了吧，身体练好，才能不被打。"他扒着碗里的饭，米粒还是温的，饭里夹着炒蛋，他觉得比婶婶家的任何一餐都要香。

刘崇焕让他喊自己大哥，说："以后有事，就来大哥这儿，哥罩着你。"碗里的饭见底，大哥又给他盛上一碗，他一边哭，一边吃完。那是他活到现在，最后一次掉泪。大哥说："男儿有泪不轻弹。我们用拳头说话，谁欺负你，你要揍得比他更狠，明白吗？"

也不知道是不是大哥的话起了作用，陆鹏的拳头变了味道。

街头巷尾，只要是他看不惯的，哪怕对方再多人，他也敢死命往前冲。他一边打，刘崇焕一边看。他打得满身是血，走到大哥面前，身上带着伤，心里却很暖，因为大哥每次都会表扬他说："好小子，干得漂亮。"

青春期的时光很野，他在不受控制地生长。进入"小青山"之前，他学会了用刀，在游戏厅里捅了人。刀锋捅进了对面的下腹部，血流到了指尖上，温热的，他的心却没有慌。

对方就医及时，没死，但婶婶和继父在派出所把他骂了个底朝天，说他果然是狗杂种，没爹教的，问他是不是得了精神病。民警说对方要求赔钱，继父不愿意给，母亲也没钱。继父问对方的监护人："要不然你们在陆鹏身上也捅一刀，双方扯平，怎么样？"他抬头看着继父，觉得电视剧里的鬼比他还要顺眼。民警说："对方只要钱，你们凑一下，给了就和解，否则陆鹏得进少管所，留下案底就麻烦了。"几方争执之下，还是大哥出现了，帮他把赔偿的钱缴了，对着他母亲说："以后陆鹏不再是你的儿子。"

也许是继父和婶婶气不过，从派出所出来的当天，他们联系了"小青山"，说陆鹏有精神病，让陈院长赶紧抓他走。母亲蹲在地上哭，也不敢看他，抱着继父的腿说："放了他吧，让他自生自灭，烂在大街上。"继父咬牙切齿地说："疯狗还放出来咬人，没枪毙就不错了。"大哥不是他法律上的监护人，没法阻拦，只说："陆鹏，你在里面，要好好活着。出来了，记得找我。"

电梯停了，陆鹏插着兜，跨了出去。身旁的阿杰，体重已然超过两百斤，跟在身后，比泰山显眼。陆鹏在走廊上站定脚步，对阿杰说："你看女人的目光，能不能收一收。刚才电梯里那个小姑娘，尿都要被你吓出来了。"

"哥，你没看见吗，那妞的屁股贼翘，脸蛋也靓。"阿杰满脸横肉，眉飞色舞。

陆鹏抬起一脚，踹在阿杰的小腿上，沉着嗓子训道："我不是说了吗，我们已经是文化人了，你能不能做点文化人该做的事？住在这里的，哪怕是一个保姆，兜里的钱都不比你少。一会儿进去，在大哥面前，给我说话注意点。"

阿杰委屈巴巴，低着头说："知道了，一定注意。"

可视门铃摁响，出现的先是小陈。小陈的父亲是大哥在省城认识的生意伙伴，主要投资度假村项目。小陈从英国留学回来以后，被他父亲送到大哥手底下干活，听说这孩子脑子不错，就是做事有些死板，讲究条理，和他手下的人风格不太一样。

"陆总，您来了。"小陈额首道，彬彬有礼，顺带看了眼陆鹏身后的阿杰，皱了下眉头。

"今天来早了。国道上不堵，我们一路开得很顺。"陆鹏在门口换上拖鞋，阿杰拖拖拉拉地不想换，又被小陈瞪了一眼。

刘崇焕坐在沙发上喝茶，见人走了进来，站起身，张开双臂，揽过陆鹏肩头，开怀大笑道："小鹏啊，我们有日子没见了，你怎么瘦了？"

"哥经常熬夜开会，处理公事，叫他吃饭也不肯吃。"阿杰在一旁咕哝着说。

"哦？"刘崇焕埋怨似的看着陆鹏，说，"你这样不行。我不是从小和你说吗，身体第一。你看，连阿杰都担心了。"

陆鹏说："哪里，只是大哥叫我处理的项目，我想尽快脱手。最近有几个不错的买家，如果谈成了，这个月我们会有大进展。"

"先坐，先坐。"刘崇焕指了指沙发。小陈端上来两杯茶，说，这是上好的龙井，昨天刚到货。阿杰猛喝了一口，烫到嘴唇，嗷嗷叫了出来。陆鹏的脸由白转黑，开口要骂，却被刘崇焕阻止了去。

"小鹏，你对阿杰不要太严格了。他最近做事，我觉得很有进步。要多鼓励，明白吗？"

陆鹏把嘴里的话咽下，说："大哥提醒的是。"

刘崇焕脸色温和地说道："时代在往前。我们已经不是弗元那个小地方的人了。你看看你们脚下，这可是十二万人民币一平的'珠光天御雅苑'，对面就是珠江。我们能看的，能听的，都更广了。待人接物也要跟着长进才行。"

陆鹏最佩服的，是大哥审时度势的格局。大哥只有小学学历，初中读到一半就辍学了，但大哥嘴里讲出的话，判断的事，每一句，每一件，他都会仔细听，往心里记。大哥是做女人生意起家的，平日里的爱好却与此无关。听评书、玩古董、打高尔夫，虽说是闲情雅致，讲起来却头头是道。大哥说这是积累人脉的必备工夫。在很长的时间里，他并不理解这句话的意思，毕竟他擅长的，一直都只是拳头。

"海南那边的公司，处理得怎么样了？"刘崇焕问。

"差不多了。我们投资的三处KTV、五个大型商超，都找到了想要收购我们股份的人，基本都进入了拟订合同阶段。我今天把他们的合同草稿带了过来。"陆鹏说道。

刘崇焕点头道："很好。钱种下去这么久，是时候提现了。瑞士那边的银行账户呢？"

"已经找人在办了。因为我们人在国内，手续有些麻烦。但最快这个月底就能办妥。"

"不错。"刘崇焕喝了一口龙井，说，"小鹏，你办事，我放心。现在的风声太紧，是时候出去躲一躲了。"

"明白。我询问了多家机构，今年匈牙利那边移民最为容易，手续时长也最短。大哥，你觉得要不要考虑？"

刘崇焕指尖摩挲着杯沿，说："可以考虑。我今天刚见完唐律师，他们律所在芝加哥的房产项目背后有个基金公司，我们可以想办法把投资在'维多利亚湾'的钱追回来，再投入美国的项目中，弄个新身份。"

陆鹏眼睛一亮，说："那个律师有办法追'维多利亚湾'的钱？他知道对面站着的是谁吗？"

刘崇焕点头说："知道。我带他去了弗元。唐律师的能力不错。我让他先看看当年和小朱总签的那份合同，找找漏洞。"

三年前开始，陆鹏按照刘崇焕的吩咐，开始想尽办法变现股份。大哥这么做的目的，起初他并不理解，直到弗元的警方通过

"曼罗莎服饰有限公司"，摸到了本色KTV的股东，他才意识到，有人在暗中埋线，盯上了他们。"曼罗莎"的金老板被他们推出去顶包后，以此作为交换，刘崇焕给了金老板家里四百万现金，承诺只要他在里面蹲满五年，出来以后，吃喝不愁。

只是事情的结束没有想象中顺利。传闻有人对小朱总的作风不满，在网络上大放厥词，引起了上头注意。再加上朱德锦近年来对他们的态度不明不暗，小朱总甚至在签约"维多利亚湾"项目时，摆了他们一道，想卡死他们手上的现金流。刘崇焕推断，如果东窗事发，他八成会是朱德锦的第一个替罪羊。

在与陆鹏彻夜长谈过后，刘崇焕决定先发制人，开展移民计划的同时，把手上能变现的资产，包括五金批发城等地皮，通通卖掉，将资金转移出去。小朱总螳螂捕蝉，想吞下"维多利亚湾"过亿的投资额，认为刘崇焕等粗人不敢用法律手段和他翻脸。但在刘崇焕心里，只要他能顺利移居海外，落地的第一件事，便是指挥唐律师对小朱总提起诉讼。既然文化人要做文明事，他就让姓朱的看看，到底谁才是那只背后黄雀，又是谁把谁踩在弗元脚下。

"如果唐律师那边，追不回'维多利亚湾'的钱，败诉了，怎么办？"陆鹏问道。

刘崇焕略微思索后说："如果我们只是按兵不动，钱照样回不来，还不如让唐律师试试。要是真失败了，对我们也无伤大雅。到时候，弗元的天早就掀翻了，上面肯定要派人来查姓朱的一家。我们就坐在外头的大草坪上，看山赏水，吃他们的瓜。"

陆鹏和阿杰留下来吃晚饭。刘崇焕叫的私厨，前五星级酒店的师傅，做了拿手的翡翠松茸扒鲍鱼和粤式金汤佛跳墙。酒喝到夜半，刘崇焕有些微醺，让小陈把陆鹏等人先送回去，说："小鹏明天还要开会，公司现在一天没了他都不行，今夜我就不留你们了，等事情都办好了，我们再喝他个不醉不归。"

小陈送陆鹏和阿杰下到停车场。陆鹏这次开过来的是一辆牧马人，大红色，后轮改装过，车尾还装了保险杠。小陈说："陆总，您这车真拉风，漆也是自己喷的？"

陆鹏摇下车窗，拍了拍车门，说："你喜欢？下次给你开开？"

小陈笑了，说："以前我在伦敦也买了一辆旧款的牧马人，回国前卖了。"

陆鹏点点头说："你小子眼光不错。对了，小陈，我问你个事。"

"您说。"小陈把耳朵凑上前去。

陆鹏有些犹豫，半晌后开口问道："大哥他最近有没有找女人？"

小陈回忆道："前律师事务所的人带我们去 K 歌，刘总看上过一个。"

"然后呢？"

"那姑娘不愿意，刘总也没强留。可能是因为律师在吧，不想弄得太难看。"

"除了那个就没别的了？"

小陈摇头道："没了。这段时间东奔西跑，为了'维多利亚湾'的事，刘总没少花精力。"

陆鹏扁了扁嘴说："明白了。这方面你留意着，如果大哥有想长期发展的人了，记得先和我说一声。"

磁带 30

一入赌场深似海。

万全峰嗜赌，倒也并非全然杳无踪迹。香港跑马地开赛，万全峰坐在办公室里，对着 TVB 喊得比谁都欢。我以为他只看不买，但就老沈描述，他只是压着性子，其实早已心痒难耐，随时准备入局。我握着大哥大，听着万全峰在话筒对面叩头道歉，感到太阳穴青筋暴跳而起，低沉着嗓音，骂出了一句：你他奶奶的。

万全峰显然愣住了，突然没了声音。我压着嗓子说："这么多年，我叫你一声哥。男装公司垮了，我陪你。嫂子哭着喊着回娘家，我劝你。五金公司瞎子摸黑，我跟你闯。现在倒好，你借高利贷赌博，还好意思说对不起。你他妈的赶紧滚回来，给我解释得清清楚楚！"

"小裴啊，哥这回真的错了。"万全峰气若游丝，"那赌庄是廖哥介绍的。我也就手痒玩了一玩。他们赌得大，我那天身上钱不够了，想着借一点没事。真没想到他们是放贷的。"

我血冲脑门，对着大哥大骂道：廖哥介绍的玩意儿还少吗？

你和我，不也是他介绍的？你自己忍不住，怪别人。是他抓着你的头，让你赌全家？万全峰，我看你是真疯了！你到底欠了他们多少钱！"

"八……八十万。本金加利息。"

看来大花臂没扯谎，还真他妈是这个数字。五金公司账面上，只有四十万。万全峰消失以前，又拿走了二十万，眼下还剩一半。我说："你明天最好出现在办公室里，把带走的钱拿回来！不然，全公司跟着你玩儿完！"

话没说完，万全峰先把电话撂了。一旁的老沈摇头说："小裴，他是在和你告别呢。你刚才没问到点子上。以我对他的了解，他可能把你们公司的股份给押出去了。"

我眼前一黑，说："他妈的，不能吧。"老沈说："他以前赌瘾上来，在桌上放话，说女朋友都可以押出去。你现在最好回公司守着，那些人不会那么容易放过你们。"

床上的王雪妹撑起半边身子，粉色的蚊帐若隐若现。她和旁边的两个女人神色惊慌，想要大叫出声，被我嘘声阻拦道："是我，看清楚，裴常笑！"

王雪妹披上床头的薄衫，踩着拖鞋，朝我走了过来。屋子里烛光摇曳，她走到我跟前蹲了下来，眼神迷离地问："真是你，裴哥？"

王雪妹比上次在本色见到时，身形更为消瘦，长发散乱地落于胸前，裹着一件宽大的半透明紫色睡袍，甚至可以瞧见里面的蕾丝胸衣。

我用手在她眼前晃了晃，说："对，是我。你怎么在这里？这就是你嘴里说的大别墅，好地方？"

另外两张床上的女人也爬了过来，她们紧抿着双唇，比受伤的小兽还慌。我沉声说："你们别害怕，我是进来找人的。不信你们可以问她。"

王雪妹点了点头，眼神稍微清朗了些，问道："裴哥，你来这里找晓冰？"

"对。你最近怎么没去本色？我去了那里很多回，都没见到你。"

王雪妹眼眶泛红，面露苦色，几乎要哭了出来。她说："小朱总把我带过来的，他说真心喜欢我，想和我好，我也一心一意跟着他。后来他不见了，再没找过我。我一直在这儿等他。"

"小朱总？那人到底是谁？"

女人们欲言又止，王雪妹哭得伤心，女人们劝她别哭了，说："小朱总是领导的儿子，身边的女人多，轮不到对我们这种人动真情。"

王雪妹趴在地上，哭得更甚。我问旁边一人："你们知道三楼是干什么的吗？我看上面很多空房，还有口棺材。"

女人们脸色大变，连同王雪妹也停止了哭泣，抓着我的手臂说："裴哥，你走吧，戴晓冰不在这里，我在这儿待了整月，没见她出现过。"

抓着我衣袖的那两只手臂，全是青紫的勒痕，我发现王雪妹的左脸甚至有发红的掌印。我的心凉了大半截，问道："他们绑你们在这儿接客？"

女人们紧紧咬着下唇。其中一个年纪稍大的，大起胆子靠近我说："楼上的房间是招待贵客用的，但是这个月不知道为什么，贵客都没来，听说是琴姐出事了。曲总另外找了个姓金的，说给我们拍电影。"

"那哪里是电影啊！逼着人弄，有个姐妹上周不还被弄残了，说被几个人强上了。"另一个女人也说了起来。

"是金老板。"王雪妹打断道，"我看见他了。上了三楼，带着相机。小朱总也想让我拍，我不肯，他就走了，再也没来看过我。"

我听得脑袋发蒙，眼下的情况比我想象的还要严重。我问王雪妹："这里有多少个姑娘？都是自愿的？"

女人们的眼泪流了下来，说："楼下的人不让我们走，可凶了。有姐妹不想干了，想逃，他们抓住了就打，肚子、大腿全是伤。说如果不好好待着，就把我们手脚折断，丢去柬埔寨卖钱。"

"就你们三个吗？"

王雪妹摇头道："不止。二楼每个房间都有两到三个人，有六个房间。"

"还有地下室。我们没下去看过，他们不让。老有男的从地下室上来把姐妹带走，也不知道那人是谁。每次回来的姐妹，话都说不清楚了。"年纪稍大的女人补充道。

窗外刮起了大风，残卷的落叶打在玻璃窗上，烛芯抓着女人们的背影，在墙上扭作一团。门外传来皮鞋的脚步声，王雪妹摁着我的脑袋，让我先躲进床底。

门开了，两个穿硬底黑皮鞋的走了进来，不客气地呵斥道："大半夜的，聊什么呢！见客人的时候，不见那么能说！"

其中一个朝王雪妹的床走了过来，问："听说小朱总不要你了？"

另一个倚在门边笑了起来，说："小朱总瞎了一段时间，也不能一直瞎吧。这个土鳖真以为自己能当凤凰了。"

王雪妹又开始哭，她哭得越凶，两人笑得越狠。年纪稍大的女人说："喂，我们困了，明天还要拍电影，我们不说话了，行不行？"倚在门边的"啧"了一声说："妈的，也不看看自己那张脸，屁话还多。"

床底的我捂着嘴，大气不敢出。楼下传来一阵喧闹，有女人在尖叫。黑皮鞋咒骂了一句，转身跑了出去。

老沈猜对了，万全峰以他那无耻至极的方式，消失在茫茫人海之中。我找到了辞职的女会计，通过她联系到了回娘家的大嫂，确认了老沈嘴里的事实。万全峰的嗜赌之习，由来已久。男装公司经营期间，女会计私下暗示大嫂，万全峰挪用公司款项，大嫂还以为是丈夫在外面有了人，没想到是拿钱去赌。万全峰也发过毒誓，悔改过，但她总能在家里的边边角角翻出六合彩票根。在无数次争吵过后，万全峰动手打人，她才不得已提出离婚。

"万全峰走到今天，完全是咎由自取！"大嫂在电话里说得咬牙切齿，与当初的温婉安静，判若两人。

我问："那个龟孙躲在哪里？他不还钱，放高利贷的那帮人就要把公司给砸了。"

"我不知道他在哪儿。他一心想移居香港，我提出离婚之前，他还和我说，让我带着儿子去香港找他，说他在那边买了房。"

"操他妈的，他哪来的钱买房？"我简直不敢相信，姓万的在背后折腾了多少勾当。

"男装公司啊。那服装生意做了这么多年，资金链怎么突然就断了？小裴你没想过？资金链不断，你能相信他吗？能和他去弄五金吗？"大嫂叹气说道。

"可他不是也卖了省城的房子，还了男装那边的欠款？"

大嫂说："肯定要在你面前卖房出力，你才能信啊。当初，他也是拿着聘礼到我家，现金一摞摞。然后呢？变了个方式，问我爸要投资款，说男装要扩大生意，聘礼转了个弯，又回到了他的口袋里。这就是他做事的方式。我离开省城后，看你也没联系我，以为万全峰至少会念着你的好。现在我是看明白了，兄弟、老婆、儿子都不及他眼里的钱重要。他太想发达了，想要赚大钱，几套房子，车子，根本满足不了他。他看中你，就是因为你能挣，没别的。"

大道上车水马龙，人声鼎沸，我握着大哥大，仿若一片孤舟。阿爸，我不是没有努力。只是这人世间的情、事，岂是靠区区"努力"二字得以概括的。大哥大断了电，我走到报刊亭边，拨通了一个久违的,却不曾忘记的号码。

"喂,是阿妈吗?

"你和阿爸身体都好吗?

"嗯,阿妈,我挺好的,就是有点想家了。"

足迹30

人生一晃到白头。

姥爷的七十五大寿,在平山市的"乐天海鲜酒家"开宴。老字号,来了四桌人,弗元老家的亲戚象征性地来了几个,剩下的大部分是唐子超父亲厂里的工友,携家带口的,给老爷子助寿显得热闹。

唐子超踩着饭点回到的平山。"乐天海鲜酒家"是裴家家宴的根据地,主要是姥爷喜欢,每次问去哪儿下馆子,姥爷必会嚷嚷:"还用得着选?去乐天。那里的沙虫粥够鲜,建国不是也喜欢吃吗,就去那儿。吃不完还可以打包,给建国他们带回家。"

母亲订的是大包间,放四个大桌不嫌挤。一桌十人,裴家人坐的桌子正对包间大门,姥爷的椅子卡着主位中轴线。大舅母支使着表妹带上相熟的年轻人,给长辈们敬酒斟茶。表妹鼓着脸,觉得别扭,说:"又不是七八岁的福娃,一窝蜂多闹啊。"正说着,她余光瞥见唐子超走了进来,如获大赦,说:"表哥,你终于出现了,撑场子就靠你了。"

姥爷看见唐子超迈着大步，提着礼品袋走到他跟前。他喜笑颜开地说："小超特意赶回来的啊，快来坐，试试这个瑶柱沙虫粥。你大舅特意给我点的，闻闻够香吗？"

唐子超把礼品袋递给母亲，里面是他出发前临时买的贺礼。自从得知刘崇焕的身份以后，这些天，他是肉眼可见地消瘦，夜里噩梦不断侵扰，昨天甚至鲜少地放下了工作，在家平躺一天，都没完全舒缓过来。

组里的气氛也开始变得小心翼翼。李海鸣的玩笑变少了，周志成更是处处看着唐子超脸色行事。德天律所里的人还以为，唐律师小组是因为签了大客，太过忙碌，加班熬夜才气氛沉闷。和他们照面的同事，处处说着恭喜，还说唐律师是未来的律所合伙人，这点没跑了。

贾炎胜组里的人，愤恨得咬牙切齿，却又不敢真正发怒，只能对着碎纸机咒骂。听说贾律师突然病倒了，空腹喝酒，反了胃酸，从家里被人抬去了医院，连夜打上吊瓶。李海鸣汇报的时候，想哭又想笑，最后憋不住了，对唐子超说："刘崇焕只是签了购房意向书，贾律师就气得住院。要是到了正式签约，他是不是就该与世长辞了？"

律所里的人恭喜得越凶，唐子超越是心慌。他不打算放过刘崇焕这条大鱼，哪怕是鱼鳞上长了毒刺，他也得想尽办法薅下来。但一想到对方可能是杀害三舅的真凶，他又开始脚底发麻，头皮瘙痒。他感到自己坐在了一张巨大的棋盘上，他执黑子，刘崇焕执白子；他在暗，对方在明。但棋局该怎么走，他还是没有头绪。

"子超，又买了什么好东西，快给大舅母看看。"高而尖锐的嗓音穿透过来，旁边桌的亲戚都抬起了头，往主桌看。

唐子超说："保健品，脑白金一类的。电视里说，喝这个可以改善睡眠。"

"就保健品，没别的了？这没几个钱吧。子超啊，这次你表妹可是给你姥爷买了高端腰背按摩椅。她考上公务员了，拿我奖励给她的零用钱买的寿礼。"大舅母得意扬扬地说。表妹扒拉着碗里的粥，说："妈，你能不能别说了。"

表妹的公务员，是她自己考上的，没找唐子超的父亲帮忙。为此大舅母觉得很是长脸，在家里逮着机会就说。母亲在电话里给唐子超抱怨过，说连买个菜，大舅母都能对菜农变相夸耀一番这事。

母亲看气氛不对，打断了大舅母，说："小超，碗递过来，妈给你盛粥。"唐子超喝着乳白色的沙虫粥，和父亲、大舅简单问候了几句。父亲让他拿着酒杯，和表妹一起去给每桌敬酒，代替姥爷说句感谢。唐子超点头照做，以最快的速度寒暄碰杯，完成任务。

"乐天海鲜酒家"的性价比高，姥爷吃得高兴。席间他主动提起姥姥，说姥姥生前爱吃清蒸小鲈鱼，来年忌日，得在墓园里给她摆上一条。大舅说："爸，今天是您的寿辰，别说那些晦气的，我们都希望您健康长寿，平平安安。"唐子超不作声地听着，裴家的话题永远不会主动触及三舅。

宴席间多是上了年纪的人，开得早，结束得也早。姥爷鼓着腮帮，哼唱了一首《突破封锁线》作为寿宴结尾。掌声稀稀拉拉，姥爷热泪盈眶，又开始说起当年随军打仗的事。父亲看见工友们个个打了哈欠，于是跟姥爷说："爸，明天我们厂里还要加班，天也晚了，大家得回去了。"姥爷说："也对。你们现在这些人啊，体力不及我们当年。我们那时候，爬草地，过雪山……"

母亲听不下去了，拉起姥爷说："爸，走吧，账单建国和步威已经付过了，剩菜也包好了。"

"又让建国花钱啊？"姥爷不满地絮叨道，"不是说了吗？别总让建国破费。我有退休金，你们这是看不起我。下次千万不能再让建国买单，听到没有……"

"乐天海鲜酒家"有独家合作的停车场。大舅一家是走路过来的，说想散步回去。表妹提出要单独开溜，去找同学吃夜宵，又被大舅母训了一番，说大晚上的在外面瞎晃，那是不正经的姑娘才做的事。父亲去停车场取车，母亲扶着姥爷站在饭店门口，继续听着姥爷念叨建国点的沙虫粥有多好。

唐子超走到大舅身边，轻笑了一声。自从在姥爷家阳台的那次谈话后，大舅再没找他说过话。刚才偌大的饭桌上，大舅的眼神跟着玻璃转盘游走，对上唐子超的眼睛，又立马飘了开去。唐子超也不想为难，只幽幽说了这样一句："大舅，你说姥姥会不会希望三舅在这儿给姥爷祝寿呢？"

夜风吹得人发冷。裴建国看着黄灯变红，车流急停，他迈开步子，快步穿过马路，走进了人行道上斑驳散漫的树影里。老婆和女儿在身后吵闹，争执着晚上的寿宴，是否应该他家和二妹家平均分账。老婆埋怨说："唐步威是领导，赚得多，又是女婿，不应该多出吗？"女儿反驳道："我爸还是爷爷的亲儿子，你怎么不说？况且今天还是姑父出面，把他同事给请了过来撑场子，要不然四个桌都坐不满。"老婆急了，拉高音量说："你这闺女，胳膊肘往外拐，不念着自家人的好。要不然你改姓'唐'得了？"

裴建国觉得头疼。他越走越快，越走越急，老婆和女儿在身后喊他的名字，他也装聋作哑。风吹来街边烧烤档的炭灰味，他的眼里进了细沙，全身毛孔都在紧缩硌硬，就像三弟，即便是死了，也能如此不要脸皮地嘱托着身边的人，不断提醒着他，弗元的过往。

他不喜欢三弟，从医院里见到的第一眼开始，就是厌恶的。家里有他一个男孩就够了，不明白阿爸阿妈为什么又怀了一个。三弟和他长得没有半分相像，二妹总夸三弟生得好，他也看不出来。他知道阿爸喜欢自己，有好吃的、好玩的，都先给他。但三弟出生后，很多事情悄然改变了，比如阿妈手里的盐焗鸡腿不再留给他了，而是问还没有半人高的三弟，想不想要。

炼油厂大院的人爱拿他和三弟比较，说裴建国懂事听话，裴常笑没皮没脸，还爱闹。一开始他是自豪的。红领巾，大队长，他拿得容易，班里的老师们也都喜欢他，说他是年级的榜样，有担当。拿着成绩单回到家里，即使考得一般，阿爸也会说他努力，因为他从不迟到旷课，也习惯早睡早起，被子叠得更是棱角分明。他只要按部就班地听阿爸的话，他就是最好的那个。

他和三弟睡在一个屋子里，下铺永远是他的地盘。三弟也提出过抗议，说他也想睡下铺，但抗议无效，被阿爸给骂了回去。夜晚关了灯，听见三弟的呼噜声，他在黑暗里窃笑。怎么就这么不识好歹呢？还敢和他争？这家里的一切，只要他想要，都会是他裴建国的。

青春期来得凶猛，他的个子飞也似的向上蹿着，变得又瘦又高。照着镜子里的那张脸，他发现自己和阿爸长得还真像。可奇怪的是，不像三弟，同龄的孩子没一个喜欢和他黏在一起。他看见三弟带着杨家的儿子在楼道里上蹿下跳，看见三中的女生下了课，围坐在三弟身边，他感到不解。裴常笑那个渣滓，有什么好的？有必要笑得那么欢吗？

他看见那个窑姐和三弟走在一起，是在弗元的夜市上。他记得那是 1980 年，自己读中专的第二年，也遇到了喜欢的人。他带着那个女孩逛夜市，两人一前一后走着，女孩心不在焉，他在一旁尴尬搭话。他看见一个熟悉的身影跑了过去，是三弟，穿着三中校服，刚剃完头。他还在犹豫要不要开口叫人，三弟旁边走过去一个身材纤细、穿着白裙的姑娘，笑起来在人群中格外打眼。那时候他还不知道姑娘名叫白舒梅，更不知道她住在三中后巷，只看见姑娘拉起了三弟的手，十指相扣，嬉笑着跑了过去，两人脸上的光，比夜市里的彩灯更为扎眼。

他想问三弟那个姑娘是谁，但又纠结如何开口。他们兄弟之间，从来不聊彼此的私事，特别是他偷偷买烟，被三弟发现了以后。他听见三弟问二妹要钱，说要给杨家的儿子买生日礼物。他在心里暗讽，也没什么本事嘛，不就是拿礼物讨好姑娘，这他也能做到。

事情发生的那天，他的确看见三弟和白舒梅相依在小西江河滩上，这点他没有说谎。

那天晚上无风无雨，他站在河堤的路灯下，拿着新买的派克钢笔，向喜欢的女孩表白。女孩一愣，眼神躲开，当场拒绝了他，说他们不合适。裴建国慌了，他以为他们在中专学校里一起上课，在夜市里闲逛，他和女孩早已心意互通，但没想到，女孩拒绝得如此干脆，连解释的机会也不给。女孩说："建国，我喜欢更有个性一点的、能带我闯的男人，你不是那种人。毕业以后，我不想待在弗元，想去省城看看，但你走不了吧？我和你说话，你提的都是你家。我们本质上不是一类人。"

女孩看他的眼神里，有抱歉也有怜悯。他突然觉得自己是这个世界上最可怜的人，连裴常笑都有女人喜欢，他却没有。女孩丢下他，自己先回了宿舍。裴建国沿着河堤一直走，走一段停一段，脑子里不断播放着三弟和白舒梅抱在一起的画面，他觉得五脏六腑都在翻滚，蹲在路边干呕了起来。

他漫无目的地在河堤边不知来回走了多久，又歇了多久。他忽然很想见到三弟，哪怕和他大吵一架。他沿着河堤往回跑，却发现三弟和白舒梅已经不见踪迹。他买了啤酒，沮丧地坐在正在修建的防洪堤旁喝了起来。河水打着暗礁，他的愤怒只增不减，直到有人声出现。

　　具体的时刻已经忘了，只知道那个时间应该是万户熄灯。他听见有脚步声传来，从堆起的沙土石料背后探出头去，看见有两个男人抬着一个布袋，走到河边。一个男人说："口扎紧了吗？"另一个口齿不清地回应："扎了，扎了。"布袋看起来很沉，两人用力抬起，往水里"扑通"一丢，布袋浮了一小会儿，在灌满河水后，沉了下去。一个男人问："快看看周围没人吧？"口齿不清的那个说："这么晚了，哪里来的人，快走吧。"裴建国捂着嘴，缩进月色的阴影里，直到两人的脚步声远去。

　　回到宿舍已是鸡鸣，裴建国毫无意外地感冒了，发起低烧。他昏昏沉沉地睡在宿舍的单人床上，梦里的他用派克钢笔戳进了三弟的眼睛，血溅了他一身。他不满地怒吼道："都是因为你！因为你的存在，才有了对比！"室友叫醒他的时候，上衣的背部全湿透了。室友举着座机话筒，对着床铺上的他喊："裴建国，赶紧过来接电话，你家出事了，警察去找你三弟了。"

　　阿爸和警方问了他很多次，到底是不是真的见到三弟和白舒梅那天晚上在一起。他没有说谎，立马就承认了亲眼所见。他们不但在一起，他还看见三弟的手绕过白舒梅的后颈。阿爸让他一定要想清楚了，三弟有杀人嫌疑，他的话会置三弟于死地。他抬起头，眼睛直视着阿爸，斩钉截铁地说："你不是叫我不能说谎吗？我看见了，他们是在一起。"

　　他不知道布袋里装的是不是白舒梅，更没有看清夜半小西江河边那两人的脸。但是这对他而言，重要吗？他深吸一口气，喉头干涩得发疼。直到2012年的今天，直到他裴建国半截入土，都要死守这个秘密。裴建国在心底暗暗发誓，他要让弗元的人，一辈子忘不了"小西江河滩杀人案"。他用"196009JG"的ID账号在论坛里多次提醒着世人，得狠狠记住三弟这个令人作呕的人间败类。因为一切都不是他裴建国的错。是三弟招惹了那个窑姐，是他裴常笑咎由自取！

磁带 31

想要挖开记忆的深洞，并非易事。

你若问我，眼下说的每一句，是否皆为事实。讲真的，这么多年过去，我也不敢硬着头皮保证。只能说因果自有定数，濒死之人无须妄言。

我从床底爬出来，看见房内的女人们面露惧色，互相嘀咕着说："楼下的尖叫，像不像琴姐的声音？"年纪稍大的女人对我说："你怎么进来的，能不能带我们出去？我可不想待在这儿了，赚再多钱有什么用，我怕自己没命花。"我问她们："那两个黑皮鞋去哪儿了？是什么人？"王雪妹嘴唇咬出了血色，说："是替小朱总和曲总看管别墅的。他们没一个看得起我，连小朱总也不来看我了。"

年纪稍大的女人跌落床下，连滚带爬地跑到我身边，说："大哥，带我们走吧，这里真待不下去了。你看我们身上的伤，他们喜欢玩狠的，又上鞭子，又勒布带，说那样刺激。我受不了了，求求你，帮帮我们。"另一个女人缩在角落里，拼命点头，鼻涕混着眼泪流了下来。我看向王雪妹，只见她神情恍惚，回望着我，又看向了窗外。

我定了定心神，说："大院养着狼狗，穿黑皮鞋的人多，你们要想跑，肯定走不了正门。后墙有一株紫荆花树，一会儿我把人都引到一楼，你们要想办法，叫上房间里的其他人，从窗户爬下去，爬到树下再翻墙出去。"

年纪稍大的女人摇头说："窗户钉了防盗网，铁栏杆，我们钻不出去。"

"那就往三楼跑。找那个有棺材的房间，我是从那里进来的。墙外面有水管，哪怕不敢爬，狠狠心，摔伤腿也要跳下去。"

"三楼跳下去，会死人吗？"角落里的女人问。

我说："你是想死在外面，还是死在这里，自己选。记住我的话，听到我大叫，你们就去敲其他房间的门，然后带头往三楼跑，千万别回头。"

王雪妹还在出神。我走到她面前，弯下腰说："刚才的话，你听清楚了没有？这是唯一的机会，我也帮不了你更多了。"

王雪妹看着我，眼眶里涌起了泪。她说："裴哥，我真能出去吗？你说，还会有人要我吗？我又能去哪儿呢？"

年纪稍大的女人也走了过来，狠狠扇了王雪妹一个巴掌，说："阿妹，你醒醒吧，小朱总看不上你，这里没有你待的地方。"

二楼的走廊寂静无声，连带着一楼客厅也只有三两人影，一晃而过。女人的尖叫声还在不断传来，我仔细一听，声音隔着墙壁，穿黑皮鞋的那些人貌似集中在地下一层。我探出半个身子，确定二楼暂时没人，对着屋里的三个女人挥了挥手，由年纪稍大的打头，逐一离开房内。

我沿着楼梯向下，一楼客厅也摆着烛火，拉着粉色的帘帐，空气里还有白酒和烟的味道。我听见左手边厨房传来杯盏碰撞和洗扑克的声音，有人在说："操他娘的，又输了，抽乌龟都抽不赢，今晚运气真是背。"

客厅正门外守着人，还有狗，我肯定绕不过去。我正左右张望，看有没有别的出口。厨房外墙侧边上的一道小门开了，数个穿黑皮鞋的人走了出来，带头的一个满脸怨气地说："大晚上的还得干苦力，那个老头看着就晦气。"

我绷直了身板，紧贴着墙壁，躲在小门背后，心里默念阿弥陀佛，好在没有人回头看我。穿黑皮鞋的人径直走向厨房，从冰箱里拿出啤酒，起了瓶盖。带头的那个人对着一众人说："别他妈的打牌了，曲总不在，你们一个个抽乌龟，炸金花，也不嫌腻？楼上的人看了吗？人都在？"

洗扑克的声音小了下去，带头的人貌似还有点威严。我听见带头的人咕咚灌下啤酒，说："你们四个，上三楼把那口棺材抬下来，把楼下那个女的解决了，埋进山里。曲总心善，让她入土为安。快些麻利解决，别让他回来后看得心烦。"

我一听，大事不好，王雪妹等人肯定还没来得及爬出去。我躲进了小门里面，开了一道缝，对着厨房方向，提起嗓子就喊："有女人跑了！跑正门大院去了！快去找！"

楼上楼下的脚步声慌乱起来，有啤酒瓶掉在地上的碎裂之声。小楼里地动山摇，有人在楼梯间疯跑，木楼梯发出难以入耳的摩擦声，院子外的狗也吠了起来，有女人的哭喊声从三楼传了下来。

当下我绷紧神经，撒腿朝地下室跑进去。她们说楼下传来的是李艺琴的呼喊，但我听那声音，分明不止一个人。我的脚步越跑越快，迎面撞上来一人。那人走得也急，身子也重，一不留神摔在地上，与我两两相看。他望着我说："你是谁，怎么进来的这里？"

我张大了嘴巴，却说不出话来。眼前的人，就算化成灰，剁成渣，我也认得出。

他不是"小青山"的陈院长，还能是谁？

大花臂带人在公司里扎着不走。他们跟在进门的客户后头，在打电话的销售旁边嘲讽奚落，叫嚣着还钱。我从公司账户里抽出十五万，对大花臂说："这个你先拿走，别在我们跟前横了。万全峰我会想办法抓回来，你们再不走，我们把警察叫来。"

大花臂"扑哧"笑出声来，说："裴老板，你是不是搞错了。万全峰在我们赌场，可是把你们公司百分之三十的股份押了出去。你现在把这五金公司卖了，钱不就有了吗？"

我说："公司卖不了。这是万全峰欠的钱，理应他自己还。你们杵在这里，我们的工作没法正常进行，客人也没法签单，你们想拿钱，也拿不到。"

大花臂脸色一沉，看了看旁边的手下，不作声。思忖过后，他瞪着眼睛看我，说："十天，我只给你十天。剩下的六十五万和利息，要不万全峰给，要不你给。钱不到账，你们别想从这儿走出去。"

廖哥和老沈也帮着在找万全峰。廖哥认识的人多，一个礼拜左右，有消息说在香港跑马地见过形似万全峰的人出现，但跟丢了，人一会儿便没了影。我把公司账面剩下的五万发给了在职的销售们，结算提成，把新老客户的跟单也都停了下来，在办公室里和剩余的人开了个原地解散会议，说业务先停个半年，各自回家待命，等事情解决好了，再叫大伙回来干。

六十五万加利息，少说还有七十万要缴，除非这钱天上来，否则就是把公司的软硬件都卖了，也凑不出来这个钱。更何况，我也没打算继续当万全峰的冤大头。廖哥说："裴小老板，不然你回老家躲躲吧。大花臂那伙人打小在省城长大，吃得开，你在这躲也躲不了，想斗也斗不过他们。不如先回老家避避风头，等万全峰有消息了，我立刻给你去电话。"

我知道廖哥心里有愧，觉得是他把万全峰带上的赌桌。老沈也附议道："万全峰在香港肯定待不长。我找人在打听他房子的住处，摸到了新界北。你再等等，一有消息，我们马上告诉你。"

人海浮沉，我在廖哥和老沈的目送下，坐上了回弗元的火车。我十八岁去的省城，本以为再也没有机会触及那张回程的车票。箭头指左，我对着车窗外的廖哥和老沈挥别。

天还是一样地热，廖哥的西装衣领沾了汗，头发也更油了。

老沈的黑框眼镜盖着雾气，影子在日光下拉得又细又长。来了省城十余载，至少离开的站台，还有人并着双脚，为我送别。是不是我也应该庆幸，人生半途，还有人念着自己。

地下室里打着白炽光，满屋都是消毒水的气味，陈院长的脸不比土里爬出来的死人好看。他没有认出来我，反是继续厉声问道："你到底是谁？棺材呢，怎么没抬下来？"

身后的帷帐掀起一个角，我看见有女人的身体躺在上面。我指着帷帐后面说："那是谁？李艺琴？"

陈院长脸色大变，他突然拿起旁边小桌上的手术刀，指着我叫道："你不是别墅的人，快给我滚出去，别过来！"

地下室的角落里传来呜咽声，我适应了眼前的灯光，才发现李艺琴双手双脚被人绑在水管柱上，全身的衣服都被扒光了，嘴里还塞着蕾丝内裤。她认出了我，反应更大，像在求救。

楼上脚步声窜动，陈院长大喊"快来人"，也不见有人下来。他拿着手术刀向我刺来，我闪身一躲，避了开去。陈院长用尽全身力气扑了过来，我闪到帷帐背后，他扑了个空，摔在地上。我低头一看，床上的人，胸前挂着个木质的佛，身上穿的情趣内衣已经被人撕得破破烂烂。我认了出来，却又不敢相信，戴晓冰闭着眼睛，出现在了我的面前。

我的手碰到戴晓冰的脸，冰凉得没有一丝温度。我大喊着她的名字，她眼睑微动，却没有更多反应。陈院长拿起病床边的瓶瓶罐罐朝我砸来，我的脸至脖子处如遇火般撕裂疼痛，他妈的，是硫酸。我捂着脸，手在裤兜乱摸，拔出折叠刀，朝陈院长脸上扎去。刀锋扎入他的左眼，陈院长嗷嗷乱叫，疼得在地下室乱冲乱撞。李艺琴的呜咽音更大，扭着手脚想解开绳子。

我抱起戴晓冰的身子，往小门外冲。陈院长已心生癫狂，他一边向我冲来，一边咒骂着："你不能带她走！她是我的人！"我一脚踹在他的裆部，怒道："去你妈的狗垃圾，老子当年在'小青山'就该杀了你！"陈院长身子笨重，向桌上的瓶瓶罐罐摔去。五颜六色的水从瓶子里漏了出来，混着倾倒的酒精瓶，有些洒在了帷帐上，火转眼烧了起来。陈院长的白大褂上也跟着起火。李艺琴惊恐地看着我，嘴里的内裤渗着血。我把手里的折叠刀丢到她的脚边，说："没时间了，你是死是活，看自己造化。"

戴晓冰还有呼吸。我抱着人往别墅大门口冲去。有穿黑皮鞋的人听见地下室响动，又看见我抱着人上来，大叫道："操，起火了！"我看见厨房那边有三人朝我奔来。我也不怕烫，抓起客厅里的烛台往厨房灶台边的煤气罐上扔去，随着爆炸声响，我瞬间失去了意识，在彻底闭上眼睛之前，朦胧之中，我看见戴晓冰缓慢地睁开了眼睛，正对着我笑，用白舒梅的声音在说："你终于来了。"

意识到底失去了多久，十秒，还是三十秒，我心里没底。醒来的时候，周围已是火海。全身是火的陈院长正往二楼的楼梯上蹿，穿黑皮鞋的人和女人们在四周此起彼伏地尖叫，我的五脏六腑比撕裂还疼。我抓起戴晓冰的手臂，把人背在身上，一瘸一拐，走出了别墅门口。大院里的狗不见了，院门敞开着，有女人在往外跑。我回头看了一眼，火光之中，似乎王雪妹的脸浮动在二楼的玻璃窗上。

戴晓冰的身子轻飘飘的。我一遍一遍地叫着她的名字，她也只是耷拉着头，靠在我的肩上。我找到了老摩托，把她扶上了车。脱下带血的风衣外套，盖住了她裸露的上半身。我发动引擎，对着她和老天爷说，没事的，都会没事的，医院很快就到了，你再坚持一下。

背后的红砖别墅火光冲天，我用最快的速度在黑夜里疾行。风是热的，一点也不冷，血从我的脸颊和脖子上流了下来，我也顾不得理会。我用一只手死死反抱住戴晓冰的腰，她也轻轻地用她的气力，拉住我的外衣。

那段路有多长，至少不比我和陆鹏逃出"小青山"枝丫短。弗元明明是这么小的一座城，我却感觉永远也到不了医院所在的目的地。戴晓冰的身子不受控制地向后倒去，我拐了个弯，老摩托在路边急停。

她死了。那个我找了许久的十八岁女孩，终于再次见面的少女，在弗元晴朗的夜空下，在我充满血腥味的怀抱里，永远停止了呼吸。

足迹 31

李海鸣双眼肿成灯泡，在"珠光天御雅苑"小区外来回踱步。

　　唐律师回平山的这个周末，他和周志成把"维多利亚湾"的股权合同翻看了百八十遍，标注出大小十余处有疑虑的部分。刘崇焕说得不假，合同里确实清楚明示了"非项目本身出现不可抗力，资方不得撤股。否则视为主动退出，资金概不返还"。这句话用了比通篇字符小了一号半的宋体，打在合同倒数第二页的注脚，极易被忽视。与此同时，最后一页的股东责任及签名里，也标注了朱德凯仅为项目投资人，并不参与酒店日常运营及品牌后续拓展。

　　李海鸣昨晚接到唐子超的电话，对方听起来十分疲累。他知道唐律师目前是钢丝绳上的蚂蚱，神经无时无刻不在紧绷，吃饭也鲜有胃口，连律所里的同事过来打招呼，唐律师也显得兴致怏怏。本以为周末回趟平山，见见家人，能给唐律师喘口气的时间，看来事实并非如此。李海鸣在电话里问："姥爷的大寿过得如何？寿宴上尝了哪些山珍海味？"唐律师回复得比打字机还要生硬，说："就那样，他们还是那样。"

　　唐子超和刘崇焕约了下午在"珠光天御雅苑"见面，说要谈谈股权合同里的细节。刘崇焕主动问起李海鸣，说知道李律师喜欢吃和牛，今天有私厨送来了上好的松阪牛，问他要不要一起。李海鸣百般不愿意，自打知道刘崇焕是曲昌杰开始，他尽量避免和刘总见面，生怕一个不小心，表情没管理住，吓得哭出来。但唐子超说，他们已经在大海中前行，风浪再大也只能迎头而上，想躲是不可能的。从他拿到磁带的那天起，这艘船早已起锚。茫茫海面，他们不驶进旋涡中心，永远别想靠岸。

唐子超迈着大步出现了，黑眼圈不比李海鸣好到哪儿去。唐律师见李海鸣一脸萎靡，说："一会儿可是实战，快点打起精神。"

"老板，我不上去行不行？对着刘崇焕那张脸，我怕自己绷不住。"李海鸣欲哭无泪。

唐子超说："不行。他点名了要你参与。况且你在弗元表现得这么积极，回来以后不见人影，这也未免太奇怪了，像是有意躲着他们。走得近，他才不容易起疑；躲得远，反而容易看清。"

李海鸣不解道："可是老板，您说要问他拿更多资料，他能给吗？我觉得他也太能演了，我担心他起疑不说，背后再捅我们一刀。"

唐子超沉思道："他对我们有所求。我们在暗，他在明。眼下能做的就是抓紧时间，和他处得更近。你放心，我有办法撬开他的嘴。"

李海鸣也不再过问更多，跟着唐子超的步子，走进"珠光天御雅苑"。作为省城售价最高的商业住宅，李海鸣看着花园里的小桥锦鲤，姹紫嫣红，不由在心里感叹，刘崇焕造孽换来的金山银山，表面一片祥和，对于大众平民来说，甚至分外美丽。

"珠光天御雅苑"的豪华，唐律师已不为所动。与几天前的忐忑相比，眼下的情绪更为复杂。没有兴奋，也没有斗志昂扬，更谈不上势在必得。他像一个静静观察局势的棋手，在多条路径和解法中权衡利弊。他的落子要稳，心绪要藏，绝对不能让对手看出半点端倪。

门开了，不是小陈。面前的人体格如同一座小山，比唐子超还高出了大半个头。刘崇焕的声音传来，问："是不是唐律师来了？快让他们进来。"

唐子超的喉咙拧成了结，换上室内拖鞋后，朝客厅走了进去。沙发上坐着两个人，一个是刘崇焕，上身穿着 Polo 短袖衫，精神焕发；另一人穿着印花白西装，跟着刘崇焕站起了身。

"陆鹏，你来见见。这位就是我说的唐律师，德天律所未来的合伙人。"刘崇焕笑容满面地介绍道。

穿印花白西装那人把手伸至唐子超面前，有礼貌地微笑道："久仰大名。我叫陆鹏，是刘总公司的总经理。'维多利亚湾'的案子，有劳唐律师了。"

陆鹏轻轻摇晃着高脚杯里的红葡萄酒。酒是从加州的纳帕河谷运过来的，口感柔滑，香味在齿间久留不散，是他和刘崇焕的心头好。沙发对面的唐律师，正在和刘崇焕侃侃而谈。唐律师咬字清晰，逻辑之间不留缝隙，专业的同时给人以淡淡的疏离之感。陆鹏知道，大哥热衷于结交像唐子超这样的文人雅士。谁又能想到，住在"珠光天御雅苑"的大哥，是做女人生意起的家。

阿杰站在身后，眼睛在另一个律师身上乱瞟。据唐律师介绍，那是他的助手李律师。陆鹏有些想笑，这个李律师看起来年纪很轻，对着他和大哥似乎有些紧张，额头上冒了细细一层汗。反观阿杰，神情怡然自得，看李律师的眼神像看街边流浪的小白狗，脖子一捏，人就挂了。阿杰与陆鹏的视线对上，以为陆鹏又要骂他，慌忙把目光收了回来，低下头去，认真听沙发上的人讲话。

"唐律师，你是哪里人？"陆鹏突然问道。

唐子超说："我是平山人。"

"我听刘总说，你们刚从弗元回来。你觉得和平山相比，弗元怎么样？"

唐子超扬起嘴角，眼神里不见笑意，说："各有特色，不过我还是更喜欢平山。"

刘崇焕和陆鹏也都笑了起来。陆鹏继续问道："就因为平山是你老家？"

唐子超思索道："这是一个方面。还有就是，我感觉弗元的基础设施好像有些跟不上。

"弗元很多街道，坑坑洼洼的。我们路过的菜市场、商铺，似乎管理不太到位，好些污水在地上流。车流上下班的时间也很挤，感受不到小地方的那种悠闲。"

陆鹏道："没想到唐律师观察得如此入微，倒像在那边生活过。"

"我去过两次。小时候和家里人去玩过，年纪太小，不懂事。工作以后跑了很多城市，自然有了对比。平山的城市风貌近年有很大改善，刘总，你们要想去玩，我找人接待你们。"唐子超笑道。

刘崇焕点着头说："很好，等'维多利亚湾'的案子结束，我们也去唐律师的老家看看。或者，我们包个机，去新西兰找个牧场，好好放松，骑骑马，吹吹风。"

屋子里的人都笑了，阿杰笑得最欢，插话说："那我得骑种马，要不然还驮不动我。"

"刘总，我多问一句。在'维多利亚湾'的合同签名页，有'朱德凯'和另外几人的名字，没看见有您的名字，这是什么原因呢？"唐子超问。

"看来小陈是忘了解释了。他今天刚好也不在，替我办事去了。是这样，我改过两次名字。'维多利亚湾'项目商谈的时候，我用的是'李路民'，不是现在的名字。"刘崇焕说。

"原来如此。"唐子超颔首道，"如果需要提起诉讼，我们需要证明合同里的人，就是您本人。可能需要刘总这边，将改名的文件发我们一份。"

刘崇焕说："没问题，我让小陈发给你们。还需要哪些资料，尽管说。"

唐子超示意李海鸣拿出圈得红红绿绿的合同副本，说："李律师这边对合同作了一些批注，我们讨论过后，感到还是有可以进一步挖掘的空间，也不是没有胜算。不知道刘总和朱德凯有没有除了'维多利亚湾'以外的其他商业合作。如果能有另一份合同作对比，找出对方纰漏的概率更大。"

刘崇焕与陆鹏两两相看。陆鹏提醒道："本色KTV的合同应该还在。"

刘崇焕犹豫道："那个合同是以'曲昌杰'的名义签署的。"

唐子超说："主要有'朱德凯'的签名就行。我们律师既然要对付他，肯定得做到知己知彼，才能战无不胜。"

刘崇焕说："唐律师说得在理。陆经理，你准备一下合同副本，发给唐律师看看。"

刘崇焕请的私厨，技艺精湛，和牛肉切得很薄，搭配黑松露酱汁入口，真乃人间美味。李海鸣吃了一口就腻了。刘崇焕开玩笑道："李律师今天吃得不多啊，是不是这松阪牛不合胃口？"李海鸣用筷子夹了一大口牛肉，硬塞进嘴里，竖起大拇指道："太好吃了，我舍不得吃太快，刘总您太客气了。"

晚餐进行到尾声，刘崇焕还叫了他在省城的三五生意伙伴，前来一同品酒。小陈也回来了，身后还跟着数位年轻姑娘，腰细腿长。

陆鹏站在落地窗边，对着走到身侧的唐子超微微抬了抬酒杯。

"今晚的和牛宴，唐律师可还满意？"陆鹏问道。

唐子超说："没吃过比这更好的了，每道菜都各有特色。陆总，你和刘总认识多久了？"

"这是个好问题。差不多一辈子了吧。"

"这么久？看来刘总很信任你。"

陆鹏说："是啊，他比我爹和我还亲。唐律师，你看这条珠江。以前，我没想过自己能站在这个位置看珠江。是刘总把我带到这儿的，我真心感谢他。你和他合作，不会有错。"

唐子超没有接话。他静静地看着脚下的珠江，等了很久才说："弗元的小西江就没有这般景致。还是珠江好，水域宽，流动得也快，也更干净。"

唐子超的侧脸轮廓印在落地窗上，陆鹏有一瞬间的晃神。他蓦然想起了一个叫裴常笑的人。一个他多年以来没有提起过的名字。

裴常笑被丢进"小青山"病房时，陆鹏还不知道他的名字。上一个出去的男孩，在病房里挨了一个礼拜，不吃不喝，抬出去时只剩不到半口气，自然也再没回来过。陈院长介绍说："陆鹏，这是你的新室友。你们好好处，别打架。"他看了一眼病床上不省人事的裴常笑，知道陈院长又开始给新人灌"消消乐"了。他不出声地贴紧墙角站立，想看看这位新室友到底能坚持多久。

他是从护理师的嘴里，得知新室友姓裴。护理师们拿着拖把，站在走廊上闲聊。他们说陆鹏的房间里新来的那个，是个杀人犯。他望了眼坐在床头、抱着双膝的裴常笑，心想：就这样还是杀人犯？不可能吧。护理师们说来了劲，声音变大起来，说你们不知道吗？就是小西江河滩死了窑姐的那个案子。报纸上说，是这姓裴的男孩杀的。

陆鹏背靠着墙，余光在新室友身上游走。报纸上的嘴没有门，开了就合不上了，弗元口口相传的杀人犯，原来是他。他起了兴致，上下打量着病床上的人，觉得可笑。就这样一副小身板，还能杀人？果然，谣言比刀子厉害，之前他还在纳闷，怎么没人怀疑到他的头上。

小西江里死的那个叫白舒梅，他知道，也算认识。白舒梅是琴姐新招的女人，长相干净，铺子里有不少男人喜欢，甚至他大哥也会多看两眼。那天是个晴朗日，他和大哥开着黑色面包车，停在江边喝酒。大哥说他找了香港的风水师算了算，"曲昌杰"不是个好名字，要改姓"李"，才能提运。他不懂那些玄学的玩意儿，只说："大哥，只要你想改，随时改。无论你叫什么，都是我大哥。"吹着徐徐江风，大哥笑得欢，酒喝得也急，说："小鹏啊，大哥看上了一个人。那人以后在弗元会有大作为，我们巴着他。往后吃香的，喝辣的，你跟着大哥不会错。"

夜逐渐深了，大哥和他喝得双颊通红，说起了胡话。面包车沿着河堤开过去，他们摇下车窗喊着歌。河堤上几乎没人，万户熄了灯，白舒梅的身影出现得突然，女人红着眼睛，颤巍巍地站在路边哭。

大哥伸出头去问："哎哟，这不是舒梅嘛，在这里做什么？"

白舒梅擦了擦眼睛说："散步，准备回去了。"

大哥打开了车门，拍了拍后座边上的空位说："过来，哥带你回去。"

白舒梅摇了摇头说："我自己回，你们先走吧。"

大哥看白舒梅在哭，走下车去，弯下身子说："舒梅啊，你该不会是为了哪个男人在流泪吧，是谁啊？"

白舒梅死死咬住下唇，不出声。大哥抖了抖裤裆，抓住白舒梅的后脑勺往车里塞。白舒梅吓得惊叫出来。女人越叫，大哥用的劲越猛。他在后座解开裤腰，骂道："臭女人在我这儿装纯呢，让你上来还敢不乐意，老子好好教训你！"他撕开白舒梅的胸衣，对着陆鹏说："我玩完了给你，早想吃她了，等到今天，是给了这女人面子。"

　　大哥的手压在白舒梅的口鼻上，女人的四肢在后座扑腾。也许是用力过猛，女人的手肘打在了大哥的下巴位置，大哥双眼充血，死死压在女人身上，抓下对方头发上的红丝巾，捆在了雪白的脖颈上。

　　大哥脱下裤腰带，陆鹏分不清是女人在号，还是大哥在叫。大哥手上的红丝巾越收越紧，女人的手脚挣扎着突然不动了。大哥骂了一声操蛋，说还没爽就蔫巴了，伸手扇在女人的脸颊上。女人还是不动，大哥把手指放在女人的鼻息下，又把手收了回来，对上陆鹏的眼睛，说："她怎么死了？"

　　酒醒了。陆鹏急了，问："这可怎么办？"大哥点上了根烟，脸色发黑地说："真他妈晦气，上个床还能死人。"他们顶着剩余的酒劲，在后备厢翻出一个麻袋，将白舒梅扔了进去。大哥说在麻袋里丢两块石头，把这女人沉江。他们费了好大力气，踏着月光，把麻袋抬至江边。数了三声，麻袋"扑通"一声落入水面。他们盯着麻袋上下抖动，终是沉底。

　　第二天晌午，日上高空，陆鹏在大哥家醒来，发现大哥的脸色不对。大哥说："可能是昨天的麻袋口没扎紧，有人说在小西江河滩发现了尸体。"他们反复回忆昨夜在面包车里的画面，觉得警方下一秒肯定要破门而入，逮他们到审讯室折磨个三天三夜。

　　奇怪的是，等了多日，不见有人上门。大哥指着报纸上的黑字，对他说："小鹏你看，老天都在帮我。这姓裴的才是杀死白舒梅的真凶。这下好了，没我们的事了。"

　　陆鹏没问过裴常笑关于白舒梅的事，直到在野狗林逃跑的那晚，在众人寻找的枝干上，裴常笑说弗元的人没冤枉他，是他害了白舒梅。陆鹏忽然觉得，裴鸡仔是真的傻。这世上怎么会有人这么傻。

在手电筒的灯光下，他带着对裴常笑那一点仅剩的、不知名的怜悯，跳下了枝丫。他不知道能不能两清，但至少他帮大哥还了一点关于人命的债。

磁带 32

天真是黑。

我抱着戴晓冰的尸体，走进了野狗林。林子里没有狗，只有人。

我喊着她的名字说："你睁睁眼，你阿爸还在等你回家。"戴晓冰的身体逐渐冷下去，手在空中垂着，像是被抽了神经的枯草。风摇着她的四肢，也在唤着她的名字。可她就是死死闭着双眼，比"小青山"长廊尽头的绿铁门关得还要紧。我知道她醒不过来了，魂已经随风散了。

那晚的风应该不大，只是我的耳边总能听见哭声。树干遮天蔽日，我抬头看，世间没有留给她一颗星。我没有哭，因为眼泪掉不下来。我在心里反复问自己，如果老摩托开得快一点，这个女孩是不是还能留口气？如果我不是因为和白舒梅置气，留她在小西江河边，是不是她也不会离我而去？

抱着戴晓冰不知道走了多久，我的双臂已经麻了。断裂的左臂还没完全好，我却感觉不到比剐心更利的疼。我在一棵巨大的蕈树下停住了脚步，月光透过叶间缝隙，朝树下偷窥。我看见戴晓冰的身上，红绿紫，斑驳相间，树影是她的寿衣。

我跪了下来，把她放在树下，握着她的右手，放在了自己的脑门上。对不起。真的，对不起。是我去得太迟，是我太过天真，以为曲昌杰会真诚待你。戴晓冰涂着大红色的指甲油，剥落有如网状，有被啃咬的痕迹。我朝她的脖颈看去，深深的一条勒沟，和白舒梅脖子上的一模一样。

胸腔像被抽空了气，我停住呼吸。视网膜前，白舒梅发梢上的红丝巾和戴晓冰脖颈上的勒痕紧紧绑在了一起。全身的血液朝脚底倒灌，我想起了陆鹏在蕈树枝丫上那惨白的一笑，一种不可言状的、巨大的无力感包裹而来。这世间没有无端的善意，只有预谋已久的别离。

在蕈树下坐到嘴唇开裂，只有月光还在陪伴。我找了数根枝干，手脚并用，开始在树下挖坑。我有一整晚的时间，蕈树叶在抖，我又哭又笑。她需要一座坟。我需要把她葬在这里，好好盖住她的身体，让她安安静静地睡着，直到和土地融为一体。

我把我的皮夹克留给了她。地下冷，她得穿着。路还长，她还是需要暖暖身体。土埋上的时候，天边泛起了鱼肚白，林子里有鸟在叫，像在提醒我别再耽误，早些离去。我抽出腰间的皮带，用上面的金属环在树上抠出了一个"十"字。我对着野狗林里的众仙吼道："求你们了，不管你是佛是鬼，行的哪门哪路，求你们帮我送送她，护护她。她阿爸还在等她，你们帮帮她回家。"
鸟叫得更欢，也不知道听没听懂。冷风吹来，扬起坟头的脏土，
我站起身，对着戴晓冰鞠了一躬，说："我一定会再回来看你。"

陆鹏知道仓库的地址。我估算着余下不多的时间，赶回仓库
拿走剩下的家当。收音机传来本地新闻播报员的声音，与"甜心
电台"女主播的嗓音相较，比冰锥还冷。新闻里对红砖小楼的主
人只字未提，只说死伤二十余人，可能是蓄意纵火，警方介入追
查事故起因。我知道当时在场的诸多人看见过我的正脸，他们必
然不会轻易让这事过去。我关上收音机，把带血的上衣换去，打
包为数不多的行李，戴上头盔，朝仓库相反的方向驶去。

像是做了一场春秋大梦，闹铃响了，车也停了。我睁开眼，
原来又回到了弗元。火车站台上不见阿妈和二姐的身影，我没告
诉她们自己的回程。因为躲债才回的乡，没脸提。

在车站前招了台摩的，我左右手各提着一包行李坐了上去。
炼油厂大院的门牌号我背得烂熟，打出生起，阿妈说家里的地址
必须记，走丢了，也好问人回去。摩的收了我一元钱，问要不要
送我到门口。我说不用了，街角停下就行，我自己走过去。

说不忐忑是假的。不像上次春节回乡，这次走得急，两手空
空，背着一身债，不知该对阿爸和大哥如何交代。大院门口的阿
伯换了人，我没见过。阿伯挥着蒲扇，坐在房檐下，对往来的人
点头示意。

"你好，我来这儿拜访人。"太久没和大院的人说话，我的

舌头在打结。

阿伯停下蒲扇，看着我说："哪门哪户，从外地来的？"

"二号楼，503，裴家。"

阿伯让我在登记册上写名。我抓着笔想了想，硬着头皮写下"裴常笑"三个铅字，字迹潦草。阿伯看了看册子，又看看我，眼神不明地说："进去吧，西北角那栋。"

二号楼底下摞着单车，除了比我记忆中破旧一些以外，谈不上变样。我站在裴家的防盗门前，反复吸气，听见楼下有人往上走，情急之下，按响了门铃。

"谁啊？"门口有人在问。

"是我。"

门开了一道缝，一个半人高的小女孩探出身子，问："你是谁？"又转头对着屋子里喊："妈，奶奶，家里来客人了。我不认识，你们过来看看。"

阿妈看见我的脸，惊喜得叫了出来，让小女孩赶紧把门打开，说是常笑回来了。大嫂也跟了出来，脸垮了下去，立在阿妈身后没说话。

阿爸和大哥不在家，还没到下班时间，我暗自松了口气。阿妈接过我的行李说："回来也不说一声，我好去车站接你。"大嫂说："没想到晚上家里多来了人，菜不够了，还要叫建国买点熟食回来。"我说："不用了，我不饿，喝碗粥就行。"

我和大哥的屋子给了侄女住。白墙上贴着大大小小的海报，侄女说她们叫什么"美少女战士"，中间的那个黄头发的，叫月

413

野兔，会变身。大嫂在厨房叫着侄女的名字，似乎在骂："玩什么玩，还不去学习，整天就知道看动画。"阿妈在屋子里忙前忙后地走，我说："我还睡上铺就行，不用换地方。"阿妈说："那也得腾出床来啊。上铺都是你侄女的芭比娃娃，床单也都脏了，整理干净了你再睡。"

挨到晚饭时间，我饥肠辘辘，等着阿爸和大哥进门。阿爸在门口脱鞋，抱怨厂里新来的年轻人又多了，不像老工友勤奋，绩效也低，总挨领导骂。我走出房间，叫了阿爸一声。他愣在当场，脸和大哥一样拉了下去，嘴闭上了，瞪了眼阿妈，一声不吭地在客厅坐下。

"干什么突然回来了？"阿爸问。

"公司出了点事，停一停。"我说。

大哥也走了进来，说："我们三弟不是当老板了吗？能出什么事？生意做不下去了？"

我说："做不下去不至于。合伙人那边不太顺利，大家都想缓一缓。"

阿爸黑着脸，点上水烟，有一搭没一搭地抽起来。阿妈在一旁走过来说："饭好了，先吃饭吧，有话慢慢说。"

桌上摆着清蒸鲈鱼、小炒菠菜和薏米排骨汤。阿妈的手艺还是一如既往地好，我喝着汤，随意拉起了家常。阿爸和大哥的脸还是僵着。大嫂挑剔着汤里的排骨，说炖太久了，肉都烂透了。

"人多了，家里怎么住？"大哥开口发问。

阿妈说："常笑住以前那屋，上铺我都收拾出来了。"

侄女噘嘴不满道:"凭什么啊,那屋平时就我一个人住。我不习惯和别人住。"

阿妈说:"常笑难得回来。你去和你爸妈睡,他们那屋大。"

"咳——"阿爸扣下筷子,冷道,"三人挤一屋,建国睡不好觉,还要不要上班了?是谁这时候回来也不提前说一声,这里有多的地方吗?"

大嫂插话道:"三弟,要不然你去平山找二姐。他们那儿肯定有空房,才换的三房两厅,新着呢。"

阿爸重重地叹了口气,突然拔高了音量,用筷子指着我说:"这个家,没有你这个逆子待的地方。你死也给我死外面,回来给家里人带多少麻烦,你自己不知道?你还有脸进这个大院,我跟你说,你别从大院正面走,要走就走后门。少给裴家惹事!"

"行!"我抬起眼睛直视着阿爸,把碗摔下地去,青筋暴起,吼道,"你们放心,这个家我也不想回!找到房子我就走!阿爸,你眼里的裴家,只有大哥一个儿子!"

陆鹏和曲昌杰肯定早已得知别墅失火的消息。我骑着老摩托,到了远郊一处破桥洞底下。回裴家绝无可能,炼油厂大院的人与外界少有瓜葛,眼下的我,离大院越远越好。陆鹏知道我是从省城回弗元躲债,如果我是他,肯定会派人驻守汽车站和火车站,来个瓮中捉鳖,逮我个现行。杨利好上有老,下有小,我不能拖着他冒险。天下之大,竟然没有我裴常笑能躲的去处。在破桥洞待到黄昏暮色,我想起了对戴晓冰的承诺,想起了野狗林背后废弃的"小青山"，禁不住对可悲的自己嘲讽起来，逃出来了还想着回去，裴常笑，你他妈活得真比下水道的臭老鼠还要可怜！

果然，我没猜错，"小青山"的废址还在，墙也还算敦实，绿铁门前堆满落叶，对着野狗林的玻璃窗皆已碎烂。我把老摩托放在林子里，倒在地上，用枯叶掩盖起来，拿着行李走进了十七岁的噩梦深处。谁能想到，那里会是我接下来十余年唯一可以称得上心安的地方。

陆鹏的人铆足劲在找我。我一个礼拜进城一次，穿得比捡破烂的还破。我形如鬼魅地游走在弗元的大小角落，也去炼油厂的大院门外，远远看过。有黑色面包车时不时出现在那儿，车上没人下来，他们在找，我在望。我实在担心曲昌杰和陆鹏会对裴家人下手，于是给二姐去了一个电话，拜托她把阿爸阿妈、大哥大嫂迁去平山。

二姐在电话里焦急地问："常笑，你现在在哪儿？遇上什么事了？你告诉姐，姐帮你。"

我心头一阵酸涩，说："姐，一切都是你弟弟我咎由自取。剩下半辈子，你们别再找我，就当家里没我这个儿子。姐，你一定要带阿妈去大医院治病。我省城有一套房，我会找人卖了，把钱寄给你。这是我这个做儿子的，对阿妈的最后一点孝心。"

我在"小青山"躲藏的那段时间，不知年月。我每天去戴晓冰坟前，和她说话，盼她在地下不要过于孤单。仓库的座机电话，我离开前砸了粉碎。我犹豫过要不要告诉戴大军实情，但真相太过残忍，留着点念想，好过背负着内疚和悔恨度过余生。长日缠绵，我在"小青山"与蚊虫为伍，直到残垣烂瓦里的自来水系统彻底崩坏，我才最终与戴晓冰告别，另寻他处躲避。

这些年，我每天打开收音机，每周捡、读废报纸，想窥探曲昌杰等人的蛛丝马迹。我有种预感，他们把触手缩了回去，躲在阴暗处寻我，等我自投罗网。近日以来，我的预感终于应验。《都市晚报》上出现了"天姿发廊"陈阿彪被杀的消息，字里行间，清楚明确地传达了"嫌疑人为裴姓男子"。我知道他们快要摸到我了。想来也是，我烧了他们命里的根，他们怎么可能会放过我？

我想去找杨利好商议。裴家人已不在弗元，我认识的人只有这位发小。我扮作修车师傅，戴着灰帽，背着工具箱，行至"发发音响"门前。却见店门口被人用红油漆抹得不像样子，地上都是音响器材的碎片。杨利好和他的发妻坐在店里啜泣，店外人群围了三圈，唏嘘不已。

我抓了个路人来问："到底出了什么事情？"路人说："有人来音响店找人。找不到就砸店，专挑贵的砸，还说再交不出人，让店主把他自己的命赔上。"我在人群中看了杨利好许久，知道自己欠他的已经太多，他何必为我这种烂人，搭上全家性命。

余余数载，我在出租屋里不分昼夜地叹息。曲昌杰等人不惜用陈阿彪的死引我出现，那下一个丧命的，会不会就是杨利好？我用酒精和烟麻痹自己，身体已然出现问题。我把金庸的武侠小说翻了百八十遍，妄图从中找到这混沌世道的最终解法。但我不是段誉，更比不上乔峰，无论是白舒梅还是戴晓冰，我都无法救她们出这人间炼狱。我问自己，到底对这条贱命还有无留恋？如果用我的命，换杨利好、裴家人的余生安康，是否能弥补我的罪孽，至少死后不是去往那十八层无间地狱，还能有命投胎。

阿妈，我很想你，也对不起你。这些年，我不敢和裴家人有一点联系。阿妈，你一定担心坏了，常笑心里都懂。阿妈，这一世，你的恩，我无以为报，愿还有来世，替你养老送终，当牛做马。

阿姐，你别怨我。我投身于小西江，是完成对白舒梅的承诺。你留我具全尸，把我的骨灰带回平山，与裴家人葬在一起，也算我认祖归宗。你我姐弟一场，帮我对阿爸和大哥说，我不怨，也不恨他们。日后地下相见，记得找我打个照面。

以上三十二盘磁带，是我裴常笑，苟且卑贱的一生。如果你有缘听见，无论信与不信，至少是我活过的证明。人生尔尔，来世我只愿做一粒尘埃，飘浮于世间，冷眼看悲欢离合，不再有泪，也不再有情。活得恣意潇洒，才不会如同这一世郁郁寡欢，自毁而终。

裴常笑叙。二〇一一年，五月十八日，下午三点四十七分。

足迹 32

大旺家的明炉烧鹅是省城一绝。自家的鹅场开了二十余年，秘制的酱汁，肥鹅腌制挂晾十三小时，入炉烘烤，中温明火，脆皮连着嫩肉，油而不腻。律所的同事称赞了这家烧腊店许久，唐子超夹了一口鹅肉，放进嘴里，五感喷香，连连点头。

为了保持相对较低的体脂率，唐律师的三餐，一贯吃得清淡。不过大旺家的烧鹅一入口，他下意识觉得，偶尔放纵食欲也很是不错，全身的疲惫因为这一口鹅肉香，得到极大缓解。他举起手，对着服务员喊了一声："麻烦再上一份排骨腊味煲仔饭。对了，有青岛啤酒吗？也来一瓶。"

他一个人坐在烧腊店里，墙上的时钟指向下午三点半。对面椅子上放着他从德天收拾出来的文件夹、咖啡杯。创始人凌晨给他来了电话，语气很急，也有不解，问："子超，你是不是已经决定好了？"

唐子超点了公放，家里也没别人。他以为和老狐狸的最后一通电话，必然是剑拔弩张，吵个你死我活。但意外的是，他的心绪没有半点波澜，只是平静且清晰地叙述了这个决定的缘由，对老狐狸说："时光很远，江湖很近，真心感谢您这么多年的悉心栽培。即便此时离开，我也永远是德天的人。德天需要我的时候，请随时开口。"

老狐狸的声音有些发颤，他问："子超，你是不是对律所的薪资待遇不满意？还有两个月就要年底了，律所合伙人我心里已经定了。你这时候要走，岂不是把头把交椅送给了贾律师？"

律所合伙人是唐子超期盼已久的位置。打从在德天工作的第一天起，那个位置在这么多年以来，是他以为的职业生涯终点。

要想放弃这座坚持了多年的高山，是一个无比艰难的决定。他坐在渡轮上横穿珠江之时，看着船尾勾勒起的两行白浪，心里对面前的分岔路口，已经作出预判。

一方面，如果利用律所的名义，和刘崇焕正式签约芝加哥房产项目，虽然可以获得不菲佣金，晋升合伙人职位，但德天必然会遭到后事牵连，灾祸不断；另一方面，如果拒绝和刘崇焕正式签约，必然会引起对方疑心，甚至对方会反向调查唐子超等人不愿合作的理由，也给律所带来眼前的利益损失。无论哪一条路，前方皆是巨石。在渡轮靠岸以前，唐子超作出了辞职的决定。他不愿画地为牢，宁可破釜沉舟。

辞职的想法也不是近期才有。德天的工作氛围紧张，加上贾炎胜的处处掣肘，唐子超经常心生烦闷。有竞争不是坏事，但职场里的恶意竞争，只会让人心生疲惫。原本充满热情的工作，也会变得索然无味。他感谢德天的栽培，却又意识到自己对律所的现状，有心而无力。形成多年的内部风气，不是以他一人之力就能改变。他知道在同事的眼里看来，从德天辞职，是他这个位置的人作出的最愚蠢的决定。今天早上回公司和人力资源部递交完辞呈，他在律所所有人的目送下，收拾物品，走出公司。交头接耳的议论声跑到耳边，他听着，也笑了，回过头，对着曾经的同事们说了一句："以后，出去唱K喝酒，别忘了喊我。现在我不是唐组长了，我只是唐子超。"

手机在裤兜里振动，他接了起来，是张嘉良队长。还是一如既往的大嗓门，爆着一连串的粗话，说："你小子在哪儿呢？那个死鸭子的嘴真是硬，我真想给他脑门崩上一枪！"

唐子超嘴里塞着烧鹅，悠哉问道："张队长，我给你送了这么多只肥鸭，你说的是哪一只？"

"还能是哪只！陆鹏啊！一句话抠不出来。问就是'不知道'。刘崇焕养的这个浑蛋，我看比他儿子还要孝顺！"

唐子超想起"珠光天御雅苑"落地窗前，那个穿着白色印花西装的男人，说："张队长，你别着急，他会开口的，我再送你一条线索。"

陆鹏低着头，坐在审讯室里。桌子对面的张嘉良龇牙咧嘴，火气冲天。陆鹏至今也搞不明白，省公安厅的人怎么会在没有一点风声的情况下，摸到弗元的"农家乐"，以非法转移资产的名义，逮捕他们。

"你们在弗元干的事，一五一十说出来。陆鹏，你要知道，我们抓了刘崇焕和你，手上绝对不会没有证据。"张嘉良沉声说道，陆鹏依旧面无表情。

张嘉良从宋继伟给的文件袋里，拿出陈阿彪和李艺琴的照片，厉声道："这两个人你认识吧？'陈阿彪割喉案'牵涉弗元领导层贪污受贿。刘崇焕对我们交代了不少。陆鹏，我在给你机会。你可要知道，你们这些年所犯的事，就算是把牢底坐穿，也未必能活着出来。"

陆鹏嗤笑了一声。他抬起那双凹陷的眼睛，死死瞪着张嘉良，一字一句地说："我不知道这两个人是谁。你们别想给我和大哥安罪名。我们压根儿不认识这些人。"

陆鹏对刘崇焕立过毒誓，即便咬舌自尽，也要把红砖小楼的事烂在肚子里。陆鹏不会忘记的那场大火，在他的记忆里永远也无法熄灭。他清楚地记得，大火发生在抓回李艺琴之后，刘崇焕和他在高档自助餐厅里接待市领导的一个夜晚。

他和李艺琴是刘崇焕最亲近的两个人，这点毋庸置疑。但与他不同的是，李艺琴在大哥眼里，只是个揽客的工具。大哥第一次带他回家，李艺琴就看不惯他，说不明白大哥为什么要捡个野孩子回来，身上又脏又臭，还带着屋子里的女人们一起笑话他。李艺琴自诩是大哥的爱人，对着陆鹏和其他女人颐指气使。只有陆鹏知道，大哥其实从没把那个女人放在心上。

李艺琴问大哥要了本色 KTV 经理的职位，大哥同意了，每年年底，还给她不少提成。但女人的心就像无底的洞，李艺琴发现，大哥去她那儿的次数少了，进出开始带着其他姑娘了，心思也慢慢变了。那个女人为了讨大哥欢心，主动跟着大哥改了姓，由"江"变成"李"。可是，这能有什么用？出走的心回不来，她连这个道理都不懂。

陆鹏看着大哥的财富越滚越大，也知道扑上来的女人越来越多，更乐于看见李艺琴眼里的妒火愈烧愈旺。事情的爆发是因为大哥突然结了婚，娶的是一个江浙女子，年纪小了大哥十来岁，小家碧玉，唯唯诺诺。李艺琴和大哥闹，说大哥忘恩负义，是贱男人。大哥实在受不住她闹，在别墅里，众目睽睽之下打了李艺琴数个嘴巴子。本以为那个女人吃了亏，能消停，不料过了几日，趁着大哥去海南看项目的工夫，她开车在"恒隆广场"前的水泥路上，直直撞死了大哥的小发妻，还一路逃到了省城，隔着大半个月，大哥的人才把她给抓回来。

陆鹏觉得，李艺琴和他那没用的妈一样傻，还妄想从男人那里得到真爱，真是下贱。他按照大哥的吩咐，把李艺琴带回了红砖小楼，交给陈院长处理。

陈院长是陆鹏恨之入骨又最无可奈何的人。"小青山"倒闭之后，大哥不知从哪儿把落魄的陈院长带回小楼，说准备改建地下室，给陈院长作工作室。大哥看上了陈院长研制的"消消乐"，想让他进一步炼化成什么"销魂水"，女人们喝了上瘾，也会更听话。大哥让陈院长给陆鹏道歉，说没有永远的敌人，只有永恒的利益，大家一起共事，还是要互帮互助才好。陆鹏恨得牙痒，但大哥发话了，他只能先把他的恨埋进心里。可惜还等不到他下手，陈院长就在大火中化成了一捧灰。他在废墟中找到陈院长的遗体时，只恨手中没有皮鞭，再抽他个魂飞魄散。

李艺琴命大，大火没把她弄死，成了重度烧伤，植物人，只有眼珠子能转。大哥说："既然老天留着她的命，那就让她活着吧，找个人给她看着，也算我仁至义尽。"陆鹏觉得，李艺琴还不如死了的好。大哥那不太正常的癖好，在烧伤的李艺琴面前升了级。

陆鹏发现大哥的癖好，是还没进入"小青山"的时候。那个叫白舒梅的女人，在喝了酒的大哥身下挣扎。大哥扯着红丝巾，捆着女人的脖子，愈发紧，大哥的下身也就越兴奋。陆鹏以为那一次只是失手，也不想多问，毕竟那是大哥的私事。可是陆鹏渐渐发现，大哥会对想要保持长期关系的女人，不遗余力地暴露出那一面。裴常笑问他戴晓冰是不是大哥的女人，他也没说谎。只是那时的他，已经预感到戴晓冰也许走不出大哥身下。

王雪妹是大火后，唯一主动回到大哥身边的女人。大哥问她："为什么没跑？其他人都跑了。"王雪妹说这座城没有她能去的地方。大哥笑了，摁着她坐在腿上，问："就这么想跟着我？"王雪妹点了点头，把裴常笑放火烧别墅的事，一五一十说了出来。大哥阴森地看着陆鹏，问他："知不知道裴常笑是谁？"陆鹏"扑通"跪在地上，说自己犯了大错，公司里混入了老鼠屎都不知道。

大哥在小楼的地下室找到一把折叠刀，说刀落在李艺琴脚边，问陆鹏知不知道是谁的。陆鹏摇头说不知。大哥说："找警局的内线作了指纹比对，你猜怎么着？就是你那个哥们裴常笑丢下的刀，他是不是想救李艺琴？"陆鹏不敢吭声。他知道大哥下令手下的人，明里暗里都在找裴常笑，说哪怕他是乱坟岗里的尸体，也得挖出来，带到他面前，给他好好看看。

"小鹏啊，雪妹和我说过，那个姓裴的找过戴晓冰的前男友。"大哥拎着透明塑料袋里的折叠刀，放在台灯下看。

大哥接着说："姓裴的躲了这么多年，我们连人影都摸不着。小鹏，你看这样好不好，你用这把刀去把那个前男友杀了。我会让媒体和警方发布出消息，说姓裴的是在逃嫌疑犯。

"怎么了？小鹏，你不会还觉得那姓裴的是你兄弟吧？他可都这样害你了。来，刀拿着。我帮你问好了，你去'天姿发廊'找陈阿彪。这一次，可不要再让我失望。"

陈阿彪毫无防备，下手的时候，陆鹏觉得比杀一只鸡还要容易。事情按照大哥的计划进行，但裴常笑依旧不见踪迹。大哥有些心急，说："既然陈阿彪的死还不够，那这样，我们把他的亲友找出来。我就不信，那孙子能藏一辈子。"

这一次，终于如大哥所愿，南区派出所传来了裴常笑自杀的消息。派出所里面有他们的人，说看见裴家人来认尸，人死透了，殡仪馆把尸体运走了。大哥抱着新找的女人，乐开了花，说："那姓裴的臭老鼠还挺重情义，原来吓唬他的旧友就能把他整死。你说，要不要送他的家人一并下去陪葬？"

"他家人好像都不在弗元了，迁走了。"陆鹏说。

大哥揉着腿上女人的胸部，说："走得还真快啊，可惜了。小鹏，你做得不错，海南那边的项目，你来管，我们继续投资酒店和房地产。"

至于李艺琴和王雪妹，早在多年前，就葬身于"维多利亚湾"的地基底下。大哥说："王雪妹不能用了，丢了吧。噢，对了，李艺琴那娘们也怪没意思的。找个时间，和王雪妹一起埋了吧。我看'维多利亚湾'那块施工地就挺好，适合她们。"

张嘉良瞪着陆鹏，陆鹏也嘲讽地看着张嘉良。张大队长拿出戴晓冰的照片，冷笑着说："认得她吧？现在弗元市的刑警队队长宋继伟，正在野狗林里挖尸。你猜，戴晓冰的身体上会不会有你大哥刘崇焕的 DNA？"

烧鹅一扫而空。唐子超问服务员要了面巾纸，擦干净嘴边的油。餐厅的玻璃门被推开，是李海鸣和周志成走了进来。

"老板，您这么快吃完了？"李海鸣惊道，"也不等等我们。"

唐子超说："还不是你们动作太慢。我中午没吃饭，今天难得有胃口。"

周志成苦着脸说："不怪我们。律所里的人都疯了，追着我们问你发生了什么事。我们也不好说啊，躲着人出来的，听说人力资源部和贾律师那边都闹翻天了。"

"老板，您真想好了？德天可是你打拼了八年的地方。"李海鸣装作苦口婆心地劝道。

唐子超说："想好了，不就是创业吗？不试试怎么知道。你们呢，要不要跟我干？"

李海鸣和周志成相视一笑，说："也不是不行。唐老板，我们这可是跳槽加入创业公司。你是不是得分个股份，加个工资，再讨好一下我们？"

唐子超站起身，指了指椅子上的纸盒道："饭钱我帮你们付了，就当是我们仨合伙的第一次聚餐。李海鸣，你走的时候把纸盒带上，我现在得开车去个地方。"

"去哪儿？"李海鸣问。

唐律师的神情让人不明就里。他说："有些事情，有些话，我一年前就该完成。拖到今天，也是太久了。"

车加速行驶在国道上，唐子超看着夕阳坠落，又见繁星升空。他知道有些绕在心头的话，埋了太久，得到了那个地方，亲口说出来才行。他的心口七上八下，他在组织语言，想把这段时间发生的一切都告诉那个人。这一次，他不会逃避，哪怕跪上一整夜，他也会把该说的、想说的，一字不落地说出来。

车停了，路灯也跟着亮。唐子超走上楼梯，数着台阶，听着心跳，叩响了走廊尽头那扇贴着"福"字的门，高声喊道："三舅，开门吧。我知道你在里面。出来见见我吧！"

最后的磁带

没想到，我还能活到今天，还能说话，也能笑。

现在是 2041 年 10 月 19 日，是我裴常笑的七十八岁生辰。你看，窗外天晴，有鸟在叫。

请原谅我的欺骗和无可奈何。这真的是最后一盘磁带了，录完了，我就得走了。

我在这幢小楼待了三十多年，本以为此生再也没有机会把藏在最深处的话说出来。子超说："这盘磁带，三舅你得录。之前的三十二盘，你录给了我，而这一盘，你是录给你自己。"

听听，当律师的就是不一样，会说话。

整个计划要从在报纸上读到陈阿彪被杀时说起。曲昌杰，或者应该叫他刘崇焕，拿着陈阿彪的死逼我现身，把莫须有的罪名利用媒体安在我的头上。报纸上指出的在逃嫌疑人"裴姓男

427

子"，我知道就是我。那时，"小青山"的自来水系统崩坏，我在不得已之下搬回城里，租下了眼前的这间屋子。

我自以为在"小青山"躲得时日够长，刘崇焕和陆鹏已经有所放弃，但事实并非如此。戴晓冰死后，我和裴家人、杨利好鲜有联系，尽一切可能不给他们带去麻烦。可惜刘崇焕那条毒蛇，不仅杀了陈阿彪献祭，更是爬到了杨利好面前，朝我示威。我终是下定决心，哪怕豁出这条贱命，也要与他一斗到底。

刘崇焕咬着我紧紧不放，不外乎因为红砖小楼被烧一事。小楼里有他的女人、他的手下、他的狗、他的钱，更重要的是他那比天还高的自尊心。弗元的高速路上，无处不张扬着他的本名，这样的人，怎么会允许区区一只臭老鼠，搅得他的地盘人仰马翻，兵败山倒？

我足不出户数日，想了千百种逃离弗元的办法，发现我和他的恩怨，恐怕不是挪了地方就能化解。在刘崇焕的心里，怕是只有将我碎尸万段，才能解其心头之恨。正当我踌躇之时，出租屋的老房东找到了我，说自己患了胰腺癌晚期，已经时日无多。

老房东比我大个十来岁。当初这间屋子，也是他见我可怜，以极低的租金施舍给我。我住进来后，也再没挪过地方，久而久之，成了和他相处时间最长的租客。

老房东这一辈子靠收租过活，用他的话说，虽然无儿无女，但也一生不愁吃喝，以为可以混着日子等到白头。不想病来如山倒，最后发现连个能帮他收尸的人都没有。他说自己只有两个念想：其一，是在他死后，有人替他收尸，入土为安；其二，这幢两层小破楼，后继有人照料，在政府拆迁以前，能苟延残喘，直到寿终正寝。老房东顶着苍白如纸的脸色，抓着我的手说："能信任的人，只有你了。你会答应我的，对不对？"

既然这样，多年萦绕在我心中的难题，突然有了解法。虽然解法为人不齿，但我意识到，这是我唯一的机会。刘崇焕要我死，我偏要活。

我在老房东床前照料，直至其咽气病逝。紧接着，我的计划便开始了。我把老房东的尸体放进了冰柜，冷藏起来，因为数日之后，他会是我，我会是他。

但刘崇焕的爪牙遍布弗元各处，甚至包括警方内部。如果戏演得不够真，他定会起疑，并且弗元的警局，有不少人一定听过我的过往，细查起来，容易暴露。

我需要帮手，而且不止一个。

我打给了断联多年的二姐。二姐接到我的电话，哭哑了嗓子。她说阿妈临死前都在念叨我的名字。我把计划的缘由，事情的首尾，在电话里尽数告知。二姐听明白了，她问我："我该怎么做？"我说："你得打心里认定，你三弟我死了。你得在警方面前哭，尽一切可能阻止验尸。告诉他们，我在投河前给你留了遗言，是自尽而亡。你哭得越凶，演得越真，我们成功的概率越大。"

我还需要另一个人，他只能是杨利好。杨利好接到我的电话，先是用了二十分钟，把我骂个狗血淋头，说没我这个兄弟。他一边骂着，也哭了起来。我给他说："我需要你匿名打电话给南区派出所报案，说发现小西江有人投河。我会把尸体搬运到河边，制造出投河的假象。你在午夜一点报案。南区派出所的人比较懒散，午夜出警应该会有所拖延。同时，你要打电话给殡仪馆的人，让他们等在南区派出所门口，等着收尸。二姐那边的戏一完，尸体直接拉往殡仪馆焚化。之后二姐会将骨灰带回平山下葬。"

杨利好问："除此以外呢？"我说："等到白天，你在大街小巷，对着邻里街坊，曝出我投河自尽的消息。记住，一定要说'裴常笑'这个名字，强调我是在白舒梅死的地方投的河。"

还有更为重要的一点，我对二姐和杨利好说："整个计划，不能让子超知道。我们要让子超自己选。"

最开始的三十二盘磁带，是我给外甥唐子超引的路。他第一次出现在我屋门前时，我的手抖得不像样子。我怕他看出来，佝偻着身子，避着灯光在他身后行走。

子超长得高，像他爸，眉眼又像二姐，真的好。我很想拍拍他的肩，摸摸他的头，可是我绝对不能那样做。他站在我面前，很不耐烦，对着肮脏的出租屋皱起了眉头。他和我讨要我提前支付的房费，那一来一回板着脸的样子，让我想笑。我把三百元丢给了他，又看见他从床底拉出了装满磁带的纸盒，我知道子超咬住了鱼钩，鱼线开始拉长，我们的计划开了弓。

说实话，我没有信心子超会相信我说的每一句话，甚至没有自信他会把磁带听完。我和他说不上有多亲，只在他八岁的时候见过一面。我不知道他对我有多少好奇，会不会认定三舅就是一个十恶不赦的杀人犯。我担心又害怕。他离开出租屋后，我一度自责到难以入眠。我把最优秀、前途最光明的外甥带入了危险境地，他会不会责备我的自私，我又会不会给二姐一家，带去不可挽回的伤害？

二姐在电话里听完我的担忧，说："我儿子不会那么脆弱。三弟，裴家除了他以外，没人能帮你。你作为他的舅舅，对他该有点信心。"

事情比我想象中进展得要快。弗元电视台开始滚动播报朱德锦下台的消息，说是收受贿赂，金额庞大。同时，有消息称，本色娱乐集团的负责人刘某、陆某被紧急逮捕。该涉黑团伙面临"杀人埋尸，非法转移资产和行贿高官"等多项指控，省公安厅依法侦办处理。一切来得太过突然，我简直不敢相信这些消息的真实性，直到子超再次毫无预兆地出现在我的门前，说："真的是你。三舅，好久不见。"

我不相信二姐和杨利好会告诉子超我还活着。隐藏身份，是我们三人在计划之初就下过的毒誓。裴常笑这个人已经死了，这是我们打心底里自我说服的事实。

我问子超："你是怎么知道的？"大外甥笑得神秘，说："没想到我妈和利好叔这么能演，我差点就被你们骗过去了。"

子超是在和杨利好吃完夜宵的晚上起的疑。大外甥说："利好叔嘴里说的是，三舅警告我妈，叫裴家人绝对不能再回弗元这座城。可是，我妈却催着我回来，拿三舅的遗物。这不是很怪吗？以我妈的个性，她不到逼不得已，不会做任何冒险的事。为什么她和利好叔在三舅这件事上的作法和说法相悖呢？"

就因为这点起疑？我哭笑不得。大外甥继续信誓旦旦地分析说："利好叔酒醒以后问我他有没有说错什么话，这话也不合逻辑。我都找到他门前了，三舅的人也不在了，还有什么话藏着掖着不能说？他是不是有事没告诉我？这个想法，在我脑子里挥之不去。"

接下来的日子，子超把我给他的磁带听了无数遍，发现我在红砖小楼的地下室，曾被陈院长泼过硫酸。他想起了我与他在出租屋相遇时的那张脸，那道疤。他有了一个大胆的想法，需要亲自验证。他觉得自己的三舅没有死。到了阿爸七十五大寿当天，子超回家后悄悄问他妈，是不是三舅还活着。二姐显然是被吓到了，顿了一顿，才慌忙否认。那时他在心里认定，这里面有个他不知道的计划，而他就是计划的中心。

子超问我："当年打电话给宋继伟，举报'曼罗莎涉黄案'的人，是不是三舅？"我点头承认。陈阿彪死后，我叫二姐打了匿名举报电话，想让宋继伟从"曼罗莎涉黄案"下手，彻查金老板、刘崇焕等人。只是没想到，刘崇焕只手遮天，"涉黄案"只判了个不轻不重的结果，不了了之。我感到刘崇焕等人在弗元的势力太大，如果不想办法连根拔除，这座城恐怕永无宁日。

子超说，刘崇焕进去了以后，还托人给他送了封信，问大外甥是谁的人，为什么要搞垮他和陆鹏。言外之意是他认定他们被捕与大外甥有直接关系。我问子超："你怎么回答？"子超说，他也回了封信，写了个字条，里面就五个字："是他，不是我。"

我大笑出来，说："刘崇焕可能在牢里想破头，也猜不到谁是那个'他'。"

我和刘崇焕、陆鹏等人的恩怨告一段落，可惜的是，子超也因为这个缘故，辞职了律所的工作。好在他能力够强，带着三两员工，开了自己的公司。名字还是我帮他取的，叫"君诚律所"，意在君子之交，诚意为先。

子超和二姐总叫我去平山和他们生活，说彼此有个照应。我拒绝了。一来不想打扰二姐一家，她为我付出太多，今生我无以为报；二来大哥和阿爸认定我已不在人世，再度出现，只会给他们带去惊吓。

二姐说阿爸临终前，有说起过我，说是觉得可能冤枉了我，嘱咐二姐多给我烧纸，让我在下面过得舒畅些。大哥前年得了中风，终日躺在床上动弹不得，不过好在大嫂身体还行。女儿远嫁后，他们两人相依为命，听说大嫂的戾气也收敛了很多，见到二姐变得客客气气。

我给省城的廖哥去过电话。廖哥和老沈也来弗元看过我。他们说，万老板在香港得罪了人，因为上了高额赌桌，输光了，又还不起钱。别人把他的房子给占了，也再没见他出现过，不知道死在哪条小街小巷。廖哥还守着他那小楼收租，老沈成了知名室内设计师，他的公司做得很大。他们俩身子骨不错，前些年还参加了青岛老年旅游团，给我发了照片。

一说就没边了，时间过得真是快。我听见子超上楼的脚步声了。他担心我自己一个人住会出事，帮我找了个养老院，说利好叔也住进去了，每日打牌遛鸟，不亦乐乎。他劝了我许久，我答应了。为了不让他和二姐忧心，我决定今天搬去和杨利好同住，兄弟俩喝茶赏月，再养两只老母鸡下蛋。

就是苦了白舒梅。

舒梅啊，我知道你在黄泉边上等得够久了。求求你，再走得慢一点。我这条烂命，再苟活几年，一定下来寻你。那时候，我会牵起你的手，陪你一起渡黄泉，喝苦汤。

我们一起投胎，做对来世夫妻。

你答应我，好不好？

——

全书完

后记

大开大合，触底反弹，是这个故事落笔之前已经决定的结局。

大家好，我是《鼠狗之辈》的作者庄玮乐。在豆瓣阅读写文的这段时间，还没有正式与你们作一次自我介绍。

对我稍有熟悉的读者朋友们可能知道，本人对"后记"总是颇为恐惧，甚至一再回避，因此前面三部作品，都没有单独作为"后记"的终章。原因是比起塑造角色，演绎故事，我更不习惯挖开自己。

先聊聊故事本身。

比赛开始之前，我准备了四张白纸，每张写下一个主题，《鼠狗之辈》躺在左手边的角落里，最不显眼。其余三个主题争先恐后地举手，跃跃欲试，我却拿捏不定，准备出门吃顿烤肉回来，再摇个骰子，听天由命。

烤肉煎到一半，牛小排喷香，我正准备大快朵颐，没想到裴常笑那个崽子，不知道从哪个犄角旮旯跑了出来，跳到烤盘上，大叫着："选我！选我！"

我放下筷子，很是无奈。似乎我不选他，他就叉在烤盘上不走，影响食欲。僵持之下，我叹了一口气，在心里说：行吧，就是你了。下来吧，别跳了，我写就是了。

于是，《鼠狗之辈》的主角在其死皮赖脸的要求下，在一顿烤肉的嗞嗞声中，就这么定下了。连带着故事主题，也随之敲定。

饭饱喝足，回到家后，我把其余三个主题狠心扔入垃圾篓里，坐在电脑前，开始绞尽脑汁撰写故事大纲，却迟迟无法"起笔"。因为我这才意识到，裴常笑把我拉入了一个大坑。这个坑十分难填，深不见底。

首先，难在时空。如何重现六〇到八〇年代的南方小城风貌，这是一个挑战。我是九〇年代生人，写裴常笑的部分需要跳跃至父辈时代，有一定代沟。为了能描述得更加准确，不得不深挖儿时爷爷奶奶、父亲母亲在我床头唠嗑的片段记忆，以及查找大量资料，重溯那个年代的风土人情。

其次，难在写法。第一和第三人称交叉叙事，是一次前所未有的挑战。每一次转换章节视角，如何使用更符合裴常笑或唐子超的语气、视觉去描写同一件事，是一个考验耐性和跳跃性思维的过程。我不确定自己是否有能力完成。

最后，难在填坑。悬疑文通常以"谜题"和"案件"贯串全书，而填坑尤其重要。裴常笑的故事跨越三十二年，时间幅度大，起笔后综合计算下来，大约有四十个坑位，顿觉自己比鼹鼠还能挖洞，连续数日，彻夜难眠，恐慌你们和我一起掉入洞中爬不出来。有时甚至萎靡不振到只能以奶茶续命，安慰自己，桥头会直。

也不怕你们笑话，其实在拉力赛枪响之时，我一度想要放弃。

除了上面阐述的三个难点，最重要的是，拉力赛高手如云，赛制严密，我看着其他选手趣味横生的主题、每秒递增的票数，瞪大了眼睛。要说压力不大，绝对是假。上一次如此倍感压力，还是高考之时。拉力赛，更新打投，入选晋级，玩的就是心跳。

我在房间呆坐着苦思三日，还是决定继续比赛。轻易放弃，从来不是我的座右铭（此处眨眨眼睛）。只能对自己说，加油跑完，尽力就好。

好在裴常笑和唐子超争气。写到大约五分之三，他们之间流动的空气开始顺畅起来。仿佛两个演员对戏，对的多了，相处久了，彼此也习惯了节奏，我作为导演的步调也渐渐顺利。紧接着你们的留言开始逐章出现，很多留言十分有趣，我看了时常开怀大笑。你们的鼓励和等更，又为这部作品的按时完赛，增加了动力。

所以，裴常笑的一生，能在这短短二十二万字中展现，你们功不可没。

接着，我们再来聊聊角色。

有的读者朋友私信问我，最喜欢《鼠狗之辈》的哪个角色。我想了很久，给出的答案是：没有偏好。这部作品里面的每一个角色，从裴常笑到唐子超，刘崇焕到陆鹏，琴姐到王雪妹，甚至是本色KTV只出场过一次的清洁工大婶，我都喜欢。他们永远活在书中的平行世界里，过着他们的生活，有着他们的人生。我也只是过客而已，用一双手，把他们的故事阐述出来。他们每个人，都鲜活地长在我的心尖上。

至于结局，就像我开篇所说，这是一个落笔前就决定好结局的故事，这也是我唯一没有左右犹豫的部分。不像《等不及，杀了你》和《神的白兔糖》，《鼠狗之辈》是一个黑暗、阴郁且充满悲伤的本子。我想把它的光压到最后一秒绽放，它等了太久，必须绽放。我和你们也压抑了太久，必须呐喊。我只想对裴常笑说：一切的一切，都是值得。三十二年，感谢你信守承诺，把你的故事，好好地让我说给了大家听。

我倾听每一位读者对于结局的解读，无论是赞美还是不满。一千个人眼中有一千个哈姆雷特，看法没有对错，只有适合。只要这个故事能给你们带去某一瞬的共鸣、思考或是玻璃碴里找糖的愉悦，我觉得就足够了。

故事好看足矣。至于是否伟大，抑或高尚，这从来都不是我的初衷。作为一名小小的悬疑作者，你们能记住一个裴常笑或唐子超，对我已是幸事。

《鼠狗之辈》完结，也了结了我参加拉力赛的心愿。下一个故事是什么？黑色幽默？女性悬疑？或者来一次轻悬疑＋都市爱情？我也说不好。反正在接下来的旅途中，我会放空脑袋，任意畅想，说不定又是在某处某地的烤肉盘上，下一个主角蹦了出来，说："写我！写我！"

在下一部长篇悬疑与大家见面之前，我会在新开的短篇合集

《上帝没有名牌》（暂定名）不定时更新带有悬疑或惊悚成分的短篇小说。每个篇章三万字以内，这也是一次新的尝试。

最后的最后，还是那句话：江湖很远，时光很近，我和你们，不说再见。

读客®
悬疑文库

认准读客读悬疑，本本都是大师级。

专注出版中、英、美、日、意、法等世界各国各流派的顶尖悬疑作品。

为读者精挑细选，只出版两种作品：

经过时间洗礼，经典中的经典；口碑爆表、有望成为经典的当代名作。

跟着读客悬疑文库，在大师级的悬疑作品中，

经历惊险反转的脑力激荡，一窥人性的善恶吧。

扫一扫，立即查看悬疑文库全书目，
收集下一本精彩悬疑！

BEYOND